叩拜大地

苏芝英 ○ 著

远方出版社

图书在版编目(CIP)数据

叩拜大地 / 苏芝英著. -- 呼和浩特：远方出版社，2017.4
ISBN 978-7-5555-0843-4

Ⅰ. ①叩… Ⅱ. ①苏… Ⅲ. ①散文集—中国—当代 Ⅳ. ①I267

中国版本图书馆 CIP 数据核字 (2017) 第 076840 号

叩拜大地
KOUBAI DADI

作　　者	苏芝英
策　　划	胡丽娟　张宝肖
责任编辑	胡丽娟　张利君
责任校对	胡丽娟　张利君　王　叶
装帧设计	王改英
出版发行	远方出版社
社　　址	呼和浩特市乌兰察布东路666号　邮编 010010
电　　话	（0471）2236470 总编室　2236460 发行部
经　　销	新华书店
印　　刷	内蒙古爱信达教育印务有限责任公司
开　　本	170mm×240mm　1/16
字　　数	385千
印　　张	26.5
版　　次	2017年4月第1版
印　　次	2017年11月第1次印刷
标准书号	ISBN 978-7-5555-0843-4
定　　价	68.00元

如发现印装质量问题，请与出版社联系调换

目录
Koubai Dadi
叩拜大地

走西口的祖辈们　/001

父亲和母亲　/009

并非金色的童年　/015

朦朦胧胧的"大跃进"　/023

饥饿的记忆　/030

为吃馒头而念书　/040

少先队员　/047

母亲之死　/055

短暂的中学生活　/067

狂热的日子　/075

动荡的山村　/081

学毛著的积极分子　/090

小小工农兵通讯员　/099

首届高中生　/107

走上讲台　/123

借调干部　/130

马恩在心中　/142

畔峁子下乡　/150

夜校灯火　/156

大悲大喜的日子　/163

蹲点干部　/172

我们开始改变　/185

真的好起来了　/191

变化真正从这里开始　/199

党风也好起来了　/213

又回宣传部 /224

再操旧业 /233

我的大学梦 /239

不测风云 /248

迟到的教导员 /258

我获征文三连冠 /268

盾牌闪闪亮 /274

编辑部的故事 /288

寂寞写文章 /294

忙碌的日子 /301

走进马克思的故乡 /308

我不识相 /322

我在感恩 /329

忠孝难两全　/334

生不逢时　/344

告别读者　/349

我为财政鼓与呼　/353

我和我的散文　/357

走近澳洲　/365

再逢无奈　/376

峰回路转　/380

组建鼎新担保公司　/388

做服务业发展的促进者　/399

天伦有乐　/403

后　记　/411

走西口的祖辈们

故乡是什么？不知多少人在感念她却难以言表，不知多少人在遥望她却无言作答。

当代著名作家王蒙在其《半生多事》中说：故乡就是命运，就是天意，就是先验的威严。

台湾著名女作家席慕蓉在其《蒙文课》中说：故乡是你祖先生活于其上的土地。然后，你必须在那里出生，在那里长大。

我国知名小说家陈应松在其《夜深沉》中说：故乡就是你想哭哭不出的地方。一个人没有故乡，就等于死后没有棺材。

……

在我看来，故乡是自然情，心之所向，情之所往；故乡是亲人情，血脉相通，骨肉相连；故乡是爹娘亲切的呼唤，可焕发出勇士驰骋疆场的擎天之力；故乡是山水的微微感悟，可打开迷途游子贯天通地之灵感。

离开呼和浩特南行120公里，就是内蒙古自治区清水河县城。从这里再往东走八十里山路，就是我们的村子盆地青。这里就是我的祖辈们走西口落脚的地方，就是生我养我令我常常魂牵梦萦的故乡。

盆地青，村子不大，傍山依水。几十户人家散乱地居住在向阳的山坡上，

一条小河从村前潺潺流过,奏出轻灵欢快的旋律。

这里青山如黛,岚烟缥缈。站在山巅转眼东望,不远处便是蜿蜒曲折的古长城,沿着起伏的山梁伸向遥远的地方。几千年过去了,修筑长城的人们早已渺无踪迹,唯有这古长城还在,唯有这孟姜女千里寻夫的故事犹传。长城内外散落着一些不起眼的小村庄,远远望去,袅袅炊烟时有缭绕,但很快就被山塬上的阵阵轻风吹得无影无踪了。

村前的河湾也算一块开阔的盆地。河湾里田垄似棋盘,农人们似棋子般缓缓挪移。夏日里人们大都要顶着草帽在田间忙乎农活儿,抬眼望去,恍若浮萍漂在这塞外的原野之上。要不我的先祖们怎会给这不起眼的村子起这么个像模像样的名字呢?

村子没有迷人的风景,实在得像一捧黄土。可多少年来,走出小村子的我,心却始终走不出小村子散发的泥土清香。

村里的耄耋老人王世元先生是个老秀才,老人家对我们村庄那遥远模糊的历史,对家家村民的来历、家庭、性格、婚姻等,都能如数家珍。记得老人生前曾对我说过:"咱们盆地青村是明朝成化二年开的地。成化共坐了23年,是明朝第九个皇帝宪宗朱见深。"为了证实这一点,我曾查阅了《中国皇帝全传》,朱见深是明朝的第八个皇帝,而不是第九个。但不管怎么说,可以看出老人家的知识是相当丰富的。我们这个小村子也可算是历史悠久、积淀深厚了。

村西的山梁上,有一棵树冠硕大、枝繁叶茂的杨树,像一把巨伞遮盖了山梁上的半亩地,十几里外就能远远地望见。它伟岸壮实,任风霜苦寒旱涝煎熬,总是根深叶茂、傲骨坚挺,如同它根下的岩石泥土,总是隐忍质朴又桀骜不驯地冷眼审视着纷繁芜杂的苍生。

——这就是我们苏氏家族的祖坟树。

父亲生前曾多次对我们说过,我家的祖籍是在山西省五台县豆村。可见,我们苏氏家族当年也是随着走西口的人们流落到内蒙古的。

"哥哥你走西口,小妹妹实在难留。止不住的伤心泪,一道一道往下流……"走西口,是一部饱含辛酸的移民史,也是一部艰苦奋斗的创业史。走西口的人们穷苦人居多，但也不乏匠人、艺人等。在当时那个特殊的历史背景下，他们冲破2000里明长城的重重阻隔，打通了中原腹地与蒙古草原的经济和文化通道，将山西先进的农耕文化带到了内蒙古中西部地区，使当地形成了富有浓郁山西本土特色的移民文化，实现了口里汉族人民和口外蒙古族人民的大融合，从而也带动了北部边疆的繁荣与发展。

至于我家的先人是何年何月从口里迁徙到清水河县盆地青村的，已无从考证了。因为我的祖辈中没有识文断字的人，更没有留下任何文字记载。但从我们家族祖坟上那棵皱褶满身的老坟树来判断，它至少也有二百多年的历史；从墓地的坟丘来看，这里已经长眠了家族里的四辈老人。

父亲在世时曾多次说过，早年一位风水先生看了我们家族的祖坟后曾断言，这坟地"头枕白龙，脚踏玉泉"，日后门第要出一斗芝麻的官。风水先生的话自然纯属诳言，断不能当真。但我们家族坟地那棵巨大无比的老坟树确是至今长得十分繁茂，十里八乡是很难见到的。因为我家的坟地紧傍一条通往山外的大路，来来往往的人很多，不知有多少过路人在此乘过凉、歇过脚，他们无不赞叹地说："这树可真是这村子的风水啊！"

我的先祖是从山西出来的领晋剧的班主。我的曾祖父叫苏谦亮，关于他的传说至今我听到的很少，只听说他一直是个领大戏的，先后娶过两个女人。

我的爷爷叫苏连科，听说他性格豪爽，乐于助人，长年领着戏班子走南闯北，一生结交了许多三教九流的狐朋狗友，走到哪儿都有他的朋友，走到哪儿他都能说上话。就是当年多如牛毛的土匪来到盆地青，一听说这是苏连科他们村，就会说："这是朋友的村子，不能刁抢。"就因为我爷爷的好名声，不知使多少人家的财产免遭了损失，也不知道搭救了多少人的性命。那时，周围有的老财人家被土匪绑了票、请了"财神"，非得请我爷爷去给说合，才会将人放回来。单从这一点来说，我爷爷当时也算是一个有头有脸的人物哩！

当时，我们邻村的三道沟有个日本人设的土围子，常年驻扎着二三十个日伪警察，这些人又大多是来自土默川的，邻近村里庄户人家像样儿些的媳妇被这些人给拐骗走不少。在众人的央求下，爷爷装扮成货郎挑着担子只身下

到土默川东寻西访，竟给寻回好几个被煽骗走的女人。

关于我们家族里的一些事情，我大多是听父亲在世时讲的。村里的耄耋老人王世元、王来栓、吕占宽等也曾给我讲述过许多关于我们家族里的事情。

现在看来，值得我们后人骄傲的是，我的祖先们虽不种地，领的可是著名的山西晋剧，他们来到口外传播的是中原文化，进行的可是一种民间文化交流啊！

我坚信，先辈们的戏剧生涯并非讹传，也并非十分遥远。因为我小时候还见家里有许多唱大戏的行头，什么龙袍蟒褂、凤冠头戴、鼓板梆子、化妆木盒等等，这些也都是我和哥哥小时候时常玩耍的东西。直至我的大女儿苏芳1975年出生，我的妻子才将家里留藏的最后一个凤冠拆掉，给女儿做了衣服上的装饰品。

家父虽然没有文化，但他讲起我们家族里的一些旧事却津津乐道。父亲常说："你爷爷可是个了不起的人哩，在他手上咱们家里养活着一个四十多人的戏班子，唱的就是山西晋剧。"

晋剧，其实就是山西人说的中路梆子，也是山西省的代表性剧种。晋剧的特点是旋律婉转流畅，曲调优美圆润，道白亲切清晰，具有浓郁的乡土气息和独特风格，深受广大人民群众的喜爱。同时，也成就了像丁果仙、田桂兰、王爱爱、赵吉祥、马玉楼、闫慧珍等许许多多的戏剧名家。

听父亲说，当年我家的戏班子是周围方圆百里有名的戏班子。剧目主要是以《算粮登殿》《下河东》《八件衣》《辕门斩子》《明公断》《金沙滩》《狸猫换太子》等大戏为主。

家乡这块土地虽然贫瘠，但真诚而质朴，大方而热情。家乡的人们多是陆续从口里迁出来的，因而他们是非常喜欢看晋剧的，因而也很喜欢我家的戏班子。因为这土台席棚，红黑花脸，演尽人间酸甜事，唱出天地苦乐情。因而世代耕耘劳作、困苦煎熬的家乡人一说看戏，就会把一切怀想与思考，灰心与失望，孤寂与郁闷，都融入那急风骤雨般、波翻浪涌般、行云流水般的鼓锣钹铙的打击之中，唢呐板胡的吹拉声中，生旦净丑的演唱声中。在这里，历史的风云恍惚在眼前流动，真善美和假恶丑在这里激发和碰撞，这才有了花木兰花打朝抬花轿对花枪；这才有了风流才子皇帝告状血溅乌纱五世请缨狸猫换太子穆桂英挂帅……

戏唱完了，人们拍拍屁股站起来，便四处散去。细细一想，这戏情即世情，悲欢离合、世态炎凉、欢天喜地莫不转眼皆空，我辈庸人，又何必争强好胜、愁眉不展？倒不如畅怀一笑。于是，许多人便会释然而叹：罢罢罢，人生一世，莫再自寻烦恼！

农村晋剧演出

这就是我家戏班子备受乡民们青睐的特殊功效。可以想象，当年我的祖辈们将这种文化艺术带到塞外，必将和北方的草原文化产生强烈的碰撞与融合，也必将引起当地人们的共鸣和赞赏。

每年农历五月间，我家的戏班子就要出台，头一个台口就要赶附近黑台山的古刹庙会，紧接着便是大庙坡、对儿沟、青龙洞、山神庙等，再往后他们就下了土默川。

戏子们大都是些来自山西的老乡。每年几时出台唱戏都是死日子，不用去通知，他们都会自己陆续聚来。

父亲说,那时唱戏的大多是些抽大烟的烟鬼,一来到我们家就横躺竖卧一片。这时爷爷就得赶紧出去想法儿给他们弄点洋烟回来。奶奶和我父亲不停歇地给他们压莜面做饭,有时候还供不上。当时这些戏子们过的日子是有今天不说明天,活月里唱戏挣钱紧的个花,有钱不当个钱,经常是胡吃海喝;戏一码有的人连路费也没攒下,还得我爷爷再给拿盘缠。当时人们有个顺口溜说:白活(指赌博的人)戏子秧,年年闹个大趴场。

据说当时我家的戏班子不论走到哪儿戏价都不高,一个台口唱三天,只不过赚十几块钱。因而单靠戏价是维持不了戏班子开支的,再说一唱戏还得招待应酬衙门来的人哩。当时我家的戏班子维持正常的运转主要是靠押宝赌博。据说每到一地,锣鼓一响,大戏一开,人头攒动,戏场周围卖麻花麻叶干货的、卖西瓜桃梨水果的吆喝声不绝于耳。

这时,我家的蓝色宝棚一溜十几个就支登开了。人们都急着等我爷爷出来坐宝庄,有时候爷爷来得稍晚一会儿,人们就会急着骂着或去找他催他,反正我爷爷不到场,宝摊子是开不起来的。

据说爷爷的宝棚一般是赢多输少。可有一次在大庙坡唱戏,爷爷有些点儿背,他亲自坐镇掏宝被人家一押一个准,现大洋是一堆一堆地给人家往出兑。眼看就要被砸宝摊子了,爷爷的头上也竟冒出了豆大的汗珠。不少人叫喊起来了:"快押啊,苏连科今天撑不住了!"

当时,我父亲还是个十来岁的孩子。他见自己的父亲陷入了这般窘境,就凑上前去拉着爷爷说:"我给你掏几下!"

正在气头上的爷爷随手将宝盒子扔给了儿子说:"你想掏掏去,大不了驴死篓驮烂,顶的个不驮炭。"

外面押宝的人一见是个孩子给掏宝,顿时更来了精神,嚷道:"你老子都不行,你个猴狗日的还能有个啥尿戏?快掏!快掏!"说着押宝的人更多了,赌注下得更大了。

谁想到这娃娃掏宝是既无定数又无规律可言。他在里面随心所欲地掏宝,根本不受外面人情绪的影响,等宝盒子传到外面打开一看,根本不是人们想象判断的点数。几袋烟的工夫，父亲竟帮爷爷挽回了败局。

据说爷爷那时每年过手的洋钱真不少，多的时候用笸箩端。父亲说，爷爷那时要是攒钱，我家肯定会成为当地最有钱的财主。可爷爷一生不爱钱、不存钱，有钱不往家里拿。爷爷侠肝义胆，有一副仗义疏财的脾性。他见谁有困难就不管三七二十一把钱给了人家，谁张开口都能向他要上钱，更不用说是借钱啦。爷爷那时也抽大烟，有时候他刚花钱弄回点洋烟，有人就上门哀求说："连科哥，我烟瘾得不行了，给我点烟哇。"爷爷二话不说就会连烟口袋全送了人家。

正是由于爷爷这种长年在外漂泊的生活，养成了他一生不顾家、爱交朋友的习性。听说爷爷不大喜欢我那相貌平平的奶奶，所以一年四季他很少回家，就是过年也很少回来，更谈不上家庭观念或对子女的培养教育。当时正是兵荒马乱的年代，我奶奶领着一家老小在家里吞糠咽菜度日如年，有时是吃了上顿没下顿，可爷爷长年在外面花钱如流水。

三个儿子渐渐长大了，村里的人都打劝说该给娃娃们张罗着娶个媳妇了。可爷爷说："着啥急？怕他们不是那好的，是好的还愁个媳妇？"所以，我父亲弟兄三个，只有我父亲在本村热心的杨三老汉主动撮合下，才将我的母亲迎娶进门。

听父亲说，爷爷的身材不算高大，但他走路特别快。爷爷一般白天不走路，他要出远门也是在黑夜走。一个人手提一根白蜡木杆，趿拉着鞋子就悄无声息地走了。爷爷一黑夜能走百十里路，他又常常居无定所。据说爷爷在下河槽、西马场、黄河畔都有他心爱的女人，他想去哪儿就去哪儿，有时谁也说不清爷爷究竟是在哪里。有一年，有人给我家二爹说将一个媳妇来，人家要二百块大洋。二爹在外面跑逛了半个多月才在黄河边上找到了爷爷。这回爷爷不错，如数给二爹将钱带了回来。无奈我家二爹老实巴交，日子过得一贫如洗，那媳妇没跟他过几天就跟别人跑了。

爷爷是1950年春天去世的，死因很简单。当时我们国家刚刚解放，从上

至下镇压反革命以巩固新生的政权。听说爷爷和村里的杨三、郭润来等十几个人一起曾在村里的庙上磕过头，每人交了五块钱，吃过一顿类似"一贯道"帮会的饭。所以，镇反时爷爷也被乡农会干部叫去训话，要他们交代有关反革命串联的问题。爷爷说："我一辈子没害过人，没办过对不起乡亲们的事情，死也没说的。"

那农会干部一听便大怒，"啪——"地一下将腰间的手枪掏出来拍在桌子上喊道："好你个苏连科，让你来交代问题，你是死也不说！回去好好想想，明天再来说清楚。明天再不说看我们怎样收拾你！"

谁知第二天，当他们再找爷爷时，爷爷已经在村中庙院里的树上悬梁自尽了。

这是谁也没有料到的事情。据父亲说，当时人们谁也没有看出爷爷有要自寻短见的迹象，他至死还像平常一样和人们嘻嘻哈哈地说笑。

看来，我爷爷不愧是个一辈子走南闯北看破红尘的人，他一生把银钱看得很淡，把生命看得很轻，唯独把自己的人格尊严看得很重很重，他是真正做到了笑对人生、视死如归啊！

父亲和母亲

我的父亲叫苏甲才,是爷爷的三儿子。父亲属牛,看来命中注定他就是个受苦受罪的人。

我的大爹叫苏召才,生性倔强,年轻时在村里不忍一财主家的欺负,和人家狠狠地干了一仗,从此便一个人上了后山草地给蒙古人放牛放羊。村里也有人说大爹上后山的另一个原因是,他当年辛辛苦苦背了几年石头砌起的三间石窑洞,被四处漂泊的爷爷回来以三百块大洋卖给了村里的郭姓人家,钱也被爷爷卷走了。无奈与气愤交加的大爹便扭头上了后山。直到上世纪六十年代,在大爹暮年时我父亲才将他接了回来使他落叶归根。

我的二爹叫苏富才,人极为老实萎脆。他长年在邻村给人家放牲口不能回家,和我父亲兄弟俩想见面就得到山坡上去。

那时,我爷爷长年在外领戏,再加他又不喜欢我那相貌平平的奶奶,除很少回家不说,就连家里人的日常生活他都从来不管不顾。

听父亲说,那时他和奶奶的生活全凭他的娘舅家——山西省平鲁县蒋家坪乡牛洞沟村的孟家接济。人家经常派人来送这送那,曾给予了他们许多生活上的帮助。记得我小时候,有一次山西蒋家坪村唱戏,父亲领着我去过一次牛洞沟他娘舅家。牛洞沟离蒋家坪只有二三里地,我们在舅爷爷家吃了一顿

午饭。舅爷爷家人非常热情,说啥也不让我们走,还从门前的杏树上摘回许多不大成熟的杏儿,让我们尽情地吃。最后,我们还是乘他们歇晌睡觉时不打招呼就偷偷地走了。

  家乡坐落在古长城脚下,这里曾是革命老区。当年八路军晋察冀警备六团的人马就经常在这一带活动。家乡的人们口中至今仍传颂着抗日民族女英雄李林的故事。李林是福建龙溪县人,自幼长在爪哇。当年她怀着满腔救国热情,放弃了北平的大学生活,跑到抗日高潮所在的山西毅然投身抗日救国,后来她担任雁北抗日挺进支队骑兵营教导员。1940年4月26日,她率队在我们家乡附近的郭家窑子与日寇发生遭遇战,突围中不幸壮烈牺牲。据说当时延安的《新中华报》还刊发了悼念李林的文章,称赞她是"中国民族英雄的最光荣典范"。

  在那兵荒马乱的年代,家乡也是国共拉锯战的必争之地,白天你走了,黑夜他来了。特别是日本鬼子的队伍会时不时地出来扫荡,他们经常在村东的山上向村里胡乱地开枪,吓得人们白天不敢在地里干活儿,黑夜不敢在家里睡觉。与我们相邻的五里坡村,一次就被国民党乡兵在地洞里给活活烧死了二十口人。有一次,日本鬼子又来了,村里能跑动的都跑了,只有几个老者没跑了。第二天人们回来一看,他们都被日本人用刺刀给捅死在了河湾里。父亲回家一看,家里的门窗被日本鬼子拆得烧了火,锅里也让日本人给拉了屎。这小鬼子真是禽兽不如,他们太欺负咱中国人了,从此父亲在幼小的心灵里就埋下了民族的仇恨。

  我小时候就听父亲讲过这样一段故事,在打日本鬼子的时候,一支活跃在长城边上的八路军游击队一次被敌人围剿得四处转山头,十几个人几天没吃没喝。

  有一天下半夜,游击队的王铁虎队长带着大伙儿悄悄来到我们家。奶奶和我父亲是又惊又喜:"你们咋还没走哇?"

  王队长急切地对奶奶说:"大嫂,快做点饭吧,我们实在是饿急了。一会儿我们还得上山哩!"

奶奶寻思着说:"吃啥哩?"王队长是外路人,他说:"啥快咱们就吃啥,就做搅团吧!"

奶奶说:"搅团咱不会做。就数拿糕快。"奶奶立马吩咐儿子抱柴烧火,不到一锅烟的工夫,奶奶就将一锅莜面拿糕端了上来。

原来王队长说的搅团就是奶奶说的拿糕,只是由于地域不同叫法不同而已,逗得大伙儿一阵好笑。匆匆吃罢饭,王队长他们又很快消失在了夜幕之中。没几天,就听说王队长他们配合警备六团端掉了我们村附近的一个土围子,打死了几十个日伪兵。

直到现在想起这件事,我还会在心里生出几分骄傲,别小看了我那相貌平平的奶奶,她还为中国革命的胜利做过贡献哩!

奶奶死的时候,我父亲才十二岁。从此,他烧砖打瓦变成了一个野孩子,更是一个穷孩子。他一个人住在一间破烂不堪的窑洞里,土炕无席,唯一的枕头就是一截剥了皮的榆木骨碌。

父亲当时虽然穷得叮当响,但他却很有骨气。他从不去乞求别人的施舍,也不像有的人偷鸡摸狗去填充自己的肚子。他靠的是自己的双手,上山打柴,下滩拾粪,有时也给村里的老财人家打打短工,来养活自己。

那年村里来了八路军,个个清一色的干草灰衣服,待人却很和善,走到谁家都帮着担水扫院子——据说那是贺龙的部队。村里的人一听说过队伍,早就跑光了。可父亲和几个穷孩子仍然留在村里,他们跑前跑后,领着队伍上的人号房子,还将一家财主的粮食窖指给了八路军。队伍开走的时候,父亲硬要跟着去当兵,可人家是转战千里的正规部队,不要小孩子。为此,父亲当时还哭过鼻子呢。

可父亲后来也险些当了兵,不过不是八路军,而是国民党的部队。解放战争后期,因为战事吃紧,绥远省国民党傅作义部在我们家乡一带连续抓了好几期壮丁。父亲是第五期被抓的丁。本来那次是没有他的,可乡里一户有钱人家花了钱保了本家人就把他顶了进去。听说当时抓壮丁是县里一下命令,乡长

保长便领着人四处去抓人捆人,就是六十岁的老汉叫你走,马上给你剃了胡子就得走。村里人一听说来抓兵,便哭爹喊娘,四处逃散。

听父亲说,当时他们几百个壮丁被关在县城附近的神池窑大庙里,每天整队出操训练。大庙四周架着机枪,防止兵丁逃走。那国军的教官更是耀武扬威,眼珠子瞪得像牛蛋大,壮丁们稍不认真,就被打得鼻口流血。父亲大概当时就预感到这是一支就要灭亡的军队,他几次想逃跑,但因看守得太严没能跑掉。

突然有一天,上面给他们每个人都发下了衣服、背包,那都是些"黄皮",看来他们很快就要开赴前线当炮灰去了。没想到当晚父亲被点名叫了出来,一个军官模样的人上来狠狠抽了他一个耳光,冲着他大声呵斥道:"他妈的,咋这种人也弄来凑数?给我滚!"说着,父亲就被他们撵出了大庙的门外。

原来父亲这次被"开释",是本村在乡公所当差的里栓爷费尽周折暗地里打通了关节搭救了他。

多少年后,父亲每当提起这件事总是十分自豪地对我们说:"我那年那灰兵没当可真闹对啦,当时走的那些人大都没回来,至今也少名没姓的。再说我要当上几天那灰兵,你们这后来还能当了国家的干部?"

那个时候,父亲虽然很穷,但人勤快实在,村里穷哥们谁家的农活儿要紧了,他总是尽力去帮忙,只不过是挣饭没工钱罢了。有道是"人心换人心,八两换半斤",自然穷哥们也是非常真诚地关心着他。十八岁那年,在村里热心的杨三老汉的主动撮合下,父亲将我的母亲娶进了门。从此,他才结束了一个人孤苦伶仃的生活。

我的母亲叫梁巧叶,是邻村沟门上梁福家的大女儿,嫁到我们村时她刚满二十岁。母亲进门的时候,父亲的家里竟穷得没有一升面一碗米,就连前来送亲的二福姥爷也只能是在炕头角稍坐了一会儿,就饿着肚子返回去了。

这还像个娶媳妇、嫁人家的吗?母亲为此气得大哭一场。

不过,父亲这种穷困尴尬的困境很快就被打破了。第二天,我姥爷就派人赶着驴驮子给他们送来了一些粮食,并将邻近我们村的三亩地也给了我的父母。开春的时候,姥爷还亲自套着牛犋来帮他们耕种。

据说,当时我姥爷家还是比较富裕的,拥有几十亩土地,养着几十只绵羊,还有满圈的牛驴骡马,并常有几个雇工,这在当时来说算得上是一个小财主啦。

沟门上的梁姓人家是一个大家族,这些梁家人又特别善良勤劳。姥爷有钱不是供孩子们念书,而是不断地置地。虽说自己已拥有了几十亩土地,但他除了自己每天起五更睡半夜下地劳动外,还要求儿女们跟着他去干活儿。在五个孩子中间,我母亲是长女,所以母亲从小就开始了许多艰苦的农村劳作,在姥爷的几个子女中,母亲是一个十分勤快能干的人。

记得小时候常听母亲讲,那时她和姥姥几乎每天鸡叫就起身给受苦人做饭,有时候饭还得由她提着罐子直接送到地头去。

有一年,日本人在我们家乡的东台山架起了钢炮,疯狂地朝山下的村庄、人群射出一发发炮弹,吓得人们没命似的往山沟里钻。日本人的飞机也像苍蝇似的嗡嗡地乱叫,朝人们的头顶上扔下一颗颗炸弹。人倒没伤几个,可牲口被炸死不少。村里人躲藏在对面的马鞍山好几天不敢回村。山上没吃没喝,大人娃娃饿得哇哇直叫。

还是我母亲的胆儿大,她说:"我回村里寻吃的去!"在众人的企盼中,母亲真的带着一大包马肉跑回来了。原来母亲回村将日本人炸死的马给人们煮了一大锅肉来。

不知是受了日本人的惊吓还是其他别的原因,反正后来我姥爷他们并不像从前那样节俭过日子了。当时村里人种洋烟,姥爷、姥姥还有大舅,都抽起了洋烟,而且烟瘾十足。那时大舅本来只有十几岁,正是长身子的时候,但他过早地染上了抽大烟的恶习,致使他一辈子是个身体瘦弱、手无缚鸡之力的人。

姥爷刚过五十岁就去世了。他苦心经营的那个富裕的小家庭很快就衰败了。土地不断地被卖掉,牲口常常死去,家里很快就变得穷塌潦倒啦。土改时竟没有了一亩土地,因而也堂而皇之地被划为了贫农。原来人们以为没有了洋烟大舅就活不了,可是解放后大舅不但扔掉了大烟枪,而且还成了中国共产党员,竟还当了几十年的村支书。只是由于他身小力薄,没有哪个女人愿意

嫁他为妻,使他至死也是孤身一人。

姥爷家曾经有过的辉煌我是一点儿也没有见到过的,只能是听听而已。

当我记事时,姥爷早已逝去,二姨、三姨也已出嫁,家里只剩下姥姥和她的两个宝贝儿子。她们居住在村东小河畔上的三孔土窑洞里。她们还是那样守旧信神,西窑的锅台前仍常年供奉着灶神。虽然那木框架已经发黑变朽,但从那精雕细刻的工艺来看,足以说明前主人的虔诚和香火的不断。东窑早已不能再住人,窑顶端不知啥时候塌下一大块来。地下长年陈放着一口朱红的棺材,那是姥爷活着的时候就为姥姥的将来备下的。

几年后,姥姥也去世了,母亲就很少再回过沟门村,因为那时她已是几个孩子缠身的母亲了。

我只记得,每年过大年时,母亲就去找村里识文断字的里栓爷,让他用黄表纸给写写画画添个卜。母亲趁着天色将黑来到村口将它烧了,再磕上几个响头,算是给逝去的姥爷姥姥烧纸拜年了。

并非金色的童年

像故乡的天空掉下一滴普通的雨星，像山沟沟里冒出一棵寻常的小草，像刚从泥土里刨出的一颗山药蛋，1953年农历六月十三日，我呱呱坠地降生人间。父母给我取了个"贵祥"的乳名，大概是希望自己的儿子将来能够富贵吉祥。

当时就全国范围来说，大陆上的军事行动已经结束，土地改革已经基本完成，我国开始了以实施发展国民经济第一个五年计划为中心的大规模的经济建设。对于广大农民来说，千百年来"耕者有其田"的梦想终于实现了，一个真正安居乐业的时代开始了。

但那时，我国的工农业水平非常低下，毛泽东主席当时曾有过这样一段令人印象深刻的描述："现在我们能造什么？能造桌子椅子，能造茶碗茶壶，能种粮食，还能磨成面粉，还能造纸。但是，我们一辆汽车、一架飞机、一辆坦克、一辆拖拉机都不能造。"

刚刚获得解放的中国人民自然迫切希望迅速改变这种落后状况，他们自然是以极大的革命热情兴高采烈地迎接和投入到新中国多快好省地建设社会主义的高潮中。

当我记事时，我们已是九口之家。我上面有姐姐、哥哥，下面还有三个弟

妹。我二爹孤身一人，也和我们生活在一起。常言说，家有五口，一犋牛紧走。完全可以想象得出，这对一个贫穷山村的普通农家来说，意味着将会面对怎样的艰辛和付出。

我家住在远离大村子的一个石圪蛋上。门坡很陡，上得院子要走很长一段"之"字形羊肠小道。这石圪蛋上仅有三户人家，另两户都是六七十岁的孤寡老人。按村亲，一户我们称呼仲姑爷，一户我们称呼老舅奶。两位老人膝下无儿无女，便把我们兄妹几个当作自己的儿女看待，我们也整日在仲姑爷和老舅奶家跑出跑进。所以，这石圪蛋虽然偏远，却也整日有喊有叫，热热闹闹。

那时，我们塞外农村的生产条件极为落后，老牛木犁疙瘩绳，只不过是刚刚摆脱原始的刀耕火种罢了。家乡又是高寒的山区，处处沙梁薄地，自然打不了多少粮食。因此，一年到头要刨闹全村几百张嘴的口粮那可是十分不易的事情。可当时村里的人们精神振奋，心情舒畅，劳动生产的积极性非常高涨，村里到处呈现出向前向上的勃勃生机。

那时的干群关系也非常好，县乡里来的干部艰苦朴素，廉洁奉公，真心实意为老百姓说话办事。老百姓真心实意拥护人民政府，尊重和支持干部们的工作。"听毛主席的话，跟共产党走"并不是虚假的套话，而是真情实意的表露。

当时上面来的干部都是打着背包步行几十里山路下来，他们白天下地干活儿，晚上回来开会研究工作，与社员们同吃同住同劳动，绝不敢多吃多占，绝不敢偷懒耍滑，绝不敢摆官架子，绝不敢欺负老百姓。这些下来的干部一律是在社员们家里吃派饭，吃完了还要按规定给留下一些饭钱。想起当年的这些事，至今会让我感慨万千：正因为有这样的党和政府，正因为有这样的干部，才会有解放初期的政通人和、江山稳固啊！

我清楚地记得，母亲每天晚上都要提着灯笼去村里上民校，参加妇女扫盲识字班，就是刮风下雨也不缺课。村里的许多妇女就是在那时的扫盲运动中摘掉了文盲的帽子。我朦胧中记得当时妇女识字班用的是县里统一印制的纸质非常粗糙的课本，课文的内容也基本是反映当地风土人情的顺口溜之类，人们读起来朗朗上口，好听又好记。

我们村还组织起一个秧歌班，经常排戏演节目，歌唱人民大救星毛主席，歌唱党和政府的好政策，歌唱互助组、合作化好，歌唱村里的新人新事。秧歌班唱戏缺行头，父亲就把我家过去戏班留下来的行头自动捐献了出来，什么龙袍马褂、头戴凤冠、鼓板丝弦样样都有。

记忆特别清晰的是，每年大年正月初一，在一阵紧似一阵的锣鼓声中，村里的人们眉开眼笑地纷纷走出家门，一齐赶着牛羊走向东河湾去迎喜神。在那片茂密的大树林前，全村人虔诚地跪倒在那里，烧香燃纸敬神，泼散食品。而后好像进行比赛似的，人们都争先恐后地燃放各种爆竹。这时候牛群、羊群与人群早已搅混在了一起，到处是鸣儿喊叫，到处是一片欢笑。最活跃的还是我们这些娃娃，一个个像出了笼的小鸟，在人群中钻来跑去，驱牛撵羊，好不欢喜。

迎喜神回来，秧歌队里的人便各扮角色，粉墨登场，在醉人心弦的锣鼓声中，一家挨着一家地给人们踩院子拜大年。那踢场的、拉花的、落毛的，在拥挤的人群中穿来穿去，他们或恣意摆动着二尺长的胡须，或千变万化地做着各种鬼脸，或腾空跃起翻着高难度的筋斗。

村里的秧歌队

尤其是那个领唱的花脸儿，他有着很强的观察、思维和应变能力，不管走到谁家，都能根据当下观察到的景与物马上编出一些对主人家表示祝福、

恭喜的唱词来，如"这个院子宽又宽，四面又把骡马拴，红灯高挂喜盈门呀，儿孙定要坐高官"等等。不管走多少人家，他的唱词是绝不会重复的。这时，他那高亢的唱腔，听了真叫人心醉。

那时，人们自然是对毛主席、共产党充满了无比的感激，对新社会充满了无限的热爱。村里的人们干劲十足，父母亲不管刮风下雨，一年四季几乎一天不误地积极参加队里的农业生产劳动。父亲和二爹还起早搭黑在村后的沟沟岔岔里栽植了许多杨树、榆树、杏树，因此还受到了上面的表彰。

当时，我们兄妹几个都还很小，大人们下地劳动走了，我们几个就常由老舅奶照看着。那时候村子周围常有野狼出没，叼走羊羔、猪娃是寻常事。有时候狼竟会爬到我家窑顶上的烟囱后面向我们窥视，尤其是在夜间，你会远远看到它那道幽蓝的目光。父母亲每天下地前，总是对我们放心不下，会前安后顿，不许我们跑得太远。

老舅爷是谁？我没见过。只听大人们说他曾是村里的木匠，人称王木匠。可他在老舅奶年轻时就死去了，老舅奶一直守寡过日子。老舅奶虽然老了，但脸上似乎还残留一丝风韵。可以想象得到，老舅奶年轻时一定是个十分漂亮的女人。老人家性格温和，人很勤快，住的两间土窑洞总是收拾得干干净净。墙壁刷得雪白，地面用红泥水浆得紫红，地上真是找不到半截柴渣草棍。老舅奶还是个爱抽烟的人，我是在她家里第一次见到了纸烟，好像老人家总是在抽一种叫"大婴孩"的香烟。老舅奶很细心，她把抽完的烟盒剥开，一张张地糊裱在小泥缸上，泥缸用来盛米装面，花花绿绿的十分好看，这也是当时她家里唯一的装饰品。

老舅奶没有自己的儿女，自然我们这帮娃娃们会给老人家带来许多愉悦。我们整天不是在自己家里就是在老舅奶家里，跑出跑进，玩得特别开心。

门坡前有一条小溪，弯弯曲曲日夜不停地流向远方。溪边有老舅奶自己开垦出的一片小小的菜地，老人家年年要种上些萝卜、白菜、芫荽什么的。每当晌午将来我们饿得头昏眼花的时候，老人家就会迈着蹒跚的步子下到地里给我们拔几个鲜嫩的萝卜回来。我们把泥土擦得干干净净，让老舅奶先吃。老人家用手指指嘴巴说："我老了，少牙没齿的咬不动了，你们快吃吧！"那个时候，我从内心里十分感激老舅奶，感激老人家对我们这帮孩子的照料，对我们艰辛生活的扶助。

我童年的大部分时光是在山野间度过的。赤足丈量过的山路一如大脑的神经网络，编织着我稚嫩而迷茫的梦幻。山风凛冽的抽打，使我瘦弱的肌体渐渐强健起来；山野里趔趄的脚步，使我不停地追赶着生命的太阳。从认识山野开始，我才开始认识自然，认识社会。

山乡的春天似乎来得要早一些，当春风轻轻吹拂的时候，故乡的山野便会成为一幅迷人的水彩画。只要经过一场春雨的淋洗，随处可见的树木仿佛一下子都睁开了明亮的眼睛，树枝的手臂也顿时柔软了，而萌发的叶子不断地起伏着一层层绿茵茵的波浪，水珠子从那紫色蓓蕾里滴落下来，比那少女的眼睛还要娇媚。昆虫慢慢地爬出洞口，懒懒地伸着僵曲的腰肢，又开始了繁忙的劳动；勤快的山雀站在高高的树梢上，摇动着羽毛，自由自在地争鸣了。山坡上很快就开满了红的山丹花、蓝的锁牛花、黄的摇铃花、粉的打碗碗花，到处充满了绿的生机，充满了绿的希望。

这个时候，我和兄妹们或村里的小伙伴们就会像一群出了笼的小鸟，活蹦乱跳地一起到塃畔上、山坡上刨狼婆（一种能吃的红色草根）、摘锁牛牛。站在山坡上放眼一瞅，只要你看见哪里有一簇嫩绿的锁牛牛草，用手使劲往泥土里一掏，肯定会从其根部掏出几颗硕大的发着青绿的锁牛牛果实。剥开一看，里面保准会有些排列整齐的大米颗粒般的晶状物，吃在嘴里满口溢香。

石圪蛋东边就是我家的杏树壕。沟壕里有几棵高高低低的杏树，这便是我童年时见到的唯一结果实的树木。壕里的杏树开花了，一朵朵粉白的杏花将细密的枝杈塞得满满当当，那些花朵与花朵之间，更多的还应该有浓酽稠密的阳光粘连着。蜜蜂在层层叠叠的花瓣中间钻进钻出，嗡嗡地采蜜；蝴蝶悠闲飘逸，飞来飞去，悄无声息仿佛幻影。随着阵阵轻风，杏树下布满移动的树影，落满细碎的花瓣。

母亲拖着疲倦的身子从地里劳动回来了,我们兄妹几个争先恐后地从门坡上跑下去迎接母亲,向母亲报告这一喜讯,并不由分说前拉后拥地拽着母亲去看那杏树花。母亲不止一次地告诫我们说:"记住啦,可不许糟害它。"

没过多久,杏树的枝头上就出现了颗颗青杏,这又为我们增添了许多欣喜。那是一种深远的颜色,闪着诱惑的光泽,朦胧着隐隐约约的微笑。顿时,我们幼稚的心灵便诱发了馋涎欲滴的渴望。这青杏也叫酸毛杏,你若吃上一颗,即使将皮肉及核统统吐掉,酸涩仍会久久地在你舌间徘徊,继而又慢慢地沁入心脾,会使你感觉出一种蕴含苦味的甘香来。于是,这酸毛杏直惹得村里那些初怀孕的小媳妇们流口水。

春至夏来,青杏渐渐成熟,颜色也渐渐呈现橙黄。抬头望去,满树已再不见青杏的影子。我常常纳闷,为什么它消失得这么快?有时候瞅着梢头那颗颗黄杏,馋得我直流口水。

这时候,要吃上颗熟透了的杏儿,真叫你畅快淋漓,回味无穷。那成熟了的杏儿,颜色黄里透红,隐藏在皮下的果实柔软丰盈,轻轻咬一口,便会觉得它甜美爽滑,全身流散着一股令人欲醉的浓香。

可惜的是,在那些失重的年月里,这些杏树常常遭人偷袭。我们不得不把那些刚有了红脸蛋儿的杏儿采摘下来,再到沟坡上拔回一些叫狗蛋蔓的草,用这些草把那些尚未成熟的杏儿严严实实地捂盖起来,这样蒙上十天八日,那杏儿自然地就成熟了。父亲便将这些杏儿背出山外,换回些煤油咸盐之类的日常生活用品。

那时,其实姐姐已到上学的年龄,可当时村里的女孩子们大多是不上学的。她们的任务就是在家里拉扯年幼的弟弟妹妹。在弟妹们中间,姐姐十分疼爱我,处处护着我,不管走到哪里,她都会领着我。

邻村的一个女人伙同自己的奸夫杀害了久卧病床的丈夫,听说她丈夫还是个参加过抗日战争的残废军人哩。县公安局的马队来捕人时,我和姐姐她们正在河湾里玩耍。见到骑着高头大马戴坛盖帽的挎枪人直冲我们而来,吓得我们这帮孩子四下逃散,姐姐背着我直跑到了村东头梁顶上。

姐姐虽说没上过学,但她心灵手巧,剪的一手好窗花。当时,村里的人们过年时除了贴对联、放鞭炮,还要贴窗花。俗话说:"二十八,贴窗花。"家家户户过年时都要把三十六眼窗户全部换上新麻纸,然后再贴上五颜六色各种图案的窗花,以营造红红火火、鲜鲜亮亮的春节气氛。村里还有一个习俗,初一这天,大姑娘小媳妇三五成群,结伴到每一个新媳妇家里赏窗花。新媳妇是巧还是拙,就是用窗花的精致与否来表现的。

我常常跟着姐姐去当村的荷花姐家拓花样。花样拓回来后,姐姐先用小纸钉将其固定在一叠衬着麻纸的红绿草连纸上,上面喷些水,然后将其举在油灯上面去熏。不一会儿,花样就被油灯的黑烟熏在了麻纸上。而后,姐姐就用小剪刀一点一点地认真剪窗花。那剪刻镂空的窗花构图简练、线条流畅、造型逼真、稚拙活泼,是真正表达劳动人民思想感情和愿望的手工艺品。只是那个时候,我还不知道这民间剪纸艺术的源远流长,更不懂得它具有的艺术风格和其显示的审美价值。直到许多年以后,我才知道我国民间这种剪纸艺术已经走向了世界,来自山村的民间艺术大师库淑兰的剪纸作品竟挂在了大英博物馆和法国卢浮宫的墙上。

那时受姐姐剪纸的影响,年幼的我竟然会被另一种窗花所深深地吸引——我家玻璃上的冰花。玻璃是工业文明的产物,来到我乡已经是20世纪。被窗棂廓出的一方小小天地,在冬天便会有奇迹生成。每天外面的冷空气透过玻璃把家里的暖空气凝结在玻璃的内侧,成了霜。可这些冰霜竟然会是自然天成的美丽画卷,在不同的光线下,每天都是不同的,每刻都在变幻着。可你会看到,那都是自然的事物,像山峰、像树丛、像河流、像各式花瓣。那上面的变化真让人叹为观止,将你带进一个曼妙的世界,会使你产生无尽的遐想,这恐怕是人间任何一个绘画艺术大师都难以为继的。

多少年过去了。玻璃冰花的后面自然掩藏着许许多多的陈年往事。等我长大了,就忽略了这些,但是记住的其实已经记住了。我所经历的一切像破碎了的陶罐一样,正在找回自己遗失的每一小片,弥散着一丝丝的欣喜。想想这些童年的稚趣，这是一种多么美好的感觉啊！

童年，是一幅永不褪色的风景画，是人生的独版与绝版。如果人生能重复，谁都渴望再经历一次纯粹的金色童年。童年那余音袅袅的钟声，给我留下了刻骨铭心的记忆，至今依然回荡在我的耳畔和心田。

朦朦胧胧的"大跃进"

全国轰轰烈烈开展"大跃进"运动时,我还是个五六岁的孩子。但朦朦胧胧中我还是记住了一些当时村里人的狂热冲动与热火朝天的跃进场面。直至后来上学读书,我才真正对其历史背景有所了解和认识。

既然"大跃进"是全国性的急躁跃进,我们家乡这个偏远的小山村也毫不例外地被卷入了"大跃进"的洪流之中。我们村的"大跃进"是从1958年春天开展的大规模兴修农田水利和积肥运动开始的。

记得当时我们村里来了几个背着行李卷的下乡干部,他们当中有县文卫科的田景伍科长、文化馆的师万友馆长等。他们在我们村一住就是一年多。当时这些县里来的干部们都非常和蔼可亲,丝毫没有大干部的架子。白天他们和村民们一样扛着铁锹下地干活儿,晚上回来召集人们学习开会。记得他们给村里人们开大会说:"我们马上就要进入共产主义啦,要过楼上楼下电灯电话的好日子啦。"

村口的大墙上用红泥水刷写着"保水保土如保命,治山治水如治家"的大字标语。当时,我们村的兴修水利项目是在村东的一条大沟里搞水土保持工程,全村人都参加了治理这条水土流失非常严重的大沟。记得当时这条大沟里整日人声喧闹,尘土飞扬。田景伍科长就是总指挥,他整日浑身滚成个土人。人们从沟掌开始，一截一截地打坝，一堰一堰地整地，还在两面的沟坡上挖满了鱼鳞坑，栽植上杨树、榆树、杏树等。时至今日，我们村东的这条大沟依然是梯田层层，绿树成荫，果实累累。每当人们说起此事，总会说："这可是人家田科长那年领着人们干下的。"

记忆中还有一件事，那就是下乡干部赵芝英（他是山东人，说话外地口音很浓，人们都叫他赵侉子）亲自敲着锣走街串巷，吆喝人们到村东的营盘塔参加深翻土地打地边埂。我也跟着母亲去了，只见全村人扛着红旗，日夜奋战，先在营盘塔的漫坡上一道一道地叠地边埂修梯田，再将这平展展的土地翻有二尺多深。赵侉子给人们讲，深翻土地是上面的号召，深翻土地保水保肥能增产。

人们听说这深翻地能多打粮食，干得就更起劲了，尤其是叠地边埂时，人们一排排地站在埂堰上，那铁锹拍得"啪啪"爆响。

当时人们在这里深翻土地时，经常能挖出些大大小小的陶瓷坛坛罐罐，有的

战天斗地的村里人

早已破碎，有的却完好无损。但那时人们根本没有把它当回事儿，这些陶制的坛坛罐罐能有啥用？于是，这些破碎的东西又被埋在了地里，完整的坛坛罐罐也被人摔个稀巴烂。

现在每当想起这些事，我的心里总会有一种惋惜之感。为啥这地方叫营盘塔呢？说明古时候这里是驻扎兵马的地方。因为它的不远处就是万里长城，它的对面和背后就是两座巍然屹立的烽火台。遥想当年，这里必定会是狼烟四起，兵戎相见，有谁能知道这长城内外曾发生过多少次厮杀？用今天的眼光看，这营盘塔出土的那些坛坛罐罐是大有来头的，应该是些极具考古价值的文物啊！可当时村里的人们是愚昧无知的，也许他们毁坏的是一段辉煌的历史啊！

人民公社很快就应运而生了。据说，当时上面发出了"高举人民公社的伟大红旗奋勇前进"的号召，当年全国农村就成立了两万多个人民公社。在人们看来，单干好比独木桥，走一步来摇三摇；互助组好比石板桥，风吹雨打不坚牢；人民公社是金桥，通向天堂路一条。

人们敲锣打鼓燃放鞭炮高呼口号，庆祝人民公社的成立。村民们一夜之间便自豪地成为人民公社社员，原来耕种的土地、牲畜、农具都入了社，归了大集体。社员们下地劳动由生产队长统一组织派工，人们白天下地干活儿，黑夜回来吃了饭就赶紧到队房去记工。当时男女劳力都有个小小的记工本，一到黑夜队房里哄吵吵的一片，男女社员挤在一块儿唠嗑打塌嘴。队长喊到谁，谁就将记工本递给记工员，队长说记几分，记工员就着昏暗的灯光在本子上就填写几分，队长将自己的小戳子在上面盖个印，等年底时队里再统一核算分红。

当时，为了多打粮食，干部们号召社员们大搞积肥运动，队里还给家家户户定了积肥任务。为了完成队里的积肥任务，父亲把我家的土炕掏了不说，天天早早就起来挎着箩头到河湾里去拾狗粪。母亲做饭烧火时，将一些黄土坷垃放在锅台的烟道里去熏，待这些土坷垃被熏得由黄变红了，就让我和哥哥给抬着送到队里去。

记得有一天下午,我和哥哥在外面玩得饿极了,就跑到河滩我家原来的菜地里拔了几个胡萝卜在衣襟上擦了擦正要吃,突然村里的老党员罗宽老汉站在地畔直喊:"嗨!灰狗日们的,不能拔啦,这萝卜已经是生产队的啦!"听他这么一喊,我们赶紧将萝卜扔下就跑了。回家和母亲一说,母亲一把就把我们揽在了怀里,顿时眼圈都红了。

当时,人们在"大跃进"中确实释放出了前所未有的劳动积极性。记得那时村里的人们经常挑灯搞夜战,不是深翻地就是到野外地里背庄稼。但在"人有多大胆,地有多大产"的急躁冒进思想鼓动下,各地农村都表现出了不甘落后和争创奇迹的决心,劳动生产的竞赛内容不再是实际产量的高低,而成为胆量的较量,一个重要的特点就是虚报浮夸大放农业高产的"卫星"。

当时我们村有无浮夸风我记不得,但后来我从有关资料中看到,当年各地的虚报浮夸实在是有些过了头。《人民日报》当时报道的比较大的粮食"卫星"有:四川郫县友爱乡第九农业社,中稻亩产 82525 斤;河南商丘王楼人民公社第八生产队,亩产玉米 35393 斤;广西环江县红旗人民公社,中稻亩产 130434 斤;福建英湖社花生亩产 13241 斤;麻城建国一社早稻亩产 36900 斤等等。

浮夸风带来的后果非常严重。它使许多人产生了一个错觉,以为我国的农业问题解决了,粮食多得吃不了啦。从这个错觉出发,中央做出了一些错误的决策,其中之一就是用农业逼工业,把全党和全国的经济重心转移到工业建设上,首先是钢铁上来,引发了全民大炼钢铁。于是,全国人民一齐上阵,地无分南北,人不分老幼,各种各样的土高炉遍地开花。河南鲁山县率先放出一颗日产生铁 34360 吨的大"卫星"。

《清水河县志》记载:1958 年 9 月,托克托、和林格尔、清水河 3 个县联合成立大炼钢铁指挥部,调集了 1.5 万名民工在清水河县的窑沟、上城湾、下城湾沿黄河一带大炼钢铁。当年创建了各种土法炼钢炉 3027 座,生产出钢铁 8969 吨。同时,还先后建起了发电厂、炼油厂、机械厂、耐火厂、铝氧厂等 366 个。当时有一首民谣说:"炼铁炉,高又高,青烟直上九重霄。玉皇高叫受不住,众神熏得眼泪抛。"至今我们仍可以从中感受到当时劳动人民那种改天换地的冲天干劲和革命的乐观主义精神。

当时,我们村里的青壮年大都到二百多里外的窑沟参加大炼钢铁去了,村里只留下些七老八少的女人娃娃们。记得那年年景似乎不错,山坡上的莜麦长得有半人高,可村里就是人手太少收割不回来。直到冬天下雪了,地里仍有不少庄稼没有收割回来。

人民公社成立不久,我们村很快就在红房院办起了公共食堂,好像天堂景象突降人间。各家各户的粮食都投到了队里,人们不用在自己家里做饭了,天天到队里的公共食堂去吃。队里隔三差五地宰猪杀羊,给人们改善伙食。社员们从地里劳动回来,大伙儿热热闹闹在食堂里海吃一顿。吃罢喝罢,一抹嘴就走。

母亲终日在队上的食堂里给做饭,忙得连走路都是一溜小跑。记得刚开始时,食堂里的伙食还真算可以,人们还能吃饱肚子。当时村里有一首顺口溜在人们的口中传诵:"食堂好,食堂好,一顿莜面一顿糕,吃顿块垒拿油炒。"可后来就不行了,中午每人只给发两个拳头般大小用熟山药丝做成的"笼蛋",早晚两顿全是稀饭。我家离食堂较远,当父亲用瓦盆将稀饭端回家时,稀饭

大炼钢铁的村里人

早已冰巴凉。那时,人们家里不做饭不烧火,睡的土炕夜夜冰凉。

记得有天晚上,我大概是因受凉肚子疼,疼得满炕直打滚,父亲就让我把小胳膊伸过来,用他那粗糙笨拙的大手使劲捋了捋,再从他的帽子上取下一根三棱针在我的手指头上挨个儿挑一针,使劲一挤,那紫红的鲜血就像一颗颗小露珠掉在了地上,疼得我直哭着喊叫。

往日我们肚子疼父亲用这种方法给治疗是管用的。可这次却不行了,我的肚子仍是疼痛不止。父亲下意识地摸了摸炕便骂道:"这炕冰巴凉,睡下还有个不肚疼的?"

"唉,半个月不过火啦,咋能不凉!"母亲是慈善的,她一辈子也不愿多说话,即使是生气时也只是长叹一声,好像这一声叹息就把她内心的苦楚、要说的话全部包含了。

"不行!今儿黑夜说啥也得烧烧这个炕。"父亲说着便跳下了地。

母亲赶紧一把拉住他说:"你这不是刨过料炭寻灰哩?那天开会时人家咋说的!"

咋说的,父亲并没有忘记。自从队里办起公共食堂以后,上头就让社员们把家里的粮食全部交到了队里,谁家也不许生火做饭。否则,按破坏人民公社论处。驻队工作组和村干部晚上要到各家各户检查,看谁家的烟囱在冒烟。

父亲向来是本分的,但现在眼睁睁地看着儿子肚疼得要命,再也顾不得那么多了,抱回一捆柴火就把火点着了。他边烧火边对我母亲说:"快交过夜了,按说他们也睡了哇?"

父亲猜错了。一向十分认真的工作队许队长并没有去睡觉,他还领着几个人在村里转悠。不一会儿,他那粗大的嗓门儿便在我家门外吼开了:"甲才子,说的不叫你们做饭,你们为啥不听?是不是成心要和上头作对?"

这下可把母亲吓坏了。她赶紧下地跑出去给人家开门,嘴里不停地解释、检讨、承认不是,并一把抢过去将灶膛里燃烧的柴火掐熄了。许队长好像并不相信我们,他揭开锅盖看了看,再看看正在哭泣的我,才严肃地说:"没做饭就好。今后可不许再生火啦。"

在父母的再三保证下，他们才提着灯笼又到别的地方转悠去了。

可怜的人们，祖祖辈辈渴望的"幸福生活"很快地来到了又很快地远去了。没过多少时日，队里的粮食就吃光了，猪羊宰杀尽了，食堂也就散伙了，饥饿便随之而来。我们的国家进入了一个从未有过的困难时期，这对我们农村人来说，真是遭了灭顶之灾。从山西口里出来的讨吃要饭者一帮一帮地来到我们村，而我们周边的人又一个个地拖着讨吃棍走向了外地。

用今天史学家的眼光看，"大跃进"运动是我们国家在探索建设社会主义道路过程中遭受的一次严重挫折。"大跃进"之所以能够成为一场全民参与的大运动，一方面，当时广大人民群众确实有着迅速改变中国贫穷落后面貌的强烈愿望；另一方面，由于采取了群众运动的方式，造成了必须"跃进"并且必须"大跃进"的社会氛围和强大的社会压力。人民公社实际上是利用行政权力，在自然经济或半自然经济基础之上建立起来的带有浓厚平均主义色彩和超社会发展阶段的空想色彩的联合体。"大跃进"运动的最大失误是在建设速度上急于求成，人民公社化运动的最大失误是在所有制关系上盲目求纯。两者共同的教训，归根到底是限于当时对社会主义的认识，脱离了社会生产力发展水平的现实，夸大了主观意志和主观努力的作用，违背了经济和社会发展的客观规律。用这种违背客观规律的方式急于求成地去发展经济加快建设速度，事实上是不可能成功的。因而为此付出的代价也是巨大的，教训非常深刻，值得后人永远记取。

饥饿的记忆

在全国发动"大跃进"运动,本来是想打破常规,加快社会主义建设的步伐,尽快改变我国"一穷二白"的落后面貌,结果却事与愿违。仅仅一两年的时间,我国的经济形势不但没有出现人们预想的结果,反而变得更加严峻起来。由于连续几年遭受了非常严重的自然灾害,出现了全国性的大饥荒,许多人得了浮肿病,有的地方甚至还饿死了人。再加中苏关系破裂,苏联逼债急不说,还一夜之间撤走全部援华专家,致使我国一些重大设计项目和科研项目中途停顿,一些正在施工的建设项目被迫停工,一些正在试验的厂矿不能按期投产。我们的国家进入了一个非常困难的时期。

那个时候对我们贫穷落后的农村来说,老百姓过的日子真是苦不堪言。尽管上面天天号召"人定胜天",可是旱、雹、洪、霜、病、虫等自然灾害,总是一浪接着一浪而来,村里的老百姓完全没有喘息的机会。

因而,我的童年大多是在灾荒年间忍饥挨饿度过的,我从小就跟着父母学着挨饿的学问,经受着饥饿和苦难的煎熬。与饥饿抗争,便成了我童年乃至整个人生中颇富色彩的一页。

当时,村里的人们家家犯愁的就是如何能填饱肚子。为了活命,村里不少人不得不用榆树皮面充饥,致使沟坡上树林里总是白花花的一片;也有许多人家沤制苦涩的杨树叶来充填肚皮。在田间劳动的人们实在饿急了，逮着什么吃什么，蚂蚱、蚯蚓、蝌蚪，甚至田鼠都被塞进了嘴里。

生产队将头年的山药蔓切成一寸多长的小圪节分到各家各户，在锅里炒熟焙黄，再送到队里。村里的几盘大石磨昼夜不停地转动，那山药蔓面就是分给人们的口粮。当时，母亲炒好的山药蔓总是由我和哥哥抬着送到队里去。有一次，在冰滩上我们不慎滑倒，箩头里山药蔓撒下一地，哥哥怪我，争吵中我们竟然打了起来。这是我记忆中唯一与哥哥打过的一次架。

我们村南面有一个叫獾子窝沟的地方常有野獾出没，当时村里的人们经常半夜三更掌着灯笼去那里掏獾子。那时村里的人因终日吞糠咽菜经常出现便秘，据说獾子油对润肠通便疗效甚好。这獾子虽说长得肥胖笨重，它们打洞的能力却很强，一有动静便会飞快地钻进很深的洞穴里，真要把它掏出来还要费很大的劲。记得那时人们常说："掏住獾子一个布，掏不住獾子自打墓。"因为邻村上下就常有因掏獾子塌方而葬送性命的人。

那年头，父母亲拼死拼活地在生产队里劳动一年，挣下五六百个工分，可年终生产队分红一个工只能开一二毛钱。每年场收分粮时，父亲总是东家一头西家一头央求别人家给过工分。可当时的情况是人人饿肚子，家家都有一本难念的经啊！作为一个终日面朝黄土背朝天的农民来说，扑泥下水刨闹一年还填不饱肚子，这该是多么大的悲哀啊！

每年夏、秋、冬三季虽然很苦，但最苦的还是春天。瓮里的粮食吃光了，窖里的山药也取完了，而地面上的青苗正绿，出穗子结果还早，正赶上青黄不接的时候。而这时候天却又旱了，庄稼人的苦也越来越重了。

大自然是恩赐穷人的。春风一吹，万物丛生。首先破土而出的是趴伏在地的蒲公英，不几天它那金黄的花朵就会出现在田野里。紧接着，苦菜也渐渐钻出地皮，它那紫红色的嫩叶下面，有一段洁白鲜嫩的茎，吃起来虽然很苦，但那可是庄户人家填肚充饥的好东西。那个时候，我几乎天天跟着姐姐和村里的小伙伴们到田野里去挑苦菜。孩子们自然是最容易忘记忧愁的，一路上

大家说说笑笑，忘记了肩上筐篮铁铲的重荷，忘记了家里缺吃少穿的辛酸，也忘记了大人们的长吁短叹，把无限的欢乐丢在了山岗。

村子周围，特别是窑前房后，生长着许多榆树。别看它们苍老地弓驼着背，吃力地弯曲着腰，但它们每年总是早早地就给人们带来了春天的讯息。开春，榆树很早就在枝端冒出许许多多数也数不清的红褐色小苞，这就是榆钱的蓓蕾。在春风的吹拂下，很快便会绽开一嘟嘟一串串榆钱，密密匝匝、沉沉甸甸，在轻风的摆弄下，不住地向人们点头。每当这时候，父亲总是要天天上树采摘榆钱。母亲把它淘洗干净，同糜子面和在一起做窝窝，吃起来又甜又韧；喝稀饭时，锅里撒上几把榆钱，喝起来滑溜溜地甜；有时干脆烩上一锅榆钱儿，也能顶一顿午饭，至于说那榆树皮面饸饹的坚精就更不必说了。

为了度过这青黄不接的春季，头年母亲就早早地将那些萝卜缨、烂菜叶以及山药渣晾干储存起来，根本舍不得喂猪。每当我们就要断炊的时候，父亲就会扛着一袋干透了的山药渣子去村口的大石碾上碾轧，那些粗糙的山药渣子面就是我们的救命粮。母亲心灵手巧，她用那粗涩的山药渣子面给我们做烙饼，做饸饹。她总是那样克勤克俭，做在人前，吃在人后，干得那么起劲，从来听不见母亲叫苦叫累。直到今天，我还会常常想起当年母亲那种勇于吃苦、不畏艰难的情景。母亲这种忍辱负重、艰难不屈的精神无疑是我们民族精神生动形象的体现。

俗话说，男人麻烦唱大戏，女人麻烦怏大气。记得有一次，父亲顶着老脸到外村一个熟人家去借粮，可遇到的却是一副刻薄的嘴脸，父亲只好空手而归。他羞愧地进不了家门，竟站在我家的圪塄上亮着嗓门唱起了祖传的晋剧："困河东遭凌辱心如刀绞，愁得王两鬓白须赛银毫；王好比凤凰落架鸡笼罩，又好似大鹏展翅缺翎毛……"

"你疯了啊？黄风黑土的，你不是回家唱得个甚？"在母亲的催促下，父亲才拖着疲惫的步子迈进了家门。

直到我长大成人后，才懂得父亲那天实在是羞愧难忍，他唱的是晋剧《下河东》中赵匡胤的一个唱段。

场收　（额博摄）

　　我家二爹是村里的羊倌，那时村里放羊的人中午是不回晌的。每天早上，母亲总要想着法儿给二爹带上干粮，母亲说二爹整天在野外放羊吃不合适会生病的。可二爹非常疼爱我们，给他带的干粮总是舍不得全部吃掉，总要悄悄留一些给我们带回来，并常给我们采摘些野果。

　　一天，二爹放羊回来一副乐呵呵的样子。他掏着自己的口袋笑着问我们："你们猜我这里装的是甚？谁猜中了，我就把这好东西给谁。"我们兄妹几个左猜右猜谁也没有猜中，最后还是二爹自己将口袋里的宝贝掏了出来。原来是十几颗在大山里捡到的石鸡蛋。看着这圆溜溜的石鸡蛋，我们馋得恨不得一口将它生吞下去。

　　那时，我和哥哥常跟着二爹去山坡上放羊。二爹还专门给我做了一根小羊鞭，把那锁牛牛花的股茎拔下来放在嘴里嚼一嚼然后拴在鞭梢上。站在高高的山坡上，我学着二爹的样子，把鞭子甩得"叭叭"脆响。在沟坡上，有时候我们会惊喜地发现前面不远处有几只大石鸡领着一群小石鸡蹦来蹦去地觅食。但当你走到它们跟前时眨眼工夫就一只也看不见了。原来这些小石鸡也是鬼精得很,当发现有人时它们会在奔跑的过程中顺势抱块土坷垃隐藏起来,稍不留意就会被它们蒙蔽过去。有时候到中午歇晌的时候,二爹便点燃一堆柴火,再从羊群里拉出一只需要阉割的小公羊,将其束倒在地,用事先准备好的一块锋利的碎碗片,将羊的蛋包皮划开,使劲一挤,两颗硕大的羊蛋就蹦了出来。二爹用水洗一洗,将其投入火堆。不大一会儿工夫,两颗香喷喷的羊蛋就烧烤好了,吃起来满嘴流油,那才叫香呢!

山村里的牧羊人

我们兄妹几个从小就对二爹特别敬重,有一种特殊的感情。遗憾的是二爹去世的时候我不在家,那些日子我正好去了邻村的姥姥家。二爹的死因很简单,那年冬天大雪封门,冰天雪地。二爹去当村的庙梁上攮羊,不慎在庙壕里的大神树下重重地摔了一跤,回到家里便卧炕不起。那时候村里人缺医少药,没几日二爹便离开了人世。村里的人们说,是二爹攮羊时的响鞭冒犯了神灵。二爹死后,父亲才上后山将我年迈的大爹接了回来。大爹回来没有接过二爹的放羊鞭,而是操起了放牛棍。

山乡里的夏天到处充满了绿的生机,充满了绿的希望。田野里青蛙在舞蹈,蝈蝈在咏唱，蚯蚓在伸着懒腰，蟋蟀在翻着跟头。此时，四周都是清新的气息，这时你才会看到大人们眉宇间显露出来的丝丝微笑。

田野里的黏蓬草早早就成熟了，一簇簇，一片片，红得像火焰，簇拥着生长在庄稼地里。这个时候，父亲就带着我和哥哥出去拔黏蓬。我们将那一背背黏蓬的草籽在场院里碾打下，背到河沟里就着流水反复淘洗，直到淘洗得那绿水变清了才肯罢手。等晾晒干了再炒熟，便在石磨上推成了黏蓬炒面。当时，这粗涩的黏蓬籽炒面吃起来也是喷喷香。直到后来我去县里上高中时，带的干粮也仍然是些黏蓬炒面。

那时，父亲总要在我家的自留地里撒种一些叫"老来红"的植物，这"老来红"长得枝繁叶茂，远远看去就像火炬在燃烧。其实这"老来红"籽碎得还不及小米粒，可放在锅里一炒就像爆米花一样翻飞，立马一把变成一碗，一碗变成一盆，吃起来嘎巴脆不说，还满口留香。那时候，我和哥哥衣兜里经常装着些"老来红"，饿了就大把大把地抓着吃，常常惹得村里的小伙伴们直流口水。

家乡多是十年九旱，偶遇一个好点儿的年景，人们似乎也会有一点富余的粮食。可那个时候村里人即便真有一点余粮，也不是存放在家里，而是窖藏在山野村外。瞅一个不起眼、不易被人发现的地方，挖一个圆坑，四周围上些秸草，中间盛放粮食，上面再用泥土覆盖起来。这样可以一放好几年，不到实在揭不开锅的时候是绝对不会轻易去动用的。可这样储存的粮食也常常会因老鼠的偷盗而被损害，或因雨水的淋灌而霉烂变质。

记得有一年春天，我们家里实在是揭不开锅了，父母亲商量了半天才决定去开窖。那似乎是件非常神秘的事情。掌灯时分，母亲就催促我们兄妹几个早点去睡觉。她说："人是一盘磨，睡着就不饿。"半夜时分，父亲和二爹掌着马灯走了。窖在哪里？我不知道。只记得我迷迷糊糊睡醒一觉的时候，父亲他们满身泥土地回来了。

只听父亲低声对母亲说："不知道啥时候让水灌了，坏得还不算厉害。"

母亲关切地问："全背回来啦？"

"背回来啦。"

"究竟还有多少？"

"我看还够两斗。"

只听母亲高兴地说："有这两斗粮我们就又能支撑一阵子啦。"

西湾大河畔有我家一块小小的菜地，约有半分吧。不知是父亲勤劳务艺的原因，还是紧靠河边水分充足的缘故，地里的白菜、萝卜、芫荽总是长得特别好。在那青黄不接的日子里，每天早晨父亲总要从这块小小的菜地里掰回一箩头鲜嫩的白菜，这便是我们全家人一天的餐食。我多少次亲眼看见父亲站在这块翠绿无比的菜地里，深情地欣赏那长势喜人的菜蔬，有时他的嘴角会泛出一丝丝惬意的微笑，有时甚至是自言自语，谁也很难知道他在说些什么。父亲是个极易满足的人，这块小小的菜地真不知给他带来了多少快慰和希冀。

一年夏天，突然连降暴雨，河沟里发大水。父亲撂下饭碗提着铁锹就赶紧往西河滩跑，他要去护我家那块小小的菜地。可是一个人的力量怎么能与大自然的肆虐抗衡呢？汹涌的洪水一浪高过一浪，眨眼工夫就将我家那块菜地刮得无影无踪了。洪水过后，菜地纯粹变成了乱石滩。父亲一言不发，双手拄着铁锹，呆呆地站在那里。我本想喊他回去，却又不敢作声，我怕打破眼前这恐怖的宁静。我知道，此时父亲的心里在滴血。这块小小的菜地是他的，不！是我们全家人的命根子，现在一下子毁了，怎能不令人揪心呢？况且，这里曾流下了父亲多少辛勤的汗水，一锹一锹地从乱石中开垦出来，又担来一堆堆粪土，年年都要在这里撒下深情的希冀，可现在……

西河滩的地被水刮了，父亲很快又在北面的领鸡山上开垦出一片小小的荒地来，撒上些蔓菁什么的，他要用这些秋菜来弥补无情的自然灾害给我们全家人带来的损失。

当时，人们虽然走的是公社集体化的道路，但家家户户还有一点自留地。我家和老舅奶家的自留地都在石圪蛋后面的西沟里，地挨着地。为了多打几颗粮食，我们每年总要种上些糜子。

也许是那个挨饿年代的缘故吧，人饿雀也饿。每当地里的糜子由绿变黄的时候，那麻雀就不知从哪里成群结队地飞来了，忽高忽低，叽叽喳喳，吵吵嚷嚷，像是举办一个盛大的宴会。用不了几天，就会把整个糜子颗粒吃个精光，只给你剩下些粗糙的糠壳。

为了保住这点就要到嘴的粮食，打雀就成了我和老舅奶的头等大事。每天阳婆一出来，我们娘俩就赶紧动身往西沟的地里走，一天不能离开。我们用木棍撑起几件破衣服插在糜地里，做成吓雀的草人。一阵风吹来，那吓雀人忽闪忽闪地，果然会把刚刚落下的麻雀惊起。

可这法儿也并非是绝招，那麻雀也是鬼精得很，时日久了，它们也就不怕这吓雀人了，便肆无忌惮地在糜地里猛吃乱飞。这时候，就必须要有人去驱赶它们。可往往是你从东边撵起，它们又落在了西边，从上面的地里撵起，它们又飞落在下面的地里，害得我和老舅奶上下来回跑个不停。

山区的初秋，阳婆仍然像个火球在头顶上炙烤。有时热得实在受不了啦，我就赶紧跑到河沟里将小脑袋扎在水里，痛痛快快地洗一顿。沟坡上生长着许多树木，我赤脚攀上树身，折下许多枝条，在地畔为老舅奶搭起一个遮阳的凉棚，让老舅奶坐在里面歇着，我人小腿勤来回跑着叫着骂着打雀。看着我活蹦乱跳的样子，老舅奶总是高兴地说："我们贵祥娃真勤快，长大了保准有出息！"

那时候，村里人苦，城里人也苦。秋天村里起山药时，县城里一个叫老姚的人几乎年年要到我们村里来捡山药。听说他是辽宁锦州人，他老婆还是县医院的知名大夫。他说话东北口音非常重，人们都叫他姚侉子。他和我父亲不知怎就交成了朋友，常来我们家吃饭。队里起山药，老姚头和我们这群娃娃们混在一起跟在社员们的屁股后面，挎着箩筐，拿着小薅锄，顺着垄道不停地刨土掏窝子，争抢着捡拾遗落在地里的山药蛋。直到秋收结束，他才带着自己刨捡的山药返回县城。

那年，公社在邻村的五里坡办起了牛奶厂，饲养着几十头黑白花奶牛，我家五爹在那里当保管。一次，我跟着父亲去给他们送粮食。五爹趁着没人悄

悄把我带进库房，只见那窑里的土炕上堆着一大堆做好的奶酪，五爹顺手给我衣兜里装了些奶酪便催我快走。我哪里见过这么好的食物啊！我至今也忘不了当时五爹那种关切的眼神。

正月里村里唱大戏。五爹在演戏中扮演个花脸的角色，他学说逗唱演得十分逼真逗人。我们一群娃娃从大人的胳肢窝下一个个钻到台前看得出神。丁猛，演戏的五爹来到我的跟前顺势悄悄往我怀里塞了一个东西。我愣了一下，抓住定睛一看，原来是个白面点心。我当时又是惊又是喜，只觉得心脏都加快了跳动，因为我生平还没有吃过这样一个点心。我赶紧将这冻得硬邦邦的点心紧紧地揣在怀里，一溜烟跑回家向母亲诉说、向哥哥夸耀起来。我舍不得一次吃光，也只让哥哥咬了小小的一口，就装在了自己的衣兜里，一会儿拿出来咬下一点，一会儿再咬下一点，慢慢地品尝这"宝物"带给我的喜悦和甜美。

一到冬天，村里的油坊便动作开了。罗三大爷炒的胡麻香味满村飞，三头大黄牛拉着沉重的大油磨不停地转动，四五个赤膊的大汉喊着号子，挥舞着巨大的油锤猛击油榨，每一声闷响都能让油榨里的胡麻幸福地流出油来，就连那掺杂着草秸的黑麻饼也分外芳香诱人。我们这一群娃娃们冒着严寒久久地守在磨坊的门外，单等油磨一卸，便雀跃般地冲进去，围着大磨盘抠油膏儿。那指头肚大小的一点点油膏儿吃起来十分浓香，直沁心脾。

那年我到邻村姥姥家，二舅拉着我说："走，咱们偷榛子去！"榛子埋在东湾的地里。我跟着二舅顺着地畔悄悄地爬过去，浑身上下弄成个土人。眼看就要摸到榛子啦，突然听得头顶上方有人大喝一声："站住！抓住这些小毛贼！"抬头一看，原来是队长世平老汉来到了跟前，吓得我们爬起来没命似的往家跑。

那时候，我虽然还没有到上学的年龄，还不能为大人们分担多少忧愁，但我已开始跟着大人学着干活儿了。父亲每次进山里砍柴，总是要我跟着他去翻越那起伏的山梁，去钻那险要的沟壑。父亲并不是在意我能干多少，而是让我早早地学会自食其力的本事，去经受劳累、饥饿和困苦的煎熬。因为严酷的人生经历已经使他明白，娇生惯养的孩子是扛不起庄稼人这副沉重的担子的，好吃懒做是无法摆脱贫困的。所以，他总是硬着心肠，让自己年幼的儿女们早早就开始饱经风霜的艰难人生。

父亲身体粗壮结实，干活儿从来不怕苦，论力气村里没有几个人能比得上他。每次进山砍柴，父亲总要带上两把镰刀，砍起柴来从来不懂得歇息。一天，我跟父亲在北山上砍柴，我一眼就看见沟坡上有许多茂密的青草，便一下子纵身跳了下去，想把那些草拔上来。可谁知沟坡太陡，我竟一脚滑开一直滚到了沟底，右手掌被镰刀割开一道深深的口子，鲜血淌流，疼得我直喊爹叫娘。直到今天，我手掌上那道长长的刀疤仍然清晰可见。我永远也不会忘记当时那鲜血淋漓、疼痛难忍的情景。

俗话说，乱世出忠臣，家贫出孝子。那时候，我虽然还很小，但已深深懂得了生活的艰辛，开始为大人们分担生活的忧愁。现在老天下雨人们直是往家跑，可我小时候下雨却是直往外面跑。干什么去？捞河柴、捡山药。每年夏天山洪过后，河滩里准会有许多被刮冲来的树根、树枝、葫芦、萝卜之类的漂浮物。我们会将这些东西当作意外的收获。每年秋收，队里起完了山药，总会有一些山药蛋被遗落在泥土里，一下雨就会被雨水淋露出来。于是，村里的大人娃娃都会头上顶着破衣服、烂口袋，冒雨赤脚去地里抢着捡山药。去上半天，保准能捡回一箩头，一家人可以吃好几天。所以那个时候，我从来不怕雨淋，越下雨我心里越高兴。我常常打着赤脚，挎着箩头，头上顶着烂口袋，跟着大人们在雨地里捡山药。那个时候，我根本不懂得啥叫苦和累，只知道为自己的一点点意外收获而感到高兴。

农家娃儿的童年，像秋天一样欢乐，又像秋天一样短暂。我的童年就是这样在忍饥挨饿中度过的。正是这儿时的贫穷、粗糙而又带着难忍难忘的饥饿，给了我劳动人民本色的熏陶，使我终身受用不尽。我想，我成年后的壮实体力、吃苦耐劳的精神，都是从儿时艰难的磨炼中得到的。多少年过去了，什么都可以从我的记忆中消失，但当年的贫穷不能忘，饥饿更不能忘——因为它真实地存在于我们过往的生活中。

为吃馒头而念书

八岁那年春天，我被父亲送进了村里的小学校。

八岁，是一个金色的童年，也是一个甜畅单纯的梦境。于是，正值酣梦中的我，又被带进了一个五光十色的世界。

村里的小学校刚刚成立，一排新房子整整齐齐地坐落在河湾里。尤其是校园中央那高高飘扬的五星红旗，是那么鲜红耀眼。

当时，我们的小学校一至六年级共分为四个班，五六个老师教着百十个孩子。原来设在邻村对九沟的学校撤了，那里的一帮学生们都集中到这里来了。初年级是复式班，我们一年级和三年级的同学在一个班里上课，二年级和四年级的同学在一个班里上课。每次上课铃一响，同学们就乱哄哄地跑进教室，吵嚷声一片。记得一位叫杨信的老师对着我们大喊："不许说话了！真是雀头包扁食——尽嘴啦。"他这么一说，反倒又惹得同学们哄堂大笑。

上课时老师总是先让三年级的同学们默读课文，然后开始给我们一年级的讲课。讲一会儿便让我们开始自习，再给三年级的同学们讲课。

现在想来，当时农村学校这种复式教学并不科学，一群年龄不同、课本不一的学生在一起上课，实际上难免会造成一种互为干扰。尤其对那些听课不专心、学习不用功的同学来说，上课时很难将注意力集中到自己的课文上来。

可我却渐渐地恋上了读书。下课了，我还摇晃着小脑瓜坐在那里琅琅地背课文：

爷爷七岁去逃荒，
爸爸七岁去放羊。
今年我也七岁了，
公社送我上学堂。

班里人多，三年级同学的个头又比我们一年级的高出了许多，因而一年级的同学在班里受欺负是常有的事。

有一次下课铃早响了，我竟然没听到，还坐在那里一动不动地埋头做作业。突然从后面冲上来几个三年级的同学，不由分说地将我的胳膊一个"燕别翅"拧到了背后。

"把他送到县保安科去！"记不得是谁这样喊了一声。

说着，他们立马就将我架起来往教室外面推。我奋力挣扎着，可无济于事。谁知他们在推搡中将我的头猛撞在了一个桌角上，顿时我的额角鲜血直流，同学们都被吓傻了，他们赶紧就去喊老师。不一会儿，樊生明老师来了。他看了看我的伤口，赶紧从衣角里撕出些棉花用火烧了烧，给我捂在伤口上止血。至今，我的额角还留着当年的伤痕。

樊老师给我们讲课特别认真，他在黑板上写的粉笔字非常工整，他也经常会弄得满身粉笔灰。他为人非常老实厚道，因此老师们常常开他的玩笑，特别是老师们动不动就拽着他的四肢将他抬起来左摇右晃地给他"筛灰"，拿他来取笑。

也许是因为我生性懦弱使樊老师对我产生了某种怜悯，打这以后，他对我特别关爱。尤其是课堂上对我的提问很多，生怕我听不懂、学不会。对我的作业他每次都是认真地评判，并给我纠正每一个错别字。他经常对我们说："世界上东西可以是别人的，只有知识才真正是你自己的。"

遗憾的是，樊老师只教了我们一年多，就被调走了。他要走的时候，我回家告诉了母亲。母亲说："这么好的老师要走啦，咱们该请他吃顿饭才对。"

第二天，我告诉樊老师说，我妈让你去家里吃饭。樊老师是来了，可我家并没有什么好吃的东西，那时我们的国家正处在一个极为困难的时期，村里的人们几乎家家是整日在吞糠咽菜啊！记得当时我们给樊老师吃的是山药蛋烩头年秋天晒下的小干蔓菁。

母亲羞涩地说："樊老师，感谢你对我娃儿的教育。你要走了，我们不知猴年马月才能再见上你。叫你来吃顿饭哇，可我家实在是没啥好吃的能端上来。"

樊老师摆摆手说："快别这么说，冷水熬成滚水也是人的心哩。我既来就不说那吃好吃赖。我来是想告诉你们，贵祥是个爱学习、有出息的好娃娃，你们不管怎穷怎困，也要供济他好好念书。"

樊老师走了。他走得很远，直到我长大工作以后，才又有幸见到了他。可这时的樊老师已不再像当年那样英俊潇洒，显得有些老态龙钟了。

樊老师走后，教我们的是新来的刘凯仁老师。这也是位非常忠厚善良且又十分敬业的老师，讲起课来有声有色。为了督促孩子们学习，他一家一家地挨着进行家访。他对我的学习很欣赏，经常在班里表扬我，还常把我的作业本挂在墙上展览，让同学们学习。尽管那时我还不大懂事，但刘老师还让我当上了学习班长，而且一当就是几年。我至今非常感激这位心地善良、十分敬业的启蒙恩师，因为在我的人生成长过程中他确实是起到了非常重要的催化作用。

一个星期六的下午，学校请老贫农罗宽老汉来给娃娃们忆苦思甜，进行革命传统教育。

罗宽老汉在旧社会是我们村最穷的人家。他一年到头给村里的地主老财当长工、打短工，常常是吃了上顿没下顿。是共产党领导人民翻了身，土改一开始，罗宽老汉就当上了农会干部，身上挎着盒子枪，可神气啦！在斗争地主的大会上，他第一个站在台上领着人们喊口号，那口号喊得震天响……

罗宽老汉来给我们忆苦思甜，自然少不了要讲这段苦难而光荣的历史。他再三叮嘱我们说："娃娃们，好好念书哩，长大才能吃馒头哩！我们是不行了。"在他看来，吃馒头对他们那一代人来说是非常渴望而遥远的事情。

可馒头是啥样子？当时我并不知道。但我幼小的心灵，牢牢地记住了这位老贫农的话。从此，我便把念书与长大吃馒头紧紧地联系在一起，想着总有一天我要吃到老辈们盼而无望的馒头。所以，我就更加发奋地读书。

在我的记忆里，那时候的小学生最愁的是背课文，最多的也是背课文，不管多长的课文，老师总是要求你背下来。

我家窑后面就是西山梁了，梁上有一大片杨树林子，树木交错掩映，树影婆娑，常有野兔在里面奔跑，有许多鸟雀在上面做窝。每天清晨，我早早就起来，到林子里去背课文。初升的太阳透过林子，稀稀疏疏地洒落着点点光斑，雀儿们自由自在地在树上跳来跳去。林子里极幽静，空气也极好，湿润的潮气扑面而来。这个时候，我的心境也特别好，因此不管多长的课文，我在这里一个早上肯定会背得滚瓜烂熟，因而受老师的表扬是经常的事情。如《朱德的扁担》《半夜鸡叫》《少年闰土》等许多课文我至今记忆犹新，似乎眼前还会闪现出鲁迅先生笔下那"深蓝的天空中挂着一轮金黄的圆月，在一望无际的碧绿西瓜地里，有个十一二岁的少年，项带银圈，手里捏着一把钢叉向一匹猹刺去，那猹却将身一扭，反从他的胯下逃走了"……

那时，我们村里没有电灯。在人们看来，电灯、电话那是非常遥远的事情。白天，因为有日头的光亮，人们的一切活动劳作才有了依托。可到了夜晚，到处漆黑一片，家家户户只能依靠一盏小小的煤油灯了。它是那么普通、微小，发出的光亮只能映照几尺见方的空间，可正是因为它的存在，人们必要的起居劳作才能正常进行。靠着小油灯微弱的光亮，父亲可以干一些家务活儿，母亲可以在灯下为我们缝补衣裳，我和哥哥可以在灯下做各自的作业。几乎每个夜晚，我们都是这样忙忙碌碌，有时候在不知不觉间，我就倒头睡着了。

我家的小油灯早先用的是个黑粗瓷做的灯瓜瓜，后来父亲才用墨水瓶为我们做了小油灯。一个空墨水瓶，瓶口加个小圆铁片儿，中间竖插一个细细的铁皮筒，里面是一根棉线搓成的捻子。当时，我们班上的三十多个学生人人都有这么一盏小油灯，晚上上自习时，几十盏小油灯一齐亮了起来，每张小脸都

被映照得红扑扑的，就连教室四周也显得不那么昏暗了。可时间一长，孩子们的鼻孔都被煤油灯熏得黑乎乎一片，流出的鼻涕也变了颜色。刘老师见状却笑着说："煤油烟熏黑了鼻孔是没事的，熏黑了脸庞也无关紧要，你们肚子里学下了东西那才是最重要的。"

有一次，班里一个女同学的头发不小心被灯火燎了一片，这个女同学大惊失色，呜呜啼哭。她旁边一个爱打趣的男同学一本正经地学着老师的样子说："煤油熏黑了鼻孔是没事的，灯火燎了头发也是没事的，肚子里学下真东西才是最重要的。"男同学的调皮顿时引得大家哈哈大笑，可那个女同学双手捂着脸哭得更响了。

上小学时，我从来就对各门功课不犯愁，每天的作业完成得很快，有不少同学经常抢着抄我的作业，有时他们甚至会将我的作业本子撕坏了。当时哥哥比我高两个年级，但他的学习成绩比较一般，特别是他对老师布置的日记很犯愁，有时竟还要抄我的日记来应付老师。他和村里的全红哥因为学习不好，经常被老师留下来不让回家。记得有一次天很晚了，哥哥还没有回来，母亲提着灯笼让我跟她去学校找哥哥。整个校园漆黑一片，教室里也没有一点动静。我和母亲就着灯笼四处寻找，原来他和全红哥早就趴在桌子下面睡着了。

当时在村里念书我们最愁的是缺纸没本子。村里有个小小的供销社，但卖的是白光纸，不卖作业本子，一张白光纸五分钱我还买不起。有时我想买张白光纸，就悄悄地从鸡窝里摸个鸡蛋去供销社换一张纸。当时我们家里养着几只老母鸡，下的鸡蛋母亲总是一个个地收起放在柜里的笸箩里，到时拿它去供销社换些煤油、咸盐、针头线脑之类。偶尔给我们煮个鸡蛋，她会从头上拔下一根头发来，用那头发丝将剥开的鸡蛋勒成几瓣分给我们姊妹几个吃，而她自己从来舍不得吃一点儿。

村里的里栓爷是个识文断字的老秀才，他儿子王杰和我同班。人家的作业本子啥时候都是用牛皮纸钉得整整齐齐，上面用毛笔工工整整地写着"王杰"二字。那时我是多么地羡慕他啊！因为我的作业本子总是正面写了反面写，蘸笔写了毛笔写。

有一次，我跟着父亲去山西口里一个叫蒋家坪的地方卖羊毛。在供销社的货架上，我第一次发现有白光纸本子。我磨着父亲要买一个，父亲不肯。后来见我哭了，他才咬咬牙说："哭啥？给你买一个还不行。"

眼看那本子就要到手了，忽然那个售货员问我们："你们是哪儿来的？"父亲照实说了。

那人一听说我们是口外来的，便把取下来的本子又放回了原处。他说："上头有规定，口里不能卖给口外人东西，你们走吧！"

"不卖给就算球啦！"父亲气呼呼地甩下一句话，拉着我就走。

一路上，我是哭着走回来的。父亲为啥不给人家说句下情话，也许再好好说说，或许还能买上一个。可父亲的脾性是耿直的，他一辈子也不会向别人低三下四地求情。

村里小学校的条件十分简陋，课桌板凳破破烂烂，更无什么体育器械一说。班里上体育课，老师领着孩子们不是跳绳就是玩丢手绢，再不就是玩狼吃羊。玩丢手绢时，全班同学在操场上坐成一个大圈儿，一个同学拿着老师的一块小手绢转着圈儿跑，当手绢出现在谁的背后谁未发觉被逮着了，谁就得站在圈里给唱支歌儿。有一次我被逮着了，老师让我和同班的女生杨玉一起拉着手唱"找呀找呀找朋友，找到一个好朋友，行个礼来握握手，大家一起来跳舞"……当时，我十分害羞，死活不肯和这个女生一起去唱歌跳舞。后来体育老师发怒了，一把将我重重地摔出了圈外，并厉声呵斥道："给我站一边去，真是稀狗屎扶不上墙头！"

当时，我们农村的文化娱乐生活非常落后。学校上音乐课时，老师脚踏风琴亮着嗓子教我们唱《歌唱二小放牛郎》《二郎山》《毛主席的战士最听党的话》等歌曲。可闲暇时，村里的孩子们只能在河滩里玩挤尿床或打缸、凿砣砣。村里的女娃娃们不上学，成天领着弟弟妹妹们抓籽籽、踢毛毽。记不得姐姐从哪儿弄回一副扑克牌，总缠着我和哥哥与她玩"吹牛腿""拉毛驴"。那时，

我和村里的小伙伴几乎人人有一个自己做的小冰车，一到数九寒天放学后大家就在河滩里宽阔的冰面上不是打猴儿就是滑冰车，玩得汗泼流水很开心。当时，我们根本不懂得啥叫苦，因为家家都是这样子，天天就是这样子。

村里的天才哥非常朴实勤劳，但他早年丧妻，一个人带着三个年幼的孩子过日子。天才哥家里有一把蓝色的小弹琴，闲暇时他就会给我们弹上一阵子琴。记得他给我们弹得最多的是《挂红灯》《走西口》《光棍哭妻》，有时他弹着弹着竟会掉下眼泪。但那时我们只觉得天才哥的琴弹得很好听，根本不懂得他内心的苦楚。后来，我也亲自动手锯木头、扯马尾、揉猪尿泡，做了一把二胡，用墨水涂得红红的，拉起来也是蛮好听的。

一天下午，我们正在学校上课，突然外面传来一阵嘈杂声。透过窗户一看，只见两个庞大的铁家伙正冒着黑烟"哒哒哒"地从学校门前驶过。原来这是从山西平鲁县来的两辆拖拉机，给我们公社送煤来了。

这就是课本上讲的拖拉机啊，过去我们是谁也没有见到过的。同学们顿时哗地一下子全都跑出了教室，奔向公社大院去看稀奇。老师在后面紧喊着我们，可我们个个竟然连头也不回。

还有一次，学校院里来了个赶着毛驴卖杏的老汉，我们一大帮学生一下子围了上去。其实当时的学生是根本不可能买得起杏的，有几个人便乘机偷了几把杏，其中有我的哥哥。不知是谁将此事告发了，记得当时刘老师气坏了，当即责令几个偷杏的同学追着给那卖杏老汉送去。此时，卖杏人已赶着牲口盘旋着上了我们村子对面的南山，哥哥他们还是没有追上。但返回途中正赶上了雷声闪电，一场大雨将他们个个浇成了落汤鸡。

少先队员

二年级的时候，我光荣地加入了中国少年先锋队，系上了鲜艳的红领巾，而且从小队长一直当到少先队大队长。

我们排列着整齐的队伍站在少年先锋队队旗下。我举起右臂，代表全体少先队员向祖国、向人民庄严地宣誓：爱祖国，爱人民，爱学习，做共产主义事业的接班人！那时候，我虽然对"我们是共产主义接班人"的内涵不可能有深刻的理解，但我天真而纯洁的心灵感到这是多么庄严、神圣与光荣啊！

那时走在路上，迎面走来"红领巾"，我们一定要站立，彼此互敬队礼。那一刻，心中会涌起特别的自豪感。后来知道了一个词语：少年布尔什维克。当我们把右手举过头顶庄重行队礼和高唱队歌时，那感觉大约就是少年布尔什维克的美感。

当时，班里的周会课是同学们比较喜欢的。周会课上，老师经常给我们讲黄继光、邱少云、杨根思等战斗英雄在朝鲜战场上顽强战斗、英勇牺牲的革命故事，讲少年英雄刘文学、张高谦为保护集体财产英勇献身的故事，教育我们要努力学习英雄模范人物的优秀品质，多做好人好事，学好科学文化知识，长大成为无产阶级革命事业的接班人。

我们班里订着一份《中国少年儿童报》，由我负责管理，每张报纸来了我

都会整整齐齐地挂在墙上,供同学们自由阅读。

当时,报纸上经常有美国侵略者制造北部湾事件、美国飞机轰炸越南北方、越南人民英勇抗击美国侵略者的报道。我至今记得越南人民那首《进军歌》中所唱的:"越南军团在行进,一心救国,行进的脚步声震撼着脚下崎岖不平的道路。鲜血染红的旗帜附着国魂,远方军歌声中枪管林立。为人民战斗不息,勇敢前进!"

看到越南小朋友们艰难地生活在战火硝烟之中的故事,我们的心里非常难过,当时真是恨死那些美国佬了。记不得是谁在黑板上画了个大鼻子美国佬,同学们一齐高喊:"打倒美国佬!打倒美国佬!"我和班里的高荣、梁义等同学充满天真地给越南小朋友们写了一封信,鼓励他们好好学习,顽强斗争,坚决把美国佬赶出去。虽然当时我们是满身孩子气,却义愤填膺,根本不会想到这信他们其实是收不到的。

那时候,我们的心灵非常纯洁透明,像那刚刚飘落下来的雪花一样,认为少先队员就要按老师说的办,就要多做好人好事。班里的墙上挂着一个好人好事登记簿,谁做了好事,老师就会给记在上面,有时还会拿来给大家念一念。那些年的冬天总是特别的冷,我们上课个个戴着皮帽子,手腕上套着毛袖筒,尽管这样,冻了手脚的事还是经常发生。有时上课冻得实在不行了,老师就说大家可以跺跺脚。于是,同学们便一齐使劲地跺起脚来,那响声好像要把教室的顶棚震下来。

我几乎每天都是早早起来带着劈柴跑到学校去给大家生火炉,生怕落在别人的后头。看到讲台上的黑板擦不能用了,我就回家找母亲要一块小毛毡钉个黑板擦。有时老师看到了新黑板擦问这是谁给钉的,我还悄悄地装作不知道。

当时,班级里是没有什么班费的,就是老师要买粉笔的钱也得三番五次地向校长讨要。为了给班里挣几个钱,一个星期天,我们约了几个同学到五里外的沟门苗圃去给树苗除草,一个人干一天可以挣到五毛钱。就在我们几个混在一起干得正欢的时候，忽听背后有人大声骂道："你们这是羊拧热哩，还是在干活儿哩？不想干就滚回去！"

大家扭头一看，原来是苗圃的主任来了。在我们的再三恳求下，他才又将我们留了下来，但规定天黑前我们必须每人锄好一堰地，否则别想挣钱。那天，虽然个个累得腰酸背痛，但我们还是为班里挣到了三块多钱。

记得那时，我们做好人好事最多的就是冬天下雪后，我和班里的高荣等同学要去村里给五保老人扫雪。村里的满红爷是革命烈属，他人老了，身体很不好。听说他的父母早早就下世了，他和哥哥相依为命。八路军晋察冀部队开过来时，他的哥哥扔下了放牛鞭参加了八路军。后来，他的哥哥当了连长，在攻打集宁老虎山的战斗中光荣牺牲。在我很小的时候，满红爷的家门上就钉着"光荣烈属"的红牌牌。每年过大年，队长提着箩筐走东家、串西家给满红爷起油糕、馍馍、粉条等来慰问革命烈属。因而在我的心目中，满红爷是个了不起的人，他家对革命是有过贡献的。每次下雪后，我们肯定会跑到满红爷家门坡前去给扫雪，一直从门坡扫到他的家门口。

其实满红爷也是个红火人。那时我们村里有一班秧歌，满红爷不仅是个拉胡琴的好手，而且还是个扮三花脸的落毛丑角。到了冬天，天一搭黑，人们就不约而同地聚在满红爷家，开始学戏、侃山、打塌嘴。满红爷总是把炕烧得热乎乎的，大碗山茶一泡，那腾腾热气直冲人们脸面扑来。满红爷不识字，可他的胡琴拉得特别好，我们这些娃娃们常常趴在炕沿上听他拉胡琴，听着耳边这悠扬的琴声，我不由得对满红爷产生了许多敬慕。满红爷真的是了不起啊！

与今天的小学生比起来，那时的功课并不是很多，学习负担并不十分沉重，完成各门功课的作业对我来说较为轻松，课余时间我多是在到处找闲书看。可那个时候在落后的山村里，可供孩子们课外阅读的书籍是很难找到的。高荣和我是要好的朋友，他父亲是公社书记，家里常有一些书籍，我经常到他家去借书。公社卫生院王起大夫是我家邻居，他家的儿子焕明和焕承学习十分刻苦，家里也常有一些书籍，一遇下雨天，我就会跑到他们家和这弟兄俩整整看上一天书。

刚开始，我们看的多是些人小书，内容非常广泛，古今中外的故事都有。我最喜欢的还是根据古典文学名著改编的连环画。这些小人书不但内容吸引人，绘画艺术也极为高超，那人物画得栩栩如生，简直呼之欲出，令人叹为观止。记得当时给我记忆最深的是张乐平的《三毛流浪记》，书中的故事真实感人地描述了三毛和流浪儿的悲惨生活，控诉了黑暗旧社会对他们的凌辱和摧残，赞美了他们天真善良、纯洁美好的心灵，这本书我不知看了多少遍。看小人书极大地丰富了我的知识，越看越喜欢，有时甚至爱不释手。

在一个大雪纷飞的冬季里，我不知从哪里借来了一本叫《雪花飘飘》的书，高兴得饭也顾不上吃，几乎是一个晚上就读完了。我完全被书中的故事吸引住了，尤其是那个会吹唢呐的桃树爷爷讲给孩子们的故事。

清水河县城雷虎坡有个叫孙天才的银匠师傅，一到冬天就到我们村里来耍手艺，给女人们打耳环、做手镯。他不知怎地和我父亲交成了朋友，每次来村总是住在我们家。这孙师傅不仅银匠手艺耍得好，而且还能给人们叨古经、说古书。一到天黑，我家就会聚集一帮人来听孙师傅说古书。只见他双目微启，摇头晃脑，抑扬顿挫中动人的故事便娓

学雷锋的孩子们

娓道来。《三侠五义》《薛刚反唐》《杨家将》《狸猫换太子》等历史故事，最初我都是从他的口中听来的。这些扑朔迷离的故事，无疑对我的阅读产生了很大的影响。

有一次，我去同学梁义家里借书，可他仅有的几本小说让他舅舅给拿到口里去了。就在我要扫兴地离开时，他突然对我说："我知道哪儿有书，就看咱们敢不敢去偷。"

"敢！只要能弄到手就行。"我不假思索地对他说。

他说，学校的李茂老师是他们家的亲戚，他办公室的卷柜里锁着一些书，但平时不愿意借给别人看，要想看就得去偷啦。

我俩一拍即合。当晚就乘着月黑风高偷偷来到学校，撬开了李老师办公室的卷柜，将里面的书籍洗劫一空。第二天，学校老师办公室被盗的消息很快就传了出来。公社的公安梁特派员腰里别着手枪来学校侦破案件，最终还是杳无音讯，不了了之。

而我和梁义却暗自庆幸，平安无事地当了一回贼。

那时，父母亲紧张劳动一天，晚上早早就睡了，而我每天就着小油灯要看书学习到深夜。为了不影响他们休息，我用两块木板在外屋的堂前搭了一个小铺，一个人就在那里悄悄地看闲书。就在这个十分简陋的小床铺上，我饶有兴趣地阅读了许多能够借读到的小说，如《钢铁是怎样炼成的》《苦菜花》《敌后武工队》《青春之歌》《三家巷》《红旗谱》《红岩》《西游记》《水浒》《草原烽火》等优秀长篇小说，有的甚至是看了一遍又一遍，那真是翻了茬子溜涩地。我完全被书中的故事所吸引，被书中那些英雄人物所感染。直至今天，这些书中的故事情节我依然是记忆犹新。

遗憾的是，那个时候我没有能借读到我国四大古典名著之一的《红楼梦》，也没有能够读到更多的外国名著。

现在想来，那时的读书纯粹是自觉的、随性的，并非是受利禄之惑，也并非是为了寻找黄金屋、千钟粟和颜如玉。读书只是一个孩子的求知渴望和兴趣追求，只是感到这读书就像是交上了好朋友，与"他们"相处就像是走亲访

友一般随意和达观。"他们"有那么多的故事要讲给我听,我又有那么多有着英雄壮举的朋友整日和我在一起,仿佛我就是"他们"中的一员,我也已经融入那个腥风血雨的年代。

那些主旋律作品用旗帜鲜明、生动形象的笔触,描绘了中国人民在共产党的领导下抗击日本侵略者和国民党反动派的故事。其中的英雄人物有的迎来了战斗的胜利,有的则在战斗中壮烈牺牲,长眠在共和国的怀抱里。书中跌宕起伏的故事情节牵动着我的心,无私无畏的英雄震撼着我的灵魂。我在这些阅读中潜移默化地受着爱国主义和革命传统的教育。与"他们"相交日久,似乎自己懂得的东西也日渐多了起来,视野也开始瞄向了山外。我也正是在这些大量的阅读中,幼小的心灵获得了人生启示,受到了文学艺术的滋养。

那个时候,村里人的文化生活很贫乏。后来电影一年比一年多了起来,每逢公社放电影,我是场场不误非看不可。有时邻村有电影,哪怕是在十里八里以外,即使是看过多次的电影,即使白天干了再苦再累的活儿,我们一群一伙地也要追着去看。记得有一天黑夜,我和班里的高荣、武坐峰、田万珠等同学还摸黑跑了十五里山路到山西省蒋家坪公社去看电影《地道战》。后来又有一次,公社的拖拉机拉着众人去山西蒋家坪看唱戏,返回时拖拉机竟将公社一名姓杨的年轻干部给活活轧死了。

其实,当时村里的大人对孩子们上学读书并非十分看重,在他们看来,娃娃们念书能认个头朝上下就行了,并非寄托多高的期望。大人们每天督促孩子们的是赶快去劳动,去砍草、去搂柴、去拾粪。学校放学后孩子们回家咽下饭就得赶紧干活儿去,走得慢了还得遭大人们的一顿臭骂。

每年暑假期间,我要给生产队的牛倌罗三大爷当小打伴儿。三大爷人非常实在厚道,他常常赤裸着上身,身子被阳婆晒成了紫铜色。老人家经常给我讲放牛的经验,还教我用牛毛捻绳子、挑袜子、砍口袋,老人家是一心想把我培养成他真正的接班人。

夏天,村里的牛群是从来不回响的,早上我们慢悠悠地赶着牛儿出了村,直到日头落山才能往回走,这个漫长的白天要在大山里度过。而山区的盛夏骄阳似火,真是晒得人流油。我脑子里只盼着日头快点儿下山,可越是这样越感觉天是那么昶,那日头在当空一动也不动似的。

最难熬的还是响午那阵子,牛儿吃饱喝足之后一个个躺卧在沟里的小溪边。这时三大爷就喊我赶快去捡些干牛粪和树枝来,烈日下我四处寻找跑得汗流浃背。待我拾回柴火后,三大爷就"叭——叭——"地打着火镰把它点燃,然后烧上几颗山药蛋,这就是我们爷儿俩的响午饭。刚开始吃还好些,不几天我们就上火了,两个人都是口舌生疮,哪里还能吃得下去。实在热得受不了啦,我就用树枝编个凉帽戴在头上,躺在岩石上一丢盹就睡着了。一觉醒来,见日头还是那么火辣辣地挂在天上,好像你越着急它越稳重,故意跟你作对一般。所以,从那时起,我就懂得了山里人放牛的艰辛,体味了庄稼人风吹日晒的煎熬。

当时,我们这些农家娃娃们要干的活儿主要是夏天砍草,冬天搂柴拾粪。故乡的山是穷山,由于年年降雨量少,庄稼长得不好,草也长得不好,远远望去,山上到处是红漂漂的一片,有时候砍草我们在山坡上转来转去不知该从哪里下手。我们个个脱剥得红麻肉骨,打着赤脚,出没在地堰上、沟岔里,千百次地挥动着手臂。这时你只能听见镰刀在"嚓嚓"地作响,只能感到头上的汗珠不停地滚落。直到手臂酸困、镰刀砍笨了,才肯稍微歇息一会儿。直到响午或天黑的时候,我们一个个才背着沉重的柴草往回走。

此时,我们已累得筋疲力尽,感觉背上的柴草好似千斤重,压得人直驼着背弓着腰,双臂上的绳子似乎已嵌入皮肉里,双腿就像灌了铅一样每迈出一步都是那么艰难。

对一个农家孩子来说,搂柴和砍草是同样的重要。砍草是在夏天,而搂柴则是在冬天。俗话说,头九二九冻烂碓臼,三九四九掩门叫狗。数九隆冬,寒风飕飕,可我们这些孩子们的心里却是火一般地焦灼。不用大人们催促,天再冷也得上山搂柴去。因为我们知道,搂不回柴来家里就无法烧火做饭。

太阳刚刚露脸,遥远的天际瑰丽的朝霞渐渐消失了,只剩下几片白云。小村子上空的炊烟缓缓地流动,农家的鸡鸣声是那么嘹亮,渲染出这个贫穷而

闭塞的山村暂时的宁静。这个时候，我们身上穿着厚厚的棉衣，腰里紧束着长长的麻绳，肩头扛着笨重的笊箔，一群大伙地向大山里走去。为了搂一背柴，我们要跑到很远很远的地方去，在荒无人烟的山坳里拉着笊箔不停地走过来走过去。一天下来，恐怕要走上几十里山路吧。为了使笊箔上柴，必须得一只手拉着走，一只手使劲捺着笊箔把子，这样走起来就更费劲了。尽管是滴水成冰的严冬，我们却个个满头大汗，有时因热汗难耐会索性将棉袄也脱下扔在一边。若搂不到一背柴，我们是不会回家的，因为这样回去轻则要挨父亲的一顿臭骂，重则非挨几个巴掌不可。

当数九隆冬大雪封山的时候，我们便不能上山搂柴了。于是，我们的营生又变成了拾粪。同样是早早就起来，手里拎着粪叉子，脊背上背着粪篓子，相跟着一群半大小子追牛群去了。

冬天，村里的牛群出坡不久，就到村外的卧牛湾晒太阳去了。这时，我们这些娃娃们也就在牛群跟前转来转去，只要看见牛一拉下屎，就一哄而上地争抢起来。更无聊的是，有时我们实在等不上牛屙屎，就用手轻轻地去挠牛的屁股。只要你一挠它的屁股，那牛就会很快撅起尾巴。这时，我们赶紧把箩头接在下面，等待牛粪的出现。有时这样做，免不了要遭牛倌三大爷的一顿臭骂。

三大爷很风趣，一有空儿就会给我们讲些好听的故事。最使我难忘的是这样一个故事，三大爷说这老牛原来并不是人间的牲灵，而是天上玉皇大帝身边的侍卫。一天，玉帝老儿让它下凡间告诉人们一天三打扮一吃饭。可这老牛不长记性，又秃嘴笨舌，下来给人们说成了三吃饭一打扮。从此，人们就整日为三顿饭忙得不可开交。玉皇大帝得知老牛传错了圣旨，一气之下将它贬到了人间，罚它为人们耕田效力。从此，老牛便在人间老老实实地为人们苦苦地耕田了，而且毫无怨言。

听了三大爷的故事，我当时心里对这老牛是又气又恨，它怎能传错玉帝的旨意呢？人们真要是一天三打扮一吃饭那该有多好啊，也许人们就不会像现在这样为了填饱肚子而整日忙忙碌碌地受苦受罪啦。这个该死的老牛！

母亲之死

伟大的文学家高尔基曾经说过:"世界上的一切光荣和骄傲,都来自母亲。"

我的母亲修长的身材,宽宽的前额,她精明强干,性格随和。她虽然目不识丁,但通情达理,一生勤快,是山村里少见的能干妇女。

在我的记忆里,母亲每天总是鸡叫就起身忙着烧火做饭。队里上工的钟声一响,她又忙着去出工,有时她简直是一溜小跑到地里的。母亲是小脚,常常跪伏在烈日的暴晒下劳动。劳动休息时,她还要跳到沟里去拔草。收工回家,人们都在头里走了,她却背着那沉重的柴草落在了后头。一年到头,她要挣回三四百个工分。

母亲一生性格随和,知大识小,特别尊重别人,就连当时村里那些臭不可闻的所谓"地主、富农"之类的人,她也从来没有直呼其名。我父亲年轻时脾气不好,看不顺眼的事他就好多嘴去管,经常动不动就和村里的人干起仗来,因此常常会得罪一些人。每当这时,母亲总是主动去给人家屈鞋底、说好话,以求得人家对父亲的谅解。那年头,村里常有讨吃要饭的人来,每当这些可怜的人来到我家门口"婶婶大娘"地央求行乞时,母亲总要想方设法给他们些米面或吃食东西,绝不会让他们从我家门前空手而过。母亲曾经对我们说:"这张口饭难吃哩!再说讨吃子也有用着的时候哩,人啥时候也不能灭了别人。"

应该说,我的父母是一对患难夫妻,也是一对恩爱夫妻。他们一生都非常勤劳节俭,有着一种不怕苦、不知累、永不停歇的劳动精神。

母亲虽然生性和善,对父亲关心体贴,但他们曾经的一次吵架我至今记忆犹新。大约是1964年春天的一天,我父亲和母亲商量说,咱们现在住的石圪蛋离大村子太远,下地劳动、孩子们上学都不方便。他想买下当村庙梁上五爹家的三间石窑,说住在那里生活起来更方便一些。

但母亲当时对父亲提出的买窑院搬家表示坚决的反对。他们吵得不可开交,父亲甚至还对母亲动了手。母亲的理由一是那个住处紧挨着村里的庙院,谁家死了人上庙叫夜都要经过家门口,住在那里不吉利;二是亲戚远离乡,弟兄高打墙,她担心亲戚们住在一起怕日后关系处不好。

用我们今天的眼光看,当时我父亲的想法是对的,他的出发点完全是为了我们家庭生活的方便。而母亲的考虑也不无道理,再说,当时要拿出几百元的买窑钱我家是相当困难的。

尽管当时母亲是哭着喊着决不搬家,但最后还是非常无奈地服从了父亲的决定,我们家很快从偏僻的石圪蛋搬到了村子的中央。

父亲长年在队里赶牲口很少顾得了家,母亲作为家庭主妇的担子便是百般沉重。

那时,农村的生产生活条件非常落后。我们村里人几乎家家都有一盘石磨,光景像样儿一点的人家则要有两盘石磨,一盘大石磨安在院子里,一盘小石磨安在炕拐角。全家人一年三百六十天的口粮,几乎都要从这石磨中流下来。

我家的大石磨就安在院子中央,这推大磨是所有家务劳动中最苦重的活儿了。每当要推磨时,母亲半夜就起身开始炒莜麦,五更天便开始推大磨,她要把一家人半月十天的口粮全部推磨下来。

人们常说,磨道不愁寻个驴足踪。在我的记忆里,我家是从来没有使用过毛驴拉磨的。因为那时是公社集体化,毛驴都归生产队统一管理饲养,再说,用一次毛驴队上要扣掉一个工分,有谁还舍得花这驴工钱?因而,父亲不在家时,这推碾围磨的营生自然就落在了母亲的身上。母亲总是迈着蹒跚的小脚,

村里人推碾子　　（额博摄）

拼着力气，汗流满面，在这无止境、无尽头的路上追逐那贫困而疲惫的日子。

后来，我们兄妹几个渐渐长大了，这推磨的活儿大多由我们来干了。哥哥在前头拉，我在后面推，妹妹们在旁边帮，推着这沉重的石磨，我们常常累得头晕目眩。每当这时，正在箩面的母亲总会赶紧过来接替我们。即使是那冰天雪地的冬天，我们依旧要扫开磨道，去走那无尽头的路，就是冻得硬邦邦的大地，在我们的踢踏下，也会自然地踩出一圈显凹的道来。

多少年过去了，我至今惊叹我们祖先的聪明，他们并不满足刀耕火种、石捣棒舂的生活，创造了推动人类文明进步的石磨；我也诧异于我们祖先的笨拙，他们仍脱离不开石器的使用，殊不知给他们的后人留下了这沉重的负荷和围绕石磨而又永远走不完的路。

磨山药，对母亲来说又是一项非常繁重的家务劳动。年年深秋时节，母亲和村里的女人们一样，总要有一段日子深更半夜"嚓嚓"地手工磨山药，那

磨擦下的山药糊大盆小盆满地都是。母亲总是当天磨下当天就过滤，即使是夜半更深她也还要起来反复打澄几次。第二天，母亲就将那些过滤下的山药渣子捏成团状，一排排一溜溜地晾晒在墙头上，等来年饥荒时再吃。那时，母亲磨下的山药粉在村里人的眼里是最为白净的，父亲背到公社供销社去卖总能给个好价钱。

我们家孩子多，很费手脚，这就使得母亲更是终日针线活儿不离手。白日里她一天不误地参加队里的生产劳动，晚上还要常常伴着小油灯为我们兄妹几个缝补破衣烂衫，不知疲倦地给我们缝补着一个永远补不住穷窟窿的生活。

当时，农村家庭妇女最缠手的活儿是纳大底、做鞋子。在一块平展展的案板上，母亲将那些洗干净的旧布头一块块地刮浆在一起，上面再用从供销社扯回来的市布罩住，展展地压在炕席下面。等干好了，母亲就会将它剪成一双双大小不一的鞋帮。鞋帮子纳起来还省点劲，纳鞋底则是很费力气的。夜很深了，母亲仍不肯去睡，一个人还在那里忙碌地搓麻绳绳。那细细的麻绳子搓得又长又光滑，一盘一盘地连结在一起。母亲的手指上戴着像紧箍咒一样的顶针，吃力地穿透那厚厚的鞋底，反复拉拽着长长的麻绳子。有时母亲稍有疏忽，就被那大针扎了手。每当这时，母亲总是一边揩去手指上淌出来的鲜血，一边亲昵地对着我们骂道："哎哟，你这好狠的心哪！"既不需要包扎，又不会停歇，母亲还是照样十分麻利地穿针引线，将她那份柔情、那份企盼、那份喜悦和那份酸楚，一并结结实实地纳进了鞋子里。

我常常守在母亲的身边，一边看书学习，一边看母亲为我们纳鞋底。听着那"哧——哧——"的单调而好听的拉扯麻绳子的声音，我心里想，母亲为啥总是这样没明没夜地做着营生呢，她不知疲倦吗？有谁能替得了她吗？母亲也好像看出了我的心思，就说："等你长大了，娶回了媳妇，妈就省心啦。"

虽然那个年龄我还不懂得人为啥要娶媳妇，但听说媳妇可以代替妈做好多营生，我的思绪便如秋野里的蒲公英纷纷扬扬起起伏伏了，我的情感便如地堰上的豆角秧有声有色缠缠绵绵了。我觉得母爱就像村巷里那支不知流传了几代人的民谣，甜甜的，润润的。我想，我这辈子一定要讨一个非常勤快能干的媳妇，讨一个能替母亲做活儿的媳妇。后来等我长大了，真的找了一个心灵手巧、泼辣勤快的媳妇。可遗憾的是，我的母亲却过早地离开了人世，她没能亲眼看见她那曾是梦幻的媳妇。

有一年夏天，山西省平鲁县晋剧团来我们村演出。周围十里八乡的人们都来赶会，整个河湾里人山人海，热闹非凡。我们学校停课三天，教室腾出来住了戏班子。记得那天上演《孙悟空三打白骨精》，锣鼓声敲得人心振奋，演员那连续空翻的筋斗更是叫绝，我赶紧跑回家叫母亲去看戏。可母亲却笑着说："咱人穷衣裳烂，戏庙院里少圪转。妈可不去凑那个红火热闹，你快去吧！"

记得当时从县里来了个照相师傅，红布裹着个黑匣子，"咔嚓"一下，就能给人们洗出相片来。这可是村里人头一回见到的西洋景，人们纷纷前来照相。当时，父亲也来了兴头，对我说："快回去叫你妈来，咱们也照个全家相。"但任凭我怎样扯拽，母亲始终不肯前来。这是我们家几十年来仅有的一张全家福，唯独没有我母亲的影子。这也是母亲一生中仅有的一次照相机会，但她没有来，一生也没有给我们留下一张她的照片。

家乡地处高寒，队里种的大田作物多是莜麦，那金灿灿的莜麦遍布山里洼里沟里岔里。每年白露一过，村里的人们便开始割莜麦。母亲和父亲每人都要带上两把镰刀加入割莜麦的队伍，我和哥哥也要跟着大人们到地里去拔草，有时我们兄弟俩还会帮着母亲去抢割几下，生怕她落在别人的后头。

那驮回来的莜麦垛在队里的场面里，足有城墙那么高，每天夜里队里都要派几个上了年纪的人来守夜。等田野里所有庄稼都收割回来后，人们才开始打莜麦。那时，村里还没有什么脱粒机之类的机器，所有的莜麦都要靠人工来碾打，有时入冬下雪天人们还得上场面扫雪打莜麦。

打莜麦时，男女社员一对对地排开。只见他们跨步挺立，手臂高扬，连枷在头顶上旋转、翻覆、甩开，像蜻蜓平展展张开翅膀，像鹰鹞扑啦啦凌空俯冲，只听得那连枷"乓乓乓乓"打得震天响。麦秸在阳光下闪着金色的光亮，散发出清新甜润的气息。我们这些娃娃们混在人群中跑来跑去，时不时要遭大人

们的一顿呵斥。母亲打上一天莜麦，回来累得全身像散了架。

繁重的体力劳动和艰辛的生活重担终于将母亲压垮了。母亲的右眼角额上渐渐地生起一个瘤子，而且越长越大。母亲天天喊叫着说钻脑子地头疼。她再也不能下地劳动了，也不能给我们做饭了。躺在炕上已经是一年多了，那瘤子还不见好。稍一碰碰就流血不止，每次都要流上半碗血。我从来没有见过那么多血，一看见母亲流血就十分害怕。每当听见母亲喊我的时候，我的心都要蹦出来了。我赶紧去找来一个瓷碗，几乎是颤抖着递过去的。只见一股股殷红的、似乎还冒着热气的鲜血大滴大滴地从母亲的眼角里涌挤出来，又扑楞楞地掉在碗里。此时，我看见母亲紧咬着嘴唇，紧闭着双眼，额头上慢慢地沁出了一层密密麻麻的汗珠。那流淌出来的鲜血，一会儿由红变紫，又由紫变黑，转眼间便凝结成一个血坨。直至血不再流了，母亲就像耗尽了最后一口气，才慢慢地睡了。

为了治好母亲的病，父亲曾四处求医求神，但终不见效。其实当时我们农村是真正的缺医少药啊！村里人有了病，全是拿命扛着。周围几十里地只有一个姓郭的拐腿大夫，骑着小毛驴转悠着给人们看病。每次将他请到家里来，他也只能是给母亲说些宽慰的话，走时再给母亲留下些镇痛片之类的药，除此他也是束手无策。

那年夏天，父亲一咬牙卖掉了家里的粮食、粉面，撂下地里的农活儿，亲自带着母亲到遥远的呼和浩特看病去了，家里只留下我们一群娃娃。一到天黑，我们就早早地圈好牲口上了大门，在家里乖乖地待着。外面稍有响动，我们就被吓得挤在一起大气也不敢出。一个人起夜撒尿总要把姐妹几个都叫起来才敢下地。

可几天后，父母亲他们又返回来了。原来他们走到了清水河县城，一打听通往呼市的班车早不通了。原因是夏天发大水，洪水刮断了当阳桥，导致了公路交通的中断。

在那些患病的日子里，母亲常常一个人偷偷地流泪。隔壁的大娘大婶们经常过来边做针线活儿边和她说话，本村的三姨更是天天要来陪陪母亲，在邻村当支书的大舅也经常抽空来看望母亲，给了母亲很大的慰藉。

母亲虽然重病在身，但她还是十分关心我们，盼望着儿女们能够快快长大。她要父亲来年多种些莜麦，那山药渣子不要喂了猪，留着等灾年吃；要父亲省吃俭用一定供我们念书；也要父亲把那倔脾气改一改，不要老是一开口就冲恼了人。

那年似乎好雨水，记得庄稼长得不错。队里好歹还在南山上种了几亩小麦，刚刚拔倒摆在地里。为了给母亲吃顿好饭，学校放学后，我便偷偷地邀上张三、喜全、瞒女等几个小伙伴上南山去捡麦穗。

大概是因为麦子太熟的缘故吧，收割过的麦地里还真有一些遗落下来的麦穗。我们好不喜欢，便有说有笑地捡了起来。太阳落山的时候，我们个个挎着一篮子麦穗往村里走。

在村口，不巧遇见了一个穿制服的人。他那喊狼嗓子威严地呵斥道："都给我站住！"

我们认识他，他叫赵蛮女，是公社的武装干部。

他问："你们这些娃娃们干啥去啦？"

我们几个看着胳膊上挎着的篮子，吓得连大气也不敢出。

"老实说，是不是偷的？"他像审讯犯人一般训斥着我们。我们几个你看我，我看你，用颤巍巍的音调害怕地说："不……不是偷的，是在地里捡的。"

"胡说！地里咋能捡到这么多的麦穗，分明是偷的，看我怎么惩处你们！"说罢，他便扬长而去。

那时村里的人们是没有不害怕干部的。我们几乎是哭丧着脸回到家里的。

傍晚，父亲劳动收工回来了。一进院子，就听见他在厉声地喊道："贵祥哪儿去了？"

我赶紧跑出来见他。只见他怒目圆睁，挥手"啪——"地一个耳光就打在了我的脸上。我顿时觉得天旋地转，双目直冒金星，重重地摔倒在了地上。

"跟你说过多少遍了，咱们就是穷死饿死也不能占公家的便宜。你小子倒好，咋还跑到地里去偷人家队里的麦穗啊？！"

我感到十分委屈，哭哭啼啼地说："那不是偷来的。"

父亲是个火暴性子，他根本不听你的解释。只是大声呵斥道："我们人穷也不能志短，赶紧把麦穗送到队里去。"

父亲的命令是不容置疑的，我只得赶紧将那一篮子麦穗送到了生产队的场面上。那一夜，我整整哭了一个晚上，饭也没有吃，觉也没有睡，不知胡思乱想了些什么。

面对日趋艰难的生活困境，终于有一天，父亲极其严肃地向我们宣布：家里三个女子一个也不许念书，两个正在念书的小子只供一个，另一个回村劳动挣工分。

那天，我们一家人几乎是整夜没合眼，久病的母亲眼里不住地流淌着酸楚的泪水，我们兄妹几个谁也不敢作声，好像面对着一场即将到来的灾难。

最终，还是哥哥打破了这怕人的沉默。他揩了揩眼泪对父亲说："我劳动，让贵祥念书，他学习比我好，我身手比他大。"

没有任何形式的表决，也不需要反复地统一思想，就这样，哥哥一句话决定了我与他人生道路的不同选择。我因此得到了上学的机会，一直升了初中，读了高中，上了大学；而哥哥则早早就成了生产队名副其实的社员，从此帮助父亲挑起了艰辛的家庭生活重担。

我虽然还在村里的小学校念书，但每年冬天清早起来的第一件事就是要到村东五里外的卧牛湾去背牛粪。我家大爹此时已是生产队的牛倌，他头天拾下的牛粪第二天我必须要去背回来，否则就会被别人背走。因此，每天天还没亮我就起身，冒着严寒一个人摸黑往东湾里走。本来我的胆子就小，一个人走在旷无人烟的河滩里特别害怕，偶有一声怪叫或什么响动，我就会被吓出一身冷汗。此时我便将那长长的铁粪叉紧紧地攥在手里，壮着胆子继续往前走。当太阳初升的时候，我背着一篓深重的冻牛粪回来了。此时，我早已是浑身冒着热汗，腰酸背疼难忍。但我根本顾不了这些，进门咽下几口饭，就赶紧往学校跑去。

母亲是十分疼爱我的。晚上，她把我紧紧地搂在怀里，用手指轻轻地给我梳理着额前的头发，双眼失神地看着我，好像从未见过我一样。只记得母亲用哭泣般的声音对我说："你可要用心念书，有了出息也不要忘了妈。长大了谨记住一条，娶媳妇时人样儿好赖不用说，千万不要娶上有病的。"

我知道，这是母亲发自肺腑的心声和灵魂深处的忠言，因为她是被疾病折磨得太苦了！

母亲说着，两行晶莹的泪水便顺着她的脸庞无声地汹涌地淌了下来，仿佛叫人觉得全世界的善良、忧患和伤心都集中在她那张苦难的脸上了。

万万没有想到，那晚母亲对我的教诲，竟成了永远的诀别；那如泣如诉的心声，竟是她准备离开人世前的最后遗嘱。那里面凝聚着母亲一生的痛苦和伤心，那里面饱含着母亲对儿子的殷殷期盼和谆谆嘱托。

1966年农历二月十四日，对我们全家来说是个永远灰暗的日子。说什么也忘不了那一天哟！

那天下午放学后，我背起书包就往家里跑，像往常一样想快点回去看望母亲。

一进院子，我就看见母亲正趴伏在窗台上向外瞭望着。"妈——"我喊叫了一声，却没有听到她那往日的应声。

我进了家，母亲还是半跪在窗前，并没有回头来看上我一眼。

我恐慌了，急忙爬上炕去扶她。可她一动不动，眼睛死死地盯着窗外，僵直的右手正向前伸着。猛然间，我才发现母亲的脖子被一根细细的绳子勒索着，绳子的另一端是从窗户上面吊下来的。

顿时，我像雷轰电击一般，全身酥软了，巨大的恐怖与痛苦将我抛进了无尽的深渊。

母亲死了！

苦命多难的母亲永远永远地离开了我们。怪不得这些天来，她对我、对

父亲，还有别人，说了那么多那么多的话，怪不得母亲一看见我们就流泪。生，是受罪的死；死，是超脱的生。母亲是再也忍受不了疾病的折磨了，才不得已这样做了。她完全可以称得上是一个刚强的女人。但她又确确实实舍不得丢下我们，舍不得离开这个青天红日。她那凝滞的眼睛不正是想再看看这个人声喧闹的世界吗？她那伸展的手臂不是正召唤着自己的亲人吗？

我声嘶力竭地嚎啕着跑出去喊人。可是，一切都晚了。

母亲僵直的遗体平静地躺在门板上，她的脸上似乎发出一种幽灵的光泽，眼角到嘴角之间一道很深的泪沟都能看得清晰。她那张早已没有气息的嘴巴，仿佛正在用一种神秘的语言，呼唤着自己的儿女。她的黑头发比原来更蓬松了，像丛林一般覆盖在她的额上。任凭我们怎样呼天号地地哭喊，她是再也不会睁开那双疲倦的眼睛了！我苦命的母亲啊，你走得太早太快了，我才十三岁，你才刚刚四十二岁呀！

对母亲来说，死亡无疑是一种最好的解脱。她让人觉得，如果生活天天就是这样，生活就是一场徒劳；如果生命天天就是这样，生命就没有任何意义。刚毅的母亲最终选择了自我了断的方式，撇下了丈夫，撇下了儿女，同时也把吃不完的苦、受不完的罪彻底撇给了人间。

硕大的炕席在院子里搭起了母亲的灵棚，善良的人们并没有忘记我的母亲，在一阵阵凄惨悲哀的唢呐声中，他们来向母亲告别辞行。

父亲含着眼泪，用一把锋利的剃刀将母亲眼角上的肿瘤割去。这是一个医盲给母亲做的第一次也是最后一次手术，为母亲彻底地根治了病痛。他说："我倒要看看这个要命的东西是个甚？说啥也不能让它再到阴间去害人啦。"

当时，我听到了父亲的呜咽。他压抑着，声音沙哑而苍老，像一块破碎的抹布被风席卷在空中——这是我第一次听到父亲的哭声。很久以后，父亲才告诉我们说，母亲去世的头天夜晚，一只迷信中传说的不祥之鸟飞临我们家的院墙上啼叫不止，他已经知道母亲的灵魂就要走了，那只秃嘶怪鸟是来召唤母亲的魂灵的。

五爹将一些五谷撒入母亲的棺材，这是人世最后的几颗粮食，放在母亲的身边，由她带入坟墓，帮她驱赶另外一个世界的饥饿。

兄弟姐妹们早已哭成了泪人。我在院外的树墩上给母亲打了许多纸钱，粗糙的白麻纸上排列着整整齐齐的铜钱印迹，还有我那被砸破的手上淌出来的鲜血。我流着泪，忍着痛，一锤又一锤地砸下去，心里只想着给母亲多做些纸钱，让母亲在阴间有钱花，不要再像我们现在这样无奈贫困……

一串串纸钱把母亲引上庙梁，一锹锹黄土把母亲葬在山岗，一把把清泪洒在母亲的坟上。

母亲走了，也带走了我们所有的温暖和热闹。从此，我们的家里冷清清、沉寂寂、空荡荡。

失去母亲的人，就像花草失去了根，精神失去了依托。我虽然天天还要上山去搂柴拾粪，但不管走到哪里，总是带着无尽的哀伤和茫然，感到自己像飘零在荒野上的树叶一样无依无靠，不知所措。我真不知流了多少思念母亲的泪水。

母亲是个苦命人，可以说她一生没吃过一顿好饭，没穿过一件好衣，因为她和父亲在艰难困苦中拉扯着六个孩子。在那种艰难困苦的生活条件下，他们要为我们做出多么大的奉献和牺牲啊！

说母亲的命运不好，还有一个原因。就在母亲刚刚去世几个月后，内蒙古人民医院组织的"六·二六"医疗队响应伟大领袖毛主席"把医疗卫生工作的重点放到农村去"的号召来到了我们村。他们都是些省城的知名专家大夫，在我们村一住就是大半年，为当地的人们治好了许多疑难病症。

我想，如果当时母亲还活着，她的病一定会得到救治。可是母亲没有这个命，她没能等到这一天，她是在绝望的痛苦中含恨离开了人世间。母亲的死，给我们留下了无尽的遗恨。多少年来，儿时的记忆，母亲的身影，时常会出现在我的眼前。

每次回到故里，我总要到母亲的坟上去看看，为她烧些纸钱，供奉些食品，来尽我未能尽到的一片孝心。我感到深深地思念母亲，这是我生活中最纠结的神经，最生涩的血液，最无奈的思绪，最痛苦的心底呼唤。就是任凭长风吹旷野，暴雨打屋檐，空有万分思念、千般忆悄、百倍牵肠挂肚，依然无根可寻，无情可系。

　　我知道，虽然我的母亲不是名满天下的慈母，但她的慈爱足以温暖我一生。为什么那么多哲人志士将伤痕累累的民族视为母亲，将涛声不断的江河视为母亲，将广阔无垠的大地视为母亲？因为，山没有母亲的爱高，海没有母亲的爱深。人类最不能动摇的情感，也许就是那深深的母爱；人们心底最深的牵挂，就是那生你养你的家。

短暂的中学生活

1966年夏天，极度贫困中的我居然考上了清水河县的中学。

当时，我们盆地青公社是不设考场的。所有报考的学生在班主任王瑞老师的带领下，步行几十里山路到韭菜庄公社参加统一考试。

虽然那时我对念中学似乎没有太明晰太刻意的目标，感觉考不上回村去放牛砍草未必就不好。但头天夜里我还是紧张得几乎不能成眠。书包里早已装好了各种课本、墨水瓶、蘸水笔之类的东西，但还是翻了又翻，生怕遗漏了什么。

就这样，我穿着一双露着脚趾的烂布鞋，踏着坎坷不平的山路走进了片区的考场。自信得很，我不可能名落孙山。所以，考完后我们又和韭菜庄学校的学生们打了一场篮球赛才踏上了返程。

大约一个月后，县中学的录取通知书便寄到了公社。我们学校三十多名考生有七名被录取，除我之外还有高荣、张维国、李建枝、段连贵等。

我兴奋地拿着录取通知书一溜烟跑回了家，可父亲阴沉着脸、低垂着头没吭一声。我知道，他当然有望子成龙的念头，梦里也希望自己的儿子能出人头地。可他心里明白，一个娃娃到县城里去上学，每个月的伙食费就要花去六七块钱，这对一个穷困潦倒的人家来说是一桩多大的难事啊！再加我那勤

劳慈善的母亲刚刚去世，家里一下子就像突然塌下了一个窟窿，生活的重担全都压在了父亲一个人身上，他要又当爹又当娘，拉扯我们这个陷入旱泥窝窝的人家。

父亲生就的立眉竖眼，一脸豪壮气色，我本来就对他有一种源自灵魂深处的畏惧感。此刻，更感到父亲的沉默像那屋后绵延的大山，这实际上是一种无言的威压，它显示着人世的酷烈与寒凉。面对着父亲阴沉的脸色和无奈的眼神，我滚烫的心里顿时像被泼了一盆冷水，再也不敢或者不忍对看父亲。我伤心到了极点，也不知道我是怎样跟跄着步子迈出了家门，眼里淌着泪水一个人又上山捡牛粪去了。

当时，我不止一次地产生过这样的念头：为什么一定要去念中学哩？村子里不是有许多同龄伙伴没有考取初中仍然整日高高兴兴地上山搂柴拾粪吗？我为什么要给父亲那张苦难的脸上再制造新的忧愁呢？

公社的老书记高安成在村口遇到了我的父亲，他关切地问："听说贵祥考住县里的中学啦，让娃娃念去呀哇？"

父亲极为羞涩地低下了自己的头，愣了半晌才苦笑着应答："高书记，我看他这书是念不成的份儿大。你看我这老汉娃娃人家，穿衣吃饭还得撅指头哩，你说我怎供他念书哩？听说队里要给牛倌添个打伴子，我想叫他跟上三老汉放牛哩。"

高书记耐心地对父亲说："贵祥是个爱学习的好娃娃，不管怎穷怎困你都应该供他。依我看，有他劳动你也发不了，没他劳动你也再穷不在哪儿啦，我看你还是让他念去吧。你们家的困难我也知道，公社以后可以救济一下。"

我至今非常感激当年这位善良而又体察民情的公社书记，就是他的这番肺腑之言，点燃了我父亲心灵中迷茫的灯盏，再次给了我父亲战胜困难、挑起重担的勇气。

父亲终于决定让我去县城里念书去了，而且他还要亲自送我到学校去。在他看来，自己目不识丁世代务农，而到了我们这一代，曙光乍现，光宗耀祖的希望就在不远的前方。

这是我第一次出远门，这是我的一次真正的人生之旅。

秋天的山野里到处呈现出灿灿金黄，村里不时发出鸣儿喊叫，庄稼人的眼里充满了丰收的喜悦与生活的希冀。一大早，父亲就赶着小毛驴驮着我的铺盖带着我上了路，哥哥和小妹将我们送上了村后的山梁。

家族的祖坟就在村后山梁的大路旁。当我们路过这里时，我看见母亲的坟上已经长出了新草，但坟丘被羊群践踏得不成样子。粗壮的坟树被风吹得哗哗直响，不时发出呜呜的怪叫，坟丘旁猛地蹿出一只野兔，箭一般地向山野里奔去了。

我们在母亲的坟前停了下来。此时，我的心里真是说不清有多么难过，眼睛里早已闪着泪花。曾经为我们吃尽了苦头、耗尽了心血的母亲，曾经企盼我好好念书、长大能有点出息的母亲啊，您的儿子没有辜负您的期望，今天我将离开这世代居住的故乡，踏上那遥远的路途，到县城里上学去了。您知道吗？您高兴吗？您能听到我们这急促的脚步声吗？

我含泪对着母亲的坟头跪了下来。这是对母亲的跪拜，这是对故乡的跪拜，这是对大地的跪拜啊！

从村里到县城整整八十里山路，直到阳婆快要落山的时候，我和父亲才进了城。古老的县城东西横着一条老街，城里人来人往，街道两侧林立着我从来没有见过的新奇建筑，尤其是县中学门口两侧巨大的洋槐树被风吹得沙沙直响，给我增添了许多奇妙的感觉。

当时，我们六九届的二百多名新生分为六个班，我所在的班级是初41班。新生入学，自然少不了隆重的入学典礼。我们排着整齐的队伍站在操场上。吴作相校长站在台上，慢条斯理地拖着长长的语音给我们讲话，要我们严格遵守学校的各项校规，努力学好各门功课，准备将来成为无产阶级革命事业的接班人。

可就在我们刚刚沉浸在听老师的话、学好文化课、当好接班人的美好憧憬时，学校操场上的大喇叭里传来了中央人民广播电台播音员不同以往的庄

严浑厚、略带激奋的声音,广播八届十一中全会通过的《中国共产党中央委员会关于无产阶级文化大革命的决定》,号召全国人民立即行动起来,高举毛泽东思想伟大红旗,横扫一切牛鬼蛇神,斗垮走资本主义道路的当权派,批判资产阶级的反动学术权威,批判资产阶级和一切剥削阶级的意识形态,把无产阶级文化大革命进行到底。

其实,以批判《海瑞罢官》为引线的"文化大革命"之火,早在我们入学前就已经燃烧起来了。就在这年的夏天,我们公社的大墙上、生产队的队房里、饲养院里就四处张贴着印在整张大白纸上的中共中央"五·一六"通知。记得通知中说,混进党里、政府里、军队里和各种文化界的资产阶级代表人物,是一批反革命的修正主义分子,一旦时机成熟,他们就会夺取政权,由无产阶级专政变为资产阶级专政。

当时,在生产队黑夜组织的社员学习会上,政治队长吕占宽还让我给社员们宣读过中央的这个通知。但当时我对此的认识非常模糊,而对那些紧张劳动了一天早已瞌睡丢盹的社员们来说,更是像在听天书一般漠不关心。因为我们根本不知道中央这个通知将会对未来的中国产生什么影响,更不会想到这场史无前例的"文化大革命"运动会给中国带来什么样的严重后果。

这次在校园里再次听到大喇叭里的声音,我似乎隐约感到将要发生什么大事了,一种此前不曾有过的异样感觉在心中一闪而过。正是这一闪而过的感觉,让我50年后还能记住学校操场上的那次广播。

没几天,《人民日报》发表了《横扫一切牛鬼蛇神》的社论,鼓动群众起来把资产阶级的反动学术权威打得落花流水。随之,广播里也很快传来了北京红卫兵率先"杀"向社会,走上街头,大破"四旧"的行动消息。我们的校园里很快就有人开始蠢蠢欲动,高年级有的人甚至向远在北京的聂元梓等造反派写信拍电报发出了声援。校园里也开始出现了大字报、辩论会,矛头直指学校校长吴作相等老干部。

就在这个时候,县里派出的工作组进驻了我们学校,他们开始鼓动点火,发动运动。全校师生被集中在操场上,工作组林组长在麦克风前大声疾呼:"你们要关心国家大事,要把无产阶级文化大革命进行到底!"

在这种情况下,学校应该毕业的老三届学生仍留校闹革命,但我们这些新生还是开始了正常的上课。班主任黄征老师长得慈眉善目,讲起话来非常和气;语文老师贾永新气宇轩昂,讲起课来口若悬河;地理老师常玉林温文尔雅,给我们的是母亲般的关怀。

那时,我们这个偏远落后县城的县中学条件比较简陋。一个宿舍的两排木板通铺上要睡二十几个人,非常拥挤,同学们常常因为相互侵占了自己的地方争吵不休。在众多同学当中,我算是班上最可怜的穷小子,睡觉时只铺着父亲的一条烂羊皮裤腿。紧挨着我的是来自杨家窑公社韩庆坝村的陈荣。他也是个苦孩子,父亲早逝,母亲后走他由年迈的爷爷抚养成人。但他铺的是一块窄窄的一人毛毡,我非常羡慕他,因为我长这么大还没有铺过这种能保暖的羊毛毡子。

当时,学校对贫困学生是有助学金补助的。但不是人人都能给,班里要根据学生家庭的经济状况进行民主评议。陈荣因为少娘没老子,评得最高,每月给他六块钱。我家虽是贫农,但比他的家境似乎要稍好一点,所以民主评议每月给我两块半的助学金,这对我来说已经算是天上掉馅饼了。当黄老师宣布这一评议结果时,我的眼睛里竟闪出了激动的泪花。

学校的伙食极差。天天小米干饭,清汤寡水,煮白菜里还常有小虫子漂浮在上面,但大家根本顾不了这些,每到分饭的时候,个个争先恐后,人人狼吞虎咽。只有星期六才能吃上一顿馒头,这对我来说更是兴奋不已的事情。这就是村里那位老贫农当年给我们忆苦思甜时讲到的馒头啊!这就是我多年来梦寐以求想吃的馒头啊!直到那年我十三岁,才真正有幸认识了它。

学校每天两顿粗茶淡饭,同学们经常饿得头晕眼花。有的人熬不下去,干脆就退学回家了。稍微像样一点的人家,常有炒面什么的干粮捎来。我是紧瞅着干瞪眼,根本就不会有吃干粮这一说。同学们有时到街上去转悠,常碰到那个胸前拎着盘子吸溜着鼻涕卖月饼的小贩。大伙儿便一齐拥上前去问多少

钱一个。一听说是"二两粮票一毛三",大伙儿又一个个地退后了。那时候,一个个穷学生谁还能有闲钱买得起月饼啊!其实多数人是想凑上前去闻闻月饼那扑鼻的香味。

学校大墙外就是窑湾生产队一块很大的菜地,地里的圆白菜长得特别好。有时夜里实在饿急了,我们就派几个弟兄翻墙过去偷几个圆白菜回来,大伙儿你撕我抢,狼吞虎咽,好一顿美餐。

俗话说,骟马受人骑,穷人受人欺。当时班里有个家境较好的常姓同学老是看我不顺眼,每次由他掌勺分饭时给我盛得总是又少又稀,我是有气说不出。一天中午,本来不轮我值日打饭,但他却逼着我去排队打饭。饭打回来了,分饭却将我空在了最后。此时,饭桶里早已是稀汤寡水。平时和我要好的同学张铎再也看不下去了,边骂边操起手里的饭碗照着常同学的脑袋就砸了过去。可那常姓同学长得身高体壮,自然不甘示弱。两个人顿时厮打得不可开交。最后,在众人的拉拽下他们才算罢手。

第二天是星期天,同学们都上街去了,宿舍里只有我和张铎两个人。张铎气愤地对我说:"他妈的,我就是看不惯那个家伙欺负你。这口气咱们非出不可!"说着,他把常同学的被褥掀起,从自己的衣兜里掏出一把锋利的小刀子,使劲在常同学铺的新毛毡上左右上下胡乱地划割了个遍,然后又神不知鬼不觉地给他恢复了原样。过了几天,这常同学才发现他的毡子被人割得稀巴烂,但他始终不知道这是谁干的,只能是哑巴吃黄连——有苦说不出。

那时,班里的同学们大都穷得可怜,常常是身无分文。可这位常姓同学的家境要比大家好一些,他常从怀里掏出一张五块钱的票子在众人面前晃来晃去炫耀,惹得许多人都向他投去羡慕的目光。

一天,他突然痛哭流涕地说他的五块钱不见了。宿舍里出了贼这还了得?大家私下里议论纷纷,就像是发生了天大的事情。

班长问谁谁也说没有见过他的钱,看来这个案子是很难侦破的。于是,班长一声令下:"搜!"

宿舍里的每个人都要从头至尾、从里到外被搜上一遍,最终还是从我的内衣口袋里掏出了五块钱。

人们一下子被惊呆了。他们都知道我是班里最穷的一个，平时连伙食费也交不起，哪来的钱？但他们又觉得我是最老实巴交，不至于敢去偷他的钱。可这事又一时难以说得清楚，毕竟我和他有些过节，这钱又是从我的衣兜里搜出来的呀。

班主任黄老师来了。他极为严肃地问我："你这钱是从哪里来的？"

"是我姐夫给的。"

"你姐夫是干什么的？"

"是个教书的老师。"

我当时也十分害怕，可我还是如实地告诉老师说，我姐夫叫武守华，是个从乌盟师范学校毕业的小学老师，每月挣三十一块半钱，他们的小日子过得也很清苦。但姐夫对我非常关心，他坚持每月给我五块钱供我念书。这五块钱就是我姐夫前些天回县参加函授学习来学校看我时给我留下的。

听了我的解释，黄老师有些半信半疑。可那个常同学却一口咬定说这钱就是他的那五块钱。在一时难以认定的情况下，我那舍不得花的五块钱还是被老师给没收了。为此，我气得哭了许久。但这一丢钱风波改变了班里人对我的眼神。因为贫穷很难使人们耐心地去分辨真伪，他们认为我是一个偷钱的贼，或者至少比真的贼多了一个"可能"二字。

又过了许久的一个深夜，宿舍里酣睡的同学们突然被那个常同学的喊叫声惊了起来。他喊道："有贼！有贼！"原来他在睡梦中觉得有人钻进了他的被窝，在他的衣兜里摸捞着什么。

同学们都被吵了起来，宿舍里的电灯也亮了。东西铺的同学们都赤裸着身子爬起来下地撒尿。哪里有什么贼呀？我们打着手电在西铺下面晃了晃，除了领饭用的铁桶以外什么也没有，又冲着东铺下面照去。就在这时，只见呼地从床铺下面冲出一个人来，一把将门打开蹿了出去。他的这些连续动作几乎是同时完成的，所有的人都没能看清他的面孔，我们只看见他的右肩头上露着一团白花花的棉絮。当人们清醒过来时，只听得一阵"噔噔噔"的脚步声从

后排宿舍传了过来。

同学们都为之一惊,这一夜谁也没有睡觉。大家议论纷纷,一致认为刚才跑出去的那个人就是平时经常来我们宿舍玩的比我们高一届的王某。

第二天一早,我们就将此事报告了学校后勤部的石国英主任。石主任是从部队转业下来的军官,他对此事十分认真,立即将那个姓王的同学叫来讯问。在他威严的呵斥下,那个王同学见事已败露,只得低头承认了自己的劣迹,并且交代说常同学的那五块钱也是他偷的。

至此,我们宿舍里丢钱的"案子"才真相大白。在同学们的一片掌声中,黄老师又把属于我自己的那五块钱交还了我,算是给我做了"平反"。

记得当时我双手接过那五块钱时,再次掉下了眼泪。通过这件事使我明白,人生遭诬陷和被误解确实是很难免的事情,它虽然令人气愤和痛苦,但也并不是什么可怕的事,它会使你学会承受,会使你不再脆弱而有韧性。当你走完被误解和重新被理解的过程,你就会发现自己比以前更为成熟理智了。

狂热的日子

还没上成几天课,暴风骤雨般的无产阶级文化大革命高潮便席卷而来,清水河这个偏远落后的县城到处泛滥着狂热的激情。

学校彻底停课了。校园里再也听不到老校工不时敲响的那清脆的钟声。取而代之的是大喇叭里反复诵唱的歌曲《敬祝毛主席万寿无疆》:"敬爱的毛主席,我们心中的红太阳。我们有多少贴心的话儿要对您讲,我们有多少热情的歌儿要对您唱。千万颗红心在激烈地跳动,千万张笑脸迎着红太阳……"

红卫兵在轰轰烈烈中诞生了,几乎所有"红五类"家庭出身的学生都戴上了红袖章,斗志昂扬地走上了政治舞台。

校园里很快就贴满了各种各样花花绿绿的大字报。刹那间,某某校长、某某老师鲜为人知的"反动"言论,个人生活"污点",一一被"揭露"了出来。特别是那些出身不好的、有历史问题的、历次运动中挨整的老师更是在劫难逃。他们的一些言论被认定为是"反党、反社会主义、反毛泽东思想",许多教学骨干则被诬蔑为"反动学术权威"。他们个个戴着高帽子,挂着黑牌子,被红卫兵们押着去游街示众。以往那么威严温文的师长,一时间斯文扫地,威望全无。

尽管我们这些入学不久的学生还不懂得什么或不了解学校的情况,也没有人来找我们去写大字报,但当时我们也是充满了革命的狂热与冲动,在批

斗走资派的大会上照样会举起愤怒的拳头。

当时，我们对大字报感到很新鲜，也很离奇。每天起来总是一群一伙地去转悠着看大字报、抄大字报，常常会因此而感到许多意外的惊讶。没事的时候，我就去别的班级找我们村里的老乡玩。当时，高年级班里有我们盆地青学校来的张建国、张瑞、龙培荣、赵汝国等。他们也是些逍遥派学生，基本不参加什么运动。

我至今记得高年级某班造反组织突然率先贴出了一张震惊全校的大字报：《请看吴作相的反动嘴脸》。大字报中说，吴作相这只披着羊皮的恶狼，窃据了清水河县中学校长的职位，顽固地执行反动的资产阶级教育路线，处心积虑地为资本主义复辟制造舆论准备，妄图把学校的印把子交给资产阶级的学术权威……这是做梦也办不到的事情！我们要坚决地同他斗争到底，不获全胜，决不收兵！

于是，身材瘦弱、百般斯文的吴校长，顿时成了红卫兵们炮轰的重点对象，很快便被戴上高帽押上了批斗台。在师生们混乱的拳脚下，可怜的吴校长付出的最终代价是折断了两根肋骨。

我们的语文老师贾永新被红卫兵们燕别翅扭着押上了批判台。老师和同学们纷纷站出来批判他反毛泽东思想的罪行，批判他腐朽的资产阶级生活作风。因为他曾经对学生们说过，学习毛主席著作，要好好学习毛主席著作的修辞、逻辑、语言和文风，而没有认真讲学习毛主席观察分析问题的立场、观点和方法。他甚至还对毛主席文章中的一些词汇典故做过繁琐的考证，因此他"怀疑"过毛主席。他还说过，女人的身子不干净，我一辈子不会和女人结婚。

当时，我们初中年级的同学虽然不写大字报，但贴大字报用的糨糊面还是要定期发到班里来，这对我们来说是件非常高兴的事。一到晚上，宿舍里的同学们都争着抢着用糨糊面在火炉子上做面条或烙饼吃。虽然这些糨糊面里掺杂着泥土、带着霉味，但我们吃起来还是津津有味的。

不久，学校的师生们便纷纷成立各自的战斗队，当时主要是以"井冈山造反兵团"和"东方红造反司令部"为两大对垒组织，随之"冲破天战斗队""风雷激战斗队""全无敌战斗队"等等多如牛毛的战斗队应运而生，有的三五个人就打出了"战斗队"的旗帜。

红卫兵的造反活动迅速向校外发展。他们幼稚而狂热，单纯又盲从，出于对革命理想的热烈追求，以激昂的热情投身到造反的行列中。他们个个戴着红袖章，神气活现地高唱着"破四旧，立四新，扫除一切害人虫"的造反歌曲，纷纷走上街头，到处张贴传单、标语、大字报，到处集会、演讲、破四旧，个个都沉浸在新鲜、好奇、亢奋的激情中。

于是，街里老爷庙的泥塑被彻底横扫，花园巷的楼阁亭台被拆除，烈士纪念碑被砸得粉碎，百货商店被改为"永红"商店，副食品门市部被改为"工农兵门市部"。一些自认为革命或想用实际行动表明自己是最革命的人，立马改名为"卫东""捍彪""继红""永革"等等带有革命意义的名字。大小街道的店铺门面、房屋墙壁全都被涂成红色，写上了主席语录和各种标语口号，作为"红海洋"活动的一个组成部分。大街小巷到处响着红卫兵们雄壮的歌声："革命的造反精神万万岁，我们是毛主席的红卫兵。"

那时，似乎整个世界都在涌动着忘乎所以的青年人的冲啊，杀啊，造反啊的声音。红卫兵们任意闯入"地富反坏右分子"们的家里进行抄家，挖地三尺，勒令他们交出"变天账"。就连当时的县委书记冯开选也被戴上高帽，三番五次地拉出来游街批斗。听说他还是当年从陕北上来的老红军哩！

当时，"语录不离手，万岁不离口"成了检验人们是否忠于革命、忠于伟大领袖的试金石。每个人急切地想拿到一本"红宝书"成了当时的流行病。唱忠字歌，跳忠字舞，挂忠字图，佩戴领袖像章，穿草绿色军装，渐渐地演变成了一种时尚。

街头、校园就是大辩论的阵地，造反派与保守派之间经常发生武斗，不少人被打得头破血流。一天中午，我们正在学校食堂门前排队打饭，突然"东方红"和"井冈山"两派的同学们打了起来，双方扔出的砖头及饭碗在空中乱

飞，吓得我们四处逃散。

令人振奋的消息传来了，毛主席在北京天安门城楼上接见来自全国各地的红卫兵。因为当时中央已经发出通知，要求组织外地师生来京参观"文化大革命"。

当时，人们都把能看毛主席一眼作为"一生中最大的幸福"。在这种情绪下，我们学校的高年级同学不断地扒车涌向北京，进行革命大串联，去朝见毛主席。也有许多人揣着好奇的心理，奔向早已向往的目标，如去延安、井冈山等革命圣地。县城里也常有许多外地来的打着红旗徒步串联的"长征队"经过。但不管他们走到哪里，一律是由当地热情接待，免费提供食宿。

记得一天下午，我到39班去找我们村比我高一届的高富玩。此时，他们一帮人正在忙着收拾东西，准备第二天就上北京串联。我对高富说："我也想跟你们去北京。"可他说："你还没有加入红卫兵，这次不能去。我可以给你个袖章，你干脆就加入我们井冈山吧！"

就这样，眨眼工夫我就成了毛主席的红卫兵。那时候，能当上一名红卫兵感到非常光荣。我和绝大多数学生的理解一样，红卫兵就是捍卫毛主席、捍卫毛主席革命路线的"红色卫士"，谁反对毛主席、反对毛主席的革命路线，我们红卫兵就要和他拼到底。体现在行动上就是，毛主席怎么说，我们就怎么做；毛主席指向哪里，我们就打向哪里。

毛主席一次又一次在北京接见红卫兵的消息不断传来，我们是再也按捺不住心内的激动了。经过一番积极准备，我和班里的张铎、陈荣、陈亮、曹富、张斌等七八个人立即组织起了"红卫兵长征队"，打着红旗，唱着《下定决心，不怕牺牲》的革命歌曲，从清水河县城出发徒步向北京进发了。

第一天，我们走了六十里就感到很累。傍晚时分，我们住进了呼清公路边上的一间房村。第二天一大早便又踏上了征程，年轻的激情让我们充满了行进的力量和勇气。在通往呼和浩特的大路上，不时有另一些长征的队伍穿插而过，我们都是十分友好地互相摆摆手打打招呼。我们不时用钢针挑破脚上冒出的水泡，嘲笑那些搭车偷懒的串联红卫兵，认为他们的作假很可耻。徒步串联嘛，就要发扬"红军不怕远征难"的英雄气概迈开双脚走路。有时公路上遇到汽车司机善意地主动停下来问我们要不要搭车，我们一致回答不用。我们真的做到了，一个人也没有搭车。路过一些村庄，路口经常会突然冒出几个小学生，举着一块毛主席语录牌拦住我们，要我们背诵了才肯放行。

　　从清水河县到呼市240里地，我们整整走了四天。当晚，我们在接待站的安排下住进了内蒙古交通学校。给我现在的记忆是，当时交通学校整个大院里除了那些花花绿绿的大幅标语口号外，再就是来自四面八方的串联学生。

　　记得当时还发生过一件至今想来令人好笑的事。晚上睡觉前我去学校宿舍走廊里上厕所，就着昏暗的灯光，我看见蹲便的池子上方有一个方方正正的大铁箱，旁边还有一根细细的绳索从头顶上耷拉下来，我就好奇地拉了一下，没想到便池里顿时就"哗哗"地冲水不止。我当时立马就慌了神，以为是我给弄坏了什么零部件，造成了管道跑水。我赶紧跑出去喊人，等他们来了再看，那水已不再流了。原来这是城市里厕所的冲水设施，但我这个山村娃是从来没有见识过的，以为是给搞出了什么乱子，我的少见多怪惹得大伙儿一顿好笑。

　　当时，我们急着要去北京。可交通学校接待站的同志告诉我们说，中央已经发出通知了，不让学生们再进京串联了，要返回原地闹革命。我们坚持不回去，最后他们又说："那你们可以到内蒙古师范学院看看大字报去。"

　　第二天，我们几个人就来到南郊的内蒙古师范学院，只听得校园里高音喇叭不停地喊叫。起先我们还以为是批斗人，后来才渐渐听出是两派在互相叫骂，刺耳激昂，连绵不绝。

　　离开师院，我们又来到当时呼市最雄伟的建筑——内蒙古博物馆参观。当时博物馆早已关闭，唯有顶端上那匹腾空而起的白马仍栩栩如生地竖立在那里。可就在自治区成立二十周年纪念日时，这匹白骏马却也未能逃脱其被砸的厄运。理由是：它的头为什么向着北跑？这不是要去投奔苏修吗？

　　返回到学校的日子很无聊。我每天无所事事，偶尔到空荡荡的操场转转，心里总是空落落的，一时间从大串联的激情澎湃中跌进了迷茫。

　　虽然同学们都陆续回校了，但学校并没有真正复课，学生们整天都是在四处游荡。有一天下午，城关镇祁家沟大队的几个持枪民兵突然把比我们高一届的一名黄姓同学捆绑着送到学校来了，说他有强奸妇女之嫌疑。顿时，整个学校像炸了营，同学们都跑出来看热闹。此时的黄同学被绳索反解着胳膊，满脸的泥土，嘴角还渗着血迹，衣服已被撕得粉碎，完全是一副狼狈不堪的样子。

至此，我感到迷茫极了。不知所措，无所适从。最终，我和大多数学生一样，在无奈中选择了放弃理想、放弃学业，返回到了农村。

动荡的山村

盆地青变了。这个山高皇帝远的地方,也正在经历着轰轰烈烈的无产阶级文化大革命的"战斗洗礼"。

首先映入我眼帘的是公社大墙上那幅大字标语:"坚决打倒走资本主义道路的当权派高安成!"

公社的院子里贴满了大字报,各种各样的颜色,各种各样的笔迹,但炮口都是对着公社党委书记高安成的。此时的公社党委已被造反派"砸烂",几个领导干部都已被夺权,他们"靠边站"了。

村子里的墙壁都用红泥水刷成了红色,上面写满了毛主席的语录和各种各样的标语口号。

父亲见我回来了,又听说念不成书了,便低头默语长叹一声。其实,他早已预料到了我的辍学。因为我们同村去县里上学的张建国、张瑞、张维国等早弃学回到了村里。

父亲坐在那里一个人猛抽着旱烟。过了好一阵子,他突然将手中的烟锅在鞋底上磕了磕说:"那你就上牛犋吧!"于是,我就这样很快加入了社员们劳动的行列。

其实,像我这样十三四岁的孩子在村里是算不上强壮劳力的,即使上牛

耙也是耕不会耕、抓不会抓。队长就安排我去帮耧打砘砘。

砘砘是村里的一种农具，有三个直径不足一尺的砘轱辘，用坚硬的石头凿制而成，中间打通胳膊粗的方孔用于穿轴。春天农作物下种后要由畜力或人力拉着砘砘将田垄压实，以保证作物籽种有足够的温度发芽生根。帮耧的主要任务是播种时在前面驾驭好拉耧的骡马，使其走正走稳、快慢适中。而摇耧的把式则在后面挽着裤腿、打着赤脚、扶着木耧以保证将籽种撒得垄正均匀。对初涉农活儿的我来说，能驾驭好一匹精神抖擞的拉耧骡马已够忙乱的了，再加肩头上的绳子还要拉着沉重的砘砘，脚步不停地穿梭在田垄间，一天下来我常常会累得半死。

当时，对伟大领袖狂热的愚忠正在盛行。村口前建起了主席台，上面挂着毛主席的画像。社员们每天下地劳动前要打着红旗，在主席台前集体向毛主席敬礼请示，说今天我们要干什么农活儿去，有多少人参加；晚上收工回来要到主席台前集体汇报今天完成了多少任务。人们就是在自己家里吃饭，也要坚持早请示、晚汇报，不举行这样的仪式就是对伟大领袖的最大不忠。

当时，村里的人们胸前都佩戴着毛主席像章。各种各样的像章不断地出现，人们之间经常会出现互相争抢像章的追赶。记得当时听说公社供销社新进了一批用乳胶制作的夜光毛主席坐像，我便急着去说要买一个。可售货员立即沉着脸对我说："毛主席像是你能买的吗？你得把他老人家请到家里去！"于是，我就花了几毛钱把这个带夜光的主席坐像"请"回了家里，摆放在我家的柜顶上。一到黑夜，这尊主席坐像便荧光晶亮，直引得许多人来家观瞻。可日子久了，这夜光就不那么晶莹透亮了。我就用手电筒给照一会儿，它便又恢复了原来的晶亮。时至今日，五十年过去了，我家仍然珍藏着几十枚当年保存下来的各式毛主席像章。

公社院里的大喇叭天天播放着那首人们耳熟能详的歌曲《大海航行靠舵手》。我家就住在公社的窑顶上面，我天天给家担水都要从公社的院子里经过，见公社的李秘书整天都在埋头忙着用红油漆给人们书写语录牌子。突然有一天早上，我看见李秘书痛哭流涕地被几个挎枪的民兵五花大绑地押解着送往县里的群专指挥部去。原来，他天天蒙头写语录，竟一不小心将"毛主席万寿无疆"误写成了"毛主席无寿无疆"，一字之差闯下了大祸，立马变成了"现行反革命"。

邻村的一个老贫农在公社供销社"请"了一尊主席瓷像，生怕在路上打碎了，就用手里的放羊鞭拴着背回了家，于是他立马便被投入了群众专政对象的行列。

我家的窑后有村子里唯有的一座庙宇，虽说是几孔土坯砌就的小窑洞，但里面也是彩色绘就，圣像端坐，据说过去也曾长年香火不断。庙院的东侧是一道深深的沟壕，壕里生长着一棵树冠硕大枝繁叶茂的杨树。它枝杈四展，一直冒出了沟沿，就像一把巨大的绿伞，几乎遮盖了半个村子，许多人家都被它搂在了怀里。它那挺拔的树干要六七个人的手臂才能围拢得住，村里的老辈们推断说它的寿命肯定有几百年。

几百年过去了，这棵大树变得越来越结实、粗壮、有力。它在地下拼命地扩展着根系，贪婪地、执着地吮吸地底下哪怕最细小的水系。它在地上张开着枝叶，最大限度地吐纳着天上的云光。它像拥着神秘使命的生灵，一直保持沉默的本性，却在心里用年轮的方式记载着天地之间的信息，护佑着一方水土。许许多多的鸟儿，在它的枝头上筑巢，每到黄昏，鸟儿像私塾里诵读的孩子们，叽叽喳喳吵个不停。

炎夏酷暑，村子被毒毒的日头晒得流油，可这树的周围却是浓阴匝地，清风飕飕。那时村里的人们常在这棵大树下纳凉、聊天、开大会。谁家的娃娃们有啥灾灾病病或头疼脑热，大人们就会在这棵大树下挂个红布条或敬焚几张黄表纸祈祷几句。村里的秧歌队年年正月要挨门逐户地给人们扭秧歌、踩院子，但一出马肯定要先到这大树下敲锣打鼓响腾一阵子，放上一些麻炮。村里的长者还要领着人们在这棵树下烧些纸钱、供奉些食品、磕几个响头以示对神灵的敬畏。人们相信，这长了几百年依然繁茂的生灵，一定是成了精的，是能够与神灵相通的生命，或者就是化作了树的神灵本身。月悬半空的时候，我常和小伙伴们聚集在大树下玩打仗或捉迷藏的游戏。月光和树荫随意揉捏着我们的影子,忽大忽小忽长忽短地在地上游动,乱人耳目,我们大呼小叫地疯跑着,玩得很是开心。村子紧傍着一条大路,路上来来往往的人很多,不知有多少过路人在此乘凉歇脚,他们无不称赞说:这树可真是你们村子的风水啊!

可就因为这棵"神树"的名声好便遭到了厄运。公社造反派们"破四旧"的矛头首当其冲直指我家窑后的村庙。一群人扛着红旗喊着口号舞着镐头,一顿饭的工夫就将小庙砸得稀巴烂。门窗被拆掉了,圣像被扳倒了,供桌被烧毁了,彩绘被铲除了。接着,他们又在这"神树"身上打起了主意——这几百年的古树不是四旧是什么?

听说造反派要砍树了,村里有威望的几个老年人站出来劝阻说:"万万使不得啊,那可是咱们村子的风水啊!"

可"革命"的洪流是势不可当的。这棵大树很快就在斧头的哐哐声和锯子的吱吱声中倒下了。村里围观的人群中有不少唉声叹气者落下了无奈的眼泪。从此,这里留下了一个大大的土坑,留下了眼前的一片空空荡荡,留下了村民们心头无尽的迷茫和说不尽的惆怅。

当时,毛主席在北京一有最新指示发表,村里的人们就要半夜起来举着火把

田间地头搞宣传

敲锣打鼓地搞庆祝，或队与队之间互相去送最新指示，以表达对伟大领袖的无限热爱与忠诚。生产队里每天晚上都要组织社员们在队房里集中学习毛主席著作，背诵毛主席语录。最盛行的是学习被称为"老三篇"的《为人民服务》《纪念白求恩》《愚公移山》，狠斗私字一闪念。一到放学，村里小学校的娃娃们就像革命战争年代的少年儿童团员站岗放哨一般，跑到大路口去拦过路人背诵毛主席语录，背上一段才肯放行。当时，我的记性特别好，"老三篇"很快就背得滚瓜烂熟。政治队长吕占宽便让我领着社员们在油灯下学习毛主席著作，我的积极性更高了，真把这作为一件非常重要的政治任务来完成。我还经常给社员们教唱语录歌曲，后来还领着社员们搞了一段时间的说唱《为人民服务》。

那个时候的农村，贫下中农扬眉吐气，"地富反坏右"这些"牛鬼蛇神"成了臭狗屎一堆，算是倒了八辈子的大霉，他们动不动就被造反派抄家或拉出来批斗。

记得有一天早上，哥哥气喘吁吁地跑回来对我说："快去看吧，全公社的地主富农都被捆到公社院子里来了。"我立马丢下饭碗，随着人们好奇地跑到公社一看，果然公社的大院里横七竖八地捆绑着几十个破衣烂衫的人，他们个个脖颈上挂着一个大牌子，上面写着"地主分子×××""富农分子×××"。

在大院东南角的灰堆旁，我瞅见了我们村的里栓爷，此时他的双臂被一根麻绳向后反捆着，瘦弱的身子蜷曲在一起，脑袋耷拉着恨不得塞在裤裆里。我一眼看过去，正与他可怜巴巴的眼神相遇，让我久久难安，我的脑海里立即浮现出《收租院》那些苦难的塑像。

公社上院的窑洞里开始轮番批斗这些"地主富农"。第二天一早，就听说邻村一个姓要的地主不堪忍受折磨，用镰刀抹了脖子。

没几天，公社卫生院那个曾给我母亲看过病的拐子大夫也因经受不住造反派的屡屡批斗跳井自杀了。天哪！他已经死掉了。他的年龄跟我父亲差不多，家里还有几个和我差不多大小的孩子，从今往后那些孤苦伶仃的孩子们可怎

么办啊?

很快,里栓爷的家也被抄了。造反派们翻箱倒柜挖地三尺也没能找到所谓的"变天账"。那天村里的学校又召开批斗大会,里栓爷和一群"牛鬼蛇神"又被揪了出来。几百号人聚在一起,个个手挥红宝书,口号喊得震天响。随后,红卫兵们每人手持一根柳条棍,无情地向那些"牛鬼蛇神"们抽去,打得他们直喊爹叫娘团团乱转。

记得当时我们国家正出现了一个舍己救人的英雄人物王杰,村口的大喇叭里宣传得很厉害。为此,里栓爷又被叫到公社训斥了一顿:"王杰同志是毛泽东思想武装起来的革命战士,是无产阶级革命事业的接班人。你的儿子是什么东西?能配叫王杰吗?马上给我改!"从此,里栓爷家的儿子再也不敢叫王杰这个名字。那个比我大一岁的孩子,从此也被排斥在我们大呼小叫的快乐与疯玩之外。他从自己家的篱笆缝儿里眼巴巴地向外偷看的样子,时常浮现在我儿时的记忆里。

当时,人们大都牢记着伟大领袖的一句教导"千万不要忘记阶级斗争",因而人们对阶级斗争是年年讲月月讲天天讲,对"阶级敌人"都会同仇敌忾。村里不少人见了地主富农分子就像是见了瘟疫一般直躲着,就是下地劳动也没人敢和他们相跟着走。村里所有苦重的营生自然是留给他们的了,印象最深的是里栓爷要常去公社的厕所给掏大粪。白日下地劳动,别人可以休息,他们可不行,就是累死熬死也得干到阳婆落。那时数九寒天全村人在东湾里推土垫地学大寨,地冻得圪蹦蹦的,人冻得直打哆嗦,但人们还是扛着红旗、推着土车子照样干。里栓爷是地主,地主就更得多干。里栓爷的土车子每次总是装得满满当当,只见他推起来直晃荡,就这还总有人骂他不老实,不好好改造。但不管怎么骂怎么打怎么侮辱,里栓爷反正是不慌不忙不吭声。

当时我就在心里纳闷,人们怎能这样对待里栓爷?虽说里栓爷家是地主,但他善良、谦和,身上看不出半点邪恶,与常人无异。难道里栓爷过去真的就像恶霸地主黄世仁、刘文彩那么坏吗?

我就去问父亲。父亲对我说:"你里栓爷那可是肚肚里有墨水水的人,他多会儿也不害人。早年兵荒马乱,咱们这儿成天不是土匪来了就是河西的战工队来了,又刁又抢。你里栓爷虽说是在乡公所应差,但他是能给人说好话就尽量地帮哩。那年我被抓了壮丁,头也让剃了。节骨眼上,就是你里栓爷给悄悄掏腾出来的。那年保长派我到县上送公粮,你里栓爷正在那儿当差,他趁别人不注意,腾腾地在一张纸单单上盖了几个戳子对我说,拿回去交给保长吧,就说咱们村的公粮全交了,再不用送了。他一句话,就不知道救了咱们村多少人啊!那年咱们村来了两个日本警察,横行霸道,打骂老百姓,你里栓爷他们几个人一怒之下就把那俩家伙的枪给下了。有一年,咱们村来了五六个土匪,白天躲藏在老狐沟的大石盘上捉虱子、晒太阳,单等黑夜出来刁抢,不想被村里放羊的李老汉看见了。你里栓爷知道后立马带了些人悄悄包围了老狐沟,站在沟沿上冲沟底扔下几个手掷弹,那几个土匪被炸得死的死伤的伤。"

听了父亲的一席话,我倒是从内心里有点敬重里栓爷来了。于是我就想,也许真正的阶级敌人都在布告上。那时,布告成为最热门的通俗读物,贴在公社大门口、生产队饲养院里的一张张布告前总是人头攒动。一排剃了光头的黑白照片下面是一个个名字,有的名字上还被打了血红的大叉,各自扛着"恶毒攻击""书写反标""偷听敌台""反攻倒算""投机倒把""破坏军婚""流氓成性"等罪名,雄辩地表明阶级敌人的存在,标出阶级斗争的新动向。

那个时候,县中学两派的斗争一天比一天激烈,所谓的复课闹革命成了真正的罢课闹革命。我们村比我高几届的同学张建国、高富、赵汝国他们也都回到村里来了。高富的思维很敏捷,平时就爱琢磨思考问题,他又在北京受过毛主席的接见,回到村里后革命激情依然十分高涨。他对公社那些造反派们半夜三更拷打老干部逼死人命的做法实在是看不下去了,就组织我们十几个人成立了一个毛泽东思想宣传队,自编自演小节目,宣传毛泽东思想,宣传要文斗不要武斗,并以"青春战斗队"的名义将一张反对逼供信的大字报贴到了公社的大墙上。

这下可闯了大祸,我们的宣传队很快就被打成了反革命的黑组织。把持

公社大权的造反派头头把我和高富、高荣、张维国等人叫到公社狠狠地臭骂了一顿，要我们立即解散宣传队，人人都要写出检查来。

在这种情况下，有的人被吓得退出了宣传队。我和高富都被父亲骂出了家门。此时，狂风卷着鹅毛大雪在怒吼，像千万匹脱缰的野马扬起长长的鬃毛，横冲直撞。我们俩顶着严寒在村后的小树林里转来转去，感到十分孤独无助。但我们还是互相说着鼓励的话，因为我们坚信宣传毛泽东思想绝对没有错，我们刚刚成立起来的宣传队不能散。后来，在高富、王玉山的坚强领导下，我们的宣传队不但没有解散，反而搞得越来越红火了。

当时，王玉山一家住在我家西窑，他在村里的小学校干敲钟做饭的活儿。他为人非常热心纯朴，经常带着我上山去刨九股秦，还经常给我辅导数学习题。他过去在村里曾经领过晋剧团，打的一手好鼓板，对唱戏搞宣传很有一套。于是，

小小文艺宣传队

我们自编自演了许多小节目,以小歌剧、好来宝、三句半等多种形式,积极宣传毛主席的最新指示,宣传村里的好人好事,宣传社员们战天斗地的劳动精神。记得当时王玉山和田英演唱的小戏《老两口学毛选》很受人们的欢迎。我至今还记得戏中唱道:"老两口,学毛选,学了一遍又一遍。一字字一行行,字字行行记心间……"

当时,我们的宣传队走村串户,在非常简陋的条件下为社员们演了不少小戏。那年正月初五,我们宣传队来到了山西省境内的大河堡村,正赶上天降大雪,根本无法行走。大家一天没吃饭,情绪很糟,最后还是王玉山和高富耐心说服了该村的队长,让我们住了下来。黑夜,我们就在生产队的牛圈里给人们进行了演出,好歹算是挣出了一顿饭来。

可没过多少天,王玉山却被造反派们抓进了牛棚,关了两个多月不让回家,勒令他不停地揭发别人写检查。一天半夜,他撬开窗户偷偷跑回了家,想看看老婆孩子。那天黑夜,睡梦中的我突然被一阵杂乱的脚步声、叫骂声惊醒,原来王玉山刚刚跑出来就被同囚室的人告发了,他们是担心王玉山半夜跑出去寻了短见。造反派们闻讯便立马追到家里来,把他捆绑起来就走。只听得王玉山在院子里哭喊着:"让我再和老婆说一句话!让我再和老婆说一句话!"

这一夜,我和父亲他们再也没有睡着,如同做了一个噩梦,令人胆寒。

学毛著的积极分子

1968年,全国开始了轰轰烈烈的教育革命,并提出农村由贫下中农来管理学校。

在这种新形势下,我们盆地青公社的中学成立了。我们这些在县中学念了半拉书的孩子们又转到公社的中学里来了。贫下中农宣传队也很快进驻了我们学校,掌管了学校的领导权。

但当时我们在村里上中学没有课本,老师每天只是领着我们一篇又一篇地学习毛主席著作。除了"老三篇"外,还有《中国社会各阶级的分析》《中国的红色政权为什么能够存在》《湖南农民运动考察报告》等等。记忆犹新的是毛主席那篇《敦促杜聿明等投降书》,我的耳际至今会响起李珍老师在课堂上那高亢的朗读声:"你们现在已经到了山穷水尽的地步。你们想突围吗?四方八面都是解放军。我们一颗炮弹就能打死你们一堆人。只有放下武器,才是你们的唯一出路……"

那时我们除了学习毛主席著作外,其余时间大部分是在学工学农。学校经常组织我们全体师生到田间地头参加锄地、秋收等农业生产劳动,与社员们一起开展斗私批修,接受贫下中农的再教育。

为了把我们培养成革命化的有用人才,后来公社革委会临时决定我们初中班集体改学兽医知识。当时，盆地青公社兽医站的武汉鼎站长因家庭成分问题已被关进了牛棚，于是刚从乌盟农牧学校毕业分配到公社兽医站工作的陈自生便成了我们的老师，每天来学校给我们上课。

其实，当时我们学习兽医也并非是跟着去现场给牲畜看病，而是先从学习中草药、背《汤头歌诀》入手。陈自生老师对我们说，中国的中草药是一个伟大的宝库。他先给我们讲述常用中草药的采集、保存、制剂及药物的性能等，后来又按其解表、涌吐、下泻、清热及驱虫之功能分类讲解其性味归经、功效及临床应用等知识。他还特别给我们讲了古代的《元亨疗马经》。他说，此书内容广泛详尽，首论畜牧各章，次论脏腑生理、病理以及诊断之学，是世代流传的一册兽医宝典。

陈老师先在黑板上给我们画出三十二相形骏之图，然后领着我们念《相马宝金歌》："三十二相眼为珍，次观头面要停匀。相马不看先代本，亦似盲人信步行。眼似垂铃紫色浸，睛如撒豆要分明。白缕贯睛行五百，瞳生五彩寿多龄……"然而更多的时间，他是在领着我们背《汤头歌诀》。

那时，我对学习兽医知识挺感兴趣，心想将来真要能当个劁猪骟蛋的，走村串户给人们的牲口看看病也是很不错的，最起码能为自己挣出一碗饱饭。所以，每次上课我都是全神贯注地听讲，并认真地做着笔记，凡是陈老师布置背诵的《汤头歌诀》我都能完整地背下来。为此，在课堂上我还多次受到了陈老师的表扬。我至今还记得什么"枳壳陈皮并半夏，狼毒茱萸及麻黄。六般之药宜陈久，入用方中最效良"，"当归补血有奇功，归少芪多力最雄。更有芪防同白术，别名止汗玉屏风"等中草药的《汤头歌诀》。

那个时候，我虽然在学校里念书，但还担任着村里的读报员。生产队订的报纸来了，公社邮递员总是要先送到我们家里来，我再选择些内容在社员会上给人们宣读。当时，全社会都在强调活学活用，立竿见影；强调斗掉"私"字，大立"公"字，批臭"修"字。辛勤劳动一天的社员们，每天晚上的集体学习是必须参加的，谁也不敢耽误，否则就是对伟大领袖的最大不忠。因而，我给社员们读报也大多是在读一些各级报纸上刊登的活学活用毛主席著作、各地积极开展革命大批判和斗批改的文章。

记得当时有两篇文章读了以后对社员们的震动很大。一篇是《人民日报》刊登的《毛泽东思想武装起来的人是无敌的——记英雄的大寨人战胜特大雹灾夺得丰收的事迹》；另一篇是《乌兰察布日报》刊登的《定叫清河上南山——清水河县杨家窑公社韩庆坝生产队战天斗地学大寨的事迹》。因为韩庆坝离我们村不远，他们村里的人和事我们村的人也基本知道一些。记得当时社员

社员们劳动休息时读报学习

们说，大寨人不信天不信地，一心信仰毛主席；韩庆坝人改河造地能办到的事，咱们也一定能办得到。从此以后，我们村里也掀起了学大寨修梯田的高潮。人们首先在南河湾改河澄地修河滚，在村东湾推土垫地修梯田，决心改变我们

村贫穷落后的面貌。

那时,全国各省(市)区的革命委员会相继成立,每个省市革委会成立时都要给毛主席发致敬电,《人民日报》《解放军报》同时要发表热烈祝贺的社论。这些致敬电和社论都是以万分豪迈的激情,用极尽夸张和赞美的语言来歌颂伟大的领袖,赞美"刚刚出现在东方地平线上的新生事物——革命委员会"的。

每当这些致敬电和社论传来,我都要十分认真地赶紧摘抄下来。记得内蒙古自治区革命委员会成立时,《人民日报》和《解放军报》发表了《红太阳照亮了内蒙古草原》的社论。内蒙古自治区革命委员会给毛主席的致敬电中也是溢美之词说尽,如"千年青史开新篇,大地河山换新装"、"革命尤知北京近,造反倍觉毛主席亲","千钧霹雳开新宇,万里东风扫残云","拉起最动听的马头琴,唱起千万支最美好的赞歌,也表达不尽我们对毛主席他老人家的无限热爱、无限崇敬的心情"等等。后来记不得我从哪里弄到了一本新大同报印刷厂工代会编印的《革命委员会好》,这本以祖国山河一片红为底色、领袖头像光芒四射为封面的书,汇集了全国二十九个省市自治区革委会成立时给毛主席的致敬电和《人民日报》的祝贺社论。

当时,我虽然年龄还小,但受时代风云的熏陶洗礼,张思德、白求恩、老愚公的光辉形象已在脑海里深深地扎根。我经常这样想:我一定要像英雄们一样,无限忠于毛主席,无限忠于毛泽东思想,无限忠于毛主席的革命路线,扎根农村干革命。于是,我就非常自觉地积极表现自己,经常积极参加队里的夜战挑粪、背庄稼,帮助村里的五保老人担水劈柴,还用自己所学的兽医知识给生产队喂牲口,有时甚至还会跑到生产队的饲养院里给队里的羊灭壁虱。每次做了点好事,我总是感到有一种说不出的兴奋和发自内心的喜悦,认为这是在为共产主义事业而奋斗。

当时,除了村口的大喇叭外,家家户户窗户上还拴着有线广播的小喇叭,社员们每天都能听到中央人民广播电台和内蒙古人民广播电台的声音。

那时,内蒙古人民广播电台的文艺节目里经常播送一个叫陈广斌的配乐

诗,这在当时那种政治挂帅的形势下是极其难得的。不知是什么原因,我竟对陈老师的诗歌产生了浓厚的兴趣,只觉得这位陈广斌真是了不起啊,他竟能以炽热的生命激情、细腻委婉的笔触、缠绵悱恻的情愫、超越时空的跳荡来赞美祖国和人民,给人们以前进的力量和对生活的向往。记得每次在喇叭里一听广播陈广斌的配乐诗,我就赶紧边听边记,生怕漏掉一句。我至今记得他的那首《第一场雨》:"第一场雨 / 总是令人激动不已 / 牧原的小草绿了 / 举起一朵小小的蓓蕾 / 泥土酥润 / 亲吻耕耘希望的铁犁 / 鼓胀的种子 / 开始羽化夏天的希冀。"

也许是受陈老师的影响和感染,当时我也学着写了一首小诗:"春风万里旗满天 / 红心向阳志更坚 / 贫下中农心怀忠 / 挺胸迈步脚生烟 / 风大浪大何所惧 / 顶风破浪永向前。"

那时我就经常想,要是能认识陈广斌老师该有多好啊!40年后,我真的有幸在呼和浩特结识了这位充满激情、才华横溢的国家一级作家,并且还成了相交甚密的朋友,对他有了更多的了解。他是山西洪洞县人,毕业于北京大学,插过队,当过兵,出版了十多部诗集,并在国内外获过大奖。后来,在我的散文集出版后,陈老师还亲自撰写了评论文章,对我的作品给予了高度的评价。2003年10月16日,我国的"神舟"五号载人飞船安全着陆,喜讯传来,举国欢腾,我们探索太空的千年梦想终于实现了!当时《内蒙古日报》决定要在第二天的报纸上以对开整版的形式刊发庆祝"神五"回归的长诗。时间实在是太紧迫了,许多诗人都不敢接受这个写作任务,唯有老当益壮的陈广斌老师接了下来。他仅用一个晚上就完成了《飞天英雄回草原》的长诗,作品以炫目磅礴的感染力震撼了人们的心灵。第二天报纸刊出后,社会上引起了极大的反响。我当时就想,这诗人真是伟大理想的捍卫者啊!

那时,我国从上至下都非常重视舆论宣传工作。一天,政治队长吕占宽对我说:"贵祥,你能不能把咱们村的好人好事写一写,给县广播站寄去,我就不信咱们村的人上不了广播。"

一个普通农民的启发,就此将我引上了一条文学写作之路。

当时,我很单纯,也不知深浅,白天劳动,晚上回来就在小油灯下写稿,不管写了什么装上信封就敢往出投。寄稿前还要给编辑同志附上一封情真意切的短信,介绍自己,盼望指导,更盼望发表。我知道,在自己走的这条路的前面是黑压压脑壳一大片,身后不知还有多少人,但我全然不顾。为了买稿纸、信封和邮票,我跑到十几里外的大山上去刨九股秦(当地的一种中药材),再加上一天不吃不喝也只能赚到八毛钱。可稿子投得多,退得也多;投得快,退得也快。从收到第一封印得整整齐齐的编辑部的回信开始,这种信一来再来,就连公社的邮递员、邻家的小伙伴们也为我惊讶。我差不多天天要跑到公社的邮电所看看报纸上是否登了自己的稿子,几乎天天要站在村口的大喇叭下面听听是否在广播自己的文章。等文章发表的心情那叫一个急,真叫人羞愧难耐,见了人头也不敢抬。

家庭斗私批修讲用会

其实,在生活中越是孤寂,内心就越是充满了某种难以压抑的欲望,或曰想象的力量。每天,当跟着父亲走在田间地头时,我的目光开始不再像父辈们那样聚焦于农事,不再将心思用来琢磨庄稼的长势,我开始关注路边一朵朵野花的颜色,蹲在田间去观察一只只蚂蚁的爬行姿态,站在山巅猜想一群群大雁的飞翔……渐渐地,我感觉自己不再是一个沿着既定轨道行走的人,我开始幻想逃离自己当下的命运。

终于有一天,《内蒙古日报》将载有我文章的报纸寄到了我的手里,从此改变了我的命运。那是1968年的冬天,那年我十五岁。我的这篇新闻通讯《翻山越岭搞宣传》,写的是我们村学习毛主席著作积极分子尚安兵的先进事迹。

自此,我便成了上级报社电台的新闻通讯员,经常会收到各级报社电台及县广播站寄来的书籍和材料。如叶辛的《高高的苗岭》、浩然的《幼苗》、石文驹的《战地红缨》、周良思的《飞雪迎春》、张长弓的《边城风雪》等书籍,都是在这个时期收到的。我写的稿子不时在报纸上刊登,在广播喇叭里播出。要知道,这对一个年仅十五岁的山村孩子来说,该是一种多么大的荣耀啊!它的诱惑绝不仅仅是给人一种兴趣,而是将一个热血青年引上了一条艰辛而又宽广的文学道路。40多年过去了,我发表的第一篇"豆腐块"文章至今还被小心翼翼地收藏着,如同收藏着一件珍贵的古董。因为,我的心中强烈地感受到,是它给了我勇气和战胜困难的信心,充实了我的人生。

这年的夏天,老天突然连降暴雨,村子南头的拦河大石坝被洪水冲垮,眼看几百亩好湾地就要被肆虐的洪水吞噬。

这时,村口的大喇叭里传来了政治队长吕占宽洪亮的呼喊声:"社员同志们——赶快到南湾里堵决口了!"

我当时还呆坐在家里。只见父亲操起铁锹就往外跑,他边跑边扭头冲我喊道:"还不跟我快走!"

当我和父亲跑到河湾里时,这里已经聚集了许多抢险的人们。此时,风声、雨声、雷声、浪涛声,声声急促,声声紧密;凶猛的洪水正以浑黄的面目、扭曲的体态发出震颤人心的恫吓。河坝的决口越冲越大,一个个草捆扔下去只在洪水里翻个滚就不见了影踪,滔滔洪水不断地涌往地里。

在这危急关头,共产党员吕占宽高喊一声:"毛主席万岁——"便带头纵身跳入了滔滔洪水之中。

随着这一声呼喊,我和父亲还有村里的许多男男女女都紧随着吕占宽纵身跳入水中扑向决口,谁也没有一点迟疑或恐惧,尽管每一瞬间都不可预知。

那是一种悲壮的情怀。

我们根本不惧怕洪水的肆虐,完全忘记了个人的安危。纵然洪水猛如虎,我们也要在老虎嘴边摸摸它的胡须。我们手挽手肩并肩筑起了一道坚固的人墙,后面的人们不停地打桩压柴填土。我几次被洪水冲倒,但又扶着父亲的臂膊坚强地站立起来……经过全村人几个小时的奋力拼搏,决口终于堵住了,村里的好地保住了。

战天斗地的村里人

我永远忘不了吕占宽这个普通共产党员的临危不惧,忘不了吕占宽那一声惊天动地的呼喊:"毛主席万岁!"

就此,我被公社评为了学习毛主席著作的积极分子。因为我是所有参加

这次抗洪抢险人群中年龄最小的一个。但我也为此感到愧疚，因为在人民群众的利益最危急、最需要我们的时候，我远远不及我那一字不识的父亲和众多的乡亲们，更不及农民共产党员吕占宽那气壮山河的大无畏英雄气概！

这一年的12月，清水河县召开学习毛主席著作积极分子代表大会，我是盆地青公社七名代表中的一个。我们个个胸前戴着大红花，坐在县革委会的大礼堂里聆听与会代表的典型经验交流。

当时令我惊喜的是，我的初中同班好友韭菜庄公社的张铎竟也作为学习毛主席著作积极分子的典型代表在台上做了经验介绍。原来他辍学回乡后，当了公社的赤脚医生，他坚持刻苦自学，热心为村里的人们送医送药、治病救人，受到了当地人们的高度赞扬。真没想到，我们这一对患难弟兄竟会在县里的积代会上相遇。

那一夜，我俩几乎彻夜未眠，从当年学校的相处，谈到各自的现状，及至未来的远大理想。我们互相鼓励着鞭策着，并一致决定向大会发出倡议：胸怀朝阳干革命，扎根农村一辈子，争当无限忠于伟大领袖毛主席的模范，争当斗私批修、彻底改造世界观的模范！

小小工农兵通讯员

1969年春天,全国上下沉浸在一片满怀激情迎接党的"九大"胜利召开的热潮中。

记得当时,我们学校就传唱着这样一首歌曲:"满怀激情迎九大,全球红旗美如画。人心齐向北京城,毛主席万岁滚天下。满怀激情迎九大,中国人民意气发。毛主席指出前进路,千山万水大步踏。"

4月1日,"九大"在北京胜利召开。消息传来,村里的人们欢欣鼓舞,连夜敲锣打鼓热烈庆祝。

那一晚,我兴奋得夜不能寐。站在门坡前,我久久地仰望星空,心灵似乎化作了一颗星挂在夜幕上,在我的心中那是最璀璨的星空。我感到自己应该是其中的一颗,长大后我的胸襟也应该是那样的广阔和闪亮。

这——就是在当时那个激情燃烧的岁月中,我这个幼稚的山里娃纯朴真实的内心写照。

这一年的春天,全国性的备战也进入了高潮。因为苏联边防军入侵了乌苏里江主航道中国一侧的珍宝岛,造成了严重的流血事件。毛主席发出了"要准备打仗"的号召。

村里的人们顿时急得像热锅上的蚂蚁,昼夜不停地在村中挖地道,积极

做着备战的准备。有的人家悄悄地把粮食藏到了野外，开始坚壁清野；有的人家则宰杀猪羊开始了大吃大喝，因为曾经饱受战乱之苦的人们担心打起仗来又要过那兵荒马乱的日子了。

哥哥他们这些基干民兵们更是全副武装，经常半夜搞紧急集合，昼夜枪不离身。大队民兵连长梅先德是位复员军人，身穿草绿色旧军装，整天领着民兵们不是在山野里搞野营拉练，就是在河滩里摸爬滚打练刺杀，杀声震天响。

一天，盆地青公社召开"声讨苏修新沙皇"大会，人们冒着严寒从四方八面赶来。会场设在我们学校的操场，主持人是公社派驻我们学校的贫下中农宣传队田队长。他是邻村一个目不识丁的老羊倌，因一只眼睛有疾，长年用白羊肚手巾遮着半张脸。只记得当时黑压压的人群站下一大片，田队长毫无拘谨地站在台上，一手揣着红宝书，一边挥舞着大手喊道："同志们，今天我们召开苏修大会！"他竟把"声讨苏修大会"说成了"召开苏修大会"，可他那声"同志们"还是十分振奋人心的。当时，我作为学生代表也在大会上发了言，愤怒地声讨了苏修社会帝国主义入侵我国珍宝岛的滔天罪行。

这一年的春天，一件意外的事情让我的生活出现了闪光点，它使我的人生从此开始发生改变。

我清楚地记着，那是1969年4月12日的下午。公社革委会的王秘书突然来学校找我说："刚刚接到县革委会政治部的电话通知，乌盟报社要举办工农兵通讯员学习班。县里决定派你去参加学习。"

这对我来说犹如头顶一声惊雷，是我完全没有想到的。我一时竟愣住了。

王秘书见我愣着不动，就拍了拍我的肩膀笑着说："看你这傻小子，还愣着做甚？这是上级组织对你的培养和信任。我已经给校长说了，你赶紧回去准备准备吧，明天你就得到县里报到去！"

第二天，我带着公社的介绍信步行八十里山路赶到了县革委会政治部。接待我的是一位叫谭红的女干部，她身穿草绿军装，梳着娘子军式短发，显得十分漂亮端庄。

她非常热情地将盟里的通知递给我看，并认真地对我说："这次乌盟报社举办第一期工农兵通讯员毛泽东思想学习班，一个旗县只给一个名额。县里经过筛选，最后决定让你去参加学习，你可要珍惜这次学习机会啊！"接着，她又告诉我，"学习班十四五号报到。你明天就动身，先坐汽车到呼市，然后乘火车再去集宁。"因为那时清水河县还没有直接通往集宁的班车。

这是我第一次一个人出远门，而且根本不懂得这次学习将会对我的人生有什么样的影响和改变，心里不免有些忐忑不安，但它给我更多的是一些走出封闭大山的新奇。

集宁火车站人群熙熙攘攘。一出站口，便听到有叫卖甘蔗的喊声。过去我只在书本上知道有甘蔗这种植物，却从来没有见到过。于是，我便凑上前去，狠了狠心花两毛钱买了足有三尺长的一截。

这紫里透红的甘蔗棒真甜哪，真不知天底下还有这等美味！我高兴地边啃嚼边问路，终于找到了位于集宁桥东民建路五号的乌兰察布日报社。

负责接待的男同志见进来一个啃甘蔗的孩子，就挥挥手说："你来这儿起啥哄？没事就赶快出去！"

我赶紧把县革委会政治部的介绍信掏出来递给他，并说明我是从清水河来学习的。他竟久久地盯着我，十分惊讶地自言自语："怎么清水河县派了个孩子来呀？"

我见他身边有个八九岁的男孩子在玩，便顺势将手里的甘蔗棒在膝盖上"咔嚓"一下折为两截，给了那个孩子一截。那孩子抬起头看了看我，立马就拿着跑到了外面。此时，那个负责接待的同志对着我笑了笑，很快便给我办理了报到手续。

这次乌兰察布日报社举办的第一期工农兵通讯员毛泽东思想学习班，从4月16日开始至5月15日结业，历时一个月。参加这次学习班的学员共33名，其中解放军代表10名，工人代表5名，农民代表18名。我是所有学员中年龄最小的一个，16岁。

4月16日，学习班在盟革委会礼堂举行开班仪式。盟革委会副主任、军

分区司令员贺寿祺同志出席会议并给我们作报告。

贺司令员面带笑容,充满激情。他说:在我们满怀战斗豪情欢庆"九大"胜利召开的大喜日子里,工农兵通讯员开进了乌盟报社,这是战无不胜的毛泽东思想的伟大胜利。这次学习班就是要贯彻伟大领袖毛主席关于"我们的报纸要靠大家来办,靠全体人民来办,靠全党来办,而不能只靠少数人关起门来办"的最高指示,让工农兵登上上层建筑的政治舞台,让工农兵占领新闻阵地,推动报社的斗批改。

他说,党的"九大"的胜利召开,是全世界的大喜事,具有划时代的意义,对我们党和人民的前途命运有着不可估量的影响,完全可以把美帝苏修的胆子吓破。

他说,我国是世界革命的坚强堡垒。现在苏修已在我国边境陈兵百万,还有二百多辆坦克及许多飞机和导弹基地,他们已经完成了对我国大规模侵略的准备。我们要立即动员起来,准备打大仗打硬仗,随时准备歼灭来犯之敌。

当时,听了贺寿祺司令员的讲话,我顿时浑身冒出了冷汗。再想想在集宁街头看到有那么多的军人,听说把老虎山都挖空了,我感到中苏大战真的就在眼前了。但我不知道我们能不能打得赢,不知道我还能不能回得了清水河。

其实,这次学习班主要是进行新闻写作知识的培训。记得当时报社的刘生秀给我们讲人物通讯的写作,苏向东给我们讲消息的写作,于得水给我们讲新闻采访的艺术,马四虎给我们讲新闻事例的选用及新闻标题的制作,李尧给我们讲新闻的思想性和战斗性等。这些新闻界的老前辈在讲课中,认真地给我们传授新闻写作知识,讲述各自的采访经验与体会,启迪我们的人生智慧,激发我们做好新闻工作的热情。我至今记得苏向东老师给我们讲消息写作时举着自己的大巴掌说:"写消息时你们要注意把握好五条,一是抓问题焦点要集中,二是提纲架子要搭小,三是选事例要少而精,四是用词语力戒空喊,五是写好后多修改推敲。"

这一切,对我来说都是非常新鲜而实用的。虽然以前我在村里写过不少稿子，但那都是自发盲目的，随意性极大，根本谈不上有什么理论或规律可循，只不过是按照政治队长吕占宽的意思，想表扬表扬我们村里的好人好事罢了。现在听了老师们的课，我好像有茅塞顿开的感觉。原来这新闻通讯报道工作，是我们党的耳目喉舌，是团结人民、教育人民、揭露敌人、打击敌人的有力武器啊！

学习期间，我除了有幸结识乌盟报社的那些知名编辑记者们外，还结识了不少来自各地的新闻通讯员，如和林格尔县舍必崖公社的王财小、四子王旗大黑河公社的刘汉如、卓资县后房子公社的赵绪堂、察右中旗头号公社的刘央府、凉城县麦胡图金星大队的吴金儒等。我们这些参加学习的基层通讯员们经常凑在一起讨论问题，谈论交流学习体会。

特别是来自驻武川某部队37分队的宣传干事刘福喜，给了我许多关心和照顾。刘干事是山西中阳县人，说话操着浓重的山西口音，他为人非常朴实厚道，常把我当作自己的小弟弟一样看待。记得有一天休息，他带着我拾级登上了集宁的老虎山，指着山上那些残存的壕堑地堡，给我讲述了当年晋绥、晋察冀两大野战部队在此血战九昼夜、歼敌六千余的战斗故事，使我不由得对当年无数的革命前辈产生了无尽的敬仰和遐想。因为我曾听说，我们村满红爷的哥哥张七十五——这位解放军的连长，当年就牺牲在了这老虎山上。我这次登上了老虎山，也算是代表村里的乡亲们来祭奠这位革命烈士的英灵了。

学习期间，我们这些学员还分成两个组分别到凉城县和察右中旗进行实地采访实习。因为凉城县金星大队党支部书记郭老虎和察右中旗的青年女社员杨桂英都是出席"九大"的代表。

我被分到去凉城县金星大队的采访组。金星大队北靠蛮汉山，南接岱海滩，这里绿树成荫，农田成网，风景如画，首届全国劳动模范郭老虎就是这个大队的党支部书记。在金星大队我们整整住了一个星期，与我们一起参加学习的吴金儒就是金星人。他就是我们的向导，每天领着我们走村串户到处采访，还几次带着我们到岱海边去玩。我自幼生长在深山沟里，第一次见到这碧波荡漾、白帆点点的湖面，真是有说不出的高兴。

当时，正值毛主席"五·七"指示发表三周年。我们参加了金星大队社员们的毛泽东思想学习讲用会，和他们一起座谈了学习"五·七"指示的体会。我们集体采写的《沿着"五·七"道路奋勇前进》的文章发表在5月7日的《乌兰察布日报》上。5月8日，我们还在乌盟革委会礼堂听取了郭老虎、杨桂英关于"九大"盛况的传达，晚上又同他们进行了集体座谈。

学习期间，我们还参观了集宁肉联厂、丰镇县印刷厂等。尤其是看到集宁肉联厂现代化的一条龙加工生产线，真是使我眼界大开。

对我来说，一个月的新闻理论学习自然收获很大，它在我纯洁的人生画卷上涂上了重重的一笔。从此，我对新闻写作产生了更加浓厚的兴趣。

当时，在集宁的大街上到处都有摊点在叫卖打了补丁的军用黄胶鞋，二毛钱一双。临走时，我特意上街买了好几双背回了家。我高兴的是，这下我和哥哥再也不用东家讨西家求地整天穿烂鞋啦。

至此，我与报社的联系更加紧密，我写的稿子也不断见报，我的名字也逐渐进入了人们的视线。刘生秀、于得水、段宝和、苏向东等新闻界的老前辈在我的新闻报道及后来的文学创作中给了我许多热情的帮助和指导，是我终生难忘的。

1969年12月初，我又参加了乌盟新闻通讯工作会议。这次会议既是一次新闻报道工作的经验交流会，也是一次提高警惕、准备打仗的动员会。盟革委会主任葛政生给我们做了动员讲话，他除了强调新闻工作的重要性外，更多的是讲了我国即将与苏修进行一场殊死的战争较量，我们将要采取的基本打法，以及打起仗应该如何做好党的宣传工作。记得他说，七亿人民七亿兵，万里江山万里营。乌盟地处反修前哨，是祖国的北大门，我们誓死保卫祖国、保卫首都。我们要以战备带动一切，一切为战备服务，立即转向临战的状态，准备大打一场人民战争。

会议期间，我们参观了盟里举办的《打倒新沙皇》图片展览，参观了苏修社会帝国主义反华以来所犯下的滔天罪行和珍宝岛自卫反击战实录展，看了我们缴获的大量枪支弹药和打烂了的"乌龟壳"。同时,我们还参观了毛主席当年在安源煤矿领导工人罢工闹革命的展览。

参加这次会议,对我来说既是一次教育,又是一次震动,我感觉自己肩头上的职责和使命更加重大了。当时我就在心里想,我一定要认真贯彻执行毛主席的革命新闻路线,把宣传毛泽东思想作为自己的神圣职责,到农民中间去,积极写稿,切实为办好报纸广播贡献自己的力量。

就在这一年的冬天,父亲贸然为我订下了一门婚事。那时,村里人时兴早婚,十七八岁的后生或姑娘大都找下了对象,如这个时候还没有找下对象,就会被人们瞧不起或说三道四。我家是村里穷塌了底的人家,我和哥哥均已长大成人,父亲也急着为我们找对象说媳妇,哥哥也曾几次被人领着出去相对象,无奈我家穷得吃了上顿愁下顿,人家一看我家这副穷样儿就再没了音讯。几次下来,哥哥也对自己找对象的事失去了信心。他曾非常气愤地对父亲说:"我再不去看对象,要看你看去,反正我是不去!"那时村里有个叫秀姑的闺女对我好像是有那么点意思,下地劳动干活儿总要跟我凑在一起,她也常把干粮让给我吃。父亲得知这一重大线索后,立马派我姨夫去她家打探。可人家的大人说,要想结这门亲事,必须要拿一百块洋钱来。我父亲无奈地叹气说:"这是要我上天去摘星星啊!"他说:"人的命,天注定,你们弟兄三个,难道说还没两个打光棍的?!"

忽一日,我五爹来家说,邻村老张家有个十七岁的闺女想在咱们村寻个人家,咱们不妨再去碰碰?老弟兄俩一拍即合,当即他们装作出去拾粪的样子一前一后出了村。当时的主意是要先给我哥哥找。后半夜时分他们回来了,说人家那是个好女子,可人家是看上了咱们家的老二,听说是冬天村里的剧团去他们村演戏时(那时我在村里的剧团里当个跑龙套的演员)人家见咱们家的老二挺欢活,兴许以后还能有点出息。人家大人说了,只要是娃娃们愿意,人家就不要彩礼。于是,父亲和五爹当即便决定了我与张家闺女的这门婚事。在他们看来,好歹找过一个算一个哩,总比弟兄们都打了光棍要强。

过了几天，这张家闺女领着两个妹妹来我家看人家来了。可当时我家实在是穷得没看头，住的窑洞走风漏气，窑顶上连点泥皮都没有，裸露的搬碴石上冻得结了一层厚厚的冰，毛毒沙、鞋板虫绕地乱窜。父亲将半盆生莜面端在她们的面前说："你们要吃就得自己做，我们这家里是没人做饭。"就这样，未婚妻第一次上门吃的头一顿饭还是她自己动手做的。让我们惊讶的是，面对如此难堪的局面，她竟然鬼使神差般地说，这人家她是看对了。

五年后，我便把这位贤惠能干的妻子娶进了门。

首届高中生

1970年5月,清水河县办起了高中。在公社革委会的推荐下,我作为首届高中生被招收入学。

这次县高中招生共两个班,我们盆地青公社只录取了四名学生,另外三个是我们同村的张维国、王焕儒和朱毛草大队头墩村的赵勇。

再次踏进久别的校门,我的心里异常高兴。

校园里的白杨树又长高了许多,校园两侧最醒目的地方竖起了两幅巨大的宣传画:一幅是几个全副武装的解放军战士和民兵手握钢枪严阵以待,下面写着"提高警惕,保卫祖国";另一幅是几个负伤的解放军战士正在爬冰卧雪向敌人开火,下面写着"生命不息,战斗不止"。

当时,我国正掀起了新中国成立以来最大的一次全国性战备高潮。因为曾经的苏联老大哥已在我国北疆陈兵百万,向我们发出了新的战争威胁。

那个时候,也正值内蒙古实行全面军管期间。我们学校也有军宣队进驻,所有的班级全部按军事化来管理,不再按年级班级排序。我们高中一班当时叫三连六排,高中二班叫三连七排。

我们一入学,就赶上了全县上下大挖防空洞。没有那么多工兵,没有那么多工程技术人员,也没有那么多的建筑材料,怎么办?用习惯的老办法——

发动群众,男女老少齐上阵,顺着山坡拼命往里挖。

校园里经常会响起防空警报。每次听到那异常刺耳的警报声,我们真不知道这是又在搞防空演习,还是战争真的来了。反正警报声一响,老师和学生们便相互拥挤着冲出教室,没命地往学校后面的瓦窑沟跑,因为那里有我们学校挖好的防空洞。

当时,我们除了积极参加开挖防空洞外,还做着应对突发战争的其他准备。我们班还有一项重要任务是制作黄色炸药。这项非常危险的工作主要由我和郭孟良、高万华、张贵忠等几个胆大心细的同学来完成。当时的制作条件非常简陋,我们在校园后面垒起灶台,架起火堆,把一定比例的硝酸加热溶解为剂,再掺上一些炒干的锯末面,搅拌均匀等冷却后就变成了干块儿。再将此料用石碾压碎,过一下筛子,炸药就算是做好了。当时,我们每个人的心里虽然充满了"一不怕苦、二不怕死"的革命精神,但操作每一道工序都是提心吊胆,生怕出了什么纰漏引起爆炸。其实,我们制作的这些炸药能不能引爆还是个未知数,我们是从未敢做过试验的,只是把制作好的炸药匆匆交到校部了事。但我们的心中是豪迈的,因为我们是为反侵略战争做着应对准备。

不久,县里对我们学校的领导班子进行了调整。老校长吴作相调县广播站当了站长,广播站的赵德站长来我们中学当了校长。

全校师生大会在县汽车站的候车大厅举行。大厅里人头攒动,熙熙攘攘。

突然,主持大会的赵德校长在麦克风前大声地喊道:"哪位是苏芝英同学?请到台前来!请到台前来!"

我当时一下愣怔了,心里立马打起了小鼓,难道是出了什么事情?

我十分胆怯地站了起来,左顾右盼地看着大家,又看着前台。这是在叫我吗?只见赵校长正面带微笑向我招手,示意我到台前来。

原来赵校长先前在县广播站当站长,早知道我是个能写稿子的优秀通讯员,只是我们未曾谋面。现在他刚刚调任中学校长,知道我已在他的麾下,他是急于想认识我这个弟子啊!

确实如此，在我的学校生活及后来的工作中，赵德校长确曾给予了我许多真诚的关怀和栽培，使我不断地成长进步。对这位已故老前辈，我至今仍是感激不尽的。

当时，我们班四十个学生，农村生占多数，但也有八九个城关镇的学生，同学们的学业水平参差不齐，班里的课堂纪律也不是很好。

记得一次上课铃响了，给我们上生理卫生课的任老师彬彬有礼地来到教室，一脸儒学风范。但教室里却说笑声不断，还有几个学生仍在不停地"嘣嘣"嗑瓜子。

任老师见此状极不高兴。他先在讲台上踱着步子走来走去，慢条斯理地说："初来课堂，班风不好。"

突然他又提高了嗓门大声训斥道："上课了还有嗑瓜子的？这成何体统！"

他本来是想要给学生们来个下马威，没承想大家反倒被他这种怪声怪气逗得哄堂大笑，使新来的老师顿时没了面子。

我们的班主任杜子明老师非常和蔼可亲，对我很是偏爱，其实他对我们班的每一个同学都是

班委会成员：前排左起吕景瑞、杜子明老师、乔英
后排左起苏芝英、郭耀华、乔华

关爱的。那时,杜老师给我们代语文课。我们入学不久,杜老师大概是想摸摸大家的底子,便给我们出了一道命题作文《读书做官论可以休矣》。当时有不少学生对"休矣"这个词不甚理解,作文写得离题万里。而我的作文立意奋发豪迈,语句流畅激昂,论点论据适当,受到了杜老师的表扬。课堂上,他总是用广播电台播音员一样标准的声音,给我们朗诵毛泽东诗词或鲁迅的杂文;他在黑板上用行楷书写着课文要点,简直把我们"镇"住了。有时他也给我们讲些散文作品欣赏,直到这时我才知道了杨朔、秦牧、何其芳、吴伯箫……知道了列夫·托尔斯泰、海明威、莫泊桑、罗曼·罗兰……在当时那一片文化荒漠上,一个中学老师为了培养他的那些未必能成才的学生,他是怎样地尽心尽力、付出一腔心血啊!

杜老师除了给我们认真地代好语文课外,还经常召集我和吕景瑞、乔华、郭耀华、乔英等几个班干部开会,研究班里的工作,制定整顿班级纪律的措施等。他还经常对我们进行一些革命理想和革命传统教育,激发我们的爱国热情和学习的积极性。

令我记忆犹新的是,当时杜老师给我们讲了《一块银元》的故事。在万恶的旧社会,王小龙的爹被国民党匪军抓壮丁打死了,身上留下的唯一一块缺了半牙的银元也被地主抢走了;爷爷奶奶先后饿死了;七岁的姐姐被可恶的地主李三刀灌了水银活活毒死,给地主母亲做了陪葬;妈妈又被李三刀活活地打死了。1949年,共产党解放了王小龙的家乡,枪毙了恶霸地主李三刀,从李三刀家的银元缸里,才找到了见证王小龙一家悲惨生活的那块银元。

当时,听了《一块银元》的故事,使我们受到了很深的阶级教育,使我们更加深了对万恶的旧社会的刻骨仇恨,更加深了我们对伟大领袖毛主席的无限热爱。当时,我就在日记本上写道:"一块银元血斑斑,血海深仇记心间。永远紧跟毛主席,革命到底志更坚。"

那时,我不仅担任着班干部,而且还兼管着学校播音室的工作。每天早晚,我都负责播放革命歌曲,《东方红》和《大海航行靠舵手》这两首歌曲是每天必放的,其余的歌曲则由我随意从唱片中选择播放。记得当时经常播放的革命历史歌曲主要有聂耳的《工农一家人》《毕业歌》,冼星海的《抗日战歌》,麦新的《大刀进行曲》,佩之的《战斗进行曲》等。我的耳际至今仍会响起当时那朝气蓬勃的歌声:"同学们,大家起来,奔向那抗日的前方!听吧,抗战的号角已吹响;看吧,战斗的红旗在飘扬……"

我每天听着这些红歌,真是心潮澎湃,斗志昂扬。红歌在伴我成长啊!可以说,这红歌就是我们党带领人民改变民族命运、创造国家历史的心灵记忆,是中国人民投身革命与建设的"劳动号子"。这红色的旋律,记载和凝结着无数中国人的心灵故事,有一种深沉的穿透力,使我的意识与情怀浸染于历史的情境,又在历史与现实的切换交融中焕发出一种勇敢向前的力量。

那时候,每天课间我们播音室还要广播学校的新闻、动态消息,表扬好人好事。播音员是初中班的女生王玉英,她不仅会讲一口标准流利的普通话,而且对工作很负责任,后来她当了县广播站的播音员。当时,我们播出的各类稿件除了各个班级提供外,主要是由我自己组织采写。我既要完成自己的各门功课,又要负责班里的日常事务,还要抽时间为播音室赶写稿件,常常被搞得焦头烂额。时间久了,我的学习出现了偏科,对数学课越来越不大喜欢了,感觉这数学理论太抽象了,尤其是代数中的线性方程组、多项式方程、代数方程组听起来枯燥无味,那函数的概念更是复杂难懂,我学起来自然是百般吃力。记得当时数学老师东庆丰严肃地对我说:"你可要好好学数学哩,否则将来吃亏就要吃在数学上。"

当时,本来应当是百花齐放的文艺园地,一片凋零。文艺宣传演出,除了革命歌曲、语录歌曲外,就只有《红灯记》《沙家浜》《智取威虎山》等几个样板戏了。

可那时,我们正值风华正茂,追求文化娱乐的兴致很高,文艺活动的参与意识也很强。一次,我们学校班级之间开展歌咏比赛,我们班的节目就是我和白魁、高万华等几个人合唱的京剧《智取威虎山》第七场中少剑波的唱段《我

们是工农子弟兵》和《红灯记》中李玉和的唱段《浑身是胆雄赳赳》。

记得有一天晚饭后,我和白魁在校园里散步,他忽然哼唱什么"十五的月亮升上了天空,为什么旁边没有云彩。只要哥哥你耐心地等待,你心上的人就会跑过来"……当时我就被这首优美形象地表达人间情爱的歌曲深深地吸引了,逼着他非教会我不可。后来过了许多年,我才知道那是一首草原经典歌曲,叫《敖包相会》。

当时,县城里虽说有个电影院,可我们这些庄户人家的孩子是买不起电影票的。要想看电影只能久久地守候在电影院的门外,等电影放映到后半场,门口再无人把门检票时,我们才能蜂拥而入。那时放映的电影片子也不多,像《地道战》《地雷战》《南征北战》和《列宁在十月》《列宁在一九一八》等老电影,我们是看了又看,甚至把片子中的人物对话都可以背下来。有时面对饥饿,大家就会用电影台词取笑说:"面包会有的,牛奶会有的,一切都会有的。"

一天晚饭后,和我要好的同学高万华、白魁、郭孟良等找我说:"县委大院放电影,去不去?"我一听就高兴地蹦了起来:"去去去!"当下我们就相跟着五六个人赶往东街的县委大院。原来这里正在上映日本电影《山本五十六》和《啊,海军》。据说这是进行政治形势教育的,要整整放映一个晚上。全县大队党支部书记以上的党员干部都要连夜赶来观看。

县委大院门口公安人员早已荷枪实弹巡逻站岗,我们是根本无法近前的。只听得大院里的电影早开了,枪炮声、呐喊声大作,我们心里急得火烧火燎。于是,我们就绕到县委的后院,死活不顾地从墙头上攀上去,趴伏在那一溜窑顶上,尽管身手被蒺藜蛋刺得生疼,但我们毕竟可以远远地看到电影了。虽然当时我们并不知道那个电影的故事情节和它的社会作用,但只见那猛烈的炮击、四溅的水柱,还有那舞着东洋指挥刀的日本武士,都是非常吸引人的。

正当我们得意忘形的时候,突然身后响起了令人毛骨悚然的吼声:"站起来,跟我走!"

我们惊恐地回过头一看,只见几个持枪的公安人员已经站在了身后。无奈,我们只得一个个灰溜溜地跟着人家从窑顶上跳了下来。

我们很快就被带进了县公安局。一个上了年纪的老干警已在值班室脱衣睡了觉。那个押送我们的年轻公安上前不知和他说了些什么，只听得那个人亮着嗓门命令道："把他们一齐送到班房里去，明天再说。"

这下我们可吓傻了眼。这班房不是圈犯人的地方吗？把我们关起来让老师同学们知道了那还了得！

我们赶紧哭丧着脸给人家求情说好话，结果还是被指着脑袋臭骂了一顿。最后他们通知了校方，班主任杜老师将我们接了出去。

这件事虽说已经过去四十多年了，可一说起来我们仍觉得好笑，好笑之余也不免有几分酸楚。

一天早上，校园里的大墙上突然出现了一条用粉笔书写的打倒伟大领袖的"反动标语"。这突如其来的事件像是给学校扔下了一颗定时炸弹，整个校园顿时乱了营，人们议论纷纷，吵嚷成一片。县公安局的几十名武装干警立马来到校园，保护现场，侦察敌情，组织破案。

我们这些高年级的学生一个个被叫到临时审讯室不间断地谈话、审问，还要我们每个人都在现场写下一段毛主席的语录，留下自己的笔迹以辨真伪。

记得一个叫吴立锁的公安人员把我叫到审讯室，口气非常强硬地问道："叫什么名字？"

"苏芝英。"

"几班的？"

"高中一班的。"

"家庭什么成分？"

"贫农。"

"你知道墙上的反标是谁写的吗？"

"不知道！"

说着，他哗地将别在屁股后面的手枪掏出来"啪——"地一下摔在了桌子上，厉声地呵斥道："说！反标是不是你写的？"

"绝不是我写的!"我的语气虽然平静,但似乎也带着些强硬。因为在我的心里,天大地大不如党的恩情大,爹亲娘亲不如毛主席亲,毛主席是我们天底下最亲的人,最崇尚的人,我怎么会反对毛主席呢?为人不做亏心事,不怕半夜鬼叫门。我没有写,当然是问心无愧啊!

初中班一个叫王虎何的同学被公安人员关了起来。好几天不让他回家,也不让他进教室,他还得日夜不停地接受审讯。据说他的笔迹与留在墙上的笔迹很有些相似,他便成了重点怀疑对象。

那段日子,校园里的气氛极为紧张,同学们之间似乎没有了笑容,没有了结伴而行。人人头脑里阶级斗争的弦都绷得紧紧的,人人都在自卫,似乎人人都有可能成为"现行反革命"。

记不得是过了多长时间,反标的案子终于告破了。原来是校外的一个九岁小男孩在我们学校玩耍时随意写的。他见自己在墙壁上写了一句话便招来了许多人的围观,感到很有趣,于是又来我们校园里乱写乱画时被当场逮了个正着。

当时,全社会都在积极开展"抓革命、促生产、促工作、促战备",认真搞好"斗、批、改"。而我们学校则是积极组织学生们开展学工学农批判资产阶级的活动。我们班的学工活动首先是停课二十天,到县铁业社向工人师傅们学习打铁,接受工人阶级的再教育。

铁业社在县城永安大街南侧,大院里一摆溜安着十几座铁匠炉,整日烟雾弥漫,叮叮当当响个不停。我们分成几个组给铁匠师傅们当徒弟。我和高万华跟的师傅叫贾二登,这是个性格和善、五十开外的老师傅。记得当时贾师傅非常认真地对我们说:"铁匠翻过手,养活十五口。你们要是能学个好铁匠,就不用愁长大后的养家糊口啦!"

最初几天,贾师傅只是让我们学着拉风匣。我原以为这拉风匣又有何难,其实这铁匠拉风匣也很有讲究。庞大的铁匠炉风匣"呱嗒、呱嗒"呼呼喘着粗气,拉起来笨重费力不说,还要长短快慢节奏掌握适中,才能使火苗愈蹿愈高,将炉火烧得通红。

铁匠营生最难做的是刃头活计，如打草刀、菜刀、镰刀之类，需要好铁、好钢、好水、好炭配合，才能使铁与钢很好地黏合在一起；其次是挂马掌，一般没有硬功夫是不行的。

几天后，贾师傅才让我们学习掌铁锤。原来这铁匠抡锤打铁的说道和讲究更多，光铁锤就有手锤、响锤、端锤、勺锤、大铁锤之分。这打铁需要师徒几个人心领神会地协调配合，师傅更要掌握打铁的力度和节奏，才能打出什么"偷梁换柱""紧锣密鼓"之类的叮当节奏感来。

到了铁匠戏到高潮的时候，胸前挂着宽大的帆布护帘、头上冒着汗珠的贾师傅将一块烧得通红的铁块用钳子夹出来放在铁砧上，他先将手中的铁锤在砧子的耳边上"当当"地敲打几下，示意徒弟们做好抡锤打铁的准备。随即，他的手锤便重重地打在了铁上，另外两个徒弟也随之手起锤落挥汗如雨。此时，只见眼前铁花飞溅，只听铮铮之声不绝于耳。尤其是那个抡大锤的徒弟，赤膊上阵，将胳膊抡得满月似的圆，大锤从头顶上方狠狠地砸下，师傅的手锤打到哪里，大锤就得紧跟着甩到哪里，不能出现半点偏差，否则会出人命的。

于是，这铁块儿就在铁匠们的锤打下成了面团儿，不一会儿就变成了各种农具。而后，贾师傅便把这成型的器具用火钳夹着往水盆里一放，那铁器先是"呲——"一声尖叫，一袋烟的工夫，贾师傅就把它夹了出来，这就是铁匠的淬火。每件活儿做完以后，贾师傅还会把自己的印记打上。铁匠的印记其实很简单，就是在铁器上錾刻上自己的姓氏和"记"字。当然有的铁匠的印记是自己的姓名或绰号，比如王麻子、张小泉剪刀什么的。至于铁匠为什么要把自己的印记打上，当时我不知道其中的奥秘。以后我才明白，原来这铁匠的印记其实是自己的信誉和人格的体现。

几天下来，我竟被累得浑身酸痛酥软，连走路都有些摇摇晃晃了。在那些日子里，我虽然经受了烟熏火烤，但还是学会了自己打火钩火铲，打铁链马掌等。我的手上磨起了厚厚的茧子，脸也晒黑了许多。同时，我也被工人师傅们那种吃苦耐劳、团结协作的劳动精神所感动，深深地懂得了"趁热打铁才能

成功"的道理。

我们学工的第二阶段是到县农机修造厂学习翻砂。在这里我高兴地遇到了我的盆地青老乡李建枝、张贵华和原初中的同学胡建功，他们已是这里的工人。于是，我便跟着他们在翻砂车间当学徒工。我们先将那些耐高温并拌有铅粉碳粉的散砂用模具固定成各种样式的模型，再将熔化了的铁水小心翼翼地浇注进去，等铁水冷却后再将模具里的散砂倒出从头再来。由于不停地和铅灰色的砂土打交道，大家每天总是把自己弄得黑不溜秋。令我高兴的是，我用自己学到的翻砂手艺，还为自己家制作了两个炉盘子，让人捎回了村里，从此我家再也不用那早已烧坏的烂炉盘子啦。

后来，我们两个高中班又被派到三十里外的厂汗沟农场去打草。这农场位于浑河之畔，是原来林业建设兵团的旧址。林建兵团撤走了，在这里留下了几排缺门少窗子的石头窑洞。我们就住在这些走风漏气的窑洞里。每天早上睁眼一起来，同学们就四处乱蹦，各自带着绳镰到附近的山梁上去打草，而且每个人必须要完成当天规定的打草任务，回来过秤如果斤秤不够就交不了差，你还得再去补打。在那些日子里，我愁的不是打不够草，而是每天吃不饱肚子。因为我在村里时就是砍草的好手，完成学校规定的打草任务不成问题。但我们的伙食极差，临时搭起的食堂里每天只供应两顿小米干饭外加葫芦汤，繁重的体力劳动常常使我们饿得头昏眼花。一天，班里的牛应何和胡耀几个同学趁砍草之机，跑进附近老乡的瓜地里偷了人家的小瓜，被老乡怒气冲冲地找来，可他们谁也不承认偷瓜之事。二班同学郭在长的身材魁梧，手操一根木棍大喝一声："打狗日的！"吓得那个老乡赶紧悻悻离去。

当时，这个学校农场里还养着百十只绵羊，放羊的是我们初中时的化学老师李自新。李老师在"文革"中因他的右派问题被剥夺了教书的权利，下放到农场来放了羊。记得一天，我砍草来到了李老师放羊的山坡上，见李老师干裂的嘴唇上印着血迹，本来瘦弱的身体显得更加憔悴，但他还是背着干粮袋，舞动着羊鞭不停地追赶着羊群。李老师见我来到他的跟前，便停下了自己忙乱的脚步。此时，我不知道该和李老师说些什么，只能是向他投去同情怜悯的

同窗之友：前排左起乔华、白魁、苏芝英，后排左起李钧、贾凤龙、张孝义

目光。可李老师却关切地对我说："我知道你爱学习，你要记着，不管以后去干什么，都不要放弃看书学习的念头，只有知识才是你自己永久的财富。"说着，他又赶紧追赶羊群去了。

我站在那里久久没有离去。我想起了苏武牧羊的故事，想起了过去放羊的二爹，心里好一阵酸楚。我感激这位身处逆境的老师对我的谆谆教诲，牢牢地记住了他说的话。

当时，我去县里上学，一个人要走八十多里山路，心中不免会有许多寒战。特别是路经沿途的喇嘛窑、泥旦窑、石湾子等村庄时，村里狂吠的窝狗便会蜂拥般的向你扑来，吓得我头上直冒冷汗，只得赶紧捡起石头与它们展开一场又一场的激战。

上高中的时候，我的家境仍然十分贫困，每月七块钱的伙食费总是不能按时交上，伙食部给我停伙是常有的事情。那时，哥哥作为村里的强壮劳力，

　　长年被派到外地去做民工。家里的生活非常清苦，父亲和弟妹们经常用村里喂猪的糖菜茎叶来充饥。我家喂的一口猪，养了两年才宰杀了二十多斤，被村里人讥为笑柄。那时，每逢学校开学，我和张维国就赶紧跑到公社供销社联系给县食品公司捎带地送菜牛或菜驴等牲畜。当时从公社供销社往县食品公司赶一头牛或一头驴能挣一块钱，这对我们俩来说，就是相当可观的收入了。记得一次回学校，我俩赶着一头牛、一头驴整整走了一天，傍黑时才到了县城的东门大桥。张维国掏出一个路上还没有吃掉的糜子面窝窝头说："唉，快扔了狗日的哇！"还没等我拦着，他便将手里的糜窝窝冲着大桥扔了下去。我当时真替他可惜，但我知道，他是在要脸要面，他不愿意在同学们面前丢了自己生活苦涩的面子。

　　记得那是一个星期天，天空中飘洒着绵绵细雨。在离县城十几里远的王三窑修公路的哥哥步行来到学校找我，他说工地食堂中午吃油糕，要我跟他去吃饭。当时，我一听就高兴地蹦了起来。在我念书的几年里，从未有人邀我在外面吃过一顿饭，我几乎天天在忍饥挨饿中度过。为了我能够吃上一顿饱饭，哥哥竟冒雨步行十几里路来找我，这是怎样的一种亲情啊！现在每当想起这些，我都会禁不住热泪盈眶，这件事我也曾多次讲给我的孩子们听。一个人在陷入困境的时候，需要的是什么呢？需要的是亲朋好友的真诚关怀和帮助，需要的是社会的同情和关爱。哪怕是一文钱，哪怕是一口饭，哪怕是一句善良的问候，此时它所产生的作用是巨大的，都会给人以力量，给人以信心和勇气。也许只是你不经意间的一个举动，就可能改变一个人的命运。

　　为了挣点学费，每到星期天我就和班里的几个同学到河滩里背石头——给县粮站垒一个五五方子的粮囤石头底座，我们大家能挣到五块钱。有时我们还要给粮站背麻袋垛粮食，这对我们来说比背石头还要艰难。我们的背上压着近二百斤重的麻袋包，踏踩着颤悠悠的木板渐行渐高，此时每迈出一步都是那么的艰难。尽管你的双腿在打战，尽管你早已汗流浃背，但必须咬着牙关继续前行，决不能后退半步。否则，你就会从高空中掉下来被摔个半死。

　　有那么几天，一到天黑我就和高万华、郭孟良、牛应何、赵培清、张文俊、乔华、张清、高占旺等班里的一帮穷学生到县城对面席麻沟的山崖上去刨土切窑面，因为县里要在这个山沟里修建战备工程，据说是要建个地震差转台。我们是为了挣点工钱，才死皮赖脸地缠磨着人家揽下这个活儿。为了让人家能给多量土方，我们从南坡山崖的顶端开始一直往下切，把崖壁断面切得非常陡峭齐整。那天夜晚大约12点钟，我们八九个人在月亮地里干得实在是太累了，大家刚坐到一边休息下，突然几十丈高的山崖"轰隆"一下大滑坡，顿时整个山谷都被笼罩在巨大的尘雾之中。

当时，我们都被吓傻了。真的是好险哪！如果我们在那里再多待上几分钟，这一帮人就会全部葬身于此，就会在人世间悄无声息地消失了。但庆幸的是，就在山体大滑坡的几分钟前有人因干得太累了喊着要休息，大伙儿才挪开了那个地方。现在想来，仍不免心有余悸。这大概是苍天有眼，是一种对苦难者的恩赐吧。

关于当年这件死里逃生之事，后来我看到远在青海西宁工作的同学张文俊发在网上的一篇短文《我等同学真命大》中，较为详细地记述了我们当年经历的那惊险的一幕，他同样对此发出了由衷的感叹！

由于长时间的过度劳累和严重的营养不良，我突然生病了，感觉胸腔肋间疼痛难忍。班主任杜老师带着我到县医院做检查，大夫撩起我的衣襟，在我的肋间左右"啪啪"一拍就说我是患了胸膜炎，必须住院治疗。当时，我一听就被吓得痛哭流涕，以为这回小命也难保了。在我住院的第二天，父亲闻讯从村里赶来了。不几日，班里的同学李钧也患胸膜炎住进了医院。班里的许多同学来看望我们，特别是王焕儒、蔺玉莲、徐秀英这几个女同学，她们曾多次到医院看我们，给了我们许多的慰藉。

有一天，我的病房里突然住进了一个县胶化厂的青年工人，当时他肚疼得满床打滚，顷刻间脸上就没了一点血色，还没等大夫对他进行抢救，他竟然就猝死在了他母亲的怀抱里。我至今不知道他姓什么，只听得他年迈的母亲和披头散发的姐姐不停地哭喊着："连清——连清——"

我被吓傻了。怎么好端端的一个年轻人一眨眼工夫说没就没了呢？人的

生命实在是太脆弱了。他的离去会给他的母亲和家人带来多么大的打击和不幸啊！多少年过去了，我的脑海里时常会闪现出当时那令人惊恐的一幕，会想起那个可怜的不该早逝的青年工人——连清。

上世纪70年代初，全国上下掀起了轰轰烈烈的农业学大寨高潮。清水河县的学大寨也不甘落后，小缸房公社的畔旯子、杨家窑公社的韩庆坝两个大队成为自治区农业学大寨的先进典型。那年秋天，时任内蒙古自治区党委书记的赵紫阳亲自带领全区农业学大寨经验交流会议的几百名代表来到清水河现场参观学大寨。当时由于县里的接待条件有限，我们中学全部停课放假，腾出地方来住会议代表，只挑选了我和其他二十几个根正苗红的同学留下来给会议代表打水端饭。县公安机关的干警日夜在校园巡逻值守，生怕出现什么纰漏。那几天，别的我不关心，只是为能敞开肚皮吃饭而暗暗高兴。也就是从那次开始，我才知道这世上原来还有什么红烧肘子、黄焖鸡、熘丸子之类的美味佳肴。

突然有一天，学校赵德校长把我叫到他的办公室，非常严肃地对我说："从今天起，你们播音室每天晚上再不要放《大海航行靠舵手》这首歌了，换成别的吧。"

我当时很纳闷，就问道："为什么？这首歌已经放了好长时间了，不是县广播站也天天在放吗？"

"这你就别多问了。但你一定要按我说的去办，否则你我是要犯大错误的啊！"赵校长的语气是生硬的。我知道这是命令，只能执行。

没过几天的一个半夜，我睡得正香，突然睡在我对面床铺上的同学胡万小钻进我的被窝里，悄悄对我说："你听说了吗？林彪死了！"

听他这么一说，我当即就被惊呆了。我怎么也不会相信这是真的。

没多久，我们便听到了正式传达，说林彪、叶群、林立果等驾机叛逃，摔死在了蒙古的温都尔汗。事实真相被慢慢揭开，林彪反党、叛国、乱军的罪行大白于天下。尽管如此，我的心中还是有许多迷惘、许多疑问常常在脑海里萦绕，渐渐地使我对自己过去那种绝对忠诚的信仰变得有些怀疑和动摇，使我无比狂热的情感变得有些沉默起来了。

那年秋天，我们学校的师生又全部集中到城关公社的红崖沟去参加学大寨修梯田。整个沟坡上终日红旗招展，尘土飞扬。我一边参加劳动，一边还要为播音室写稿子，不停地宣传师生们积极参加学大寨的战况。

一天下午，我正在宿舍里赶写稿子。忽然门被轻轻地推开了，原来是我们班的一个女同学来了。我知道，这是她两年来第一次踏进男生宿舍的门。

她是怎么啦？不像往常那样嘴角总是挂着微笑，眼睛也不像往常那样有神，完全能看得出，她已经哭过了，而且哭了许久许久。

"你——这是怎么啦？"我赶紧上前问她。

她一声不吭。

"是不是出了啥事啦？"

她依然兀自站在那里，像泥塑木雕般地呆立着，嘴角忽而抽动了几下，仿佛心肠上面系了一根细细的绳子，牵得她阵阵作痛。眼泪从她那滞凝的眼里流溢出来，在她的胸口抽泣了几下之后，终于流了下来，一直到达她那略微发白的嘴唇边，在阳光中闪烁着。

在我的再三追问下，她才告诉我说，她父亲已在外地给她找下了婆家，逼着要她退学回去结婚。

我一听就蒙了，咋会有这种事？我当即斩钉截铁地对她说："你不能走！再有几个月我们就要毕业了，一切等毕业以后再说。"

可她哭着说："晚了，我的行李铺盖已被父亲带走了。"

说着，她从衣兜里掏出一本毛主席语录捧给了我。只见扉页上写着一行流利秀气的钢笔字："祝你永远高举毛泽东思想伟大红旗，把无产阶级文化大革命进行到底！"中间还夹着一张一寸见方的照片。瞧，她的短刷刷梳得多整齐，笑得多甜蜜。

末了，她又掏出一把零乱的人民币塞给了我，深情地说："这是我身上仅有的几个钱啦，你留着交伙食费吧，我用不着了。"

我恭恭敬敬地接受了。我知道，这不是一种单纯的赠物，而是一副热乎

乎的心肠，是一颗滚烫的心啊！可一向反应迟钝的我却完全没有意识到，这里面也许还有一些她对我从未表露过的纯洁友情啊！

我那可怜的同学走了，她是怀着悲愤的心情走的。从此，我纯朴无瑕的心灵里留下了许多酸楚的回忆，留下了许多空空荡荡。这就是中国几千年封建残余遗留下的包办婚姻的恶果，留给我们这一代人的只能是种说不清的苦楚和无奈。

几个月后，我们首届高中生毕业了。和众多的老三届学生们一样，我们同样要奔赴农村这块广阔的天地了。因为，我们同样相信伟大领袖的教导，"在那里是可以大有作为的"。

没有任何形式的毕业典礼，没有缠缠绵绵的离别相送，同学们一拿到毕业证书（其实是一张十六开大小的纸片），便纷纷互赠留言，匆匆告别离校。

我和张维国、赵勇等决定连夜就走，因为我们的行李已让村里的大车给捎走了。

当时，已是半夜时分，校园里漆黑一团，鸦雀无声。我们向学校值班室的老校工樊金蝉打了声招呼，便离别了校门。

忽然，我想起平时和我要好的同学白魁还没走，他住在校园里他二姨家等天明了才走。于是，我便来到他二姨家的窗外，敲着窗子喊道："银仓子（白魁的乳名）——我走啦！"就这么简短的一声呼喊，饱含了多少同学间的深情厚谊，也算是我与他进行了最后的告别。

当时，我的心里酸酸的，很不是个滋味。直到多年以后，每当提及此事，白魁都会眼含泪水，哽咽着说不出话。他说，当时听到我的喊声时，他一个人也在被窝里偷偷地流泪，他的心里同样是感到有许多的悲楚和伤感。

因为，那时我们根本不知道自己的未来会是个什么样子，大家各奔东西，相距遥远，以后能不能再次相见都是未知数。在这种匆匆的告别里，其实是有着许多诀别的味道啊！

走上讲台

1972年1月,我高中毕业回到了村里,正式接过了父亲的犁把,开始了对黄土地的耕耘。

没几天,政治队长吕占宽就让我当上了生产队的经济保管员,并参加队委会的工作。这个决定一宣布,生产队会计根旺叔很快就将经济保管员使用的那个小木箱抱到我们家里来了。

那时,全国上下掀起了"批林整风"运动,并开始着手整顿国民经济。广播里传来了党中央关于农村人民公社分配问题的有关决定精神,强调人民公社分配必须兼顾国家、集体和个人三者利益,坚持按劳取酬的原则,不要照搬照抄大寨的劳动管理办法和分配办法,更不能把党的政策允许的多种经营当作资本主义去批判等等。人们似乎从中央新的精神中看到了发展生产、激活经济的希望。

公社高安成书记亲自来到我们生产队,和队干部们一起研究如何调动社员们的劳动积极性和生产队适当搞副业生产增加收入的问题,并决定春耕播种时要适当增加经济作物的种植面积,还要让村里的两辆大胶车一开春就进山西井坪的工地上去跑运输挣钱,允许村里有手艺的人外出搞副业。生产队还要在河湾里多种些白菜、萝卜、蔓菁等菜蔬,给人们调剂生活。同时决定,

我家大爹不再放牛了，要给生产队看菜地。

春节一过，村里就开始了紧张的备耕生产。男女社员每天早早就到河湾里的卧羊场参加滤粪劳动，而我是个拉粪磨的。拉粪磨其实就是拉着一块较为平整的或圆或方的笨重石头，在粪场里不停地走来转去，将干硬的粪疙瘩磨碎。这是个苦力活儿，干一天下来，我可以挣到一个工分。

在那些日子里，我虽然从未有过要走出大山到外面找工作或四处闯荡谋生的想法，但我心中仍不住地在想，我们的祖祖辈辈那么勤劳，从来不惜自己的苦汗，从来不懈怠地里的庄稼，为什么就是吃不饱饭呢？人们越是吃不饱，就越把地里收拾得干干净净，不让杂草影响任何一棵庄稼，耽误任何一根穗子；越是把田埂收拾得干干净净，就越吃不饱肚子。像我父亲一样的那些农民，恨不得将所有的时间和体力都花在那些沙梁薄地上，但他们只懂得收拾田埂，找不到别的办法。

迷茫困惑之际，我陆续收到了几个高中同学的来信，使我的心里更加躁动不安起来。

土右旗双龙公社的刘德明来信说："大年三十晚上，村里灯笼密如星斗，炮鸣响彻云霄，儿童喧哗声此起彼伏，可以说是老百姓最高兴的时候。然而，我独坐家中思念学友。当我在蜡烛下看到你的照片时，心情是多么难受啊！用一句话概括，就是何时能与你相逢，战斗在同一岗位。"

喇嘛湾公社的白魁来信说："我已在阴背小学当民办教师。前些时去公社填表准备去集宁师范读书，考试关已过，只因劳动时间不够没有走成。我想，参军当兵应该是我们今后选择的必由之路，你可以考虑。"

窑沟公社的张文俊来信说："公社党委让我担任了生产队的政治队长。我们这个队过去是全公社有名的'老大难'，工作搞起来真让我感到头疼得很。"

单台子公社的高占旺来信说："公社让我当电影放映员，我身体不好没有当成。现在我把小队的现金保管和粮食保管以及记工员这几项任务全部承担了，每天很忙。等我将来娶媳妇时一定请你来当头等的大客。"

……

我一遍又一遍地捧读着同学们的来信，久久地陷入了学校生活的美好回忆之中。同学们的发展变化让我产生了许多羡慕，他们的真诚问候与祝福给了我面对现实、挑战未来的勇气。

突然有一天，公社通知我说，让我到盆地青学校去当民办教师。这是我连做梦也没有想过的事情。当时能当上一个民办教师，挣工分不说，每月县上还要给十三块钱的补助。于是，村里许多人向我投来了羡慕的目光。

记得父亲当时也十分高兴，但他还是带着十分怀疑的口吻对我说："去学校教书你能了利下来吗？你可得多尽份心。"

我默默地点着头，在心里记下了父亲的嘱咐。因为我知道，父亲已经很累，而且到了精疲力竭的地步，但他有盼头，希望我们不再像牲灵一样累死累活地活着，这个盼头就来自于我这个在外念了几天书的儿子。

当时，盆地青中心学校只有六七个老师，我担任初中一年级的班主任。其实一个高中生来教初中生是极为勉强的。但当时我根本不懂得这些，心中充满了自信与豪迈。

晚上，我和所有的老师一样，常常备课到深夜。课堂上，我总想把自己学到的那点东西毫不保留地奉献给学生们，有时生怕他们听不懂，甚至不厌其烦地要重复好多遍。

由于农村的教学基础差，班里学生们的底子大多很薄。在语文教学中，我发现学生们的作文水平很差，有的连一段通顺的话都写不出来。为了使孩子们能够真正掌握语文知识，我不拘泥于县里制定的形式上的教学进度，而是结合自己几年来写作新闻稿件的体会，对每一篇课文的主题思想、写作特点、表现手法及遣词造句等都力求讲深讲透，使孩子们能够理解掌握、有所收获，有意识地引导和培养他们学习和写作的兴趣。多年以后，我这个班里的学生不少人在文学写作上有了骄人的成就。如当时的班干部贺鹏，后来成长进步很快，竟出版了许多著作，成为海内外的知名作家，他还是世界华文微型小说研究会特邀理事、世界微型小说作家职级评审委员，他的作品入选加拿大多

伦多大学文学教材和中国人教版高中教辅教材。

当时，我还代着学生们的物理课。可是，从学生们上课的表情和课后的作业上可以看出，他们根本没有接受课堂上讲的知识。我也一时有些犯愁，怎样才能教好这门功课呢？因为我的初中、高中也是受到了"文化大革命"的冲击，我的物理知识学得也并不好。于是，我就虚心地去向贺云飞、武守谦、安俊卿等资深的老教师请教，并认真研读他们写的教案。贺云飞老师过去曾是县一完小的校长，只是因为家庭成分问题在"文革"中被下放到了我们村。他除了具有丰富的教学经验外，还在美学方面有着很深的造诣。那个时候，村里的人们经常找他给画墙围、画油布。我的老家墙壁上至今还悬挂着他当年给我画的两幅玻璃手指画。记得当时贺老师笑着对我说："教书这营生急不得，你要讲究些方法，注意用启发式的方法来引导学生。"按照贺老师的指点，我在物理课讲授时注意引导学生观察生活现象，通过现象来总结归纳规律，再运用规律来解决实际问题。通过这种通俗易懂的授课，学生们逐渐对物理课产生了兴趣。

我是个火性子，当时对那些上课不注意听讲或学习不努力的学生有些恨铁不成钢的感觉。记得一次我叫一个姓郝的学生在黑板上演题，他却一点也不会做。我顿时怒从心起，一把将他推下讲台。那个学生重重地摔倒在了地上，好一会儿没有爬起来。事后我很后悔，冷静地想了想，自己这样做实在是太粗暴了，哪能这样对待自己的学生呢，他们才是些十三四岁的孩子呀！再说这些跑校生每天往返要跑二三十里山路来上课，多么不容易啊！学习本来就是个由浅入深、循序渐进的过程，在于老师的循循善诱，在于学生的刻苦努力，光凭自己心里着急有什么用呢？多少年过去了,体罚学生这件事我一直没有忘记，一直感到很愧疚，我真是对不起那个学生啊！

一天，早上第一节课，一个张姓学生就趴在课桌上睡着了。这次我没有发火，下课后我把他叫到办公室问他是怎么回事。他告诉我说昨天晚上村里排队磨面直到凌晨他才回家。我知道他家劳动力少、负担重，能来学校念书已经很不容易。于是，我就抽时间专门给他补了课。晚上，孩子们带着用墨水瓶做的小油灯到学校上晚自习，我也到教室陪着他们看书学习，并随时解答他们的问题。

我常常站在那个泥台垒的讲台上，看着台下那些稚嫩的眼睛。那些眼睛非常清亮，似乎用纯真的光看着你，那些孩子们纯真的目光在那个时代非常珍贵。我们之间没有任何野心与阴谋，大家除了关心课堂和书本上的东西，似乎不再关心外面的事情。我在以后的工作生活里，看到过太多的眼神，轻蔑的、火辣的、高傲的、充满敌意的、看了可以让人做噩梦的……这些眼神都没有当年这些孩子们的眼神清亮纯真，这些孩子们的眼神会让我珍藏几十年。

每天一大早，我们的教室里就有混合着青春和童年气息的声音，从那间教室里飞荡出来。我听着这样的声音有些兴奋，我也不知道怎么的，听到那种混合着青春和童年气息的琅琅读书声，我就很欣慰开心，就觉得自己在干一件惊天动地的事情，就没有白活在这个世界上。

我是活泼好动的，课余时间我就组织学生们进行篮球比赛、拔河比赛，操场上一片欢腾。学校的安俊卿老师多才多艺，闲暇时我常找他下象棋，但我更喜欢听他用二胡演奏的《二泉映月》。我感觉这《二泉映月》如泣如诉的柔婉旋律好像是灵魂的倾诉，阿炳似乎把他体验到的凄苦人生和悲凉世界用丝弦传达出来，在夕阳西下的时候，那些旋律飘满了我们学校的每一寸空间，让人不由得对生活产生一种忧伤。

3月26日，我在县里读书时的城关镇同学樊建国、王兵、李永强、李广华、李萍等知识青年下乡插队来到了我们村。他们经常到学校来看我，并和学校师生搞一些篮球赛、歌咏比赛等联谊活动。记得当时我们学校有个女教师产后大出血，急需要输血。他们几个闻讯后，立即赶到公社卫生院无偿献了血，才使这个女教师转危为安。当时，他们的举动感动了许多人。

那个时候，我虽然在村里教书，但并没有放弃自己的写作爱好。当时公社创业队正在南河滩改河筑坝干得热火朝天，我就根据他们的情况写了个小通讯想发表，但心里没有把握，就先寄给了县中学我的班主任杜子明老师征求他的意见。几天后，我便收到了杜老师的回信。他在信中鼓励我说："你可以参看《内蒙古日报》上发表的一些散文和小说，开始仿照着来写。写得多了，就可运用自如了。不要怕失败，失败是成功之母。许多事物就是在经过多次失败之后才取得成功的。"

当时读了杜老师的来信，我是既兴奋又惭愧。我为有这样一位真诚关怀我、对我恩重如山的老师而感到由衷的自豪，但也对自己学识的浅薄而感到自愧。

就在这个时候，《内蒙古日报》上刊登了清水河县委报道组贾治威、张瑞生采写的人物通讯《十年风雪育劲松》，介绍了清水河县王桂窑公社高茂泉窑大队党支部书记、回乡知识青年李秀扎根农村干革命的先进事迹。当时，读了这篇人物通讯后我非常激动，认为李秀同志坚定不移地走与工农相结合的道路，在火热的斗争中不断磨炼自己的革命意志，在改造家乡贫困落后面貌的战斗中不畏艰难、不怕困难的奋斗精神，是我学习的最好的榜样。

我反复阅读着杜老师的来信和报纸上的文章，认真地品味其中的教诲和启示，揣摩着贾治威和张瑞生文章的写作手法，决心重新调整自己的写作思路，争取走出一条成功的路子来。

那年春天，我们盆地青公社在老书记高安成的领导下，春耕生产搞得轰轰烈烈，有声有色。

当时，我就觉得这个素材不错，上面肯定需要这方面的情况。于是，我和正在公社邮电所当话务员的好友王玉山说："咱们把公社春耕生产的情况写一篇新闻稿子吧。"

他说："我看可以。"

于是，我俩就趴在公社邮电所的交换机旁，我执笔，他举例，一气呵成，写了一篇《清水河县盆地青公社认真落实党的政策，积极推动春耕生产》的新闻稿件直接寄了出去。

没想到这篇稿子一个星期后就登在了《内蒙古日报》头版的显著位置上，在社会上产生了很大的反响。公社高书记亲自找我们谈了话，表扬我们这个稿子写得及时、写得好，并决定由我们牵头尽快组建公社的新闻报道组织。

那时，虽然上下各级都很重视党的宣传工作，但县委专门从事新闻报道的写作班子要想在《内蒙古日报》发个头条稿子也是非常不容易的。我们这个稿子一登出来，他们都感到非常惊讶：从来没听说过这两个人，这两个人究竟是谁？

后来，县委政治部在全县物色写作人才时，我俩一下子就被选中了。就是这篇不经意完成的新闻稿件，从此改变了我们两个人的命运。

我教书的时间很短，仅仅半年。虽然离开了讲台，可我心的一部分却永远留在了讲台上，事业的纤绳将我牢牢地系在教育事业上。每次到乡下工作，我总要到当地的学校里走走看看，尽管我不分管他们，甚至他们也不知道我是谁，但我总想去看看他们，看看学校的教学环境，在办公室里和老师们交谈一阵子，给他们一些鼓励。记得一次我下乡来到一个十分偏远的山村小学校，看见学校破烂不堪，老师用蓝墨水给学生判作业，学生用狗尾巴给老师擦黑板。回到县里我立马就去教育局向他们反映情况，并为这个学校及时争取到了一些教学购置经费。

我有时候想，这人生不也是个讲台吗？每一个人都要在这讲台上轮番地讲述和展示自己，人生的酸甜苦辣都要在这讲台上演绎一番，正是这在生活的洪流中放射出的永不熄灭的火和光才成就了色彩斑斓的人生。

借调干部

　　1972年6月，县里传来了招考借调干部的消息。在我毫不知情的情况下，公社书记高安成已给我报了名。

　　父亲打着赤脚从山坡上将我追了回来。还没等把身上的泥土拍打干净，我就被众人催促着上了路。

　　考试是极为严格的，不准考生将任何书本带进考场。考场里的脑壳黑压压一大片，当时我的心里确实是有些忐忑不安。当听到监考老师宣布要我们每人做一篇命题文章《唱〈国际歌〉所想到的》时，我的心里顿时暗自高兴起来，感到一阵轻松。

　　因为那个时候全国上下都在大唱《国际歌》，据说还是毛主席倡导的。因为我在学校时就在图书室阅读过《国际共产主义运动史》，对19世纪60年代法国工人运动的情况有所了解，特别是对巴黎无产阶级革命的胜利及无产阶级专政的伟大尝试——巴黎公社的建立与公社社员们为保卫新生政权而进行的英勇斗争有所了解，对《国际歌》的词曲作者鲍狄埃和狄盖特更是崇尚有加。

　　在考场里，我想到了1871年3月18日巴黎公社起义的特殊战斗，仿佛看到了拉雪兹神父墓地倒下的公社战士，仿佛"全世界无产者联合起来"的呐喊声又在我的耳边响起。我随情畅想，发挥自如，最终名列榜首，被正式录取为县委的借调干部。其余大多数考生有的被分配到了公社，有的则被选送上了乌盟师范学校。当时，被选调进县委机关的借干只有我和王玉山两个人，据说与我们春天在《内蒙古日报》上发表过较有影响的文章也有很大关系。

在那个年代，一旦你成为一个国家干部，你就等于不仅解脱了繁重的体力劳动给予身体的痛苦和重压，而且还将得到人们的尊重。当时，要置换我的农民身份，按上面有关规定要求必须粜掉当年的三百斤口粮。这对我们这个终日靠吞糠咽菜充饥的家庭来说并非易事。父亲拎着口袋在村里转了几个来回也没能借到多少粮食。

就在我们全家人愁眉不展的时候，住在我家门坡下的公社兽医站站长武汉鼎来到了我们家。他说："活人哪能让尿憋死。你们家能出个人才这该是众人的光荣，我这有三百斤马料票，你们拿去顶该粜的粮食吧！"

这不是天上掉馅饼吗？此刻，我们全家人都有些发呆，真不知怎么感激老武才好。我们知道，老武是山村里有名的"神医"，不管刮风下雨，他一年四季总是在山乡里走村串户给人们的牲口看病，"文革"中他又被打成"走资派"，他也是刚刚从牛棚里解放出来不久啊！也许在别人眼里这是件小事，但对我来说却是件铭心的大事。老武是在我最困难无助的时候，是在我的人生发生重大转折的时候，给予了我真诚的帮助，这对我以后的成长与进步产生了不可估量的作用和影响。

我要走了。村子里生活着近三百口人，没有多少人能感觉到这里发生了什么，更没有人知道也不可能将老武的举动与一个山里的穷孩子的成长联系起来。在他们看来，一个在外面念了几天书的穷小子，回到村里种了几天地，并不安分地在村里跟着老辈们安种庄稼，又要风尘仆仆地离开村子。一切就这么简单，就这么回事。

我真的要走了。父亲将全家仅有的一块旧毛毡给我捆在了行李卷里，二妹贵英从供销社扯了二尺花布给我赶缝了一个新枕头。我感知到了那种流淌在血脉里的亲情，那是一种舍生忘死不求回报的力量，是一种欲罢不能的怜惜与心疼。

父亲告诫我，伺候公家可得多拿份心，千万不能贪占公家的便宜；不要瞧不起任何人，马粪还有一发哩，讨吃子也有用得着的时候哩；不要依着自己的性子对待领导交办的任何一件事情。

父亲无疑是对的。他将自己几十年的苦难，点点滴滴地渗透给自己的儿子，让我感到，父亲依旧是那么严厉，依旧是那么固执……而我，依旧是那个不懂事的孩子。

1972年6月24日，我和王玉山背着行李，真的向县城走去。我只知道，此次离村宣告了我们家族史上的重大转变，我火热的心绪一下子被牵扯到了极为遥远的地方，再也无法收回。

清水河县委大院坐落在县城的东街，一年前我和班里的几个同学来这里偷看电影被抓进了公安局，而今天我来这里是正式上班参加革命工作的。

那时，县委和县革委会在一起合署办公，下设政治部、生建部、人保部和办公室。王玉山被分配到政治部报道组工作，而我被分配到了政治部的宣传组。但我俩同住在一个宿舍里，朝夕相处，我们相互鼓励着，一定要努力学习、努力工作，争取做党的好干部。

政治部在县委礼堂的东侧，两幢宽敞的平房院子里有几棵枝繁叶茂的果树。每天清晨，这里的空气格外清爽，院子里异常幽静、舒适，阳光透过那稀稀疏疏的树叶，在地上映出点点光斑。树上的鸟儿活跃起来了，叽叽喳喳叫个不停，像比赛似的在歌唱。清风摇曳，满树的绿叶在鼓掌。

当时，全国上下正在开展批林整风运动。在这种形势下，我们政治部势必要走在运动的前头，因而部里的各项工作抓得很紧，并规定每周一三五下午是全体干部集体学习的时间。在那些日子里，我们主要学习的是《中共中央批林整风汇报会议的十个文件汇编》。记得这里面有九届二中全会公报和九届二中全会以来毛主席的文章、批示和重要谈话。

我们宣传组的任务，就是要把上面有关批林整风的材料及时地印发下去，再把下面开展工作的情况搜集整理上来。宣传组组长姜春芳是个军转干部，他是辽宁盘锦人，长得身材魁梧，经常穿着一身草绿色的人字呢，据说在部队时他是开坦克的。他干工作雷厉风行，凡是交代的工作要求我们必须立马去办，不得推诿拖延。当时每天要油印的材料很多，而一份材料至少要印到四五百份。组里只有一台手推油印机，由我和同事邢素林两个人交替赶印。当时一张蜡纸只要印到三百多份就会出现许多黑墨点或搓版破损，要全部印下来很不容易。

当时，县委大院有不少住单身的小年轻，晚上一吃过饭，大家都习惯到办公室加班或看书学习，我还愿意写点自己的学习体会。我结合自己学习的认识和体会写的小评论《要有"滴水穿石"的精神》《穷追猛打落水狗》等文章很快就在《乌兰察布日报》上发表。不久，我采写的《老当益壮 朝气蓬勃——记清水河县革委会锅炉工人、共产党员于得水》的通讯也在乌盟报上刊登。一时间，许多人对我刮目相看。记得政治部秘书组组长张旭把我叫到他的办公室热情鼓励说："年轻人就要虚心学习，多动脑子，勤学多练，你就应该这样继续好好干下去！"他还多次把我叫到他们家里去吃饭。

那时，为了及时了解掌握下面开展运动的情况，我们政治部的干部要经常深入到各公社进行调查研究。有一次，我被派到窑沟公社大井沟大队做调研。临走前我就详细地列出了调研提纲，如：生产发展情况、政治夜校学习情况、大小队干部的学习劳动出勤情况、开展批林整风情况、落实党的政策情况以及当前生产进度及存在的问题等。

在大井沟大队的一个星期里，我跑遍了大井沟、小井沟、南崇、鹿头背、阳坡等几个自然村，白天参加队里的劳动，晚上召开座谈会或和干部们在一起学习，结识了张斌、石亮、张才小、石瑞英等众多农民朋友，全面了解了这个大队以批林整风推动农业生产的情况。那时的干部下乡都是吃派饭，吃了饭是必须要付钱和粮票的。记得一天中午，我在张斌家吃了顿油糕，饭后要给他们留钱，可他们死活不要。但当时下乡干部吃派饭付钱这是组织纪律，谁也不敢违反。没办法，临走时我只得将钱和粮票悄悄地塞在了他家的炕席下面。事后我还暗暗地高兴，在心里说我没有违反群众纪律。下乡回来后我认真写了一份详细的调查材料，受到了政治部领导的表扬。

左起常俊、高荣、苏芝英　（1974年摄）

当时，我们除了直接到公社和机关单位调研外，更多的则是要通过电话了解下面的情况。我有时整天操着电话机向各公社了解情况，把嗓子都快喊哑了。当时县邮电局用的是手摇交换机，对上对下的每一个电话必须先由邮电局的话务员接通了，我才能与对方讲话。时间长了，我与邮电局的几个话务员也熟悉了，不管是刘建梅、赵建英，还是张杏花、邬美兰，只要她们在话筒里"啊——"一声，我就能准确地听出她是谁。

有一天，我突然听说头天还在给我认真转接电话的话务员刘建梅因突发病猝然离世。我一下子就被惊呆了，她才刚刚二十岁呀！

当时我的心里非常难过。虽然我没有勇气去她家吊唁，也不知道她家住在哪里，但我还是在日记本上写下了一首悼念刘建梅的小诗《蝶恋花》："忽闻建梅辞世人 / 生前同志战友实痛心 / 忆昔日平易近人 / 带疾工作保畅通 / 求真理学习认真 / 千里眼顺风耳好精神 / 今日辞世别人间 / 明日忠魂舞长空。"

多少年过去了，我的眼前似乎还会闪现刘建梅那胖乎乎的身影，耳际还会响起她那爽朗的笑声。

    1973年夏天，福建莆田县一个叫李庆霖的小学教师上书毛主席，反映当地知识青年的情况和自己的经济处境。毛主席亲自复信李庆霖，把李誉为"反潮流"的代表，并馈赠人民币三百元，用以表示对李庆霖敢于如实反映上山下乡工作中的问题的嘉奖。中央很快以文件形式，将毛主席的复信印发全国供大家学习。《人民日报》很快发表了《进一步做好知识青年上山下乡的工作》的重要社论，广播里也传来了福建省召开万人大会贯彻落实中央文件精神、李庆霖在会上讲话的消息。

    当时那场在中国大地上延续了十几年，牵动了千千万万个家庭，改变了整整一代人命运的知识青年上山下乡运动，伴随着共和国坎坷的步伐，走过了跌宕沉浮的历程。清水河县自然也有不少来自上海、天津、集宁等地的下乡知识青年。中央文件下发后，为了及时传达贯彻中央文件精神，搜集下面对知青工作的反映，全面了解县里知识青年的生活生产状况，严厉打击迫害知识青年的犯罪活动，县委迅速抽组了几个调查组分赴各公社。

    我和县团委书记柴全仁、干事李萍、公安局干警徐庆新为一个组，负责对王桂窑和喇嘛湾两个公社知青情况的调查工作。从8月23日到9月4日的十几天里，我们四个人每天徒步奔波在各个知青点上，和生产队干部、社员群众、知识青年进行座谈，给他们宣传中央文件精神，了解知识青年的具体学习情况、思想情况、生产生活情况、同工同酬情况以及知青们的要求等。

    记得8月25日晚上，我们在王桂窑公社一间房生产队召集上海知青王志平、张淑清、刘双喜、马夫、王春芝等几名知青开座谈会，他们听说党中央、毛主席十分关心知青的状况，顿时激动得泪流满面，争先恐后地向我们反映他们下乡以来那段不堪回首、却又情不自禁地要去回首的往事。当时，听了他们的诉说，我们真有些感慨万千，这艰难困苦的生活真是知识青年们的人生不幸，但从劳其筋骨、饿其体肤、积累生活、磨炼意志的意义上来说，也是他们的一笔无价财富啊！

那天我们步行来到喇嘛湾公社的圪西盖沟，已过晌午时分。这里老百姓的生活非常苦，队干部跑了好几家竟给我们派不出饭来。最后，我们只得在一个老大娘家里每人吃了几个糠菜团子。

这次调查工作后，县委根据我们几个组的调查情况，专门做出了《关于进一步做好知识青年上山下乡工作的决定》，要求各级党组织要满怀对无产阶级下一代的高度负责精神，切实加强领导，严格检查，总结经验，做出规划，进一步做好知识青年上山下乡工作。同时，对几个迫害下乡知青的犯罪分子实施了抓捕。

那时，清水河县农业学大寨的重点工程石峡口水库、当阳桥水库、杨家窑干渠、贵梁干渠正在如火如荼地建设之中，祖祖辈辈吃尽贫困之苦的清水河人民决心在共产党的领导下，自力更生艰苦奋斗，尽快改变贫困落后面貌，因而在战天斗地学大寨的运动中涌现出了许多可歌可泣的动人事迹。上面的报纸广播也经常宣传报道清水河人民学大寨的事迹，这个偏远落后的小县已经名声在外。特别是1973年5月11日，《人民日报》刊登了县委报道组贾治威和张瑞生采写的长篇通讯《根深叶茂》，介绍了清水河县王桂窑公社高茂泉窑大队党支部书记李秀带领人民群众学大寨的事迹后，在社会上引起了很大的反响。记得当时，我双手捧着报纸反复阅读这篇文章，一次又一次地被李秀同志那种胸怀大志、扎根泥土，为彻底改变家乡落后面貌的奋斗精神所感动，我也为我们清水河能有这样的先进典型而感到十分自豪。

那时候，全国都处在紧张的战备之中，我们县委大院的年轻干部自然都成了基干民兵，经常荷枪实弹组织队列和实战训练。教官是城关镇仪表堂堂的人武部长曹煜，他刚从部队转业不久，军事素质过硬。在他的带领下，我们这些全副武装的民兵经常在南河滩摸爬滚打、练队列、练投弹、练刺杀，喊声震天响。他还给我们讲解半自动步枪、冲锋枪、轻机枪的战斗性能、射击管理及故障排除等知识。我至今记得他当时说：冲锋枪、班用机枪是步兵近战歼敌的主要武器，在400米（班用机枪500米）内对敌单个目标射击效果最好，集中火力可射击500米内的敌机伞兵及杀伤500米内的集团目标。通过民兵训练，我更加懂得了"服从命令听指挥"的重要意义，明白了"平时多流汗，战时少流血"的道理，基本熟悉了武器主要机件的名称、用途及相互关系，掌握了排除故障与防止事故的基本常识，懂得了爱护武器装备的重要性。在多次训练打靶时，我的成绩始终是优异的。

那个时候，清水河县的民风非常淳朴，干部作风十分清廉。县委书记李长才虽然是位军人，但他理论功底深厚，政策水平很高，驾驭全局的能力很强；副书记李耀厚、贺芝林、杜仲堂，革委会副主任杨汝林、赵英、海巴图虽是地方干部，但他们都是从战火硝烟中走过来的，干工作没有花架子，更不懂得搞什么形象工程。他们对自己要求很严，对老百姓有着深厚的感情。如李耀厚副书记胃早已切除了三分之二，身体并不大好，但他经常是兜里装着饼干，一边嚼着吃的，一边奋战在生产第一线。

现下的社会，人不当官，容易自卑；人一当官，容易自大。可那时的领导干部们似乎并无什么特权，县里的领导干部每天都和普通居民一样到井上挑

清水河县委大院的民兵们　（1974年摄）

水,下乡工作多是步行,每月粮站供应的二十八斤粮食里也只有六斤白面。县里科局级干部家普遍是东西窑一进两开住两户,谁在外面也没什么油水外快可捞,谁家也没有任何可藏可掖的东西,大家都能以诚相待、和睦相处。逢年过节,政治部的干部每人只能分到购买两盒墨菊牌或迎泽牌香烟的票证,只有县委一把手才能购买一条牡丹牌香烟。干部们之间根本没有任何个人利益可争,更没有什么公款吃喝跑官要官一说,这样就少了许多的勾心斗角和相互拆台,多了些工作的责任心和人情味。

当时的清水河县委大院也是个人才荟萃的地方,像后来升任为自治区财政厅厅长的范游恺、自治区民委主任荣盛、呼和浩特市市长冯士亮、江苏省法制局局长罗小桦、新华通讯社高级记者张瑞生、自治区地方税务局巡视员乔志明、自治区档案局局长梁文清等,他们大多是大学毕业后被分配到清水河县委工作的,还有许多像王凤臣、王杰、贾治威、张旭、秦俊、田景伍、康焕武、武恩元、石旺厚、王世明、张琮、柴全仁等一大批年富力强、具有丰富工作经验的中坚力量。与我年龄相仿的王玉山、胡开明、杜文甫、常俊、郝世秀、武坐峰、高俊、高福和、赵金升、刘智勇、姜玉英、李萍、孟淑清、张学荣、张翠英、侯青梅等一大帮年轻干部,更是求知若渴,无拘无束地朝夕相处在一

清水河畔:前排左起苏芝英、张铎、冯明生
后排左起王世亮、赵金升

起。

　　我们每天都沉浸在热情与感动、诗情与思想的跃动之中。虽然我们的内心世界丰满洋溢，但大家都是绝对的纯洁与郑重，我们可以海阔天空地神聊，可以不受约束地调侃，只感觉大家聚在一起放飞理想特别美好。

　　那时，人们的文化娱乐生活很单调。县电影院里除了放映几部国产的"老三战"外，再有就是一些苏联和阿尔巴尼亚的故事影片。后来，突然公开上映朝鲜宽银幕电影《卖花姑娘》《摘苹果的时候》和《金姬和银姬的故事》，在县里引起了很大的轰动。

　　我们县委大院里的一帮年轻人晚上一吃完饭就往电影院跑，大家争着去看朝鲜电影。记得当时看《卖花姑娘》时，电影院里一片抽泣和呜咽之声，人们完全沉浸在朝鲜艺术家们所营造的悲愤意境之中。它的艺术性与我们当年的革命样板戏相比，简直达到了登峰造极的地步。我们在泪眼蒙眬中记住了银幕上的花妮，记住了那"卖花卖花声声长"的歌声。歌曲好听，演员朴实，《卖花姑娘》又是个悲剧，观众由主人公的命运联想到了自己，更是感同身受。时为"文革"期间，人人心里都有一腔苦水，无处可流。在这幽暗的电影院里，只要有一个人啜泣，像是星星之火，马上会燃起全影院观众的情感共鸣，有的人毫无顾忌地放声大哭，也没有人追究其感情立场等忌讳。多少年以后我才知道，当年曾在中国引起轰动的朝鲜电影《卖花姑娘》，竟是长春电影制片厂在那动乱年月里以7天时间突击译制出来的。可我不知道，假如今天再放映《卖花姑娘》，还会有人哭吗？

　　县委大院东侧有个灯光场，县直机关单位经常在这里组织篮球比赛，我是逢场必看。那时县篮球队的竞技水平很高，像张瑞生、李德恒、杨九龄、万生荣、李智、刘志泉等运动健将个个都是灌篮高手，他们还经常到外地去打比赛。当时，看他们的球赛，好像是在享受一顿精神大餐。

　　那时，许多人很关注时事政治的学习，可和我住在一个宿舍的宣传干事常俊却经常在啃读司马光的《资治通鉴》，有时他还会饶有兴趣地给我们讲其中的故事。那时我虽然知道这《资治通鉴》是中华民族珍贵的文化遗产，可

我的古文底子太差，阅读起来非常吃力。当时我对他的阅读有些大惑不解，可他却拿出一副斯文学究的样子认真地对我说："观前人之所为作，可谓文王拘而演《周易》；孔子厄而修《春秋》；屈原放逐，始赋《离骚》；左丘失明，厥有《国语》。纵观通鉴今译事，可谓携人登高山、泛巨海。"

当时张学荣是我们朋友圈内一只活泼呢喃的小燕子，她性格开朗，多才多艺，不仅三弦弹得好，而且还写的一手好字。她还很会讲故事，大家都很喜欢她。记得她曾绘声绘色地给我们讲过《太平间的电话》《三十六号凶宅》《梅花党》等离奇故事。

一天，不知她从哪里弄来了一本描写老一代科学家事业、生活和爱情故事的手抄小说《归来》让我看，我当即就被这部情节曲折、故事感人的小说吸引住了。作者以细腻的笔触，通过发生在知识分子阶层中坎坷曲折的生活经历，刻画了苏冠兰、丁洁琼、叶玉菡等爱国科学家的感人形象。于是，我俩当即便决定再次将这本小说手抄下来。那时，阅读这种描写爱情生活的小说是犯禁的，手抄下来更是要非常隐秘。那几天每当夜深人静的时候，我们就开始悄悄地抄写《归来》。我至今记得小说中生动的语言："握手是人们生活中发生过千千万万次的事情。可是，让两颗心脏一齐振动的撼人肺腑的握手，在苏冠兰和他的琼姐之间，却只发生过两次。他们的第二次握手，经过了整整三十一年。"多年以后我才知道，原来张扬这本后来改名为《第二次握手》的小说，"文革"中曾被"四人帮"下令围剿清查，作者也被投入狱中，直到1979年才平反出狱。而《第二次握手》1979年7月才由中国青年出版社正式出版。

当时，我初涉社会，思想单纯，看什么都觉得新奇，认为谁都比自己高明，每天除了积极干好自己的本职工作，不会再去想别的任何事情。我们一大帮年轻人经常聚在一起无拘无束地热烈讨论一些问题，但谁也不会有什么提防之心，不用担心讲错了什么话会有人告你的黑状。即使是议论了领导，也不用害怕领导给你小鞋穿。

那时，干群关系非常融洽，领导干部们平易近人，尽管对我们年轻人的工作要求很严，但对我们的生活却非常关心。逢年过节或星期天，部里组里有家口的领导干部总会把我们这些单身汉叫到家里去吃顿饭,我们进出领导们的家门极为平常随便。

政治部宣传组的姜春芳组长对我更是关心备至,他家一有点什么好吃的东西总要让其儿子姜馨来喊我一块吃。他经常给我讲些东北的风土人情,讲些自己的工作生活经历,勉励我努力学习做好工作。当他知道我家处于生活的困境时,便立马亲自出面将我早已辍学、常年在外做苦工的哥哥推荐到县新华书店当农村流供员。记得一次春节,我准备回家过年,临走时老姜竟给我拎来多半袋白面。他说:"带回家去好好过个年!"我一时被感动得不知说什么才好。他见我仍在推诿,便急着说:"这咋整?这咋整?你给我赶快拿走!"

遗憾的是,姜春芳组长于1976年3月就调回了辽宁老家盘锦,我们从此失去了联系。但我经常会想起这位启蒙的老领导。2007年春天,我终于打听到了他的联系方式。不久,我便带了些内蒙古的羊绒制品、奶茶粉、炒米和清水河的小香米,专程前往辽宁省盘锦市去看望这位阔别三十多年的老领导。

得知我已到盘锦时,老姜带着家人早早就等候在了高速公路出口处。当我看到这位年逾八旬的老领导至今仍然声如洪钟、身体特别强健的时候,心里真是有说不出的高兴啊!老领导见我这个当年的毛头小伙子竟然千里迢迢地专程来看望他,更是显露出了许多的意外和惊喜。

前排左起常俊、姜春芳、范游恺,后排苏芝英
(1975年摄)

马恩在心中

1973年以来,全国上下随着批林整风运动的深入开展,又掀起了学习马列原著、提高路线觉悟的热潮。

为此,清水河县委成立了中心学习组,政治部设立了理论组,由天津财经学院毕业分配到清水河县工作的范游恺担任组长,并由他担任县委中心学习组的理论辅导员。

当时,理论学习的基本方法是在坚持自学为主、攻读原著为主的同时,注意加强集体讨论和必要的理论辅导。县委特别规定,重点学习的马列著作有《共产党宣言》《法兰西内战》《哥达纲领批判》《反杜林论》《唯物主义和经验批判主义》《国家与革命》《帝国主义是资本主义的最高阶段》等。为了加深对马列原著的学习理解,政治部还给每个干部购买了《世界通史》《欧洲哲学史》《中国通史简编》《中国近代史》等书籍作为学习参考。

这年冬天,县委决定举办干部理论学习班,政治部领导便派我到北京购买几十套《马克思恩格斯选集》和《列宁选集》。这是我第一次到北京,心情异常兴奋。下汽车坐火车,我终于在天亮时辗转到了北京。那时,到北京出差的人要找一个住宿的地方很不容易。一下火车,我就随着人群直往外跑,因为找旅店需要到站前的旅店介绍处去登记,由人家给介绍分配旅店。

一出北京站,我这双疲倦的眼睛就被惊呆了。原来站前广场上早已是人山人海,被挤得水泄不通。他们像是排队又不像排队,都在那儿等着介绍旅店。看来他们等候的时间已经很久了,个个无精打采,有的蹲在自己的包裹上,有的干脆就躺卧在地上,也有的相互聊天,我只得小心翼翼地跟在人群的后面。望一望前头,那人流一动也不动。排队的人是一个紧挨着一个,有的人自己站累了,就用提包占着位子,只要前边略一挪动,后边的就赶紧跟上来,生怕被人插了进来。人地两生,再加长途旅行的饥渴与劳累,真叫你等得心急火燎的,我胸中原有的那点能到北京的渴望和兴奋消失殆尽。从早上一直等到下午四五点钟,我才总算排到了登记处的窗口。板着面孔的工作人员在我的介绍信背面"腾"地盖了一个章子,就一言不发地将介绍信扔了出来。我仔细一看,上面打的是"车公庄旅社"。哎哟,这下子我的心总算是掉在了肚里。这天我根本就没敢离开这广场半步,哪里还顾得上去吃饭。当时我想了许多,难怪人们常说"好出门不如歹在家",看来这北京再好,也不是咱们轻易就来的地方。

晚上住在旅店里,我前思后想,北京这么大,新华书店在哪里,我根本不知道,干脆去找我那个正在北京中医学院上大学的同学张铎吧。第二天一大早,我起来就打听北京中医学院的位置,然后直奔过去。果然没费

作者与张铎(左)在北京 (1973年摄)

多少周折，我便在中医学院七二级二连五班找到了张铎。

我的到来使他异常兴奋。我急着告诉他，我这次来京是有任务要你帮忙的。他却笑着说："这点事好办。咱们先吃饭去，明天正好是星期天，我带你上街！"记得那天正好是我国著名中医教育家任应秋老先生给他们上课，课间张铎带我还让任老先生给我把脉开了一张治疗睡觉发癔症的中药处方。后来我让县医院的中医大夫贾澍华看这个药方子，他一看就显出了许多惊异，他说："这任应秋可是咱们中国著名的中医学家啊！我这就有他的好几本医书。你怎能找到他啊？！"

当时北京的冬天异常寒冷，张铎见我穿得太少，就向同学借了一件军用棉大衣给我。第二天一早，我俩就直奔长安街的西单新华书店，很快就将几十套马列经典著作买好并通过书店办理了邮寄手续。

这天，张铎带着我整整跑了一天。我们游览了天安门广场、故宫博物院、北海公园、天坛等名胜古迹，使我大开眼界。当我几天后返回县里时，我们邮寄的书籍已经到达。至此，我圆满地完成了部领导交给的购书任务。

过去，我虽然喜欢读书，但看的多是些反映中国革命历史题材的长篇小说及鲁迅先生的小说、杂文之类。那时候正赶上新中国长篇小说的第一次大丰收，我们得以享受小说大餐，《青春之歌》《红旗谱》《苦菜花》《三家巷》《林海雪原》等许多优秀长篇小说极大地影响了我们这一代人的人生观。但我确是不曾认真读过马列原著的，因为在我看来，这太伟大了、太深奥了，那是共产党的"宗教"啊！你可以凝望任何一个星座，但决不可以直视太阳。

当我打开《马克思恩格斯选集》时，首先跃入眼帘的是一行鲜红的大字："全世界无产者联合起来！"尽管这一伟大号召发出已经百年了，但在我看来，它仍像钟声一般，久久地回荡在我心间。马克思和恩格斯奋斗了一生，与人类积累了千百年思想、制度的不公和恶习搏斗了一生，几十部长卷凝结成的这一句口号，真正是一条被伟大智慧照亮的道路啊！我们中国革命不就是从这一句话开始的吗？

但是，对一个刚参加工作不久的小青年来说，真正要读懂弄通马列原著其实是件很不容易的事情。因为我不大了解19世纪中叶德国工人运动的情况，更不知道李卜克内西背着马克思和恩格斯起草充满拉萨尔派反动谬论的纲领草案的背景，因而对恩格斯发表《哥达纲领批判》，以此来教育德国的党，肃清拉萨尔派机会主义影响的良苦用心，就难以理解；因为我不了解《反杜林论》是恩格斯在和马克思主义的敌人杜林进行激烈斗争中写成的一部伟大著作，就难以提高自己辨别真假马克思主义的能力。

政治部每周一三五下午都要组织干部们进行集中学习，其实主要是听范游恺组长的理论学习辅导。刚开始学习马列原著，我真是有些不得要领，只知道整天埋头做笔记和抄写辅导材料。而那些工农出身的老干部，更像是在听天书一般，根本弄不清倍倍尔、歌德、卢梭、俾斯麦是谁，更不懂得基督教的福音书是怎么回事。有些人便产生了畏难情绪，认为研讨经典著作是学者专家的事，自己没有时间与精力啃这些大部头。

记得当时范游恺对大家说："学习经典著作是一件苦差事，不能期望眼到就懂。本来读书就叫攻书，读马克思主义就是读攻马克思主义的道理，你要读通马克思主义的道理，就非攻不可。学习就是在选择进步，同时也是在选择吃苦。"

记不得我从哪里弄到了一本《马列著作介绍》，这里面既有马列重点著作的介绍提要，又有其产生的历史背景、中心大意及若干名词解释，这对我这个初读马列原著的人来说，帮助实在是太大了，我真有些爱不释手。当我捧着这本书向范游恺炫耀时，他竟欣然命笔，在扉页上给我题下了一行大字："学而进之，进而斗之，斗而胜之，胜而往之。"

当时，我还有幸阅读了克鲁普斯卡娅撰写的《列宁回忆录》，对弗拉基米尔·伊里奇所处的那个伟大的时代，他的生活和工作环境，及其同反动派和各种机会主义进行的坚决斗争有所了解，对我的学习帮助也是极大的。我觉得，马克思主义经典著作凝结着他们的心血和智慧，包含着马克思主义的立场、观点、方法，可谓是博大精深。可以说，每一部经典著作都是一座金矿，都闪耀着人类智慧的光芒，都可以为人们提供科学的理论和宝贵的精神滋养。

我在自己的笔记本上写下了一首小诗《夜读》："三星当头夜已深 / 灯光照亮读书人 / 一字一句细琢磨 / 书读三遍不觉困 / 越读心明眼又亮 / 两条路线分得清 / 越读越觉干劲大 / 改天换地信心增。"

1973年8月，党的十大召开。我认真地学习了政治报告和新的党章，并向党组织递交了自己的入党申请书，决心努力按新党章的规定去做，努力改造世界观，争取首先从思想上入党。我写的《学习新党章 改造世界观》的体会文章不久便发表在10月21日的《乌兰察布日报》上。随即，我便被政治部列为党员的重点培养对象。

可就在讨论我的入党问题时，组干组石组长当着众人的面突然拿出一份材料说："小苏有个堂叔伯三爹在旧社会当过国民党的乡兵。他的亲戚有历史问题，我认为还需要对他再进行些考验。"

他的几句话，使在座的人顿时大睁眼。这对我来说也是始料不及的。在当时那种高压政策下，谁的家庭成员或亲戚有历史问题，那就意味着你政治上不可靠，要"靠边站"了。关于我堂叔伯三爹当过乡兵的事，记得我小时候曾听父亲说起过。解放前这位三爹在石湾子乡当了一年多的乡兵，后来一个人又上了后山给人放羊，很早就因病去世了，那时我还没有出生。所以，我在向组织汇报思想时早把这事忘得一干二净。没想到我这个从未见过面、没有过任何来往的三爹，在我入党时竟给我带来了这么大的负面影响。好在我的三爹过去只是吃了几天乡兵的顺饭，查来查去没有查出大的历史问题，如人命什么的。但我的入党问题却被拖到1975年5月15日才解决。

1973年10月21日至27日，县委政治部在韭菜庄公社举办毛主席五篇哲学著作辅导员学习班，由姜春芳组长和我负责具体的组织落实工作。姜组长是这次学习培训的主讲，我只是负责学员们的食宿安排、课程进度、车费报销、误工补贴结算等具体事情。这次学习班共有东南部五个公社的四十多名学员参加。我们集中七天时间辅导学习了毛主席的《实践论》《矛盾论》等五篇哲学著作和党的十大会议文件。通过这次学习，我们进一步加深了对党的基本路线的认识和理解，较好地掌握了一些哲学原理，从而增强了自己刻苦学习马列著作的自觉性。

在这次学习班上，我还高兴地见到了初高中时的同学李永强、徐秀英、郭生亮、张占平等。大家经常在一起交流思想，探讨问题，颇有收获。学习班结束时，我们组织了大会发言，韭菜庄公社的学员张占平、暖泉公社的蔡二仁、北堡公社的王儒、盆地青公社的李永强、杨家窑公社的董荣分别上台发了言，他们一致认为，参加这次学习班学到了不少理论知识，建议今后多举办一些这样的学习班。

就在我们认真开展学习马列著作的时候，国内的政治风向突然出现了改变。1974年1月，一本《林彪与孔孟之道》的材料以中共中央文件的形式下发到全党，全国上下迅速掀起了批林批孔的高潮。

当时，我作为县委政治部的宣传干事，要经常深入各公社和有关单位了解情况，并参加他们的批判活动。一次，我去参加县商业局和粮食局共同召开的批林批孔大会，看到广大干部职工踊跃发言的场面很是激动。记得当时大会现场发言的有饮食服务公司的吴巧珍、食品厂的张成、贸易公司的张兰英、粮食局的崔尚仁、土产公司的马凤英、药材公司的崔关如等，他们个个情绪激昂，口若悬河，说得头头是道，我顿时对他们有一种肃然起敬的感觉。

一次，部领导让我回盆地青公社了解批林批孔的情况。但在这里我竟听到了许多关于下乡知识青年、盆地青生产大队党支部书记王焕明处处坚持党的原则，积极维护群众利益的事迹。回来后我就写了一篇题为《出以公心的新支书》的人物通讯，不久便被刊登在了6月8日的《乌兰察布日报》上。

当时，王桂窑公社高茂泉窑大队是全县农民理论队伍建设的典型。他们成立了由五十多名农民参加的理论队伍，利用田间地头学观点、搞讲用，进行战地整风，通过揭矛盾、找差距，联系实际批判修正主义和骄傲自满、故步自封的思想，掀起了"大学大批促大干"的生产热潮。我和政治部新闻干事郝世秀专门到高茂泉窑大队认真总结了他们组织联队批、联户批、家庭批的具体做

法，为推动全县的批林批孔运动提供了经验。

这次下乡使我更为高兴的是，我自此结识了仰慕已久的高茂泉窑大队党支部书记李秀，耳闻目睹了他带领广大群众艰苦创业的事迹，从他扑泥下水的身上感受到了一种不畏艰难、勇于向前的进取精神，而这种精神几乎影响了我的一生。

当时，清水河县十四个公社一百二十四个大队都有理论小组，七百零二个生产队绝大部分有三至五名理论辅导员。1974年5月14日，《内蒙古日报》以头版头条刊出《清水河县以贫下中农为主体的农民理论队伍茁壮成长》的新闻报道。8月6日，《内蒙古日报》头版头条再次刊出《在斗争中发挥作用在斗争中培养提高》的文章，全面报道了清水河县农民理论队伍建立起来以后怎样巩固提高的做法和经验。至此，清水河县批林批孔运动达到了高潮。9月12日，《内蒙古日报》还大篇幅地刊登了清水河县报道组王玉山采写的通讯《地动三河铁臂摇》，生动地介绍了清水河县人民艰苦创业学大寨，在流经县内的黄河、浑河、清水河三条大河上到处摆战场，建水库、筑塘坝、挖干渠、架电线的事迹。清水河人民学大寨办水利的革命气势磅礴，决心震撼山河，表现了清水河人民穷则思变的大无畏精神。

这一年的7月份，乌盟革委会在乌盟党校组织干部培训班，集中学习列宁的《帝国主义是资本主义的最高阶段》。学习班从7月15日开始至9月13日结束，历时两个月。参加此次培训的学员共310人，全部是由盟直机关和各旗县选派的理论骨干。清水河县的学员有我和县团委干事李萍、桦树也公社党委秘书李世明、盆地青公社党委秘书高万华、城关公社党委秘书陈翻身、红旗化工厂政工干部康斌、王桂窑公社党委秘书张俊、高茂泉窑大队农民理论辅导员刘喜小等十一人。

我们这次学习以党的基本路线为纲，以提高干部的马列主义理论水平和识别真假马列主义的能力为目的。参加这次理论学习的大多是些年轻干部，大家学习的积极性非常高涨。在学习的方法上既有个人自学，又有集中辅导；既有小组讨论，又有大会问题解答。我们清水河县的学员们学习更为刻苦，白

乌盟干训班清水河县学员合影，前排右一为苏芝英　（1974 摄）

天有课必听，晚上分头复写誊抄讲义，有时大家聚在一起还要展开热烈的讨论。

　　学习班结业时，乌盟盟委宣传部王义卿部长到会给我们做了报告，我至今记得他讲的一句话："老实常在，说空常败。"这句话对我一生的影响都很大，他教会了我如何说老实话，办老实事，做老实人。

　　这次学习培训，对我的教益很大，收获颇多，不仅使我对学习马列原著产生了极大的兴趣，初步掌握了一些学习的基本方法，而且使我对读书又有了新的理解和认识。我感到，学无止境。少知而迷，不知而盲，无知而乱。有方向、有系统地阅读于我非常重要。读书不能抱以功利性，浮光掠影的信息只能使我们停留在表面，而潜心阅读则会对书中所呈现的生活的丰富性做出恰当的反应和判断，帮助我们进入更广阔的世界。

　　多少年来，我曾几次搬家举迁，但许多马列著作是一本也不肯舍弃的。我想，国有"马恩"，才不至于陷入可悲的历史循环中去；家有"马恩"，高山仰止。虽不能至，可以学习、学习、再学习！

畔夼子下乡

1974年秋天，县里抽组学大寨下乡工作队，我被指定跟着县委副书记贺芝林到小缸房公社畔夼子大队蹲点下乡。

那时，县里的干部下乡工作是极为平常的事情。只要下乡名单一确定，被抽调的干部就会赶紧去破零钱、换粮票准备出发，绝没有因个人困难或某种原因推诿扯皮的事情。

此时的畔夼子大队因治山治水修梯田走在前头，早已成了自治区农业学大寨的先进典型。

听说让我去畔夼子下乡，我自然十分高兴，因为我虽然工作了两年，却没有去过畔夼子。为了能多了解掌握一些畔夼子的基本情况，出发前我认真翻阅了报刊上有关畔夼子的宣传报道，特别是反复阅读了县委报道组组长贾治威1973年9月18日发表在《乌兰察布日报》上的长篇通讯《畔夼子在前进》，使我对畔夼子"千年坡地变良田，手牵黄河梯田流"的巨大变化有了初步的感性认识。

县委唯有的一辆嘎斯吉普车屁股冒着黑烟，一路颠簸着将我和贺芝林书记送到了畔夼子。

跨进畔夼子大队，首先映入眼帘的是山坡上的层层梯田，高灌站里机器轰鸣，黄河水顺着1500多米的输水钢管，翻山越岭，流进了山岗上的层层梯田。站在梁上放眼望去，到处是红彤彤的高粱、沉甸甸的谷穗、齐刷刷的糜黍，好一派丰收在望的景象啊！

当天晚上，贺书记就组织召开大小队干部和党团员会议，开始了解大队的生产和学习情况。大队党支部书记崔存厚年轻气盛，充满激情，看上去浑身有使不完的劲儿。他在会上首先做了全面工作汇报，发言的还有大队副支书石当厚、铁姑娘战斗队队长苏荷花、团支部书记王世雄、老党员石玉等。

听说大队近日要召开全体社员参加的批林批孔大会，贺书记竟有些不大赞同。他盘腿坐在炕上，一边搓着浮肿的脚掌，一边语重心长地对大家说："大批判搞搞是必要的，但那是不能顶饭吃的。你们还是要认真研究一下如何组织好'三秋'工作，保证颗粒归仓，保证完成国家的交售任务，保证好社员的口粮这些具体问题。要记住，我们共产党的干部不论任何时候都要把搞好群众的生产和生活放在首位。"

听了贺书记的一席话，我竟有些惊异。上面不是天天强调要以阶级斗争为纲吗，不是天天强调各项工作要以大批判开路吗？难道他不怕犯了以生产冲击政治的错误？

直到今天回想起来，我才感到贺书记这位从枪林弹雨里走过来的老领导，当年向农民们灌输的不就是毛泽东思想的精髓——实事求是的思想路线吗？不就是我们党的群众利益高于一切的宗旨吗？当时的我实在是太幼稚可笑了。

我跟着贺书记登上大火盘，来到阳落滩，检查秋收开镰情况，在大雨中检查社员房屋漏雨情况，检查评比收割进度与生产大队学习毛著情况，和大队干部们研究秋收后的修梯田计划。更多的时间我还要操着镰刀加入社员们抢收庄稼的行列。

在与众多群众的接触过程中，我更多地了解了畔峁子大队学大寨的情况，感受到了这里的人们艰苦奋斗的大无畏精神。

畔峁子大队坐落在黄河畔上，耕地挂在半山坡，十年九旱，过去一亩地只能打五六十斤粮食，多少年来一直吃国家的返销粮。这里从1970年秋天开始学大寨、修梯田，农田基本建设大军开上了"打虎盘"，奋战"阎王鼻"。当时全大队投入田间的劳动力只有一百三十多人,而报名参加修梯田的竟达二百多人。从白发苍苍的老人到十几岁的孩子都被动员起来了。大队还成立了铁姑娘战斗队,刘改过、苏荷花等二十多个女青年立下誓言:山村的落后面貌不改变不结婚。在庙梁山上、龙泉坡上、元峁圪蛋上,到处可见红旗招展和人们挥舞铁锹修梯田的身影。奋战几个春秋,他们就修建了三百六十多亩梯田,动用二十八万多土石方,还凿通了两座山梁,修成了五百三十米的盘山渠道,建起了扬程二百一十六米的三级高灌站,把黄河水通过一千五百多米长的输水钢管牵上了山巅,造出水地一百九十八亩。全大队平均每人拥有水平梯田二亩一分,水浇地四分七。粮食总产比三年前增长百分之六十八,单产提高百分之九十,向国家提供商品粮三万五千多斤。过去这里是"山下黄河日夜流,山上吃水贵如油",如今变成了"山下黄河山上流,灾年也能夺丰收"。

当时,看到畔峁子大队学大寨带来的巨大变化和畔峁子人民创造的美好生活,我是异常高兴,因而也更加自觉地积极投入到他们的生产战斗行列。像民兵连长石存良、供销社售货员吕珍、团支部书记王世雄、拖拉机手祁云厚等许多当地的村民都和我成了朋友。

那时下乡干部的基本任务就是宣传群众、教育群众、参加劳动。一天,县委报道组的张瑞生来畔峁子采访,

作者在畔峁子大队劳动工地　　(1974年张瑞生摄)

知道我在畔牊子下乡想看看我，可他在村里找来找去没找着，后来还是在大火盘修梯田的人群里找到了我。他见我正挥汗如雨地干活儿，就说："来来来，我给你照一张相！"于是，我就留下了唯一的一张我在畔牊子扛铁锹劳动的相片，也留下了我一生中难忘的记忆。

那个时候，我的高中同学张维国和陈玉凤，从乌盟师范学校毕业后也分配到了畔牊子学校来教书，有时间我就到学校去找他们侃山聊天或想方设法搞点炒鸡蛋改善生活。这一年的中秋节，我也没有回去与家人团聚。记得那天其他的下乡干部都走了，只有我一个人还留在大队部，支书崔存厚正筹划着给我安排伙食，突然我的盆地青老乡、小缸房公社学区主任王有打来电话，要我一定到他们家去过八月十五。当时我非常高兴，撂下电话便立即出发，翻山越岭步行了七八里山路赶到了王有家，同他海吃海喝了一顿。

为了使学习宣传不留死角，有一段时间我被大队派到一个叫南梁的自然村边劳动边宣传批林批孔。这个村子也实在是太小了，只有六七户人家，每次学习开会七老八少凑不齐十个人。我的房东大爷王二明，人非常老实忠厚，从来不多说一句话。房东大娘祁忙女身材瘦弱，但性格开朗，精明强干，每天晌午我们劳动一回来，大娘总是先将一大碗酸米汤端给我说："快把它喝了，解解渴。"我便毫不客气地端起碗一饮而尽，顿时便觉得周身凉爽了许多。

那个时候，社员们白天都要参加紧张的生产劳动，学习只能是在晚上进行。就着昏暗的小油灯，祁大娘家的炕上横七竖八坐着一些男男女女，我给大家宣读批林批孔的材料，可此时有的人已经鼾声如雷进入了梦乡。

他们是些地道的农民，没有文化，整日的劳动和对苦难的承受，构成了他们生活的全部内容。其实，他们除了种地，不善说话，畏惧权势，性格自闭，他们一辈子都不会也不需要去关注多少国家大事，他们只关心立春、雨水、惊蛰、春风等这二十四个节气；庄稼什么时候播种，什么时候收秋；天什么时候亮，什么时候黑；何时该睡觉，何时该劳动。他们只担心寒冷会不会冻死圈里的牛羊，黄历上预示来年是个荒年还是丰年。除此之外的一切，他们是不会去关注的，包括他们自己的命运，也包括他们子孙的命运。这不是他们自私，不是不愿去

清水河县委书记李长才（中）在畔峁子大队　　（贾治威摄）

关心更长远和更深刻的人和事，而是没有这个能力。

当时虽说工农兵是批林批孔的主力军，但对这些大字不识一箩筐的农民来说，让他们天天熬夜搞批林批孔实在是活受罪。他们确实很难搞清楚孔孟之道是怎么回事，更听不懂什么"朱熹是孔孟之道的忠实道士"、"曾国藩是口颂孔孟手执屠刀的刽子手"、"袁世凯用孔子做敲门砖复辟帝制"等等说教。

记得一天，我给他们讲了林彪效法孔老二"克己复礼"，充分暴露出他迫不及待地颠覆无产阶级专政、复辟资本主义的野心后问大家："我讲的你们听懂了吗？"

事事不甘落后的祁大娘立马就说："这我们还能不懂呀，就是说，林彪这个人挺灰，他还笑话孔老二，孔老二恨得不理他嘛！"大娘一句话，将众人逗得哈哈大笑。但我的心情却异常地沉重起来。从此以后，我便将给人们宣讲批林批孔变为辅导大家学习毛主席著作了。

祁大娘家的炕很小，为了不影响大爷大娘的晌午休息，每天中午吃过饭我就到外面圪塄上的树荫凉下歇晌睡觉，因而我的耳边也经常会响起桂花、二东子、三东子她们这些年轻姑娘银铃般的笑声。她们几个自然也是大队铁姑娘队的队员，看到她们在骄阳下吃苦流汗的劳动劲儿，我很受感动；看到她们开心说笑的样子，我也有许多欣悦。她们都是些风华正茂的漂亮姑娘，却个个晒成了"黑牡丹"，让人心疼，让人怜惜，更让人尊重。她们的口号是：脱皮掉肉筋骨断,面貌不改心不甘。这就是当年畔峁子人民群众崇高的精神境界！

这次畔峁子下乡，给我留下了许多美好的记忆。十年后当我再次到畔峁子时，已是改革开放的初期，只见那层层平展展的梯田里，庄稼长得十分喜人，经过夜来的雨洗，庄禾饱润地举起了头，颜色又浓又绿，有的高过了人头。放眼望去，整个田野躺在光辉朗耀的阳光下面，这里虽说还不是一片富庶之地，但也是充满了勃勃生机。在通往村外的大道上，满载白泥、煤炭和花纹大理石的汽车、拖拉机竞相奔驰；村里新建的挂面石窑像雨后春笋从一片片破旧的小土窑中冒了出来。耕地的农民用啤酒解渴，掏煤的工人干粮就是面包，回家听的是收录机播放的流行歌曲，新的生活节奏改变着他们的思想观念。

至今又有三十多年没有去过畔峁子了。畔峁子大队当年的团支部书记王世雄前些年已升为县政协主席，他曾答应要陪我再到畔峁子走一趟，但我们终未成行。

但我相信，如今畔峁子人民的生活一定又有了翻天覆地的变化。我真诚地祝福他们！

夜校灯火

1975年1月,周恩来总理在四届全国人大一次会议的报告中重提实现四个现代化的宏伟目标,给困境中的中国人民以极大的鼓舞,唤起了人们新的希望。邓小平同志开始全面主持党政军日常工作,果断地开始全面整顿,进行当时条件下所能进行的拨乱反正,促使全国的经济形势出现了好转。

党的文艺政策也开始了调整。一批被打入"冷宫"的电影陆续开禁,反映红军长征的话剧《万水千山》和组歌《红军不怕远征难》被重新搬上了舞台,纪念聂耳、冼星海的音乐会隆重举行,《鲁迅书信集》得以出版,沉寂多年的文化领域又显露出了新的生机。

就在这一年,清水河县委政治部被撤销,成立了组织部、宣传部,我被分配到宣传部工作。

4月中旬的一天,宣传部荣盛部长突然将我叫到他的办公室,十分严肃地对我说:"现在交给你一项重要任务。著名作家玛拉沁夫同志要来咱们清水河搞电影文学剧本创作,大约半个月的时间。部里决定这段时间派你专门负责照顾他的生活起居,不能出现任何差错。"

听说玛拉沁夫要来,而且让我做具体的服务工作,我感到特别荣幸。那时,玛拉沁夫已是自治区文化局副局长,然而使我更加崇拜他的是因为他是我心目中仰慕已久的大作家。我虽然没有见过他本人，可我早已读过他的长篇小说《茫茫的草原》和短篇小说集《花的草原》。那时，我虽然对其作品的艺术构思和感染力懂得不多，但作为一个山区小青年我对牧区的草原生活有所认识了解还是从这里开始的。

玛拉沁夫来到清水河县后住进了县招待所的小窑洞。在这十几天里，我按照部领导的要求，天天陪在他的身边，给他打水沏茶，领着他按时用餐，有时还陪着他出去散散步或聊聊天。通过接触我才知道，他摆脱繁杂的政务来我们县是要集中精力创作一部叫《祖国啊，母亲》的电影文学剧本。当时他给我大体介绍了剧本的故事梗概：抗日战争胜利后，党派赵志民、巴特尔来到白音格勒草原开展工作，他们根据党的指示，放手发动群众，宣传党的民族政策，消除民族隔阂，揭露国民党特务的反动面目，教育了广大牧民群众，使当地人民共同发出一个心声——祖国是我们最亲爱的母亲。

玛拉沁夫身着灰色中山装，平易近人，没有架子，生活上非常简朴，他几乎天天埋头写作到深夜。当他知道我也喜欢写点东西时，就热情地鼓励我要坚持不懈，要注意观察生活和体验生活，要多写群众喜闻乐见的东西。在这十几天里，我从他的身上学到了不少的东西，受到了文学大家的影响和感染。

1977 年，玛拉沁夫在清水河创作的电影《祖国啊，母亲》由上海电影制片厂拍摄，放映后在全国引起了轰动效应。此后，他被调到北京工作，我们再没有见面。

2009 年 7 月 15 日，第六届"中国·内蒙古草原文化节闭幕式暨颁奖晚会"在内蒙古乌兰恰特大剧院举行，我区 60 位老一辈文学艺术家荣获"内蒙古自治区文学艺术杰出贡献奖"。颁奖前，60 位获奖的老一辈文学艺术家由自治区文联挑选的 60 名有一定艺术造诣的中青年作家、艺术家相扶着走过撒满鲜花的红地毯，当时我搀扶着著名蒙古族老作家巴·敖斯尔老先生。在这里，我才再次见到了回到内蒙古的玛拉沁夫，当我上前向他报出自己的姓名时，他竟紧紧地握着我的手说："记得记得，清水河宣传部的小伙子！"

　　1975年5月中旬,内蒙古人民出版社组织在清水河县召开包头作家杨春田的长篇小说《战斗的山村》审稿会,我和常俊、郝世秀、贾澍华等十多名干部、教师被选为评审会成员。我们的任务是用一周的时间完成对小说送审稿的系统阅读,提出各自的修改意见。

　　杨春田这部近三十万字的长篇小说共分为二十四个章节,主要描写了党的八届十中全会前夕,我国北部农村一个山区两个阶级、两条道路、两条路线的殊死搏斗,成功塑造了以年轻党支部书记吕强为代表的无产阶级英雄的高大形象。

　　当时,我们几个人对小说稿阅读得非常认真仔细,对小说每一个章节的故事构思和文字都进行了认真推敲,每个人都认真做了阅读笔记,并提出了自己的修改意见。我写了近五千字的阅读意见,在讨论会上做了较为系统的发言。我肯定了作品热情歌颂毛主席的革命路线,歌颂人民群众建设社会主义的极大积极性,并客观地反映出农村中存在的问题;同时指出了作品中存在的不足。其实我当时提出的一些意见是非常肤浅和幼稚的,因为我根本不懂得文艺理论和创作技巧。

　　作者杨春田非常虚心地接受了大家提出的各种意见。经他再次认真修改后,小说于1976年5月由内蒙古人民出版社出版,改名为《巨蟒河》。杨春田还特意给我们寄来了新书样本。多少年过去了,只是我再也没有见到过这位作家,再也没能读到他的新作。

　　1975年,清水河县农村各地兴起了大办农民政治文化夜校的热潮,利用夜校的载体,组织农民开展学习理论、文艺演出、赛诗、读报、讲故事等各种活动,用社会主义思想武装农民、教育农民,破旧俗、树新风。当时上面的报纸广播连篇累牍地宣传天津市宝坻县林亭口公社小靳庄大队组织群众性诗歌创作活动及赛诗会的经验,一夜工夫小靳庄就红得发紫。各地纷纷组织人马前往参观学习效仿。特别是《人民日报》刊登了《小靳庄女青年坚决退彩礼》的文章后,对农民青年们的影响很大。

王桂窑公社一间房生产队是个拥有一百七十多户人家的大村社,呼清公路穿村而过。当时,这里的政治夜校搞得红火热闹。他们成立了农民业余文艺宣传队,自编自演小节目,组织农民赛诗会,出现了许多新人新事,如十五名女青年集体倡议晚婚,

一间房社员学习会　（苏芝英摄）

女青年肖美丽带头退彩礼,新婚青年刘招生、刘二先结婚第二天就下地劳动,老贫农肖功战山洪勇救耕牛等。一间房学校的校长刘遇厚文化底蕴深厚,又有较高的文学素养,他除了教书外,还担任文艺宣传队的编剧和导演,完成了许多编导任务,在政治夜校的活动中发挥了重要的作用。后来,他升任为县文化局副局长、乌兰牧骑指导员、乌盟歌剧团书记等职。

1975年7月中旬,《内蒙古日报》头版头条刊登了郝世秀采写的长篇通讯《山村新风》,文章全面介绍了一间房生产队政治文化夜校破旧俗、立新风的故事。当时自治区文化局还将一间房生产队和呼市郊区榆林生产队的政治夜校作为全区的两个文化先进典型来抓。

一天,我们突然接到通知,参加自治区文化工作会议的代表10月份要来一间房进行现场观摩。县委宣传部长荣盛立即带着我和宣传干事郝世秀到一

间房生产队帮助他们进行接待准备。荣部长是中央民族学院毕业的高材生，具有很强的政治敏锐性和驾驭全局的能力。他带着我们认真审查文艺节目，修改赛诗会诗稿，研究解决代表们的吃饭休息问题，组织平整停车场地等等。

10月27日上午11点，自治区党委副书记王铎亲自带领参加全区文化工作会议的几百名代表，风尘仆仆地乘车来到一间房生产队。在村头平整土地的现场，我们为代表们组织了农民赛诗会，政治队长韩二根、妇女队长乔兰娣、副支书李桂梅、妇女代表卜珍梅、女青年肖美丽、老贫农肖宽、知识青年李勇等纷纷走上前来竞相赛诗，赢得了代表们的阵阵掌声与喝彩。在打井工地上，代表们参观了一间房生产条件改变后的面貌；在场面里，代表们看到了一间房农业大丰收的喜悦；在村口，代表们看了民兵队的刺杀训练；最后，在村中政治夜校的大房子里，代表们观看了文艺宣传队的演出。当时演出的主要节目有二人台《五个大嫂养猪》《六个老汉战后滩》《咱队十学小靳庄》等。我至今仍记得刘遇厚编导的《咱队十学小靳庄》中的几句唱词："咱队一学小靳庄，政治夜校摆战场，意识形态闹革命，拿起笔杆当刀枪。咱队二学小靳庄，田间炕头当课堂，攻读马列毛主席书，理论高峰要攀上……"

当时，一间房的农民们，包括我这个县里的宣传干事，只知道学习小靳庄创办农民政治夜校是为了热情歌颂伟大领袖毛主席、歌颂无产阶级革命路线，运用夜校活动来教育农民，活跃群众的文化生活。

受县委宣传部的委派，当时我还带着县文化馆崔林、一间房学校校长刘遇厚、喇嘛湾公社红旗小学校长邬占福等赴天津小靳庄大队进行参观。当时全国一哄而起，各地到小靳庄学习的人很多，我们去的那天就有来自辽宁、河北、黑龙江、西藏等十几个省区的参观团。

在小靳庄的政治夜校里，我们观看了他们的文艺演出和赛诗会。当时登台赛诗的有小靳庄大队民兵连指导员王廷光、老贫农代表魏文中、妇女代表于芳、大队电工魏永起，还有红小兵代表霍凤霞等，场内气氛很是热烈。记得当时我还在大队政治夜校的门口买了一本天津人民出版社编辑出版的《小靳庄诗歌选》。

我们在村口转悠时发现，小靳庄虽说地处冀北平原，但地里的庄稼长得稀稀拉拉，并不十分喜人。当时，我在心里想，小靳庄就这么整天蹦蹦跳跳能生产出粮食吗？

那个时候，上下各级都十分重视宣传和新闻报道工作，清水河县委报道组更是集中了贾治威、张瑞生、田景伍、罗小桦、王玉山、郝世秀等一批优秀的笔杆子，他们不断研究新闻宣传要点，深入基层实地采访，新闻报道稿件经常在区内外报刊电台刊登和播发，清水河县因此也名声在外。

这年秋天，县委报道组的几个主要骨干或高升或调出，我便被指定为报道组的临时负责人，挑起了全县新闻报道工作的重担。

当时，毛主席向全党发出伟大号召："我们现在思想战线上的一个重要任务，就是要开展对修正主义的批判。"大学大批促大干，大干苦干促大变，成为当时一句时髦的口号。清水河县城关公社在全国农业学大寨会议精神的鼓舞下，积极修梯田、筑河工，发展壮大集体经济，粮食产量比上年增长了百分之三十五。于是，我们报道组就围绕"学大寨抓根本提高路线觉悟，出大力流大汗大干社会主义"这个主题，组织了一组《城关公社学习贯彻全国农业学大寨会议精神》的体会文章，以整版的形式刊登在1975年11月19日的《内蒙古日报》头版上，当时在社会上引起了强烈的反响。这在清水河县的宣传报道史上还是第一次。记得当时刊登的有城关公社党委书记赵越、城关大队党支部书记张宏、古城坡生产队理论辅导员孙旺、窑湾生产队长康新民、神池窑大队妇联主任石瑞英等的学习体会文章。《内蒙古日报》还专门配发了编者按，称这几篇联系实际的揭批文章，很好地反映了他们"大批促大干"的生动景象。清水河县城关公社把干部群众在革命大批判中焕发出来的社会主义积极性，及时引导到大办社会主义农业上来的做法值得学习借鉴。

清水河县单台子公社坐落在群山沟壑之上，多少年来这里的人们过着"眼望黄河流，吃水贵如油"的辛酸日子。为了到陡峭的山下背水，不知有多少人掉下悬崖丧命，天旱渴死耕牛的事时有发生。

1971年秋，时任自治区党委书记的赵紫阳在清水河县视察工作时得知这里严重缺水的情况后，当即拍定这里的扬水站修建工程。1972年冬天，单台子公社发动群众破土动工开始兴建垂直五百七十一米的五级扬水站。社员们不畏严寒，开山劈岭，工地上出现了六十八名能掌钎抡锤打炮眼的"铁姑娘"。奋战几个冬春，终于使一条绵延四千多米的输水管道翻越三座大山，跨过两道大沟，铺到山巅，解决了一千三百多口人和三千六百多头(只)牲畜的饮水及八百亩农田的灌溉问题。

于是，我们组织写作力量深入采访，采写了《千年古泉上高山》的长篇通讯，刊登在了《内蒙古日报》上，全面介绍了清水河县单台子公社建成五级扬水站的事迹，有效地推动了当地的农业学大寨运动。

大悲大喜的日子

1976年,对我们的党和国家来说是一个异常沉重的年份,人民流下了太多的泪水,民族经历了太多的灾难。

1月9日清晨,当我在中央人民广播电台的广播里突然听到周恩来总理不幸逝世的消息时,顿时泪水夺眶而出,震惊和悲痛撕裂了我的心。

县委大院的同事们陆续来到了单位,大家都听到了这个令人悲痛的消息,人人都低着头不吭一声。千言万语涌心头,哀思无限,却难以诉说。只有宣传部荣盛部长轻轻对大家说:"就怕这一天啊!"

这一天,我觉得不知所措,不知该干什么才好了。周总理和我们永别了,祖国的山河将会永远凝聚着对周总理的尊敬,祖国的大地将会永远传颂着周总理的不朽英名。

当时,"四人帮"发出种种禁令,竭力阻挠群众性的悼念活动,不准人们佩黑纱,不准戴白花。不久,北京天安门广场悼念周总理的活动当作"反革命事件"被镇压,全国性的反击右倾翻案风便立马开始了。

我将办公桌玻璃板下所有的东西撤掉,换上了一张周总理的照片。我还将大型彩色纪录影片《敬爱的周总理永垂不朽》的解说词全部抄写保存了下来。我至今还能背得下来:敬爱的周总理,您为祖国山河添光辉,您为中华儿女振

声威,您不朽的业绩永世长存,您光辉的名字青史永垂。灵车队,万众心相随。哭别总理心欲碎,八亿神州泪纷飞。红旗低垂,新华门前洒满泪。日理万机的总理啊,您今晚几时回……

后来,我在县新华书店买到了一本人民文学出版社出版的《怀念敬爱的周总理》。书中的78篇纪念文章从不同角度深切缅怀了敬爱的周总理的丰功伟绩,表达了全国人民对总理的无限敬仰和崇拜。我反复阅读这本书,更增加了对周总理的无限崇敬与热爱之情。

那个时候,我们报道组的同志们感到很迷茫。因为邓小平力主的加快工业发展、积极推进科技进步、整顿全国各项工作的讲话被视为"三株大毒草"遭到彻底批判,风向完全转变了,宣传报道的口径也变了,我们采写的那些反映农村战天斗地学大寨的稿子已经很难在报纸上发表了。

尽管如此,我们报道组一帮年轻人学习的劲头很大,工作的热情还是很高。组里规定每星期必须集体学习两次,每月必须集中学习两天。许世英是个女同志,她的爱人已调外地工作,她本人身体又不好,但她仍坚持照常上班,抢着打扫卫生、整理报刊、收集资料。我给大家规定,每天给老许家挑水要形成一个制度,谁在家谁给老许家挑水。王丕清的爱人在村里生孩子,他本来是请假回家去照看妻子,但他只在家里待了一天,就到附近的生产队采访,写出了《飒爽英姿的女民兵》和《军民同凿光荣洞》两篇新闻稿件。我们还经常接待来自上面各级报社电台的记者,如梁文清陪同乌兰察布日报社记者刘生秀、杨华基到城关公社和一间房生产大队采访;郝世秀陪同乌兰察布广播电台记者张慧珍到五良太和王桂窑公社采访。

当时,我虽然在基层从事新闻报道工作,但经过几年的工作体会,我感到新闻传播是一门应用性极强的学科,有关理论知识的学习是重要的,但成功的关键在于认真实践。于是,我经常和组里的同志们一起讨论选题计划、如何注意材料的积累、如何做好采访的准备、如何增强新闻的敏感、如何注意现场的观察、如何选材和炼题、如何把握新闻的真实原则等,以提高大家认识问题和解决问题的能力。当时，我们发表在各类报刊上的所有新闻稿件及图片都要作为资料由专人剪辑下来，粘贴在本子上，几年工夫就有足足几大本。我们的报道组多次被上级党报电台评为新闻通讯先进单位受到表彰。

那个时候，我越来越不满足只发表一些消息报道之类的文章，经常鼓励大家要敢于创新，要有大动作，要力求写一些有分量有影响的东西。经过反复思考，我决定带头向报告文学领域冲刺，题材选定在清水河县的学大寨工程石峡口水库建设上。

3月初，我只身来到离县城六十多里远的石峡口水库建设工地进行采访，在这里一住就是一个星期。我认真采访了工程总指挥董才、副总指挥吴成英、内蒙古农牧学院设计组的赵工、杨工等领导和工程技术人员，采访了施工现场的民工，了解了工程从清基挖沙到穿石打洞，从水力冲填到胜利合龙的全部情况，深切感受到了清水河人民风餐露宿战天斗地的艰苦创业精神。这座1972年3月份开工建设，铺底一百八十九米宽、二百九十米长、三十三米高的水库库容一千四百六十万立方米，保浇面积三万亩的中型水库，雄踞在千古高峡上。它像一面巨大的明镜，碧波荡漾，一改清水河的亘古旧貌。

站在宏伟的水库大坝上，我思绪昂扬，有感而发，当即咏诗一首："立下愚公志／堵住石峡口／根治清水河／擒住龙王头／渠道盘山走／河水绕山流／荒地变良田／沙滩夺丰收。"

虽然我过去从未写过报告文学作品，但这次我做了周密采访，认真筛选素材，注重把握报告文学的新闻性、文学性、政论性特征，最终写出一万三千多字的报告文学《高峡洪波》。文章结束时，我满怀激情地写道："看哪！大坝巍巍，气势磅礴，仪态万千，显示着清水河人民改造山河的英雄气概。看哪！人造平湖，晶莹灿烂，闪耀着清水河人民自力更生艰苦奋斗的革命精神。昔日奔腾狂放的清水河，如今从深深的峡谷飞上悬崖，穿过那一座座银灰色的渡槽，流过那一条条纵横交错的渠道，细浪层层，银光闪闪，流向那辽远的田间……"

我的这篇尝试性的报告文学除在报纸上发表外，还被选入纪念内蒙古自

治区成立30周年报告文学集《花开北疆》。自此,我对报告文学的写作产生了浓厚的兴趣。特别是1978年徐迟的报告文学《哥德巴赫猜想》在《人民日报》发表后,对我产生了极大的震撼。我曾反复研读这篇作品,感觉这是那个年代文学的一个神话,作品以其赤诚的民主精神和强烈的科学诉求,义无反顾地充当了引领改革开放新征程的"雄鹰",充分显示了报告文学自由纯真的本性、热烈奔放的气质和推动社会前进的雄浑力量。后来,我又陆续将《为了周总理的嘱托》《为了六十一个阶级弟兄》等优秀报告文学作品收入眼底,甚至连续多年自费订阅了《报告文学》刊物。只是因为后来部分作家急功近利、追求速成,乃至道听途说、凭空捏造,导致报告文学作品内容失真,思想贫乏,艺术粗糙,广告文学满天飞,从而迫使我不得不退出报告文学阅读的界面。

1976年4月6日,我和县文化馆的韦魁元老师、喇嘛湾电厂的著名诗人宿云跟着县革委会副主任海巴图到韭菜庄公社下乡。此时,原来和我们在县委一起工作的冯士亮已调任韭菜庄公社党委书记。他年轻气盛,又极具开拓创新精神,公社的各项工作走在全县的前头。来到韭菜庄,首先映入我们眼帘的是公社对面山坡上用白石头嵌成的大幅标语:"以粮为纲,全面发展!""一年初见成效,三年大见成效!"那气势,看了真叫人精神为之一振!

那天上午,冯士亮书记领着我们先到前营盘大队检查了春耕生产情况,下午又带着我们参观了摇铃沟的植树造林工程。晚饭后,大家又坐在一起海阔天空地高谈阔论,直到12点多我们几个才上炕睡觉。

刚躺下不一会儿,忽听得窑头顶上发出"轰隆轰隆"的巨响,随着晃动听得见窑洞上的石头也在发出炸响。当时我还迷迷糊糊地在想,怎么我们的司机孙宪斌将吉普车开到了窑顶上?

就在此时,忽听海巴图主任大声喊道:"地震了!赶紧往出跑!"

一听是地震,我们便惊恐万状,赶紧抱着衣服裹着被子往院子里跑。住在隔壁的冯士亮书记和曹罡副书记也跑出来了。很快,大地剧烈的震颤也停止了。

公社的几排石头窑洞出现了严重的裂缝,窑顶上悬吊的灯管几乎全部毁坏了,办公桌上的书刊资料散落满地。

当时,似乎老天也发了怒,突然狂风大作,雪花满天飞舞,我们被冻得直打哆嗦,但谁都不敢回家。大家心惊胆战,在院子里议论纷纷。

海主任镇定自若,劝慰大家不要慌,要赶紧检查了解下面的受灾情况。几个领导一碰头,当即就成立了以冯士亮书记为首的防震抗震指挥部,他们一边给县里打电话进行汇报,一边向各大队打电话了解情况,安排布置防震抗震的紧急措施。凌晨3点多钟,县革委会赵英副主任驱车赶来了。他一方面对韭菜庄公社遭受地震灾害表示慰问,一方面给大家鼓劲,要大家立即紧急动员起来,认真做好防震抗震工作。

一大早,我们又跟着海主任赶往盆地青公社检查地震灾情,并到受灾最严重的北斗嘴村进行慰问。当时,北斗嘴村已有4人在地震中丧生。

返回公社时,我赶紧跑回家里看望家人,生怕他们有什么不测。回到家里一看,我家的石头窑洞也出现了严重的裂缝,泥皮基本剥落。妻子抱着不满周岁的女儿不敢回家,挤进了公社卫生院临时搭建的救灾帐篷,可我的父亲和弟妹们还住在这受损的窑洞里。我当即对父亲说:"咱们这窑已经很危险了,再有震动非塌不可,你们不能再住啦。"可父亲却显得有些满不在乎,他说:"这地动是土牛眨眼哩,自古就有。再说咱这儿飞起一群落下一片,你说搬出去这一家人往哪儿住哩?"

后来,据地震部门报告,这次发生在清水河、和林格尔、凉城县部分地区的地震为6.3级,震源深度18公里,震中裂度为7度。清水河县在这次地震中有28人死亡,865人受伤,房屋倒塌30542间,震裂房屋114204间,破坏旱井664眼,牲畜死亡3551头。

发生强烈地震后,县里不断收到外面来的慰问电、慰问信,上级还送来了大批救灾物资。解放军某部也派子弟兵前来参加抗震救灾重建家园的工作,某部班长马家良还在杨家窑公社孔读林村的抗震救灾中献出了年轻的生命。

当时,我们报道组的工作人员全部投入了抗震救灾斗争中,并负责抗震

指挥部的简报编印工作。震后第二天，郝世秀就到重灾区盆地青公社拍摄受灾场面和灾区人民抗震救灾的情景，为指挥部积累了许多一线资料；梁文清深入杨家窑公社了解灾情，宣传群众自救，不断向部里反映搜集到的情况，为抗震指挥部和我们编写简报提供了不少情况；王丕清家在村里，地震中房屋严重受损，家里几次捎话想让他回去看看，他仍坚持在单位值班,始终没有回去。

那时，我们也参与一些救灾物资的接收工作，在汽车上卸木料、衣物、食品等。一天中午，县委办公室康焕武主任突然喊我们赶紧到院里卸救灾物资。我们爬上汽车一看，车厢的纸箱子里装的竟然全是香喷喷的月饼。当时尽管大家搬运得满头大汗肚子咕咕叫，可没有谁敢去吃上一个，因为这是救灾的物资啊！

当时，我连续好几天坚守在城关镇祁家沟大队抗震救灾砌新窑工地上，一边参加劳动，一边了解他们的生产自救情况。工地组织赛诗会，我也即兴诵诗一首："平顶山下擂战鼓 / 战鼓响彻祁家沟 / 学习理论志更坚 / 抗震救灾红旗舞 / 人人一副铁筋骨 / 革命征途迈大步。"

7月28日，河北唐山发生里氏7.8级强烈地震，并波及天津、北京，死亡20多万人。我们清水河县抗震救灾指挥部立即向唐山人民发去了慰问电。当时，我在自己的日记本上写下了这样的诗句："强烈地震何所惧 / 英雄敢斗天和地 / 一方有难八方援 / 八亿红心紧相连 / 山摇地动吓不倒 / 房倒屋塌志不衰 / 立下愚公移山志 / 英雄人民定胜天。"

更大的灾难向人们袭来了！

9月9日，新中国的主要缔造者、我们的伟大领袖毛泽东主席突然因病逝世。与周总理逝世时的沉重惊惧不同，毛主席逝世时人们是悲痛欲绝。

当时正值中秋节期间，我请假回到了村里。那天上午，我还到村东庄窝解放军某连队帮助社员们修建救灾窑洞的工地上去转了转，正打算下午跟着社员们到营盘塔去割莜麦。中午返回来时，在河湾里碰到了公社高安成书记。

高书记对我说："你回来啦？上面通知下午3点中央人民广播电台有重要

广播,不知要说啥。你也听听哇。"我很感激这位老书记对我这种政治上的关心。

下午3时,我准时站在了公社大喇叭下面。随着哀乐声声,广播里传来了我们伟大领袖毛泽东主席因病情恶化医治无效在北京逝世的消息。

顿时,我像五雷轰顶一般,大脑一片空白。公社大院里陆续涌来了许多干部和社员,个个悲痛欲绝、痛哭失声,好像天塌了下来,在旧社会苦水里泡大的老贫农李存定竟然哭得昏死了过去。

当时我也是泪流满面,脑子里一直想着,失去了世界上最亲的亲人,就是失去了一切,不知道今后还能不能活,该怎样活,更不敢想象我们的国家未来会是个什么样子。

此时,高安成书记倒是显出了许多镇定。他一边劝慰着大家,一边指挥人马立即上南山砍了些松树枝回来,决定要在公社的大院里搭建悼念主席的灵堂,并将书写挽联的任务交由我来完成。

第二天一大早,我就匆匆辞别家人,步行八十里山路赶回县里,参加县委组织的悼念活动。

永安大街上的人民影剧院设置了主席灵堂,四周摆满了花圈和翠柏,低回的哀乐一遍又一遍地在大厅里播放。我们县委的一帮子年轻人几乎天天都噙着眼泪在这里为主席守灵,尤其是李萍、王素荣、张翠英等这些女同志,哭得更为伤感揪心。

面对这样一位拯救了中国的伟大巨人,我们怎能不怀着敬仰之心,在他所创造的辉煌面

悲痛欲绝的人们

前低下自己的头颅？千百年来，能令千山万水齐俯仰，亿万人民共崇尚，斯人之外更有谁？今天，他虽已逝去，但他已成为我们中华民族的一种精神，一个民族的象征。

当时，人们都沉浸在失去亲人的巨大悲痛之中。我们一次又一次地站在毛主席的遗像前含泪鞠躬，表达自己的忠诚。化悲痛为力量，继承毛主席的遗志，做好本职工作成为人们的共同行动。几天来，我和报道组的同志们认真学习《告全党全军全国各族人民书》，学习《人民日报》上《学习毛泽东思想继承毛主席遗志》的社论，决心化悲痛为力量，进一步做好新闻宣传工作。我们及时调整了近期的宣传工作计划，决定张志强到窑沟城湾煤矿采访我县受过毛主席接见的全国劳动模范贺四毛眼和张有在；我和王丕清采访当年跟随毛主席南征北战的老八路陆来拴、王占元；郝世秀、赵勇到喇嘛湾化肥厂采写反映工人阶级抓革命促生产的通讯报道。同时，要求大家下乡时都要带上《毛泽东选集》，保证年内每人再通读一遍。

不久，北京传来了令人振奋的消息，"四人帮"被抓起来了！华国锋同志成为我们当之无愧的领袖！

清水河整个山城沸腾了！人民欣喜若狂，一片欢腾。县里组织了规模浩大的集会和游行，庆祝粉碎"四人帮"的伟大胜利，赞颂华国锋同志领导我们党在惊涛骇浪中转危为安，使我国历史避免了一次大倒退，人民避免了一场大灾难。当时，永安大街上红旗如林，歌声、锣鼓声、鞭炮声响成一片，人们载歌载舞，开怀畅饮，商店里的烟花爆竹竟销售一空。

从"文革"十年噩梦中醒来的人们，面对新时代的到来感到无比振奋，满怀着希望。但今后应该走什么样的路，成为中国共产党人当时面临的一次非常困难的抉择。

新的形势也带来了新的宣传工作任务，我们报道组的工作更加繁重，但大家工作的积极性更加高涨，都在为我们党和国家有了新的掌舵人而欢呼。

当时，我站在华主席的画像前反复端详着，心里想着华主席长得真是福相啊！我在日记本上写道："华主席挥手驱乌云／举国上下齐欢腾／紧跟领袖华主席

/继续革命向前进。"

随着揭批"四人帮"运动的深入开展,人们的思想又有了新的解放。没过多少时日,被"四人帮"长期打入冷宫的音乐舞蹈史诗《东方红》以及《洪湖赤卫队》《天山上的红花》《小兵张嘎》《平原游击队》等电影重见天日,我们又听到了"洪湖水,浪打浪"的歌声。

我也在《人民日报》上读到了毛主席的卫士李银桥的文章《在毛主席身边的时候》,在深切缅怀伟大领袖毛主席丰功伟绩的同时,第一次感到他老人家将要从神坛上走下来。

第二次全国农业学大寨会议也在北京召开了。党中央关于大打揭批"四人帮"的人民战争,深入开展农业学大寨、工业学大庆,把国民经济搞上去的号召,再次鼓起了人们大干社会主义的积极性。

县里很快就抽调组建1977年农业学大寨下乡工作队,我积极报名参加,决心到基层去,到生产斗争的第一线去锻炼自己。

蹲点干部

1977年一开春,县里抽组的农业学大寨千人下乡工作队便浩浩荡荡地开赴各公社。

我跟着县委宣传部贾治威副部长来到了王桂窑公社一间房大队。贾部长负责全大队的领导工作,我便成了一间房生产队的蹲点干部。

当时的一间房村共有一百七十二户六百七十九口人,这是全县少有的大村社。呼清公路当村穿过,农田基本林网化,在那个大集体的年代,这里的生产条件就算是很不错的了。再加村里的政治夜校过去搞得红火热闹,这里人们的思想比较活跃。

那时的干部下乡,除了必须与群众实行"三同(同吃、同住、同劳动)"外,更主要的是领导和指挥当地的生产。

工作队进村,自然照例要先开社员大会。正开婶那洪亮的声音在大喇叭里一吼喊,政治夜校那几间大房里就挤满了男男女女。

政治队长韩二根虽说跑前拾后,但面带腼腆;生产队长乔八小虽然一字不识,满脸褶皱,却是个一声喊到底的汉子,几百号人的会场上他往起一站,顿时变得鸦雀无声。

"县里的工作队来了。村里的事儿今后要听他们的,谁也不能瞎胡闹。今年咱们要早早地安排牛墒,要扑下身子大干苦干,就是脱皮掉肉也要粮食上《纲要》……"老八短短几句话,却掷地有声。

从此,我和贾部长就在村里扎了下来。

以前我虽说因为指导这里的政治夜校活动来过一间房,对这里的情况也略有接触和了解,但真正要指挥这几百人的生产还是有很大难度的。

记得当时贾部长对我说:"咱们别着急,先把情况摸清楚了再说。"于是,我俩就分头深入到社员群众中去做调查研究,了解这里的队情和人们的思想动态。

一天晚上,我们正在队房里召开队委会,研究备耕春耕生产中的一些具体问题。突然有人跑进来报告说,队房外有人在偷听干部们开会。当韩二根追出去时,这个人已经顺着西巷口跑了。第二天清早,当街的巷道大墙上便发现了一张小字报,内容是对个别队干部作风飘浮、工作不力的抨击,并扬言要"露头露脑敲他一下",以此来恐吓队干部。

那时,虽说已经粉碎了"四人帮",开始了"抓纲治国",但人们头脑里阶级斗争的弦还是绷得很紧。村里的这些问题立马就被大队反映到了公社。公社、大队很快来了一大帮干部,他们认为

作者与贾治威　(1977年摄)

这是"阶级斗争的新动向",必须要密切注视,要坚决清查"破坏大好形势的阶级敌人"。于是,大队部门口增加了站岗的民兵,重点怀疑对象的家门口布下了"眼线",会写字的人都要到大队部来写几个字以查对笔迹,一时间搞得人心惶惶。

就在这关键时候,贾部长站出来了。他耐心地给大小队干部做工作说:"群众给干部们提些意见属于正常现象,问题哪有那么严重呀?我们再不能轻易拿阶级斗争的大帽子压人啦。如果我们的干部工作中确实有问题,那就应当认识错误、改正错误,不能有问题也不让人家讲话。当然反映问题的人要注意方式方法。眼下我们最要紧的是如何搞好备耕春耕工作,要把人们的思想和精力集中到搞好今后的农业生产上来。决不能因为这些事情激化矛盾,人为搞乱人心,影响了生产。"

最终,队干部们在贾部长的耐心引导下,统一了思想认识。那位平日工作作风飘浮、爱占小便宜的干部在社员大会上做出了深刻的检讨。我们根据调查了解和实际工作需要,又对生产队的人事做了调整安排,决定将勇于吃苦耐劳的水电组长李平治提升为副队长,张有良担任团支部书记,乔来才担任生产队的记工员,乔补明为生产队会计,肖福宽为电影放映员,肖桂良为民兵排长,张有才为生产队的拖拉机手。

我们几经讨论确定,当年全队粮豆播种面积一千四百二十亩,其中小麦四百亩、谷子二百亩、高粱二百二十亩、玉米一百二十三亩,还要种植一些蚕豆、豇豆等杂粮,粮食总产要超过六十万斤,保证完成国家征购任务二十万斤。同时,生产队还要积极打机井、搞衬渠、修砖窑、建果园,大搞农田林网配套建设。

至此,一间房生产队出现了前所未有的团结奋进的工作和生产劳动竞赛局面。许多社员主动找我们下乡干部反映情况、提出生产建议,还有许多社员争着要我们下乡干部到他们家去吃饭。

直到今天,我还对贾部长当年那种敢于放弃阶级斗争,教育和引导人们将思想和精力尽快集中到抓好生产建设上来的远见和胆识有许多敬佩和惊讶。

要知道，那时我们的国家还没有打破"左"倾思想的束缚，改革开放还没有开始，而这个时候放松阶级斗争的弦，突出抓生产在政治上是要犯错误的。

为了保证完成当年的农业生产任务，我按照贾部长的工作要求，还和队干部们在会上认真研究确定了一些具体的事情：

规定了男女社员的基本劳动日。要求男劳力每月出勤三十天，女劳力每月出勤二十七天。按劳动日计算，达到的奖励百分之十，不足的罚百分之二十。对妇女的出勤则采取普遍号召和妇女队长乔兰娣亲自负责登门督促的办法。

规定统一出勤时间。全体社员必须早7点统一出工，12点收工；下午2点半出工，7点收工。

确定当年全队出牛犋十五犋，要整理修配耧四张，耙磨十个，制作麻绳一百二十斤，修配大胶车底板六副，送肥六百六十多车，积肥三百三十方。

决定成立以乔旺小、乔来才、刘何生为骨干的农业科研小组，保证当年种好三百亩良种田，主要以维尔156白种玉米和同杂2号高粱为主，并提前做好当年种植小麦的发芽试验。同时，队里还要种植党参三亩、山药材一亩、蔬菜四亩。

决定成立以乔世宽为队长的水利专业队，当年新打机井三眼，扩大水浇地面积三百亩。

在群众中普遍开展劳动竞赛和学雷锋活动。对日夜加班春汇地的李平治、常年坚持积肥的陈兰何、精心喂养牲畜的饲养员郭威、坚持早出勤的女社员秦桃女等，给予大会表扬并适当奖励。

选定下乡知识青年常秀娥、石巧梅为学习辅导员，负责政治夜校的学习活动。

特别是我们妥善处理了社员侯连登致死生产队骡子的事件，当时在村里引起了较好的反响。社员侯连登在傍晚放牧归来时，由于追赶牲口过于凶狠，致使队里的一头骡子在奔跑中跳越饲养院的栅栏时被栅栏木桩刺伤而导致死亡。当时，不少人认为这是阶级敌人在有意破坏生产，要求将侯连登进行隔

离审查。我们得知这个情况后，认真进行了现场调查，并请当时给受伤骡子疗伤的公社兽医王占祺做了死亡鉴定。分析认为，侯连登操之过急致死骡子并非故意，而是责任心不强所致，不能说成是阶级敌人在有意捣乱。最后，队委会讨论决定给他一定的罚款处理。当时，侯连登痛哭流涕地来找我们下乡干部表示承认错误服从处理决定，社员们也认为我们对此事的处理比较妥当。

3月24日下午，县委书记李长才、革委会副主任李秀等来一间房生产队检查备耕春耕生产，对我们的工作给予了充分肯定。同时，要求队里计划种植的四百亩小麦全部按照小麦、玉米、山药三种作物同时套种，实现三种三收，保证亩产达到八百斤以上。

当时，春耕播种已迫在眉睫。为了落实县里领导的指示，我们和队干部们连夜召开队委会，讨论按时完成小麦播种任务的措施。决定由我和九个队委会干部每人分别承包四十亩麦田，做到"二定六保"，即地块定人、责任定人，保耕地、保播种、保浇水、保施肥、保灭虫、保产量。我们将南门外、北门外、红城路上、红城路下、十号地等准备种植小麦的四百亩地分别落实到每个干部的名下，各自负责播种计划的落实。并规定了三种作物的套种办法：每六垄小麦要套种两垄玉米，株距为七寸；在麦地间一垄点种一垄山药，株距一尺半。当时，给我分配的是一个叫麻地湾的三十亩小麦田。整个春耕生产由生产队长乔八小集中指挥，各队委员明确责任，分兵把口，各负其责，大干十天，完成小麦播种任务。

同时，会上还决定，麦田每亩施底肥四千斤、化肥五十斤。种植的小麦品种为红欧柔、白欧柔、密巴65，玉米品种为金皇后，山药品种为红1号。

4月4日，全村小麦播种的战斗打响了。当时的口号是：小麦头一仗，一定要打响！在锹铲小麦的战斗中，社员们不断展开劳动竞赛，你追我赶。我也和社员们一样早7点出工，晚7点收工，严格要求，保质保量。

由于连续几天的紧张劳动，我的眼睛突然变得有些模糊不清了，每天晚上眼里就像罩了一层黑纱，什么也看不清。经大队赤脚医生郭召生检查，我是过度劳累再加上火而引起了夜盲症。他给我配了些药,并要我好好休息几天。可当时春耕生产那么紧张,我哪里能坐得住呀,仍然每天坚持奋战在播种小麦的第一线。当时,我的心里只是想着,一个青年人,一个长期蹲机关的干部,必须要在基层第一线经受锻炼。只有在实际斗争中才能磨炼一个人的意志,提高自己的思想觉悟。

记得当时,为了保证男女社员的出勤,我在地里还对出勤早的社员刘荷女、侯连香、王花女、李引弟等进行了现场工分奖励,对出勤晚的几个妇女还给予了现场扣工处理。

4月21日,县委宣传部部长荣盛、副部长范游恺和郝世秀等来到一间房生产队检查我们的蹲点工作。我们全面汇报了蹲点以来的学习工作及队里的生产进度情况,部领导不仅对我们的工作表示满意,同时也提出了新的要求:要以粮为纲,多种经营,全面发展;要加强田间管理,落实好增产措施;要走群众路线,工作不能脱离实际;要积极抓好植树造

一间房村的队干部:左起乔兰娣、乔八小、韩二根
(1977年苏芝英摄)

林，搞好农田林网化建设。同时还规定，点上的问题要列入部务会讨论，部里的人员要不定期地来参加劳动，特别规定不准从生产队购买任何农副土特产品。

为了落实部领导的指示，我们和队干部们经过认真研究，制定出了一间房生产队山水林田路综合规划，并决定在村西建设百亩果园，在村周围的两条主路（新公路、旧公路）、五条辅路两侧建设防风林带。同时决定抽调十二名社员，具体由肖金喜负责，立即动工修建队里的砖窑，当年必须要有一定的售砖收入。

当时，在村周围大批定植防护林带最难解决的是树苗问题。贾部长亲自出马，到一间房国营苗圃找任喜善主任协商。任主任虽然答应支持我们，但表示不能全部解决。贾部长就天天追着任主任不放，反复给他解释建设一间房防护林带的重要性。贾部长的真诚态度和工作劲头终于感动了苗圃任主任，他及时给我们解决了全部所需苗木。

经过几十天的奋战，我们带领社员们终于在全长一万一千米的两条主路和一万二千米的五条辅路两侧定植箭杆杨树七万四千多株，同时队里还育苗五十亩。

最使我难忘的是在一间房建百亩果园了。在那个"以粮为纲"的年代里，贾部长这个大胆的想法使许多人惊得目瞪口呆。也有人反对，认为这是占了耕地，犯了戒律，是不得了的事情。因为头些年在"割资本主义尾巴"时，村里将挂了果的树还砍倒一片。

但工作队决定的事情社员们是无法改变的。这项工作主要由我负责抓落实。我们按照果园设计的要求，先将挖树坑的任务按户分配下去，许多人白天顾不上挖，晚上趁着月亮的光辉在那里苦干。队里缺肥料，由社员自家负责解决。

定植果树的那几天，贾部长和我亲自领着几十个社员在那里干。要求是十分严格的，必须左看成排，右看成行，中间留有十字大通道。果园四周再定植八排杨树作为防护林带，外围另设铁丝网围栏。记得当时有几个社员栽植得不整齐，还被我当场扣了工分。有好几个中午，我竟忙得没顾上吃一口饭。

果园终于建成了,而且后来长得十分繁茂,年年果实累累,果子还成车大马地销往外地。后来我曾多次路过这果园,看到那繁茂的景象,心里说:这园子是在我们的主持下建起来的,这里还有我洒下的心血和汗水啊!

在那些紧张的日子里,我和贾部长几乎天天坚持在生产一线办公,扑泥下水和社员们一起劳动,有什么问题都是在现场及时解决。大队建设农机厂,贾部长带头捐款;他还亲自搬砖搬石头,领着社员们在村中建起了全村第一个公共厕所。宣传部干事吕亮来一间房下乡,当天夜里就被贾部长直接指派到了打井工地,让他跟着打井队的人挑灯夜战。

当时,县里部里领导的工作指示经常通过有线电话传来。每当这时,负责管理生产队电话和扩音器的正开婶就在村里的大喇叭上呼喊:"贾部长接电话——""苏芝英接电话——"一听到正开婶这洪亮的呼喊声,我们就赶紧放下手里的工具跑回村去接电话。

那年春天,《毛泽东选集》第五卷出版了。县委宣传部派人给我们送来了几十套。村里立即进行了理论队伍的培训,在群众中掀起了学习毛选五卷的热潮。同时,我们决定改变村里过去那种社员们白天下地劳动晚上集中熬夜学习的做法,把学习活动放在田间地头的劳动休息时间。用贾部长的话说:"咱们要让社员们白天苦干,晚上可再不能让他们苦熬了。"

记得当时我抽时间开始对五卷从头至尾地认真阅读,有时候要学习到深夜。房东郭大娘对我非常关心体贴,有时见我很晚了还在看书,就会悄悄地披着衣服走进来对我说:"快鸡叫了,你可不能再看啦。要不赶明儿咋下地劳动哩?"当时,五卷共选辑了毛泽东主席在社会主义革命和建设时期的七十篇著作,其中有许多篇是过去没有公开发表过的,学习起来感到非常新鲜。我在自己的日记本上还写下了小诗一首《学五卷》:"如饥似渴学五卷,犹如甘露洒心间。导师开创金光道,我扛红旗旗更艳。"

一天,田间劳动休息时,队里的理论辅导员石巧梅给社员们宣读毛选五卷,我当即用照相机拍了一张社员们学习的相片。后来,我这张不经意间拍摄的照

片《贫下中农学五卷》，竟然在全县摄影作品展上获得了二等奖。

一次，我回县里领工资，在宣传部正碰上了已经调到新华通讯社内蒙古分社工作的张瑞生。他悄悄告诉我们说：邓小平可能又要出山了，今后可再不能提批邓的事了。说着，他又掏出一个小本子，让我们悄悄看上面抄写的邓小平同志给中央写的一封信，信的大意是要用科学的态度对待毛泽东思想，要世世代代用准确的完整的毛泽东思想来指导我们全党、全军和全国人民，把我们的事业胜利地推向前进。

记得当时，张瑞生还从衣兜里掏出一个电动刮胡刀在我们面前给大家演示炫耀。大伙儿都是第一次见到这玩意儿，感到特别稀奇，都争着抢着要试试这新鲜货。

夏至一过，队里的庄稼长势已十分喜人。尤其是那一块块麦田平整整地铺展开来，饱满而凝重，丰饶而堂皇。阳光在麦田里越聚越厚，眯着眼望过去，它仿佛变成了光亮的液体，无声地流动起来。此时的麦地，你根本分不清哪儿是麦子，哪儿是阳光，满眼一片潮水般汹涌澎湃的波浪。布谷鸟早已按捺不住内心的喜悦，扑棱棱地飞到了天上。它唱一声，麦子就脱下绿衣裳；再唱一声，麦子就抱住阳光不放；它唱到端午，麦子就和阳光一起流淌进麦场。

这个时候，加强田间管理迫在眉睫。我们在队委会上提出了落实农田管理责任制，早锄快锄细锄深锄的号召，决定队里的"三种三收"田要实行单株抗旱管理，重点是稳定高产田、水浇地；切实做好防洪防雹工作，立即进行防汛检查；抓好以养猪为中心的畜牧业生产，尽快解决猪圈建设、猪源和猪饲料粉碎问题，要进行中曲发酵试验；要着手准备雨季造林，保证种柠条五百亩、杏树五十亩，给村里的小学校一千斤柠条籽的采集任务；要提前考虑秋冬季农田基本建设，小突击长打算做好规划；同时，要尽快组织队里的清仓查库，清理社员的历年拖欠问题。

为了落实队委会的这些决定，我几乎天天要跑这儿跑那儿进行现场检查和实地解决问题。我还提出所有队干部都要顶劳力，必须到生产一线劳动，到生产一线指挥。在给小麦灭虫时，队里一时人手紧缺，我便亲自身背喷雾器，顶着烈日和技术员在地里给小麦打药。连续几天下来，我的手上脖子上全是因药物过敏引起的又痒又痛的硬疙瘩。

就在这时，生产队副队长肖挨厚和李平治两个人因在指挥劳力时相互通气不够，引起了误解，闹起了矛盾。其实这两个队干部都是村里舍得出大力流大汗的实干家，他俩平时劳动时扛的铁锹锹头都要比别人的大许多，干起活儿来从来不惜力。

我得知这些情况后，立即上门分别找他们谈话，给他们做思想工作，使他们很快消除了误会，各自做了自我批评，又愉快地挑起了领导生产的重任。两个人熬夜把火，亲自带领社员挑灯夜战，保证了几百亩小麦玉米的几次浇灌，受到了社员们的一致好评。

那时的干部处处是要做出带头表率的，是不准搞任何特殊化的。大队副支书杨交其每次来一间房大队部开会，总要自带做饭的小米。他的小孙子因偷掰了队里的几个玉米，便被他用绳子捆绑到大队部要求给予处理；生产队长乔八小家黑夜给内蒙古石油公司的抛锚汽车下夜挣了四十二块钱，第二天就如数交到了队里。打井工地上被外村人偷了一根木料，打井负责人乔拴厚几次在社员大会上做检查，并主动提出赔偿队里三十元经济损失费。他们的这些行为，无疑对我是个很好的教育。

记得一天，县委宣传部王丕清来一间房生产队搞调研，夜已是很深了，他忽然觉得肚子饿了问我有点啥吃的没有。我说："没有。你就忍着吧，我饿了还没办法哩！"其实当时村里几百亩玉米已近成熟，我完全可以出去掰几个玉米回来给他煮着吃。但心里想着不能这样做，咱们是干部，全村的老百姓都在看着我们啊！

大队党支部书记贺二平是个政治觉悟高、说话办事果敢的汉子，他非常熟悉当地的情况，又具有丰富的工作经验，我在工作中一遇到难题，首先就去向他请教。大队党支部副支书李桂梅那时刚二十出头，但她勤奋好学，积极上进，爱钻研思考问题。她当时虽然只是初中毕业，却在抽空研读高中课本，有时遇

到看不懂得的地方便来找我。

　　一天晚上，我刚收工回来，突然有人捎话来说，桂梅让我赶快过她们家里去。原来，她白天在乌兰不浪生产队主持评选劳动模范时出现了些争议，有群众反映到了大队；还有村里的两个社员因偷打队里养鱼池的鱼引起了打架斗殴，她去处理竟没有结果。

　　面对工作中出现的问题，她竟一时急得不知该怎么办，所以就喊我来给她出主意。当时，我详细地听她讲述了事情的经过，帮她认真分析了事情发生的原因，提出了妥善解决问题的具体意见。

　　那时，我们都年轻单纯，积极向上，讨论起来海山漫梁津津乐道，说起来没完没了。不知过了多长时间，忽听她母亲在西屋里叫道："桂梅子，你们咋还不睡？都啥时辰啦？"原来夜已在不知不觉中很晚了，我们竟然还没有感觉到。我赶紧抱歉地赶回我住的房东大娘家。事后我才愧疚地想到，李大娘的关心是对的，第二天我们还得下地劳动，再说人家桂梅当时可是个没有出嫁的大姑娘啊！

　　转眼间，便到了麦黄的季节。那时，我喜欢早早就起来，一边呼吸着湿润的空气，一边漫步在村边的麦田里，领略这即将丰收的希冀。这浑河滩里，展展漫漫，天空高远而清明，布谷鸟的声声唤叫，像响镝裂空，有时更像焰火噼啪作响。麦垄间分明溅起清清的水点，麦穗鼓凸着饱满的喉结，似乎在唱响山乡那民歌的醉意，麦秆下蚂蚁结着队子在泥土上繁忙地爬行，给人一种遥远的想象。这个时候，你会听到麦芒滑动着阳光的声音，会听到麦穗与麦穗互相摩擦拍打的声音，会听到布谷鸟翅膀拍打阳光的声音，会听到麦粒胀裂着麦壳的声音，会听到日子学着高粱拔节的声音……你会感到有一股撼人魂魄的热流，在血液中燃烧，在生命中激荡。

　　抢收的时刻终于来到了！全村男女社员摩拳擦掌齐上阵，挥汗如雨不知累，田野里到处闪现着人们挥镰收割的身影。

　　当时，我在日记本上欣喜地写下了《喜开镰》：

金色的大地，明朗的天，金色的麦浪，翻滚在浑河之畔。

跃进的歌，火热的心，社员巧手卷金毯。挥手干，喜开镰，社员个个笑开颜。

望田野，像一张张金黄的纸，社员挥手写诗篇。怎能忘，千军万马齐出阵，春旱战犹酣；干部齐上阵，社员干劲添，民兵排冲在前。一首战天斗地诗，写在浑河畔；脚印是诗行，汗珠是句点……

这一年，一间房生产队经过干部社员们的艰苦奋战，农业生产获得了大丰收，粮食总产达到六十二万九千九百七十斤，粮食亩产上了《纲要》。全队在保证社员口粮分配、留足籽种和牲畜饲料的情况下，完成国家征购任务二十六万零四百六十斤。我领着几个干部社员敲锣打鼓从公社扛回了一面"农业学大寨先进集体"的锦旗。

副队长肖挨厚带领社员们收玉米　　（1977年苏芝英摄）

这年的冬天，在贾部长的主持下，一间房生产队大张旗鼓地开展了先进生产者评比表彰活动。经过社员群众的民主投票和队干部的评议表决，我们共评出二十四名先进生产者。

这些先进生产者是一间房生产队劳动生产中涌现出来的突出代表，他们为一间房生产队当时的经济发展和农村建设做出了积极的贡献。我至今记得他们的名字，他们是：男社员乔八小、陈兰何、李正开、郭伟、董中贵、李贵、李兰何、梁二锁、乔来才、吕白河、肖海福、张五何、陈拴牛；女社员王荷叶、郝翻转、白二桃、韩改枝、刘书兰、田存花、孙润莲、高翻叶、尹向丽、刘召女、秦桃女。

这一年的蹲点下乡，也是我人生中较为自豪的一段经历。我在农村生产第一线接受了锻炼，经受了考验，积累了许多工作和生活经验，为我后来的工作提供了非常有益的帮助。我们有过激荡、有过拼搏、也有过失误，有过心酸。在这一年里，我吃过一间房生产队一百六十多户社员家的饭，与许多社员交成了朋友。

正因为我和这里的人们共同经历了一场战天斗地的考验，那年冬天我曾计划着手写一部叫《浑河激浪》的长篇小说，故事框架已经搭好。遗憾的是，这部小说我只写出了前四章，最终因跳不出"以阶级斗争为纲，典型人物高大全"这个落俗的套子而半途而废。

这一年，我和贾治威副部长都被评为全县农业学大寨的先进工作者，受到了县委的表彰。

我们开始改变

"文化大革命"的灾难性后果和随后出现的思想解放浪潮,推动了人们对传统发展战略和经济体制的批判性认识。

1978年5月,一场关于真理标准问题的大讨论以不可阻挡之势迅速在全国展开。尤为引人注目的是,从上到下的平反冤假错案工作开始冲破"两个凡是"的禁区。经济领域在纠正"左"倾错误影响、贯彻按劳分配原则方面,实施了一系列过去曾被错误批判的措施;而农村政策的拨乱反正,则显现出了对农业经营方式的重大变革。

清水河县委的领导班子进行了大调整,原来的几位领导大多被调走,新来的县委书记范春元,副书记于怀仁、朱锡立等思想更为解放,他们大刀阔斧地开始整顿各级领导班子,落实党的干部政策和知识分子政策,纠正平反冤假错案等。许多"文革"中挨整或被夺权的老干部重新走上了领导岗位,而那些"文革"的急先锋们很快被削了职。这些明显的变化,对长期受"左"倾错误思想禁锢的清水河人来说无疑是个极大的冲击。人们从中看到了新的希望,好似看到了又一个崭新历史阶段的黎明和曙光。

为了积极推动农村经济的发展,县委决定将原定召开的全县农业学大寨工作会议改为全县多种经营工作会议。这次会议的开法是,先组织代表外出

学习考察种植业、养殖业、社队企业发展情况，回来进行讨论，研究制定县里的发展规划措施。

6月初，县委副书记朱锡立亲自带领各公社的党委书记、兽医站长、供销社主任和县直机关各科局的主要负责人，首先到山西省右玉县进行学习参观。我被抽调为当时会议的工作人员。

那时的右玉全县有十六个公社三百一十三个大队，八万多人口，总耕地面积八十万亩。他们的粮食总产量虽然不高，但却在不断开展全民植树造林运动的同时，大力开展以油料为重点的大种，以生猪为中心的大养，全县普遍开展积极的养猪、养兔、养鸡、养鹿和药材种植，各行各业大抓多种经营，党的各项农村经济政策在这里得到了充分的落实。

在那几天里，我们参观了右玉县养貂场、外贸加工厂，牛兴公社消息屯大队的养兔场、高墙框公社的养猪场、杨村公社的养兔场等。

通过现场参观学习，使我们的眼界大开，思想观念发生了重大转变。在会议讨论中，代表们说："看来我们再不能用过去那种只抓粮食修梯田的方法来领导农业生产了。要想发展农村经济，必须得走因地制宜、多种经营的路子。"

其实，当时清水河县与山西相邻的韭菜庄、盆地青、北堡等公社已经悄悄地开始抓养羊养兔养鸡等副业生产了，"以粮为纲"的模式正在被打破。记得当时，我的老家盆地青公社在老书记高安成的倡导下，就建起了砖厂、农机修理厂。公社还在我家窑后面的山坡上大兴土木，建起了一个养兔场。特别是三元号大队党支部书记王七十三带头养了几十只羊，并取得了很好的经济效益，这在全公社引起了很大的反响。

会上，这几个公社分别介绍了他们搞多种经营的做法，对大家的启发也很大。会后，县委下发了大力抓好种植业、养殖业、社队企业的发展意见，提出了党委书记挂帅抓、分管领导重点抓、下乡干部包队抓、有关部门配合抓的工作要求。

这次全县多种经营工作会议，对推动全县人民的思想解放、变革农业生产经营方式，起到了积极的作用。

当时,《人民文学》发表了刘心武的短篇小说《班主任》,无情地鞭挞了"文化大革命"中盛行的极"左"思潮给广大青少年心灵上造成的伤害。徐迟讴歌数学家陈景润对祖国科学事业的无限忠诚和艰辛攀登科学高峰的执着精神的报告文学《哥德巴赫猜想》也横空出世,它打破了多少年来充斥文坛的政治禁锢,令人产生新的更高层次的前进动力和方向感,让人类用自己独有的聪明与辛勤劳动锤打出的知识,从臭气熏天的垃圾堆的最底层,重新抬到了神圣的殿堂,立即在社会上引起强烈反响,促使人们对"文化大革命"进行反思。

与此同时,文艺生活也开始展现出春天的景象。

这一年的夏天,来自山西省平鲁县晋剧团的一出晋剧《英台抗婚》轰动了整个清水河县城。

人们在看够了看腻了几个样板戏后,似乎第一次闻到了新鲜的空气。演出海报一贴出,售票窗口天天挤满人群。整整半个月,人们一吃过饭就赶紧往当街的影剧院走,每天的午场和晚场全都是爆满,这在清水河县的戏剧演出史上是从来没有过的。那些天似乎所有的机关

作者与妻子张秀　（1975年摄）

单位都快要停止办公了,大家见面谈论的几乎都是《英台抗婚》中的情节。许多人是一场接一场地看,附近不少农民也撂下地里的农活儿跑进城里来看戏,包括县里的领导们也是领着妻儿老小前来挤着看戏。

我一连看了三场,觉得还不过瘾,便一个电话打到乡下,让村里的妻子

也专程来县里看戏。

《梁山伯与祝英台》与《白蛇传》《孟姜女》《牛郎织女》并称中国古代四大民间爱情传说,也是唯一在世界上产生广泛影响的中国民间爱情传说,被誉为爱情千古绝唱。山西省平鲁县晋剧团演出的《英台抗婚》,更是集中表现了梁山伯与祝英台爱情故事的经典部分,表现了古代人们对自由美好生活的向往,对婚姻自由的追求。特别是结尾"化蝶"更具有积极的意义,这种结局鼓舞人们向一切顽固的封建势力做顽强的抗争。

那时正值盛夏,偌大的影剧院里座无虚席,热得像大火炉。戏散了,人们还是久久不肯离去,还沉浸在戏剧作品的艺术感染与音乐旋律之中。人们被这千古绝唱的爱情悲剧深深地打动了,似乎从过去那种空洞的政治说教中解放了出来,开始走向了生活化、人性化。

可以说,当时的一出晋剧《英台抗婚》,就是清水河人们冲破思想禁锢、回归人性的一个前奏。

这个时候,我的思想也得到了解放,最大的变化是阅读的兴趣发生了改变。我不再整天关注什么《学习与批判》上刊登的文章了,而是喜欢站在理想的瀑布前观看历史的飞流直下和文化理想从天堂跌入人间的凄美碰撞,开始关注生命的写意与文化的精神图腾。

我从新华书店买到了两部新书:《星火燎原》和《李自成》。

我的学生时代课外读物多是革命战争题材的文学作品,如《红日》《林海雪原》《铁道游击队》《敌后武工队》等等。而现在看到了《星火燎原》,简直爱不释手。

《星火燎原》是一部奇书,是打江山的革命先辈们集体撰写的打江山纪实。红色的封面,发黄的内页,质朴的语言,曲折的情节,动人的故事,特别是毛泽东主席亲笔题写的"星火燎原"四个大字更加引人注目。

在那些日子里,我沉浸于历史文本的阅读中,感受着由20世纪而来的穿越时间的无穷力量。书中讲述的那些艰苦卓绝的斗争故事,是对我们武装夺取政权的伟大进程的一个深度记录，完全体现了我军在发展壮大过程中形成的战斗精神、顽强作风和敢打必胜的信念。而这些精神与信念，是我们的前辈通过浴血奋战，在屡次挫折和失败中磨炼和锻造出来的，是我军立于不败之地的重要源泉和保证。

书中那些诸如《首战平型关》《一袋干粮》《飘动的篝火》《六月雪》等等，都是那么打动人。特别是我在选编之五中看到了姚喆同志写的反映内蒙古大青山革命斗争历史的《大青山上红旗飘》和赵仲池同志写的反映我们家乡附近发生的民族英雄李林的英雄事迹《一位女战士》时，感到更为亲切。

阅读这部处处散发着浓郁历史真实感的书时，就像在看早期的战争片，非常质朴，非常本色，没有一点虚浮的东西，只感觉这是我们民族的瑰宝，值得倍加珍惜。所以，我至今仍对《星火燎原》保留一份敬畏和热爱，一份真挚和坚守。

当我阅读姚雪垠先生的长篇历史小说《李自成》一卷《潼关南原大战》和二卷《商洛壮歌》时，更是感到波澜壮阔，大开大阖，时而雷霆万钧，千军百万；时而云开月霁，诗韵抒情。这部多线索、多角度、多侧面、多层次再现明末清初风云变幻的历史进程和波澜壮阔的农民起义的长篇小说向人们展开了色彩缤纷的历史画卷。它成功地塑造了李自成这个中国历史上最具影响力的农民领袖以及刘宗敏、李夫人、尚炯等许多可歌可泣的人物形象，刻画了不同层面的代表人物和生活画面，以及各阶级各集团之间错综复杂的矛盾关系。它的悲剧性结局，揭示了农民战争和历史运动发展的规律。

那个时候，我经常津津乐道地给我的同事和周围的朋友们讲述李自成的故事。我很敬重这位农民的领袖，为他高歌，也为他沮丧。可直到1999年，我才将中国青年出版社出版的《李自成》十卷本收集齐全收藏至今。

多年以后，我在《文艺报》上看到了姚雪垠先生的儿子姚海天《记父亲姚雪垠》的文章，我才知道老先生从1957年开始写《李自成》，就走上了一条艰难漫长的创作之路，岁月达半个世纪。先生一生给我们留下了二十二卷本、

八百多万字的文集,也给人们留下了无尽的思考与怀念。

当时,我阅读了《星火燎原》和《李自成》后,就产生了这样一种认识和感觉:历史有多远,文化就有多远,人就要走多远。人的个体行走,除却肉体,还有心灵。或者说,心灵的行走才是肉体行走不感疲惫的兴奋剂。

从此,我的阅读不再只是追踪那些自然的美、精神的美、艺术的美,而是更注重揭示历史的伤、文化的痛、前进中的曲折,尝试着用生命叩响历史的心门,使反思的灵魂感受到痛苦与惊讶、欣喜与希望的强烈震颤。

真的好起来了

历史记住了这个日子,这个日子创造了历史。

1978年12月18日,党的十一届三中全会在北京隆重召开。会议果断地停止使用"以阶级斗争为纲"的口号,做出了把党和国家工作中心转移到经济建设上来、实行改革开放的历史性决策。

在党的十一届三中全会春风吹拂下,神州大地万物复苏、生机勃发。安徽和四川在农村改革上先行一步,实行了"包产到户""包干到户",不仅极大地调动了农民的生产积极性,而且还突破了"三级所有、队为基础"的原有格局,使延续了二十年的"一大二公"的人民公社体制从基础上发生了动摇。

1979年一开春,我就被县委宣传部派到盆地青公社下乡去做调查研究工作。我愉快地接受了这个任务。因为我参加工作近七年、结婚已经五年,每次回家都没能待上三五天,总是匆匆回来又匆匆离去。

下乡回来的时候,盆地青公社的三干会已经开过,公社的干部们也大多下到了各自的包点队。公社高安成书记对我说:"你就不要到别处去了,就在盆地青大队协助闫支书工作吧,这样也好照顾照顾家。"

当时,盆地青生产大队的党支部书记叫闫二,是我姨夫。别看他大字不识几个,但他能言善辩,有胆有识,在当地是个能一声喊到底的人。听村里的

人讲,旧社会他穷得一贫如洗,从山西讨吃要饭来到我们村。土改时他表现积极,后来入了党,当了村里的干部,而且一当就是三十年。他虽然没有文化,却能把上级的文件、各种会议的精神给群众传达得准准确确、清清楚楚;不管有多少人的会,只要他一站起来,顿时变得鸦雀无声,都在认真地听他那极富感染力的声音。大队的各项工作他始终抓得很紧很紧,这个大队究竟得了多少奖,谁也难以说清;什么邻里纠纷、婆媳矛盾,只要说声"闫支书来啦",双方就会立马变得风平浪静。

姨夫对我一直很器重,我每次回到村里,他总要我到他家去坐坐或吃顿饭,给我讲些村里的事情。虽然有时讲的一些事情已经相当遥远,但我还是喜欢听,特别是仰慕他那种滔滔不绝绘声绘色的口才与将复杂问题分析得入情入理的能力。

盆地青生产大队有盆地青、沟门、沟掌、菜蔬贝、后村五个自然村五六百口人,在那些日子里,我跟着姨夫今天到这儿明天到那儿地检查工作。

姨夫的工作有个特点,进村不是先找村干部,而是要先到队里的饲养院看看牲畜的膘情,到队里的粪场看看粪堆的大小,到村里的孤寡老人家里看看缸里的米面多少……情况摸清了,他才说:"去,把队长给我叫来!"队长来了,他会当着众人的面,把人家劈头盖脸地批评一顿,根本不留一点情面,给他指出存在的问题,给他限定改正的时间。所以,那时他也得罪了不少人。

记得一天,我们翻山越岭来到大山深处的沟掌村,在村里的滤粪场和社员们边干活儿边七嘴八舌地聊了半天。这沟掌村坐落在山旮旯里,耕地全部挂在半山坡上,人人穿得破破烂烂,家家穷得叮当响。

中午时分,我们来到社员高老海家。这高老海是个参加过抗美援朝的复员军人,老伴是个从甘肃领来的侉婆子,老两口住一间破窑洞里,土炕无席。见我们来了,高老海笑着说:"赶得早不如赶得巧,你们来得正是时候,我刚弄下些榆树皮面。咱们吃啥?我看今儿就是个榆皮面饸饹了。"

当午,我们边吃饭边聊天。高老海沉重地说:"闫支书啊,依我看咱们可不能再这么混打混地干了，出工不出力，种地不打粮，家家户户都快要揭不开锅啦，村里有的人已经讨吃走了。这还不到夏锄的时候哩，你说到那时人们腰软肚硬的咋干哩！"

姨夫沉默了许久，才说："你说得对，我也是盘肠琢磨好长时间了。这大集体是不能再这么干啦，再这么下去非饿死人不可。我倒有个主意，咱们把社员分成几个组，把地包给他们耕种务艺，肯定不会再窝工应付了。有辛苦的人让他们多刨闹的种些十边地，多种些葫芦山药蛋，刨个坡坡就能多吃个窝窝，我就不信还能饿死个人！"

"这个办法肯定灵，不信你试试。但你不怕人家说你是在搞资本主义？"高老海说。

"啥叫资本主义？人都快吃不开饭了，我们能不管吗？怕啥，大不了我这个支书不干了。我回去找公社高书记说说去。"姨夫的口气是坚定的。

当时，我对这两个普通农民的倾心交谈感到非常震惊，从中我看到了农民那种不愿意再吃"大锅饭"渴望实现单干的强烈愿望。

下午回到盆地青，我和姨夫直接就闯进了公社高安成书记的办公室。姨夫把我们了解到的情况和他想搞包产到组的想法一股脑儿和高书记说了个清清楚楚。

高书记摸着脑门在地上转来转去，最后终于肯定地说："老闫啊，你这个想法非常重要。什么叫好办法？我看能增产，能让人们吃饱饭的法子就是好办法。你们也不要声张，你们大队今年就这么先试着干。当然，这个事我也不能开党委会研究啦。"

在高书记的鼓励支持下，盆地青大队立即召开了大小队干部会议，一致通过了姨夫提出的分田到组责任到组联产计酬的做法，各小队积极行动，根据实际将社员分成了若干个作业小组，将牛犋和田地包到了组里，开始了紧张的备耕春耕生产。

3月15日，《人民日报》突然发表了一封题为"三级所有队为基础应当稳定"的读者来信，作者张浩明确提出反对农村中正在试行的包产到组的生产责任制。《人民日报》在编者按中指出,人民公社现在要继续稳定地实行"三级所有队为基础"的制度,不能在条件不具备的情况下,匆匆忙忙地搞基本核算单位的过渡,更不能搞分田到组、包产到户。

当时,我对报纸上刊登的读者来信很敏感,担心我们这样做真的会犯了方向路线上的错误。可没几天,《人民日报》又发表了安徽省农委辛生和卢佳丰的来信《正确看待联系产量的责任制》,批评3月15日《人民日报》发表的张浩来信和编者按所引起的负面影响。《人民日报》为这封信也加了编者按,承认3月15日发表的张浩来信和编者按有些不妥,今后注意改正;并指出各地情况不同,怎样搞好责任制应当和当地的干部、社员商量,不可"一刀切",更不能强调某一种形式而否定或禁止另一种形式。

我拿着这两张报纸去找公社高书记。其实高书记早已知道了。他笑着对

欢送弟弟苏芝荣(中)光荣入伍　(1979年摄)

我说:"咱们不用怕,他们也只是在讨论嘛!是错是对秋后说了算。"

当时,我们根本没有想到,农民们自发地搞这种包田到组、责任到组仅仅是全国农村生产体制改革的前奏,而席卷全国的包产到户家庭联产承包责任制则在后头。正是这种率先从农村的改革突破,带动了后来的城市经济体制改革,并进而形成了全面的改革开放局面。

盆地青生产队四五十户社员分成了三个作业组,经社员们推举,我父亲竟然也担任了一个作业组的组长。由于集体和个人利益得到了合理的划分,吃"大锅饭"的弊病被克服,多年来形成的"出工一条龙,收工一窝蜂,出勤不出力"的问题得到了较好的解决,干活儿耍滑偷懒的人没有了,人们的劳动生产积极性空前高涨。

父亲的表现更为积极,家里积攒的粪肥全部投到了队里,家里新添置的农具无偿地拿到队里使用,他每天领着十几个男女社员起早贪黑地在地里干。

春天耕种时,他兴致很高,前披后挂,肩上扛着木犁,胸前挎着水壶,腰里别着干粮,手里擎着鞭子,像挂帅出征一般。他犁过的地,犁沟很直,像画过的墨线,翻出来的泥土被父亲系在后腰带上的抹棍抹过之后,平展展地均均匀匀地排列着,如大河上泛起的层层波浪。

夏天锄地时,他总是揽着杂草最多的地畔,挥汗如雨地干在前头。因为这个小组长是父亲一生中当过的最大的官,他知道只有自己干出个样子人们才会听从他的指挥。

那时候,我虽然参加了工作,但还是个半家户,妻子女儿留在村里生活十分困难,日常生活全凭我岳母家接济。我岳母虽然没有文化,但老人家的思想开明进步,抗日战争时期她曾当过村里的妇救会干部,她曾动员自己的小叔子参加了八路军,她积极组织妇女们为自己的队伍纳鞋底,受到了晋察冀部队首长的表彰;当年她还冒着生命危险救护过一个受了重伤的小八路。

我结婚的时候,已是县委一名小小的干部。当时,正提倡革命化的婚礼,是不允许大操大办的。当我回去将自己的想法告诉岳母时,岳母十分通情达理,

老人家很赞成我的意见。她说:"这婚事咋好就咋办,你们年轻人的事自己做主就行了。我们也不请人,不待客。你们说定个日子来领上她走就行啦。再说这娶聘也不在红火不红火,好歹是看以后过日子哩。"就这样,我们双方都是在没有任何准备、没有请人待客的情况下,办了我与妻子的婚事。记得当时我只是牵着一头小毛驴将妻子迎领进门,第二天我就匆匆赶回县里参加三干会议去了。

在婚后的几年里,我们的小日子过得很紧巴,那时妻子还没有工作,我的薪水又低,再加女儿的出生,生活的负担日渐沉重。慈善的岳母是既疼女儿又疼女婿,每次我从县里回村,岳母总是在等着我,留着些好吃的东西等着我去。我们家里吃的面呀、肉呀、油呀几乎都是岳母家给送来的。

妻子待在村里一边带着年幼的女儿,一边给村里的小学校打工。她和另一个上了年纪的伙夫,每天起早贪黑要做五六十名师生的饭菜,每月也只能挣到三十块钱。她领到第一个月的工资,自己没舍得花一分,就给我买了些毛线织了一条新毛裤;到公社供销社扯了几尺古铜色织锦缎,给我父亲做了一件新棉衣。这是我父亲一生中最上讲究的衣服,老人家高兴地试了又试没舍得穿,直至在柜底压了十几年后才穿上。

那时,妻子每天五更天就要起身到学校去烧火做饭,孩子只能锁在家里任其哭喊,女儿常常会碰得鼻青脸肿。妻子实在是可怜孩子,有几次竟不想再去学校做饭啦。我鼓励她说:"你再咬牙坚持坚持吧,等我啥时候能挣六十块钱就不用你干啦。"那时,我的月工资也只有三十多块钱,心想只要我能挣到六十块钱就完全可以养家糊口了,就决不让妻子再去吃苦受累了。

我家住的窑洞由于年久失修,窑顶上掉得连点儿泥皮也没有,再加1976年春天受地震灾害的破坏,搬碴石头都裸露在了外面;窗户上走风漏气,窗棂档破损得连张麻纸都糊不住。尤其是到了冬季,外面的寒风飕飕地往里吹,地下的水缸里经常结着冰疙瘩。

一天中午,我和妻子在家吃山药渣子面饸饹,我刚吃了一碗就发现饭里有一个从窑顶上掉下来的鞋板虫煮在了里面。于是,我便停下了碗筷催她快吃。

等她吃饱了，我才让她看我碗里那个鞋板虫，气得她当时不知是该哭还是该笑。其实，我当时是一片好心，怕她看见了再不敢吃饭受了饿。

那时，我们的生活虽然是苦了些，但我和妻子整天充满快乐，我们没有失去创造美好生活的信心。妻子省吃俭用，每月微薄的工资她还要存起十几块。我经常给上面的报社电台投稿，每当拿到寄来的五块或十块钱稿费，我都会沾沾自喜高兴半天。

由于这次下乡回来我在村里待的时间长一些，就决定借机改善一下家庭居住条件。于是，我和妻子一起动手，起早摸黑，重新裹抹整修了窑洞；在河湾里开垦出一大片土地，种了许多蔬菜，垄了一些大葱，还种了许多葫芦。

窑洞裹抹好了，木匠师傅也请来了，可装窗户的木料还没有着落。当时，县物资公司的木料咱买不起，村里的自留树没有砍伐证不准砍，我一时急得不知该如何是好。我家窑后面的饲养院里就有队里的一些废旧木料。于是，乘着月黑风高，我叫了小弟到窑后悄悄抬回一根木料，第二天立即破板下料做了窗户。多少年来，我一想起这件事就十分惭愧，当初我确是不该去做贼的呀，这真不该是我这个当干部的所为。但当时实在是万般无奈啊！

那年夏天，宣传部的同事郝世秀到盆地青公社来了，他带着照相机来为乌兰察布盟举办迎接建国三十周年成就展拍摄图片，我陪着他到下面的生产队去选景拍镜头。那时，村里人见着个会照相的非常稀罕，有好多人缠磨着让我们给照相。就这样，我们在长城内外的几个村子转了几天，照相竟然赚到了四十块钱。当时，他知道我家的困境，自己分文不要全给了我。我就用这四十块钱在井儿沟村买了一口半大猪赶回了家。

我家窑后面有个生产队废弃的猪圈，我进去清理了一顿便把猪圈了进去。谁知这多年的猪圈是个跳蚤窝，我进去打扫时竟惹了一身的跳蚤，晚上咬得睡不成觉。半夜我和妻子就起来掌灯捉跳蚤，我们一边小心翼翼地将被子一点一点地掀起，一边用手指头蘸着唾沫沾跳蚤，跑了多少不知道，光我的被窝里一晚上就捉住了四十五只跳蚤。妻子当时笑着对我说："这么多跳蚤，咬不死你才怪哩。"

我家凉房里老鼠糟害得很厉害,我从邻家借回个耗夹子支上,当天黑夜一夹子就夹住了三只大老鼠,第二天又夹住了两只,至此家里的鼠害才算是消停了些。

就这样,妻子每天除了给学校做饭外,还要起早搭黑到河湾里去拔猪草。在她的精心喂养下,冬天这口猪竟宰杀了一百二十斤,这是我家从来没有过的事情。至此,我家的生活逐渐好了起来。

现在,我还经常想,穷并不可怕,怕的是对生活失去信心。只要你有一种吃苦耐劳的精神,只要你肯奋斗,你就能有所改变。我想,我和妻子假若不当这干部,就是待在村里当庄户人,有我们的辛苦,有我们的共同奋斗,我们也一定不会比别人过得差。

也许是老天在帮忙,也许是由于人们劳动生产积极性得到了有效调动,这一年,我们盆地青的农业获得了大丰收,家家户户分回了不少粮食。我第一次见村里的人们这么高兴。

场收结束后,父亲便打发我跟着村里的五十七哥、羊换哥等几个乡亲,套着小胶车拉着莜麦胡麻到山西右玉县梁家油坊去换白面。三天后,当我把七八袋白面搬回家里时,父亲高兴得一时合不拢嘴。因为他一生粗茶淡饭,家里从未有过这么多的白面。

他说:"赶明儿咱们多蒸些白面馍馍,给你妈上坟去,她可是至死也没吃上一顿饱饭啊!"

变化真正从这里开始

党的十一届三中全会以来,我国农业生产的形势发生了深刻的变化。中央开始从投资、价格、信贷和农副产品收购等方面调整国家农业政策,适当地放宽了对自留地、家庭副业和集市贸易的限制,要求尊重生产队的自主权,纠正平均主义,鼓励开展多种经营,指出了今后农业发展的路子。

自"大跃进"以来逐步形成的以政治工作为主,建立在决心、勇气和热情基础之上的一整套领导方法,客观上已经不能适应新的生产形势。清水河县积极贯彻落实中央和自治区党委在农村所采取的一系列方针政策,各种形式的生产责任制在全县迅速推开,广大农村很快出现了生机盎然的局面。

1980年3月,我被调到清水河县委做秘书工作,主要是负责起草各类公文、领导讲话,做常委会议记录,跟随领导下乡调查研究等。

这年春天,清水河县委领导班子再次进行了大调整,主要成员大多被调走,工作由一名副书记主持着。

不久,我便跟着县委常委、县革委会副主任赵德来到韭菜庄公社就农业生产的领导问题进行调查研究。赵主任过去曾是我们的老校长,对我十分器重偏爱,下乡工作他总是要带着我。别看赵主任文化程度不是很高,但他头脑十分敏锐,驾驭全局的能力很强,又有着非常丰富的基层工作经验,对农村工

左起曹罡、冯士亮、苏芝英　（1980年摄于韭菜庄公社）

作非常熟悉，对农民有着深厚的感情。在那些日子里，我天天跟着赵主任走村串户，深入社队调查了解情况，到田间地头查看春耕生产，前营盘、大双墩、黑山子、双井子等生产大队跑了个遍。

那时，韭菜庄公社有一个团结奋进充满活力的领导班子，冯士亮、曹罡、王茂华、王俊、高荣等一批年轻有为的干部登上了领导舞台，各项工作都走在全县的前头。再加那时韭菜庄公社食堂的伙食搞得不错，下乡干部来这里能吃得好。所以，县里的干部下乡都愿意到韭菜庄公社来。

当时，韭菜庄公社十个大队，一百一十个生产队，二千四百四十户，九千七百三十八口人。这里气候寒冷，各队自然条件不同，生产队规模大小、耕地多少、耕作方法、居住情况、管理水平和群众觉悟水平也各不相同。公社党委在冯士亮书记的坚强领导下，大胆解放思想，冲破"左"的思想束缚，坚持把建立健全生产责任制作为搞好农牧业生产的中心来抓，放手让农民自己选择，用生产队实际情况这只"脚"去穿生产责任制这双"鞋"，农村体制改革走在了全县的前头。

根据在韭菜庄公社调查研究的启示，赵德主任动手写了一篇题为《抓住四个环节 实现一个目的——谈我县当前农业生产的领导问题》的工作研究，明确提出今后领导农业生产要突出一个"包"字，要大胆地把"包"字贯彻到一切生产组织和整个生产过程中去；要坚持一个"稳"字，要稳定政策，稳定干部，稳定建设方针，稳定生产责任制，稳定地发展生产；要狠抓一个"改"字，各级领导要大胆解放思想，消除余悸，把思想统一到三中全会确立的党的思想路线和政治路线上，大力改变领导作风，要通过对干部建立严格的责任制和奖惩制等办法，促进干部作风的转变；要解决一个"缺"字，全县农业生产应该把奋斗目标的第一步定在解决缺粮问题上，力争尽快实现粮食自给自足，要把让社员群众尽快富裕起来，作为一切工作的目标。

当时，乔志明是清水河县委有名的大笔杆子，在他的积极倡导下，县委办公室创办了面向全县各级组织和领导同志的内部刊物《工作通讯》，专载各级党组织和领导同志的调查报告、各条战线的典型经验、工作研究、问题探讨、批评建议等文章，以便各级党组织和领导同志交流情况，研究问题，提高认识，改进工作。

当时，赵德主任的这篇工作研究就刊载在县委《工作通讯》第一期上，乔志明还专门为此写了编者按。这篇文章刊登后，当时在全县各级干部中引起了很大的反响，对县社队各级干部解放思想，转变作风，成功地指挥生产指导工作起到了重要的作用。

不久，王玉山写的《桦树也公社实行包产到户的调查》《怎样使农民尽快富裕起来——窑沟公社生产责任制情况调查》，我写的《一条值得重视的生财之道——盆地青公社大种胡麻的调查》等，都刊载在这个《工作通讯》上，对推动当时的农村工作起到了积极的作用。

后来，乔志明不断发展进步，逐渐走上了领导岗位，直至后来升任为内蒙古自治区地方税务局副局长、巡视员。他在四十多年的工作经历中，始终对公

文写作极富感情,对公文写作感受颇丰、感慨颇多。2008年12月,他出版了自己的专著《感悟公文写作》。中共中央办公厅原第一副主任杨德中上将还为此书题写了书名。在繁忙的政务之余,他五易其稿,从公文写作难易辨、公文写作快慢议、公文写作长短评、公文写作优劣论、公文写作苦乐谈等二十二个方面深刻论述了公文写作的要诀,阐述了自己公文写作的深切感悟。这本书对不同层面的领导干部特别是从事政务工作的干部来说,具有很好的参考价值和借鉴意义,在社会上产生了很好的效应。

那年夏天,在县委办公室副主任王玉山的积极鼓动下,我将家迁往县城。至此,我结束了长达七年的两地生活。当时单位无房,我们一家三口只得暂时居住在县委大院临街等待拆除的一间破旧房子里。屋里没有任何家具摆设,一个做饭用的小火炉靠在墙角,锅碗瓢盆全部家当就搁在地下的几个纸壳箱子里。小锅小灶做饭极不方便,有时村里来上几个亲戚老乡,妻子要在火炉上一连做几次饭。

妻子和我商量想买点木料做点简单的家具。可我到物资局一问,买木料没有计划指标不行。

一天,王玉山突然对我说:"县委后院的废炭堆上有一个树圪墩,你要不要?你要是想要,就三十块钱卖给你。"

当下,他就领着我去看那个树圪墩。我一看,这个树圪墩虽说枯腐了,可它很粗大,破开后也许还有一些能用的料,这就可解决我想做家具缺木料的问题了。

于是,我就将三十块钱交到了办公室财务室,算是买下了这个树圪墩。我用小平车将这个树墩推到了县新华书店我哥他们那里,准备找木匠破板子了。

但不知是谁将此事告给了办公室刘主任。刘主任大为恼火,他边走边在走廊里大声地批评道:"啊呀呀,这么大的事情咋我就不知道?王玉山你个副主任就做了主?这公家的东西可不是你们随随便便想弄走就弄走的,这还了得？赶紧给我把那个树圪墩闹回来！"

当时我被吓坏了，真没想到惹下这么大的祸。我赶紧找车子又去书店院里把那个树圪墩推了回来。从此，我再没敢提过做家具的事。

这个树圪墩没买成，王玉山感到有些失了脸面，他也觉得有些对不住我。一天，他突然对我说："干脆我引你到个地方吃羊肉去吧！"

我一听非常高兴。那时当干部的人还不时兴下饭馆，真要是能吃一顿羊肉那是很奢侈的事情。于是，我俩就坐着高师傅的汽车直奔五良太公社白旗窑羊场。年轻的羊场场长姜明晓热情地接待了我们，给我们美美地吃了一顿炖干羊肉，让我们实实地解了一次馋。

那时我在县委机关上班，妻子无事可做，迫于生活压力，她不得不挺着大肚子，和几个干部家属去城外的河滩里打石子。其实打石子并非易事，那卵石需到河滩四处去拣，还要清一色的。沉重的手锤要把这青石砸成不大不小有棱有角的碎块，用去浇铸楼基。打上一方石子可挣得五元钱。妻子的性格本来倔强，干活儿总不甘心落后。每天都是清早去、夜幕归，中午也不肯回家吃饭。

一天我下班回来，天色已晚，妻子还没回来。我心里十分焦急，正打算去接她，在巷内发现了她那疲惫的身影。她满身尘土，被砸破的手指还滴着鲜血，很吃力地托扶着墙壁，艰难地挣扎着走回来。我赶紧上前去搀扶她，她说感觉肚子里不停地在蠕动，有时疼得难以直起腰来。但我瞧得见，她那双明亮的大眼睛不时闪射出喜悦的光芒。

当晚，妻子便开始了临产前的阵痛。她焦躁不安，直冒汗水，我也一时没了主意。事先想着妻子分娩是要到医院的，可现在已是夜半，离医院少说也有几里地，她怎么能走得了？我急着出去找车，可哪里有车？瞧着茫茫夜空，我只能在街上失望地徘徊。突然，我想到了全国三八红旗手、县妇幼保健所的任秀珍大夫，她家离我们住得不远。睡梦中的任大夫并没有因为我的突然打搅而迟疑，她拎着包裹一阵风似的赶到我家，这才使我悬在心头的一块石头落了下来。我接二连三地说着许多感激的好话，从内心里升腾起一种获救的喜悦。

妻和任何产妇一样，躺在炕上狠命地翻滚，哇哇地乱叫，抵御着浑身炸裂似的剧痛。我不时替她揩去满脸的汗水，我也第一次深切地理解了生育的痛苦。可我又觉得无法理解，为什么在繁衍生命的过程中，女人要经受如此痛苦的磨难，要付出如此深重的代价？男人不管碰到多少坎坷，却都不会遭受这样的痛苦，任何男子永远也不会有这样的亲身体验。我想，自己从小吃了不少苦头，可比起女人这种剧烈的阵痛又算得了什么？我暗暗庆幸自己是一个男儿，免遭了这份折磨。如果我是一个女人的话，也许绝对经不起这样严酷的考验。于是，我就觉得躺在炕上的妻子虽然充满了泪水，但她是一个无畏的英雄，顿时让我对女性产生了一种崇高的深深的敬意。

孩子终于呱呱坠地了，这就是我家的二女儿苏莉。妻子平静地躺在那里，像是刚刚摆脱了一场灾难。我们默默地对视着，都含着泪水微微地笑了。

一天，县委办公室刘振华主任对我们说："听说盟里要给我们县派个新书记来，是张茂威同志。你们这些天要多留点心，只要上面一来电话，咱们就派车去接他。"

听说张茂威要来清水河县当书记，我们当时是既高兴又紧张。虽说我们没有见过他，但对他却早有耳闻。前些年他在兴和县当书记，带领兴和县人民艰苦奋斗学大寨，轰轰烈烈大搞农田水利基本建设，使兴和县成为自治区普及大寨县的先进单位。那时，报纸上、电台里经常报道兴和县农业学大寨的先进事迹。所以，我们对他还是略知一二的。

记得6月24日的早上，我像往常一样提前半小时到办公室打水扫地擦桌子，整理内务。

突然，桌子上的电话铃响了。我刚操起电话，就听得对方讲："你是县委办公室吗？请你给我讲一下现在全县的夏锄进度情况，特别是哪些公社要差一些。"大概是出于一个秘书的本能吧，我还是认真地将自己掌握了解的一些情况给对方讲了讲。

过了一会儿，刘主任来了。我告诉他政府招待所有人打电话了解全县的夏锄情况。刘主任一听马上就叫了起来："哎哟，是张茂威书记来了。快！你们赶紧准备准备，我到招待所看看去。"

听说是新书记来了，大家顿时感到十分紧张，赶紧一齐动手将留给他的办公室重新打扫得干干净净。

不一会儿，刘主任便陪着张茂威书记来到了县委办公室。只见他身材十分魁梧，留着小平头，穿着一件宽大的灰色涤卡服，身背一个黄挎包，显得特别精神。

在刘主任的介绍下，张茂威书记同王玉山、乔志明、王耀、孟淑清等我们这些工作人员一一握手问好。当他知道是我在电话里向他汇报工作时，便拍着我的肩膀笑着说："这小伙子还行，掌握的情况不少。"

从集宁到清水河，有几百里的路程。按说，县委书记走马上任应事先来个通知，县里理应派人派车去专程接他。谁承想，张茂威书记既不惊动盟里又不通知县里，只身一人带着行装，坐火车换汽车，一路风尘仆仆来到这个偏远的地方上任。当时，我们大家都被他这种自律朴实的精神所感动。因为作为一个名副其实的"县官"，旧时出门是要坐八抬大轿的；就是今天，也会是大车小辆，前呼后拥。可张茂威却是一个人带着干粮悄悄来的，而且一来就上手工作。我想，像他这样的干部实在是不多见的。

从这以后，张茂威书记在清水河县工作了整整两年，我作为他的秘书一直在他的身边工作，因而也受到了他的许多感染和教育，使我对这位尊敬的领导也有了较多的了解。

清水河县是一块古老而神奇的土地。悠悠岁月，沧海桑田，这一方贫瘠的土地养育着一方勤劳朴实的人民。当时全县十四个公社，一百二十四个大队，近千个自然村，生息着十多万人口。由于长期水土流失，造成了千沟万壑纵横交错，人畜饮水十分困难。到1978年，全县人均收入仅四十二元，连续二十年吃国家的返销粮达亿斤，全县吃粮靠返销、生产靠贷款、生活靠救济的"三靠队"达百分之八十，成为国务院首批确定的重点扶持贫困县之一。

要在这样一个地方"为官一任，造福一方"谈何容易啊！当时，这对张茂

威书记来说，不能说没有压力。我们从他那紧锁着的眉宇间就可以看得出来。

到任的当天，张茂威书记既没有召开常委会，也没有组织听汇报，而是带着我们几个人就下了乡。他要到群众中去，要去调查研究，要去下面发现和解决问题。

我们一路风尘仆仆首先来到了窑沟公社塔尔梁村。村子坐落在一个山巅上，这里听不见狗叫鸡鸣，田野里只有几个农民套着小毛驴在不紧不慢地耕地。

张茂威见此情景，立马就火了。他说："老婆当家驴耕地，光景一辈子也不景气。你们的牛呢？"

"都卖了。"

"为什么？"

"那牲灵能喝水，我们供不起。因为驮水要跑十几里路哩！"

本来张茂威是要发顿脾气的，但面对这些面黄肌瘦的农民，面对眼前这种严峻的现实，这位钢骨铮铮的汉子竟然掉下了眼泪。他盘腿坐在地头，向这些农民详细了解当地缺水的情况和眼前令人焦虑的旱情。

他说："真叫人痛心啊！解放三十年了，我们的群众至今还吃不上水，我们真是对不起他们呀！如果连这个最起码的问题也解决不了，那要我们这些干部还有什么用呢？"

那年，清水河县遭受了严重的春寒、风沙、干旱等多种自然灾害，许多社员群众的吃饭、穿衣、烧炭、疾病治疗都有很大困难。因此，抓好生产自救、安排好社员群众的生产生活，成为各级党政部门的一项中心工作。

在全县抗旱动员大会上，张茂威站在台上挥着大手慷慨激昂。没有讲稿，没有官腔，但他语出惊人，像一发发连珠炮弹出膛，震撼着人们的心灵，动摇着那些按部就班、墨守成规的东西。讲到激动处，他把摆在面前的麦克风一把推到了一边。他的声音非常洪亮，特别激昂，一千多人的大礼堂鸦雀无声，台下没有一个交头接耳，没有一个无精打采，人们全神贯注地关注着他。他的额头沁出了密密麻麻的汗珠，顺着脸颊直往下淌。他也不用什么手绢，只是用他那粗实的大手顺脸一摸，汗珠就被甩在了地上。

他说：县里要立即组织千人抗旱工作队，分赴各公社，带领群众抓紧夏锄，抗旱保苗。

他说：县里要拿出一定的资金，组织和资助群众打旱井、建水窖，尽快解决全县人畜饮水困难的问题。

会后，被抽调出来的干部立即开赴生产第一线，到了群众中，和广大人民群众一起与旱魔展开了决战。

这一年，在县委的坚强领导下，全县大旱之年农业生产仍获得了较好收成，超额完成了盟里下达的粮食征购任务，人均收入增加一倍多，超售粮食二千斤以上的有一百八十九户，返销粮也大大减少了。全县安排盟县两级以工代赈工程项目四十七个；不少社队广开生产门路，有的大办工副业生产，开设酒坊、油坊、豆腐房等；有的开山采石、拉运沙子、红泥、白泥、跑短途运输；也有的发动群众采集野生植物，打搂荒草，积极发展社员家庭养殖，有效地增加了社员群众的收入。

那时，农村改革的春风不断吹到清水河。县委本着解放思想、放宽政策、休养生息、搞活经济的原则，实事求是地结合当地的实际，在农村积极推行家庭联产承包责任制。但当时也有些干部对将土地承包到户、将牲畜作价卖给社员不甚理解，认为"辛辛苦苦三十年，一夜退到解放前"，因而在贯彻县委、县政府的决定中不够积极主动。

张茂威书记了解到这些情况后，立即主持召开县委常委扩大会议，统一大家的思想认识。他语重心长地对大家说："作为一个农业县，我们不但不能给国家做贡献，反倒年年要吃国家几百万返销粮，这像话吗？国家能背得起我们吗？我们的农民人均收入才是几十块钱，耕地不用牛是驴拉哩，点灯不用油是黑摸哩，农民的生活多苦啊！我们谁看不见？难道我们要眼睛是出气的？我们还能心安理得地去睡安然觉吗？包产到户这是农村改革的必然趋势，只有这样才能真正解决农民的温饱问题。我们不要和发展规律顶牛，而是要顺着

牛才对头。我们不仅要把土地承包给农民,还要把那些荒山荒坡荒沟也划拨给社员,让他们去种草种树,去发展生产,去发家致富。要明明确确地告诉群众,交够国家的,留足集体的,剩下全是他们自己的……"

在张茂威的主持下,县委很快确立了"以林为主,农林牧并举,多种经营,全面发展"的生产建设方针,总的指导思想是,从实际出发,因地制宜,既不搞一阵风一刀切,又不放任自流简单化,更不能硬性规定包办代替,强迫命令。

至此,全县迅速将联产承包责任制落实到户。生产责任制给农村带来的变化是广泛而深刻的,它不仅给人们带来了治穷致富的希望,有了搞好生产的积极性和奔好日子的劲头,而且大大解放和发展了生产力,使农民赢得了生产自主权,农村经济商品化水平明显提高,山乡到处呈现出一派繁荣兴旺的景象,全县很快就涌现出许多走多种经营路子致富的冒尖户。如单台子公社菜不浪湾村农民苏生和大种果树、盆地青公社三元号村农民王七十三积极养羊、五里坡村农民赵四毛旦大种胡麻、喇嘛湾公社樊山沟村农民王尚义积极养蜂、杨家沟农民郭吕银大种西瓜大蒜等都很快走上脱贫致富的路子。第二年,全县粮食产量就达到了八千万斤,创造了历史最好水平,一举摘掉了缺粮的帽子。

这年秋天,我到小庙子公社芦子沟大队进行实地调研。大队党支部书记马存拴是个非常厚道朴实的汉子,听说我是县里派来做调查研究工作的,便撂下自己家里的活计,每天领着我翻山越岭到各小队了解情况,到社员们家里察看实情。

芦子沟大队坐落在县城南面的大山旮旯里,是全县有名的"三靠队"。当时,全大队五个生产队,一百零九户,四百六十四口人,男女整半劳力一百九十个,三千多亩耕地全部挂在半山坡。仅1978年以来的三年就吃国家返销粮十四万斤,人均收入不足二十块钱。大包干的生产责任制,像一副灵丹妙药一下治好了人们的心病。当年春天一出牛,牛犋就由往年的二十二犋增加到三十二犋,全大队出动了二百多个女人、娃娃、老汉跟上牛犋打坷垃。懒人在这里吃不开了,瞎指挥的人吃不开了;良种吃香了,化肥吃香了,老犁头吃香了,肥料增多了,出勤劳力增多了。全大队粮食总产当年就达到三十二万斤,比上年增长百分之五十四,人均口粮六百斤以上的有八十五户,有一百一十户社员超售了粮食,有不少人家开始砌新窑娶媳妇。全大队交售国家粮食一万四千多斤,交售油料四千多斤。公社粮站的人说:"芦子沟大队交售粮食,这可是大闺女坐轿——头一回呀!"

调查回来后,我立即撰写了《责任制顺乎民心 芦子沟一年翻身》的调查报告,呈送张茂威书记审阅。张书记看后在报告上批示:"这个调查报告很有典型性和说服力,尽快印发下去。"很快,我的这篇调查报告就刊登在了县委的《工作通讯》上。通过这次实地调查,也使我真切地感受到了党的农村政策的巨大威力,感受到了广大农民渴望摆脱贫困的愿望,看到了农村改革发展的美好未来。

当时,在下乡工作中我们发现包产到户也引发了一些新问题,如有的生产队乱开荒;有的学龄儿童不上学或有的在校生退学;有的生产队对耕役畜饲养不够重视,没有固定的放牧人员,而是由社员轮流放牧。由于轮流放牧,责任心不强,导致牲畜吃不饱,膘情普遍下降,同时树木也屡受糟害。于是,我就针对这个问题写了一篇读者来信《不要搞轮流放牧》,建议各地社队认真检查一下这方面的情况,及时解决存在的问题,注意把耕役畜饲养好、管理好。我的这封来信很快就刊登在了《内蒙古日报》的读者来信专栏上。

清水河县由于地下石灰岩断裂层形成历史以来地上水不足,地下水奇缺,再加十年九旱,植被稀疏,人畜饮水困难一直是困扰群众生产生活的一个突出问题。当时,全县有一半以上的人畜经常缺水,取水点远则三十多里,近则三五里,严重缺水时县社还得组织汽车、拖拉机给村里送水。村里的人们家门可以不上锁,可旱井是必须要上锁的。沿公路的村庄,汽车司机来家里吃饭可以,想加点水可不行。"家在穷山沟,穷山烂石头,吃水贵如油,天天为水愁"是当时人们生活的真实写照。

为了彻底解决人畜饮水困难,县委、县政府在充分调查研究的基础上,做出了发动全县人民打旱井,两年内基本解决人畜饮水困难的决定。一是把

上级下拨的支援经济不发达地区发展资金主要用于打旱井；二是把打旱井的任务全部落实到户，谁打谁有，政府补助；三是县社党政一把手亲自抓，并成立了解决人畜饮水领导小组，组织打旱井技术队伍，分赴各公社在技术上给以指导。全县很快出现了大打旱井的高潮，有劳力的自己打，劳力少的合作打，没有劳力的从外地请来亲戚朋友帮助打。人们白天参加秋收，晚上掌上油灯加班打，缺水社队的干部、工人、教师、学生利用上班、上学前后，节假日积极参加打旱井，上至七八十岁的老人，下至八九岁的娃娃都参加了这一运动。男人在下面挖，女人娃娃在上边吊，大小车辆、毛驴骡马忙着驮运红泥、白灰，到处是一片繁忙景象。经过上下的共同努力奋战，全县两年打旱井一万八千七百多眼，打水井一百多眼，建扬水站十四座，这样原来缺水的生产队均可达到四口人以上有两眼井，四口人以下有一眼井。由于投资小，见效快，群众满意，效果明显。只要雨水正常，全县人畜饮水问题基本得到了解决。

张茂威书记有一股勇猛顽强的精神，干工作雷厉风行，习惯于连续作战，连连取胜。他多数时间是在乡下，是在群众中。有时白天在县里开完会，工作安排部署就绪，晚上他就又带着我们下了乡，在农民热乎乎的土炕上，了解群众的疾苦，帮助他们解决存在的困难和问题。他有时工作起来，几天几夜不脱衣睡觉，有时实在困得厉害，就随意靠在那里闭眼休息几分钟就行了。只要一睁开眼睛，就好像又有了使不完的劲儿。他有时一天要跑好几个公社，忙得连饭也顾不上吃，饿了就啃几口随车带的干粮。就是我们这些年轻小伙子，也会累得筋疲力尽，有时甚至会产生害怕跟他下乡的念头。因为跟着他出门下乡只是一味地工作工作，从不考虑吃住，饿肚子是常有的事。

那年秋天，我们随张茂威书记检查秋收工作来到五良太公社菠菜营村，当时上场的糜黍很多，脱粒机"哇哇"地叫着，就是因为人手不够，脱粒进度十分缓慢。张茂威见此情景，立即就指挥我们和社员们干了起来。他亲自把在机器入口处，把糜黍源源不断地送进机器里。脱庄禾其实是很苦的营生，不但机器轰鸣刺耳，而且尘土飞扬，直往脖子里钻。社员们还有一块毛巾围在脖子里，可张书记甭说是毛巾啦，就是连个帽子也没有戴，就这样整整和社员们干了一个晚上。原计划要好几天才能脱完的庄稼，在张茂威的带领下，一夜之间就脱了个精光。群众称赞说："这么多年了，我们还真没见过这么扑泥下水实干的好干部。"

1981年秋天粮食征购入库的时候，县委决定必须要在10月1日前完成，县里的几个领导分头下去督促检查。张茂威带着我早上从盆地青公社出发，中午就到了韭菜庄公社。

刚刚听完了公社曹罡书记的情况汇报，他就对我说："小苏，你给杨家窑公社打电话，问问他们的情况，看他们能不能按时完成入库任务。"

我在曹罡书记的办公室立即操起电话接通了杨家窑公社党委姜贵宏书记。我客气地说："姜书记你好！县委张书记刚来了韭菜庄。问你们公社的入库进度怎么样？国庆节前能不能完成任务？"

我刚说到这里，正在炕上躺着的张书记"噌"地一下就坐起来下了地，打着赤脚直奔过来一把将我手里的电话夺了过去，非常恼火地说："拿过这个电话来哇，我看你连个话也说不了！"只见他操着电话大声对姜书记喊道："老姜，你给我听好了，别给我咿咿哝哝，到时候完不成任务我摘了你的纱帽子！"

原来张书记是嫌我对姜书记讲话的口气太客气太柔和，他是在批评我的工作不力。可我是有口难言啊！我一个小秘书能用强硬的口气对一个公社的老书记训话吗？假若我真的那样做了，不是等于装腔作势狐假虎威吗？

在韭菜庄公社一吃过饭，我们就马不停蹄地赶到了杨家窑公社。一进公社大院，只见院子里挤满了交售粮食的老乡，赶驴的、套车的、人背的，挤得水泄不通。有的人因为等了好长时间交不了粮，竟和收粮的干部吵了起来。

张茂威走上前来，挥着大手喊道："老乡们，不要挤。大家排成队，按次序来，保证让你们都能交了。"说着，他顺手抱起一口袋粮食就放在秤上，亲自给过起了秤。他扭头对我说："看来咱们今天不能走了。你也辛苦些，快帮他们给算钱。"就这样，我和张书记一下子就变成了收粮的干部。

天傍黑的时候，送粮的队伍还是来来往往，络绎不绝。张茂威书记把我

叫过来说:"小苏啊,你看交粮的社员们还有这么多,恐怕一时半会儿也交不完。天也快黑了,社员们一天也没吃上饭,这怎么行?你快去想办法给他们搞些吃的来。"

我立即去找公社姜书记,把张茂威书记的意见告诉了他。不一会儿,公社的食堂里就给送粮的老乡们蒸好了馒头,熬好了稀粥。姜书记亲自跑来招呼老乡们去吃饭。我也劝张书记快去吃饭,可他瞪了我一眼说:"你看我忙得能走开吗?"

直到晚上12点钟,这场紧张的收粮才结束。一算账,一下午整整收购了五万四千斤粮食。这时公社食堂里的饭早让老乡们吃光了。总不能让张书记饿着肚子吧,实在没办法,姜书记只好将一碗冷葫芦端到了张茂威书记的面前。张茂威书记边吃边笑着说:"不错,不错,这就挺好!"

这一年,由于清水河县委三秋工作抓得紧,在全盟第一家提前超额完成了国家粮食征购任务,受到了乌盟盟委、行署的通报表彰。

党风也好起来了

1980年2月,党的十一届五中全会讨论通过了《关于党内政治生活的若干准则》,要求各级党组织和广大党员从"执政党的党风问题是有关党的生死存亡的问题"的高度充分认识党风不正的严重性、危害性和危险性,认真对照《准则》检查自己,增强端正党风的紧迫感和自觉性,增强搞好党风的决心和信心。

清水河县委"一班人"首先从自身做起,于7月集中十天时间开展了"小整风"。大家对照《准则》,联系实际,检查自己,吸取教训,认真开展批评与自我批评。我作为县委秘书和会议记录人员,自始至终参加了这次学习和整风活动。

当时,县委有两名常委为子女大操大办婚礼在群众中产生了一些不好的影响。整风过程中,大家联系实际指名道姓地对他们提出了严肃的批评,帮助他们认识问题的严重性,并提议对照《准则》对他们进行一定的纪律处分。但也有的同志认为这不是太大的原则问题,主张给予批评教育就行了。

对此,张茂威书记义正词严说:"对于一个县来说,搞好党风,关键在县委。只有县委本身作风正派,做出表率,才能理直气壮腰杆硬,才能做到对不正之风敢抓敢管敢批评。如果我们对领导干部自身的问题也不敢抓不敢管,那咋能对得起组织、教育了群众呢?"

我是第一次参加这样的整风会，而且是第一次见县委的领导们这样指名道姓毫不客气地开展批评帮助。当时，我真的替主持会议的张茂威书记捏着一把冷汗，担心他初来乍到，就这样毫不留情地当面批评人会把会议弄"炸"了，把领导们的关系搞僵了。

其实，我的担心是幼稚和多余的。经过认真讨论，最后大家统一了思想认识，县委决定对这两名领导干部分别给予了党内警告处分。

"小整风"期间，县委召开县直机关单位党员干部大会，明确表示了端正党风的决心，并将县委提出的端正党风的六条意见和克服领导干部特殊化的八项具体规定公布于众，要求广大党员和干部群众进行监督。这对全县震动很大，产生了很好的影响，增强了人们对县委的信任，提高了人们搞好党风的信心。

"小整风"以后，县委"一班人"在思想上达到了进一步的统一，团结有了明显的增强，作风有了显著的改变，大家都努力按照《准则》严格要求自己，注意从现在做起，从自身做起，从每件事做起。常委们之间做到了相互信任，相互支持，大事讲原则，小事讲风格，有问题摆在桌面上，不搞小动作。县委、人大常委会和政府三大班子互相支持，互相维护，互相尊重，密切配合，形成了在县委统一领导下，各司其职，各负其责，分工不分家的工作局面。重大问题经县委认真讨论，有议有决；一经决定，就能坚决贯彻执行。县委的领导们都能坚持深入实际，调查研究，大部分时间都在生产第一线。在当年的"三秋"工作中，常委们带领200多人的秋收工作队，深入社队基层推动"三秋"工作。工作队员们一律按照县委的要求，一不拿麻袋，二不带油卡，三不搞大吃二喝，刹住了盛行一时的吃喝风，为全县搞好党风起了个好步，带了个好头。县里召开各种会议，都坚持按标准开支，一律不准喝酒。县委领导下乡都是随茶便饭，特殊招待的现象没有了。逢年过节约法三章：不请客，不吃请，不酗酒，为全县做出了表率。所有县级和各委办的领导同志为子女办婚事都做到了不请客、不收礼、不声张，一切从俭，受到了广大群众的赞扬。

当时，县委按照一级抓一级的原则，重点抓了各级领导班子的整顿和各级领导干部的带头作用。结合县社两级人代会的召开，调整充实和加强了县社两级班子。对那些长期搞不团结、不正之风严重、工作无起色的领导班子及时进行了组织调整，迅速改变了一些领导班子的软弱涣散状态，促进了各级干部作风的转变。县委还从加强学习、严格纪律、健全制度、提高效率、文明礼貌五个方面，大力整顿县直机关，努力促进机关党风和作风的好转，全县城乡上下很快出现了心齐气顺、风正劲足的大好局面。不论是抽调干部下乡，还是召开大型会议，在调动指挥上都十分顺利，县委怎么决定，下面就怎么执行，互相推诿扯皮、工作疲沓拖拉的现象大大克服，工作效率不断提高。

张茂威书记在办公 （1982年摄）

在贯彻落实《准则》，纠正不正之风的过程中，县委始终注意适时地抓好坏两个方面的典型，坚持对党风好的大张旗鼓地表彰、扶持；对党风不好的不留情面地批评教育。不论是谁，只要搞不正之风，都要坚决予以追究。两年来，县委先后大张旗鼓地表彰奖励了50个先进党支部、9个先进集体、311名

优秀共产党员和119名先进工作者。同时,县委政府还对在粮食征购、植树造林、种草养畜、农副产品收购、解决人畜饮水等方面做出突出贡献的10个公社和30名社队干部,进行了表彰和奖励。这些表彰奖励活动,有力地弘扬了正气,激励了先进,使广大干部群众受到了教育和鼓舞。

当时,我根据这些情况写了一篇新闻稿件《理直气壮地表彰先进、打击歪风——清水河县委采取有力措施转变党风和社会风气》,很快便刊登在1982年1月21日的《内蒙古日报》上。

在抓党风的过程中,县委没有仅仅满足于一般布置、经常强调和一般号召,而是十分注重在此基础上的检查督促工作,把对不正之风的"号召抓"变成了"亲自抓","等着抓"变成了"追着抓","碰上抓"变成了"找上抓"。县委领导都是走到哪里抓到哪里,发现就抓,遇到就管。在这方面,作为县委一把手的张茂威书记确是起到了表率作用。

那时,我跟着张茂威书记,坐着薛在龙师傅开的"212"吉普车,整日东跑西颠,奔波在基层社队。每到一个地方,我们既要了解当地社员的生产生活情况,又要倾听群众的呼声,特别是对那些群众反映的不正之风走到哪儿抓到哪儿,决不过夜,毫不留情。

有一天,我们去乌盟开会返回途中,路经王桂窑公社。在听取公社领导的工作汇报中,得知该公社兽医站近日有100多斤羊柴草籽被盗,价值600多元,没有破案。张茂威书记听说后立马来了精神,他亲自到现场进行勘查,又根据初步掌握的线索,连夜赶到另一个公社终于查清了案情,作案者原来是王桂窑公社中心学校的一名负责人。案情大白后,县公安机关立即依法追究了这个人的刑事责任。

五良太公社三十一号村有个社员叫付××,经常参与赌博,声名在外,县公安机关抓了几次都没有抓住。一天傍晚时分,我们跟着张茂威书记从王桂窑公社出发,顺着浑河冰滩直接将吉普车开到了河对岸的三十一号村。车子刚到村前的一口水井边,只见正在玩耍的孩子们中有一个身穿红上衣的小女孩突然撒腿向当村的一个院子跑去。

见此情景，张书记立马回头对我喊道："那就是付××的家，赶快上！"

眨眼工夫，薛师傅便将吉普车开到了这家的大门口。还没等我跳下车，只见张书记早蹦了下去，一个箭步就直冲大门而去。

一进院子，只见一个中年男人正打着赤脚从家里匆匆跑出来钻进了羊圈。只听得张书记大喝一声："付××——看你还往哪里跑！"

等我进去将他拉出来一问，原来他不是付××，是邻村的一个农民，他是来这里闲转悠的。付××今天正好不在家。

当时，张书记正在气头上，指着他的脑袋对他臭骂一顿："一看你就不是个好人，不是付××你跑啥？这个人肯定有问题，把他带回县里去！"

经张书记这么一训斥，此人当即承认自己不久前偷了木匠沟村的一台柴油机，埋在自家的羊圈里。于是，我们又跟着张书记连夜跑到木匠沟村，经调查核实果然该村前些时丢了一台柴油机尚未破案，没想到今天却让张书记给逮了个正着。

还有一天中午时分，我们跟着张茂威书记从窑沟公社下乡回到县里，路过西街内蒙古红旗化工厂家属区窑洞后面时，发现路边有一大堆刚砍伐的开花柠条。张书记立马说："停车！停车！"

当时，正有几个年轻人往回抱这些柠条。一细问，原来他们是准备盖凉房用这些柠条搭顶子。张书记一听便来了气，指着这几个年轻人破口大骂："你们这是在搞破坏！柠条开花时能随便乱砍吗？老百姓种点柠条多不容易啊！你们还有点良知吗？"

正值下班高峰，围观的人很多，大家议论纷纷。正在这时，内蒙古红旗化工厂的某书记来到张书记跟前，悄声对他说："张书记，这是我的个小子。"

只见张茂威书记大手在空中一挥喊道："我不管他是谁的小子。谁的小子也不行！"见张书记如此不给面子，那位书记只得悻悻离去。

随即，张书记对我说："你赶快给林业局菅明夫局长打电话，让他们来处理此事。"不一会儿，菅局长便带着林政管理人员来到现场，对此事进行了严

肃处理。

喇嘛湾紧靠黄河人多地少，是清水河县有名的水旱码头，过往车辆川流不息，大小旅店日夜熙熙攘攘。过去这里一时赌博、偷盗、哄抢等歪风邪气比较猖獗。虽然几经整顿，但总是时隐时现没有根本性好转。于是，张茂威书记和县人大常委会、纪检委的领导同志，带领公安局、工商局、税务局等有关部门的同志来到喇嘛湾，亲自上手抓这里的社会治安秩序整顿工作。

我们首先协助公社党委分别召开群众会、司机会、教师会、旅店负责人会，宣传党和国家的政策法令，动员各方面的力量，密切配合，对发现和揭发出来的问题快刀斩乱麻，当机立断做出处理决定。元旦这天，几位领导同志都没有休息。上午我们先到杨西梁大队处理了乱砍滥伐集体树木的问题，下午又到十几里外的落四坪大队调查处理了一起聚众赌博案件。

记得那天晚上天特别冷，空中还飘洒着雪花。我以为这下我们可能要休息了。谁知晚上12点钟，张茂威书记和县公安局耿祯元局长商量决定，当夜集中警力人力对沿公路的42家旅店进行突击检查。抽派出来的干部很快便集中在公社的大会议室，耿祯元局长担任行动总指挥，他简要地向大家说明了情况，布置了行动方案，大家便立即分头行动。

我们刚一上车，张茂威书记便将一把小手枪交给了我，说："你给我拿好了，别走了火啊！"

这是我有生以来第一次拿到手枪，我根本就不会摆弄，一路上我将这沉甸甸的手枪握在手里也不是，揣到兜里也不是，生怕真的有什么意外发生。半夜三更，到处笼罩在一片黑暗之中，我提心吊胆地紧跟在张书记的身后，一步也不敢离开，我既要小心翼翼地保护他，又怕自己有什么闪失。

这天晚上的突击检查，我们抓获扒盗过往车辆货物者7人，查获卖淫嫖娼者4人。随即我们对存在问题严重、群众反映强烈的三家旅店进行了停业整顿，对严重扰乱社会治安秩序的4名人员依法给予行政拘留。不到十天时间，我们就收到群众大量检举揭发材料，协同公社党委破获处理赌博、偷盗、抢劫等大小案件 40 多起。有 12 名家长主动带子女来交代问题，31 名有违法行为的社员主动到公社承认了错误。喇嘛湾很快出现了各族干部群众积极维护社会秩序、歪风邪气无处藏身的局面。

当时，我也为我们取得的工作成效而高兴，于是对张书记说："我想把咱们整顿喇嘛湾社会秩序的情况写篇新闻稿子，您看合适不合适？"

因为我知道张书记工作讲究的是实干，从来不炫耀自己。以前也有许多上面来的记者要采访他宣传他，都被他婉言谢绝了。

谁知这次张书记听我这么一说，竟然高兴起来了。他笑着对我说："你小子还算机灵，那你就写写吧，但必须要实事求是啊！"

于是，我便趴在喇嘛湾公社的一张破办公桌上，很快就写好了一篇新闻稿件，让公社放大站的打字员给打印出来便寄了出去。一个星期后，这篇题为《清水河县委领导成员深入喇嘛湾地区大抓治安整顿，社会秩序明显好转》的稿子便刊登在了 1982 年 2 月 18 日的《内蒙古日报》头版上，内蒙古人民广播电台也进行了广播。

不久，中共乌盟盟委召开旗县委书记会议，点名让张茂威书记在大会上做了题为《党委重视 常抓不懈 努力争取党风的决定性好转》的发言。为了给张书记准备这篇发言稿，我们办公室的几个同志连续加班，几经推敲，反复修改，最终经张书记亲自审改才定了稿。

1982 年 5 月 8 日，内蒙古自治区党委第一书记周惠同志和党委副书记石生荣同志来清水河县进行调查研究工作。

对周惠书记我是仰慕已久的，早知道他是当年"庐山会议"上的风云人物，曾和彭德怀、黄克诚、周小舟等因为讲真话，被打成所谓"右倾机会主义反党集团的干将"被罢了官，直到改革开放初才复出来到内蒙古自治区任职。而石生荣书记却是在抗战初期从陕北来晋北绥南一带打游击的传奇式人物，解放战争时期他就担任清水河县县长、县委书记，家乡百姓的口中经常传颂着他当年英勇斗敌的传奇故事。

周惠书记这次到清水河，穿着一身灰色中山装，戴着墨镜，一路谈笑风生，

给人一种深不可测的印象。当时,我作为县委秘书跟着张茂威书记陪周书记等一行到杨家窑、喇嘛湾、城关等公社进行了实地调研。

周惠书记和石生荣副书记边走边看边讲,对清水河县委的工作表示十分满意,对清水河县未来的发展方针提出了很好的意见,同时对张茂威书记亲自抓党风廉政建设的做法给予了高度称赞。

张茂威书记对工作极其负责任,有着极大的工作热情。他精力充沛,抓工作事无巨细,不管手头碰到什么事他都敢抓敢管,而且是一抓到底。什么牲畜糟害庄稼、村里出了小偷、集体林木被盗、男人串门踏户等等,一些似乎一个县委书记不该去直接过问的事情,只要是他知道了,就非得管到底不可。只要你做错了事,不管是什么场合,不管有多少人,他也会指名道姓、毫不客气地将你批得无地自容。大会批、小会批、当面批,直至你认了错,改正了,他才肯罢休。他说:"那种眼看着干部犯错误而惜情护面的人是不负责任的。"他这种雷厉风行、真抓实干的工作劲头,对推动清水河县的各项工作确实是起了很大的作用;他那种一心为民、敢于碰硬、对不正之风敢抓敢管敢批评的工作作风,当时对改变清水河县的社会风气起到了很大的威慑作用。

作为一个县的主要领导干部,张茂威书记心里装着的只有工作,只有群众,唯独没有他自己。他常说:"我们当干部的首先要把自己搞正确。"他的生活十分俭朴,吃冷饭、喝凉水,这对他来说早已习以为常。他经常上火流鼻血,每当这个时候就赶紧用凉水拍拍脑门冲冲鼻孔来止血。他一个人住在办公室,抽屉里常备着些饼干、月饼等食物,有时下乡回来晚了,县委机关食堂早已关门,他就随便吃几口干粮了事。他虽然经常在乡下工作,但他从来不准社队干部为他杀羊备酒备菜。如果哪个人这样做了,非得让他骂个狗血喷头不可。他在严厉批评那些利用公款大吃二喝的干部时说:"你们知道吗?你们坐在那里满嘴流油吆三喝五地吃喝,群众在外面怎样看待你们,是在戳你们的脊梁骨!你们用公款吃喝,那是在挥霍人民的血汗,是在破坏党和群众的关系,你们还有点共产党人的味道吗?"

作为一个县委书记，张茂威把脚踏实地地干工作、见成效当作是自己安身立命的资本，把敢斗歪风、廉洁奉公变为驾驭复杂局面的大气、开创工作的锐气、促进自身完善的元气。他时时处处在自觉地维护着党和人民的利益，始终对自己、对家人要求很严，生怕别人对自己说三道四。他的爱人本来过去是有工作的，国家困难时期被精简下放回了家。后来落实政策时也允许重新安排工作，可他说已经一大把年纪了，快不要再给国家添麻烦了。他简单一句话，就使老伴失去了再次上班工作的机会，成了一个地地道道的家庭妇女。晚年她患病长年卧床不起，医药费还得靠亲朋好友众人资助。

张茂威老家卓资县大榆树农村有个侄子远道前来找他，想求他给找个工作，他只给管了一顿饭，便说："你回去吧！这个口子我不能开，我不能违背党的《准则》去搞特殊化。"当时，我亲眼看到他的侄子是噙着眼泪离开清水河的。其实凭借他手中的权力，别说安排一个亲戚，就是十个八个也根本不成问题。何况中国自古就有"一人得道，鸡犬升天"之说，即使是安排了，别人又能怎么样？现实生活中，不是有好多人都这样做了吗？他们都还不是照样升迁的升迁，荣耀的荣耀？可张茂威没有那样做。他说："如果我们共产党也搞拉帮结派，培植亲信，以权谋私，那同国民党还有什么两样？"

一次，张茂威书记的老伴带着小孙女来县里看望爷爷。小孙女突然患感冒病得很厉害，什么也吃不下。县委通信员冯金海跑出去给孩子买回了一斤白糖。张茂威一见就十分严肃地问："你买白糖给了票证没有？"当时白糖供应比较紧张，购买是要凭票证的。小冯支支吾吾地说："没有。"张茂威听了一下子就火了，他厉声批评道："谁让你这么干的？不给票证就能买白糖，老百姓能行吗？立即给我退回去！"他的脾气我们是知道的，没有办法，小冯只好又把白糖退了回去。

别看张茂威书记对自己要求很严，可对同志非常关心体贴，他经常替别人考虑着子女就业、职工住房、工作转正等实际问题。我们这些县委大院的半家户，大多是张茂威书记亲自提议给家属解决了劳动指标，解除了我们的后顾之忧。

张茂威书记1980年6月调到清水河县工作,1982年9月调离清水河,他在清水河县仅仅工作了两年多。他的调离也是很突然的。走的时候,他还是背着那个黄帆布挎包,这就是他的全部行囊。

左起吕景瑞、王玉山、张茂威书记、苏芝英、乔志明　(1982年摄)

临走时,我帮着他整理文件、收拾东西。他把一只手电筒送给我说:"你看我也没什么好东西送你,留个手电做个纪念吧!"我相信,他留给我的手电是会照亮我的人生之路的。

当时,我很激动,心里也非常难受,哭得几乎说不出话来,我是真的舍不得让他走啊!

他说:"你哭什么?我走了,你还可以常来看我嘛!你一定要好好学习,努力工作,我听到了也高兴。"

1982年9月4日,清水河县正召开三级干部会议,中共乌盟盟委副书记、乌盟行政公署盟长贺芝林同志来清水河宣布关于县委主要领导同志工作调整的决定，欢送张茂威同志离职，欢迎赵德同志任中共清水河县委书记。

张茂威书记走了。

两年，这在历史长河中是十分短暂的一瞬间。但他给清水河人民留下了非常深刻的记忆，在清水河历史的画卷上他涂下了重重的一笔，清水河人民是不会忘记他的。

张茂威书记从清水河调离后，先后担任了丰镇县委书记、乌盟政法委书记等职。那年我去集宁开会顺便去看他，他十分高兴。交谈中，他认真了解了我在县里的工作情况，给我讲了许多工作中应该注意的问题，勉励我任劳任怨，勤奋努力地工作。

临别时，他将我送出门来，我已经走下了楼梯，猛听得他在楼道口对我大声喊道："你要注意些政策！"我应了一声。刚走几步，又听见他喊道："你要把握些原则！"我又应了一声。再走几步，身后又传来他的喊声："你要讲究些方法！"

这是一位多么可敬可重的领导啊！他似严师，每时每刻都在真诚地教诲着你；他像慈父，每时每刻都在倾情地关怀着你。

1989年10月，张茂威书记刚刚办理了离休手续就突然患脑溢血不幸去世了。我们接到讣告后，立即驱车赶往集宁参加吊唁。当时，我怀着十分悲痛的心情参加了遗体告别仪式，并将他护送到殡仪馆，饱含着热泪望着他化作青烟冲上蓝天……

后来，听说他的骨灰被安放在大青山革命公墓。我想，他本是大山的儿子，又回到了大山的怀抱，自然地来，自然地去，陪伴着他的，只能是蓝天、大地、黄土和青山啦。

又回宣传部

1982年9月6日,我正式走马上任中共清水河县委宣传部副部长。

其实,我的这个任命决定两个月前就宣布了。但直到张茂威书记调离了清水河,我才正式到宣传部上班。

当时,在许多人眼里宣传部是个清水衙门,既不管钱又不管物,只管理论学习、舆论宣传和精神文明建设。但在我看来,这个地方却非常适合我。这个部门权力不大,没有争斗,自然少了许多是是非非,再说我还喜欢有时间写点自己的东西。况且,当时的县委宣传部部长范游恺、副部长牛国英及宣传干事崔林、李鸣晓、张永平、郭军、刘赞文等大多是些有知识、讲仁爱、守诚信、崇正义的年轻人,他们时时刻刻都在通过教育引导、舆论宣传、文化熏陶及自身的努力,在为他人送温暖为社会做贡献的过程中提高精神境界,培育文明风尚,在这样的环境中工作十分轻松愉快。

我到县委宣传部工作的时候,党的十二大刚刚闭幕不久,清水河县正在掀起学习宣传党的十二大精神的热潮。我们宣传部门更是全力以赴,走在前头,迅速做出了学习宣传十二大精神的具体安排。

在普遍号召的同时,县委还召开了三级干部会议,组织全县四百多名大队党支部书记以上的干部集中学习十二大文件,范游恺部长亲自在大会上做学习辅导。我们宣传部及时给全县各级党组织印发了学习要点和学习思考题。我们还从县委、人大、政府等机关抽组了50多名理论水平较高、有宣讲能力的同志,由县委领导带队,分别深入到十四个公社宣讲十二大文件。

当时,我们宣传部配合县委党校连续举办了4期学习宣传十二大文件的训练班,将全县副科局级以上党员干部和公社党委正副书记、管委会主任全部培训了一次。县直各系统也都积极组织所属系统的股级干部和一般工作人员进行培训。县委还决定,各公社党委要在"三收"工作结束后,将农村党员集中培训一次。

为了加大宣传力度,当时宣传部门和文化馆、电影院、乌兰牧骑等文化文艺机构,都把宣传十二大精神当作头等大事来抓,主动配合县里的宣传活动。县广播站新增了学习十二大文件的自办节目,团县委、工会、妇联等群众团体也纷纷号召广大共青团员、工人和妇女群众深入学习宣传十二大精神。县新华书店的同志走机关串单位,亲自将1500多份十二大文件汇编送到了干部职工手里。

按照部里的安排,我还亲自带着郭军、刘赞文等同志深入县直机关单位对学习宣传十二大文件情况进行了检查,并及时总结了财政局、税务局、招待所等单位的学习宣讲经验。

当时,清水河县借着十二大的浩荡东风,不断解放思想,大胆推进改革,欢天喜地将"包"字请进城。县委召开七届四次全委扩大会议和三级干部会议,县委首先拿出了改革意见,县直二十二个单位和各公社分别在大会上介绍了改革方案。县委组织部、宣传部、纪检委等行政部门在现有的条件下,因地制宜地建立并实行了岗位责任制,机关作风大大改变。县经委系统所属十九个工交企业,全面落实了企业对国家、职工对企业的经济责任制。县商业系统全面推行了经营承包责任制,打破了"铁饭碗",取消了"大锅饭",克服了国营企业"大树底下好乘凉"的依赖思想,不断改进服务态度,经营效益不断提高。全县上下迎着改革的春风,在改革中起步,在改革中奋进。我了解这些情况后,立即写了一篇《包字进城 精神大振 改革工作在清水河县城乡全面兴起》

的新闻报道，这篇稿子很快就被《内蒙古日报》和《乌兰察布日报》采用。县委赵德书记看到这些新闻报道后，还把我叫到他的办公室对我鼓励一番，他说："你的这篇报道抓得及时、抓得好。"

那个时候，清水河县农村的形势在短短几年内也发生了令人鼓舞的可喜变化，全县涌现出了许多示范户、专业户和重点户，为农业生产向专业化、社会化、商品化方向发展做出了示范。但在这些可喜变化中，农村中还存在着许多问题，需要我们认真研究解决。

1983年3月27日，县委办公室编印的《工作通讯》刊发了县委书记赵德同志致全县农村基层干部的一封信。这封信是赵德书记经过认真调查研究、琢磨了好长时间写出来的，他在信中主要分析强调了农村如何普及教育、加强农村科技工作和做好农村计划生育工作等问题，要求广大农村基层干部要随着新形势转变工作作风和工作方法，研究新问题，总结新经验，把党的政策变为群众的自觉行动。

赵德书记的这封信不仅语重心长，前瞻性特别强，而且确实抓住了当时农村工作中的薄弱环节，给全县各级干部提出了新的研究课题。

当时，宣传部的同志们反复研读赵书记的这封信，认为宣传部门更要走出去、沉下去，主动调查研究，发现新情况研究新问题，当好县委的参谋助手，充分发挥好喉舌作用。

于是，我们主动与县委办公室配合，共同组成调查组，分别对全县存在的克农伤农问题、农村文化建设情况、培养使用回乡知识青年情况等进行了认真的调查研究，摸清了基本情况，找出了存在的问题，提出了相应的解决办法和措施。我们撰写的《关于我县当前存在的克农伤农问题的调查报告》《关于我县农村文化建设的调查报告》及《我县培养使用回乡知识青年的调查报告》分别刊发在县委的《调查研究》上，引起了县委领导的高度重视和良好的社会反响。

一次，我到韭菜庄公社调研，听说供销社满族售货员温凤兰二十六年如一日,热心为老百姓服务,被人们誉为"山老区人民的好后勤"。当时,公社供销社的职工、家属正进行计划生育结扎手术,所有术后女患者都是她一个人照料,服伺得非常周到。我了解这些情况后,回来立即写了一篇通讯《山老区人民的好后勤——记满族售货员温凤兰》,稿子很快登在了《乌兰察布日报》上。后来,温凤兰不仅光荣地出席了清水河县民族团结进步表彰大会,而且还被选为出席乌盟代表会的代表。

在盆地青公社调查研究时,我认真了解了年轻的公社党委书记高万华大念"草木经"的事迹。1976年二十二岁的高万华担任盆地青公社革委会副主任,成了分管全公社林业生产的干部。当时公社党委正做出了"农业下滩、林业进沟、牧业上山"的发展规划,在老书记高安成的支持下,高万华亲自担任造林总指挥,带领社员们采取专业队长年搞和大会战突击搞的办法,在东起鹰嘴山西至新堡梁的十五里长山坡上进行植树造林。仅仅几年工夫,这里的沟沟岔岔就全部栽上了杨柳树,在一些缓坡上定植了许多油松、落叶松,使这里的荒山秃岭披上了绿装。

后来,高万华担任了盆地青公社党委书记。他上任抓的头一件事就是把全公社一百五十个种草改良重点户集中回公社,请县里的技术员来给大家上课,公社干部全部下到生产队进行质量把关,全公社很快掀起了种草热,实现了家家有草地,队队不缺草。三岔河大队门前有一条宽阔的河滩,沙石丛生。高万华书记亲自领着技术员来到这里,察看地形,拉线定桩子,组织附近四个大队的六百多名社员来这里挖高杆杨树定植坑。他和社员们一起舞镐挥锹,硬是在六百五十多亩的乱石滩上定植了八万三千多棵高杆树。全县种草种树巡回检查的县社领导来到盆地青公社,对这一片片、一行行茁壮成长的树木赞不绝口。

当我实地了解到这些情况后,内心感慨万千。我亲眼看到了自己家乡面貌的巨大变化,心里有说不出的高兴,我也为有高万华这个真抓实干的老同学感到骄傲和自豪。很快,我就写了《山区出了念"经"人》的调查报告,刊发在县委的《工作通讯》上。

1983年4月2日至4日，清水河县召开了首届文学艺术工作者代表大会，来自全县各行各业、各条战线的新老文学艺术工作者欢聚一堂。县委、人大、政府、武装部的领导以及工青团妇等单位的负责同志都参加了大会开幕式。

这次文代会，是全县文艺战线的群英会，是全县文学艺术工作者的大会师、大检阅，也是繁荣和发展县文学艺术工作的动员会。会议期间，大家认真回顾了清水河县文艺工作所走过的道路和所取得的成就，总结了历史经验和教训，进一步明确了新时期文艺工作为人民担当、为时代放歌、为民族铸魂的重大使命。

大会通过充分酝酿讨论，选举县委宣传部长范游恺为首届文联主席，李继仁、胡汉惠为文联副主席。同时选举产生了五个协会理事会，选举苏芝英为文学工作者协会主席、刘遇厚为戏剧工作者协会主席、尚存信为美术摄影者协会主席、王秀义为音乐舞蹈者协会主席、高旺为民间文学研究会主席。

大会结束时，与会代表和县委、县政府等领导举行文艺联欢会，大家纷纷登台，吹、拉、弹、唱尽情欢乐，呈现出一派团结活泼的生动局面。直到现在我仍记得当时县新华书店杨秀珍表演的二人台《借冠子》赢得满堂喝彩。

这次文代会后，清水河县便迎来了文学艺术百花齐放的春天，很快涌现出了像宿云、刘遇厚、邢振悦、董茂芸、潘瑞祥、刘海豹、李巨、曹宗权、刘建国、李凤卿、张永平、高尚儒、王玉峰、郝世富等一大批文学爱好者，他们创作的小说、诗歌、散文等作品不断在区内外报刊上发表，将清水河县的文学创作引领至新的境域，为清水河的文学创作增添了无限生机与活力。

当时，我们县委宣传部抓的还有一项牵动全局性的工作，那就是全县轰轰烈烈开展的"五讲四美三热爱"活动。按照县委的部署，当时整个活动重点是要抓好三件事：一是搞好环境卫生，解决一个"脏"字；二是整顿公共秩序，解决一个"乱"字；三是提高服务质量，解决一个"差"字；力求使城乡社会风气和道德面貌有一个根本改观，以此来促进全县社会主义精神文明建设的开展。

清水河县城所在地城关镇倚山临河，面积约五平方公里。当时这里是一个市民与农民混居的小镇，一条永安大街横贯东西，其余几十条小巷纵横交错。由于县城依山而建，地势高低不平，每逢下雨洪水顺山直泻而下，乱石滚滚；洪水过后，大街小巷泥泞不堪。再加多年来建筑无规划，街道狭窄，给排除污水、清运垃圾造成很大困难。这些不利的自然条件给我们改善环境卫生，建设净化、绿化、美化的新型城镇增加了很大难度。

但当时县委、县政府决心以全民动员、领导带头、层层动手来推进全县的"五讲四美三热爱"活动。县委主要领导同志在夜间亲自召集城关镇的马路清洁工开会，研究街道卫生的清洁问题；副县长刘振华在晚上亲自和清洁工打扫大街，现场办公解决实际问题。县财政部门在资金十分困难的情况下还拨出专款，购买了一批清运垃圾的小四轮拖拉机。宣传部副部长牛国英经常带着我们跑单位查卫生，钻小巷清垃圾。一次，我们跟着他检查卫生，大家顺着城外的河滩从东往西走了一天，现场解决多少问题不说，光死猪、死猫、死狗就清理出六十多只。我们宣传部和爱卫会组织了十几个单位，发动群众用了半个月的时间，在城关镇内的大街小巷清运出垃圾近万吨，粉刷街道两侧建筑、机关院落墙壁三万三千多间，硬化路面一万多平方米，疏通渠道三千五百多米，并且采取措施保证每天清理垃圾无积存，实现了街巷卫生分片抓、车辆行驶队列化、办公用具整洁化、检查评比制度化。

在文明礼貌活动中，县委、县政府机关更是首先带头，从一点一滴做起，给各机关单位做出表率。县委书记、县长、人大常委会主任们都是亲自动手，带领大家擦玻璃、拖地板、扫尘土。各个办公室桌上没有乱放的报刊纸张，地上没有鞋子带入的泥土，墙上没有乱钉的钉眼，室内没有乱飞的苍蝇。整个县委政府办公大楼不仅卫生抓得好，而且在美化环境上也下了很大功夫。楼前楼后栽植了一排排松树，修建了钢筋花围墙，花池里种植着争芳斗艳的鲜花。每个办公室都有培育的好几种花卉，有香气浓郁的夜来香、有雅洁的米兰、有枝蔓花细的吊兰、有四季常青的玉树。当时，孟淑清、舒小丽、张翠英、徐

志叶、侯青梅等都是大楼里有名的养花能手,她们利用工作之余,为机关培育了上百盆鲜花,整个办公大楼终日芳香袭人。

那时,县直各机关也普遍开展了植树种草养花等绿化和美化环境的活动,使县城内的环境在绿化、美化、净化方面展现了前所未有的新气象、新风貌。当时,县里还以治差为重点,大抓商业部门、医疗卫生、公共交通等窗口行业的服务态度和服务质量。各行各业的干部职工和学校师生深入开展各种益民利民活动。全县普遍开展了"建设文明村、文明户""五好家庭"及"争当五好媳妇"等活动,不少公社还办起了敬老院,使无儿无女的孤寡老人能够幸福地安度晚年。县里先后召开了精神文明建设先代会和"五好家庭"经验交流表彰会,对在精神文明建设上做出显著成绩的先进集体和个人进行了表彰奖励。"五讲四美三热爱"活动,有效地改善了人与人之间的关系,有力地推进了全县的社会主义精神文明建设。清水河县城关镇因此荣获乌兰察布盟"百灵"爱国卫生城镇奖第一名,清水河县获自治区爱国卫生"阿吉奈"奖第二名。

这年的8月初,我还跟着县委副书记韩佃清、组织部部长侯国栋、工会主席冯殿武、文化局局长郝世秀、团委书记高俊、妇联副主任贾云莲、交通局局长吴廉等,专程赴赤峰市进行学习考察。那时,赤峰市的文明礼貌活动搞得如火如荼,城市绿化美化令人耳目一新,大小街道非常干净整洁,精神文明建设已经取得了显著成效,看了以后我们眼界大开,深受鼓舞。至今记忆犹新的有两点:一是我们参观了赤峰市的地毯厂,见到了他们为人民大会堂定制的长城挂毯,只见那巨幅挂毯上万里长城巍峨蜿蜒栩栩逼真。当时,我从内心里由衷地赞叹:哇,这里竟有如此国宝啊!二是在赤峰市的街头,我第一次见到了一片片装点美丽城市的串串红,它如火焰一般辉映在阳光下,给人们带来了激情燃烧的愉悦。记得返回来时,我们途经秦皇岛半夜下了火车。大家在车站广场等着,我和郝世秀打前站想在市里给大家找家旅馆住宿,可我俩跑了好几条街道也没有找到个旅馆,大家只好在车站广场里露宿了一夜。

当时,清水河县委、县政府还有一项突出的重点工作,那就是计划生育。

为了大造声势，轰开局面，县里召开了全县有线广播动员大会，街头巷尾到处张贴宣传标语，乌兰牧骑编排了计划生育专场节目，我们宣传部和计生局还组织宣传车深入厂矿、街道和农村社队进行宣传。县计生部门同各公社、县直各单位签订责任状，逐级下达结扎手术指标，要求已生一胎的妇女普遍上环，对已生二胎的夫妇要求一方做绝育手术，计划外怀孕的妇女要采取补救措施，简称为"一放、二扎、三刮"。当时的口号是：生产一定要上去，人口一定要下来！

那时，县委政府机关的干部要首先带头搞好计划生育工作。只要是二胎，只要单位领导一找你谈话，你就得赶快准备做手术，此事根本没有商量的余地。有的家属一听说要做手术，便在家里闹起了矛盾；有的怕做手术，干脆跑到外面躲了起来；还有的甚至办了假离婚。

当时，我家已有两个孩子，自然是在手术范围之内。我回家想和妻子商量我们到底该怎么办，我也担心妻子的思想不通。谁知还没等我说什么，妻子就说："这还要咋商量，人家农民还做得彩彩的，咱们当干部的还能扛得过去？你也不用为难。你是男人，打里照外全靠你哩，你不能做，这个手术我做就行了。"

一切就这么简单。两天后，妻子便自己到保健所做了结扎手术。单位给她发了一千元的慰问金，我们就用这些钱买回了家里的第一件家用电器——航天牌电冰箱。

那年春节前，县委、县政府决定大打一场计划生育的攻坚战，县里突击抽调一百多名干部集中到喇嘛湾公社去搞计划生育工作，我也在其中之列。当时，我和另外几个同志负责跃进大队第六生产队。那时，村里的社员们对计划生育的认识还不高，害怕做了手术干不成农活儿，所以一看见县社干部进村，手术对象就跑得无影无踪。这就需要我们的耐心，需要三番五次上门去做思想动员工作。只要能说服一个对象做了手术，我们就感到非常的高兴。在那十多天里，在我们工作队的帮助下，喇嘛湾公社除了上环者外，还做了男女结扎手术一百二十例。这一年，清水河县采取集中分片，领导抓、抓领导的方法，层层进行宣传教育和组织发动工作，以结扎手术为主，分两批在机关、厂矿和城关、喇嘛湾、韭菜庄、窑沟、王桂窑六个公社，大抓了计划生育工作。全县完成男女结扎手术三千一百例，放环二千零六十一例，计划外怀孕采取补救措施的一千一百七十例，节育率达到了百分之八十六点五，人口自增率下降到了千分之八点零三。我根据当时的情况，写了一篇题为《大造声势 形成风气 清水河县不断掀起计划生育新高潮》的消息，很快被《内蒙古日报》和《乌兰察布日报》采用。

再操旧业

1983年冬天，清水河县开始大规模的党政机构改革。这次机构改革突出的有两点：一是赋予了县委"一把手"很大的选人用人权力，所谓是"一把手组阁"；二是突击提拔使用年轻且有学历文凭的干部，以实现县社各级领导班子的革命化、年轻化、知识化和专业化。在这次机构改革中，我和宣传部的李鸣晓同时调到县委办公室当副主任。

当时的县委办公室是一个团结奋进、充满生机和活力的战斗集体，乔志明主任文韬武略驾驭全局，办公室还有石生俊、韩宇、董茂芸、赵金贵、张新瑞、董玉军、孙永升等一批年轻有为、勤奋敬业的笔杆子，各项工作只要乔主任一声令下，我们大家就会全力以赴完成。办公室真正开创了一个前所未有的心齐气顺、风正劲足的新局面。

当时，《邓小平文选》正在全国公开出版发行。文选收入邓小平同志在1975年至1982年期间的部分重要讲话、谈话，其中有许多是过去没有公开发表过的。《邓小平文选》涉及政治、经济、科学、教育、文艺、统战、军队和党的建设等各个方面，内容十分丰富。这是我们高举中国特色社会主义伟大旗帜，推进社会主义现代化建设的强大思想武器。全国上下很快就掀起了学习《邓小平文选》的热潮。

记得一天乔志明主任对我说：你是宣传干部出身，给咱们办公室出些学习《邓小平文选》的思考题，对咱们办公室同志们的学习也好有个帮助。于是，我就在反复研读《邓小平文选》的基础上，围绕《邓小平文选》出版发行的重大意义、解放思想的重要条件、社会主义社会的基本矛盾、从现在起到本世纪末我们必须抓紧哪四件工作、实现四个现代化必须具备哪些前提等，一共列出了36道学习思考题，并做出答案、标注出在文选中的具体页码。这些思考题经乔主任审修后，及时打印分发给办公室所有同志，对大家的学习起到了有益的帮助和促进。

那时办公室的工作人员是不能死待在机关的，有好多时间要跟着县委领导去基层进行调查研究。我印象较深的一次下乡是跟着县委副书记张学义到王桂窑公社调研。我们一直跑了十几个生产队，调查了解情况。记忆最深的是在一间房生产队制止了人们乱砍果树，帮助落实了集体果园整体承包的问题。我还就此写了一篇通讯《一座果园的起死回生——记清水河县委副书记张学义帮助社员发展果树的事迹》，稿子很快被《内蒙古日报》采用。

作者与县委赵德书记（右）合影　（1983年摄）

1984年4月初，我和石生俊接受了一项特别的任务，陪同当年的清水河县武委会主任、时任乌盟政协副主席袁晋杰同志重返革命老区韭菜庄进行调研，并看望离别多年的乡亲们。

韭菜庄乡位于古长城脚下，这里山峦起伏，沟壑纵横。革命战争时期，这里曾是晋绥边区通往大青山革命根据地的重要通道。1946年初冬，二十六岁的袁晋杰受晋绥军区的委派，来到清水河县担任武委会主任兼二区（韭菜庄一带）区委书记。在这块洒满鲜血的土地上他坚持斗争四年，和这里的人民结下了深情厚谊。重返革命老区，看望老区人民，是他多年的愿望。三十五年后的今天，他终于夙愿以偿了。

此时袁晋杰主席已是六十多岁的人了，但身子骨却非常壮实。此次老区之行，他精神饱满、兴致勃勃。

仲春四月，桃花盛开，万物吐嫩。农家人正在紧张地春耕播种。但一听说当年出生入死的老八路"袁主任"回来了，每到一地，乡亲们都纷纷前来看望，家里院里大人小孩挤得满满的。拉家常、叙友情，无拘无束，谈笑风生。

十七沟村，是当年袁晋杰常住的地方。这里的人民当年冒着生命危险，经常为八路军游击队站岗放哨，传递情报，侦察敌情。今天，他们和袁主席手拉手，盘膝而坐，回忆当年舍生忘死的激烈战斗，吞糠咽菜的艰苦岁月，军民军政亲如一家的鱼水深情，使我们在场的人深受感动。

1947年10月，国民党十七师师长刘万春率部乘五十辆汽车进犯我晋绥边区。绥蒙军区姚司令员亲自指挥人民解放军三个团在十七沟梁上与敌人展开了激战。袁晋杰当时组织民兵和群众为姚司令的部队抬担架、运送弹药。战斗一直从清晨打到黄昏，刘万春部被打得抱头鼠窜，死伤数百人。这次袁主席重返老区，他健步登上当年姚司令的指挥台，向随行的人们讲述当年那场恶战的情景。

在访问板申村时，袁晋杰主席又一次被感动了。他首先来到当年的"堡垒户"赵五家，要看望这位当年常为他们站岗放哨、传递情报、筹集军粮的革命老人。可惜的是，老人在一个月前去世了。当他跨进赵五家门时，赵五的老伴禁不住失声痛哭："你可回来啦，他爹临死前还念叨着你哩！"

1947年冬，袁晋杰害了伤寒病不省人事。赵五老两口和众乡亲把他当亲人一样看待，不分昼夜地隐蔽、救护、调养。后来情况有了变化，又是他们用担架把他转送到了晋绥边区医院。看着当年养病的窑洞，望着身子瘦弱的大嫂，袁晋杰思绪万千，眼睛里涌出了泪花。

战友的深情是用鲜血凝成的。袁晋杰对革命烈士极为崇敬与怀念，我们跟着他特意重访了小黄榆沟和窑子上等一些烈士壮烈牺牲的地方。1948年6月29日早上，二区区长郝荣带领六名同志来到窑子上村，他们正在吃饭，突然被三百多名敌人包围在窑洞里。他们奋力还击，但寡不敌众，敌人最后将窑门窗和柴草点着，浇上煤油，将我七名同志活活烧死在窑洞里。当袁晋杰带人赶来时，敌人已撤走，郝区长等壮烈牺牲。几天后，袁晋杰在这里主持召开了隆重的追悼大会，会后当地许多青年纷纷报名参军参战，为烈士们报仇。在这次访问中，他再次来到烈士们牺牲的窑洞前，望着当年被敌人烧黑了的窑皮，怀念当年并肩作战的战友，心情久久不能平静。

在这次访问中，袁晋杰同志也欣喜地看到老区人民的生活变化。当年这里的乡亲们尽是土炕无席，头枕木骨碌，吃的是野菜黏蓬面。今天，他看到乡亲们砌起了排排新窑洞，炕上铺的是新油布，家家粮食满仓，笑逐颜开。

在乡亲们的热炕上，袁晋杰主席认真地给大家宣讲中央一号文件精神，为农民的勤劳致富出主意、想办法。他热情地鼓励乡亲们大力种树种草，为建设和繁荣山老区做出新的贡献。

短短的几天调研走访，我和石生俊也受到了一次深刻的革命传统教育。于是，我俩动手写了一篇通讯《他和老区人民心连心》，发表在1984年7月17日的《乌兰察布日报》上。

1984年6月，清水河县委赵德书记调任乌盟粮食处处长，副书记韩佃清担任了县委书记。

一天，韩书记突然将我和办公室副主任李鸣晓叫到他的办公室说：现在全党都在学习贯彻党的十二大精神和《邓小平文选》，内蒙古党委主办的《党的教育》刊物约请他写一些有关党课教材的文章。他要我们帮他先拉个提纲，写出几篇来给他看看。

在办公室工作，直接为领导服务这是一项经常性的重要工作。接受这个任务后，我和李主任丝毫不敢怠慢。我们围绕改革开放新形势新任务的要求，很快就拉出了十篇党课教材的写作提纲，并根据自己的学习认识和体会开始为韩书记撰写这些文章。当时，我写的题目是"坚持辩证唯物主义的思想路线"，主要是强调解放思想就要坚持辩证唯物主义的认识论，敢于打破传统的习惯势力和主观偏见的束缚，一切从实际出发，及时研究新情况，解决新问题，在认识和改造世界上做出新贡献。李主任写的题目是"一定要善于重新学习"，主要强调的是面对新形势新任务，各级干部一定要注重学习，善于重新学习，要通过学习来开阔眼界，认清社会发展的客观规律，树立起共产主义必胜的坚定信念和无产阶级世界观，并以此来指导我们的工作实践，开创新的工作局面。

我们将拟定的党课教材写作提纲和写好的两篇文章呈送韩书记。韩书记看了以后满意地说："这两篇文章写得不错，问题抓得准。"随后，他又亲自动笔对文章做了些修改。很快，以韩书记署名的十篇党课教材文章便陆续发表在内蒙古党委主办的《党的教育》刊物上。

过了几天，韩书记又找我说，他想将这已经发表的十篇党课教材文章在内蒙古人民出版社出版个单行小册子，要我去出版社联系看是否可行？

于是，我拿着这十篇文章专程到呼市，找到了内蒙古人民出版社政治理论编辑室的编辑常青，向她说明了我们的想法。

当时，常青看了我们这些文章后非常客气地说："你们这个想法很好，这些文章的内容也不错，但仅这十篇文章出个集子太单薄了。既然是出书，就要有个书的样子。我建议你们再多列些题目，结合当前农村党组织建设的情况充实些实际内容拿来我们再看。"

常青编辑的话，很中肯，很实在，对我的启发也很大。回县后，我将她的

意见向韩书记做了汇报,并建议将我们的出版设想再搞大一些,要打开视野,站在历史的新起点上,围绕三中全会以来农村生产关系逐步调整变化的新形势,来研究探索如何加强和改善党对农村工作的领导,研究探索农村党支部应该做些什么,怎样去做的问题。文章在原来的基础上再增加十个方面的内容,变成二十个方面,字数要达到十万字左右。

我的这个建议,当即得到了韩书记的充分肯定。他还从自己家里办公室里给我找来了两提兜《红旗》《实践》《党的教育》等刊物书籍,让我们写作时做参考。当时,我和李鸣晓反复学习研读1983年和1984年的中央一号文件,围绕解放思想、实事求是的思想路线,最终确定这本书以冲破"紧箍咒"、大胆搞改革、当好致富路上的"领头雁"、不要害上"红眼病"、让贫困户骑上"千里马"、把心同群众贴得更紧一些、莫让"冒富大叔"难为情、打开发展商品生产的"闸门"、给农民插上飞跃的翅膀等二十个题目为主要内容。

在整个写作过程中,我们深夜加班连续作战,查阅了大量的区内外报刊和资料,列举了许多活生生的事例,对新形势下如何做好农村党支部工作做了较为深刻的论述。书稿写出后,韩书记又亲自对部分章节进行了修改。为了增强这本书的可读性,当时我们还请县文化馆的尚存信馆长绘制了二十幅栩栩如生的题图。

这本书的写作过程,其实也是我们重新学习认识的过程,使我们对党在农村的各项政策有了更系统的研究与思考,对农业、农村、农民的实际状态更为熟悉,与农民的联系更为紧密,从而更加坚定了我们勤政、务实、为民的自觉性和主动性。

1985年12月,我们这本12万字的《怎样做好党支部工作》由内蒙古人民出版社正式出版。在这本书的出版过程中,责任编辑常青为我们做出了积极的努力。这本书的出版发行,当时在社会上引起了很好的反响。后来听说,自治区党委组织部门还专门用党费订购了几千册,赠送全区各农村基层党组织。

我的大学梦

中国的 20 世纪 80 年代是个激荡人心的年代。那时，我们国家全面开创社会主义现代化建设新局面的宏伟纲领已经确立，农村改革不断深化，城市改革整体推进，"一国两制"的创新构想开始实施，科技、教育体制等改革正在兴起，特别是许多高等院校改革招生计划与毕业生分配制度，使教育更加面向现代化，面向世界，面向未来。在我的感受中，那时的发展经济与普通百姓的生活改善以及生活中的幸福感，与全社会、特别是青年人的诗性张扬是相伴而在的。

1984 年，随着县社机构改革各级领导班子实现"四化"的要求，清水河县许多在职干部怀揣大学梦，他们积极报考区内外各类大专院校，也有一些干部进了上级党校办的干部专修班，大家急于提高自身素质，以适应新形势的要求。

对我这个被"文化大革命"粉碎了大学梦的人来说，步入高等学府的殿堂也是我多年来的追求与梦想。我参加工作的时候正值高考制度被废除，时兴推荐上大学。记得 1974 年秋上面又来了招收工农兵学员上大学的指标，我壮着胆子去找县委政治部的主任说明自己的想法，没想到被这位盛气凌人的军官严厉地批评了一顿，"不安心工作"这顶怪吓人的帽子当即便扣在了我的头上。从此，我再也没敢提过上学之事。现在，眼看着身前身后的人一个个上大学走了，我也是心急如焚，只想着我也一定要出去再念几年书，长长知识和见识。

这年9月初的一天，我终于鼓起勇气走进了县委书记韩佃清的办公室，向他如实道出了我想上大学的想法。

当时正在埋头看文件的韩书记缓缓地抬起头，略加思索便对我说："你想念书的想法我倒没意见。可现在你手头上的工作这么多，怎么办？再说你出去这是离职念书，家里能走得了吗？"

我赶紧对韩书记说："咱们办公室有那么多精兵强将，我走了工作上肯定不会误事。家里没问题，能走开，我妻子是支持我念书的。"

见我的态度这么坚决，韩书记便关切地说："想走就走吧。年轻人能再念几年书对你以后有好处。"

几天后，我便被韩书记推荐到自治区教育厅高教处。随之，我便很快走进了内蒙古师范大学的校门，成为一名大学专科生。多少年来，我一直在感激当年的这位县委书记，感激他对我的栽培，感激他成就了我的大学梦。

大概是生源猛增的缘故，当时师大政教系办的两个理论专科班寄宿在校园墙外的巧报乡政府招待所，大门外面就是大片大片的菜地。这里远离市区，没有多少嘈杂，只有一个下夜的老头整天在吼喊着打扫卫生。

报到的那天晚上，我一个人先住进了招待所二楼的4号宿舍。半夜时分，突然被一阵敲门声惊醒。开门一看，是几个新同学到来了。他们个个肩扛行李，手拎大包小包，讲起话来节奏特别快。但我知道，他们这是从东部区来的。当夜，我们之间并未交谈什么。只是他们打开行李，摊开食品，胡乱吃了一顿。最后还是那个戴眼镜的中年人说："别瞎嚷嚷了，赶快睡觉！"

第二天，我便知道和我住在一个宿舍的这几个同学是来自大雁矿务局的几位处级干部冯林、王洵征、岳新来。那个戴眼镜的汉子叫寇连起，他是大雁矿务局集体企业总公司党委书记，开学没几天老寇便被同学们选为了班党支部书记。

当时，我还惊喜地发现，我们清水河县财政局的女青年梁莉萍和档案局的包兴华竟然也在这个班里，她们是通过怎样的渠道来到这里我不得而知。

我们这个班有近百名同学，绝大多数是离开工作岗位或领导岗位来这里求学的。班里还有来自辽宁省阜新、喀左县的十几名国家公职人员。大家年龄参差不齐，有的风华正茂，有的已过而立，不少人已成家立业。但无论来自何方，无论曾经有过怎样的经历，大家都有着不约而同的共识，都怀有放飞希望的激情。

那真是一个看重读书、尊重读书的年代啊！现在回想起来，我们当时的大学生活虽然较为艰苦，但也格外令人神往与珍重。我们这些拖家带口再上学的人，深知上学读书之艰难，确需一种勇于吃苦的精神。

当时，我们的住宿条件比较差，屋里没有暖气，冬天还得自己生火炉取暖。记得苗文金和王中复两个正副班长总是经常到各个宿舍检查火炉子是否灰满，提醒大家要勤打火筒，防止煤气中毒。宿舍离食堂也远，要走十几分钟才到。开饭时人多，又不排队，十分拥挤。当时，我的工资很低，还得养家糊口，自然是十分节俭。有许多时候我和海波同学两个人只打一份菜，回来在小火炉上自己煮挂面吃。那时，班里近百十号人只有来自大雁矿务局公安处的赵程穿戴十分讲究有范儿，他来念书还带着电熨斗，星期天总要把衣服洗得干干净净，熨烫得有棱有角，使我感到很是惊讶。

当时，政教系给我们班安排的课程很多，有马克思主义哲学原理、西欧哲学史稿、政治经济学、国际共产主义运动史、科学社会主义、中国共产党历史讲义、毛泽东思想概论、普通逻辑、法学概论等二十五门课程，各任科老师的教学方法及水平自然也不一。但大家学习的积极性都很高，课堂上认真听讲，笔记做的一摞又一摞，许多同学的读书卡片写得满满的，有时一节课下来，我们会搞得满头大汗。有时我的笔记记得不全，晚上就赶紧到隔壁宿舍去找锡盟的苗文金、王中复、段喜增等同学对笔记。班里上英语课，刚开始我秃嘴笨舌怎么也记不住读不准，同宿舍的马春元每天清晨早早就把我喊起来领着我练口语。当时,我操着一口清水河方言,来自锡盟宣传部的王亚光曾是锡盟广播电台的播音员,讲起话来字正腔圆,只要一有空他就教我学习普通话。我们正是在这种紧张的学习中建立了互相友爱的感情。

当时,政教系经常要搞一些知识讲座,我是每讲必听,有时甚至还会跑到别的系里去听讲座。我觉得,听讲座是一件非常有益的事情,既可以放松心情,又可以大开眼界与胸襟。

师大校园里读书的氛围很浓,许多场所形形色色刻苦用功的画面随处可见。尤其是春暖花开的时候,师大校园里的大墙下、小径旁,那丁香一簇簇,一丛丛,远远望去,红的像朝霞,白的似春雪。每天清晨,簇簇丁香丛中、曲曲柏油小径,随处可见三五结伴的青年学生在树下,或埋头看书,或讨论专业与社会人生,显得自然有趣,令人惬意。

那时,同学们之间的关系都比较单纯,尽管也时有激烈的争论,但主要是在学业讨论上,很少会有琐碎的利益纠葛。师生之情是朴素且互相信赖的,尽管当时的学术资源非常有限,教学手段依然陈旧,但老师们却都学识渊博执着敬业。

多少年过去了,老师们教学示范的情景仍历历在目栩栩如生。班主任袁隆生老师是个南方人,整天集合点名、记录考勤,事无巨细地管理着我们这个近百人的班级,生怕有丝毫的差错。系党总支书记谢春明处处彰显潇洒气度,他给我们讲了几节"党的建设"课,一登上讲台他就说:"我的课你们不用做多少笔记,只要认真听就行。"果然,谢书记将这几节看似干巴巴的课讲得有声有色、妙趣横生,有时还会博得大家满堂喝彩。那时,我最喜欢上的课是尧桐柏老师讲的《国际共产主义运动史》、孙国栋与阿明布和老师讲的《中国共产党历史》、郝志模老师讲的《毛泽东思想概论》。这不仅是因为他们的课讲得生动活泼,引人入胜,更重要的是使我受到了系统的党的历史知识教育,较为具体地了解了我们党所经受的革命战争的严峻考验、建设道路的艰辛探索和改革开放的创新实践,从而也更加坚定了我的共产主义理想信念。

学校的政治空气是浓厚的。我们班上的同学大多是共产党员，组织生活也是比较健全的。我还担任着班里的党小组长，经常要组织策划一些党小组的活动，每月还要按时向大家收缴党费。我们班上人多，各方面的人才都有。每到星期六，班里不是组织球赛，就是组织舞会。其实当时我并不喜欢跳舞，因为自己的音乐节奏感不强，跳舞总是踏不上步点。每逢班里举办舞会，我总是愿意独自在宿舍里待着。一次，寇连起硬拉着我去跳舞，他还鼓励东部区的同学主动教西部区的同学。他笑着说："年轻人嘛，不会跳舞怕是一种遗憾吧。"

昭君墓地就在呼和浩特南十公里处。一天老寇找我说，你在呼市有熟人，想法找辆车来，咱们去昭君坟看看。我当然也很乐意。于是，我很快便与新华社内蒙古分社的杨占文师傅联系上了，他开车往返把我们接送了好几趟，我们十几个同学在象征民族团结的昭君坟游览了整整一个上午。1985年国庆节学校放假，寇连起、冯林、王洵征等几个来自呼伦贝尔的同学接受了我的邀请，专程从呼市来到了塞外偏远的小县城清水河做客。他们在这里第一次见到了真正的黄土高坡，第一次喝了山泉水，第一次住了土窑洞，领略了清水河的风土人情。

班里的冯林、王洵征同学爱下象棋，我又和他们住在一个宿舍，每逢星期天我们总要在一起对弈，但每次下棋我是必输无疑。一个星期天，我偷偷跑到师大中文系把正在那里上学的我们清水河县的棋手王晓忠请过来与他们对弈，这回他们是只有招架没有还手，只得个个败下阵来。

那时，我就有练长拳的习惯。一天我正在校外的小树林练拳脚，王洵征和岳新来过来了。他们笑着说："你这练了这么多年了，应该也有点功夫了，今天也该给我们露一手看看才是啊！"那时我也是年轻气盛，本来自知没有多少功夫但又不甘输了面子，就吹牛说："你们想看啥？"他们说啥都行。我看了看周围的地形也没啥可击打的东西，旁边只有一溜师大校墙的铁栏杆。我就壮着胆儿对他们说："我把栏杆上面的铁桩子打下来怎么样？"他们一听便说那好啊！于是，我便站稳马步，双臂用气，猛出一掌，真得一巴掌将铁栏杆上面焊接的一根三十多公分长的铁棍给打了下来。其实，这也是我根本没想

内蒙古各大专院校清水河籍同学
前排左起王儒、邢振悦、云维、乔志明、苏芝英、王晓明、高荣

到的事情。但就这一掌,竟惊得他们目瞪口呆,他们便真的以为我是有些功夫了,其实那完全是瞎猫碰上了死耗子,那截焊接的铁棍早已是锈迹斑斑不堪一击了。

那时,清水河县在呼市上大学的在职干部很多,分布在内蒙古大学、内蒙古师范大学、内蒙古工业大学、内蒙古财经学院等各大专院校。如乔志明、邢振悦、王儒、云维、高荣、高华、张永平、郭建国、郭建勋、李强、崔勇、王维柱、郭建生等等一大帮人。每逢周末,我们这些老乡们就会东走西串,想法凑在一起,相互调侃叙叙友情,海吃海喝一顿。记得当时我们在呼市的四十多个清水河籍同学还专门照了一张纪念合影。

当时，在内蒙古大学法律系上学的高华平时和我的来往很多。那是一个星期天，高华的大哥高富来学校看我们。这位老兄在县里给书记开车，这次来呼市是送领导来自治区开会来了。我和高华一听说高富今天闲着没事，我们就鼓动他开车到包头玩去，因为我们几个谁也没有去过包头。当下，我们就和高富开着他的"212"吉普车直奔包头。

走到钢铁大街上，只见高楼林立，车水马龙。我们见路边有一个新开的商厦便将车停靠在马路边进去看了看。不大一会儿工夫，我们就出来了，可我们的吉普车却不见了。我们四处找来找去仍不见车的影踪，挨着个儿地问路人，可问谁谁都说不知道。

当时，我们真的被吓坏了。县委书记的车让我们给弄丢了，这还了得？这要负多么大的责任啊！我们能担得起吗？

这下子，我们几个是再也没有逛包头的心思了，担惊受怕，中午连饭也没顾上吃，不停地在大街小巷里穿来过去找车，可哪里能找到呢。

最后，还是高富说："看来这车是被人偷了，咱们找也是个瞎找。干脆去我二姨家再说吧。"当时，他二姨家虽在包头，可之前他们也没来过。左打听右打听，直到傍晚时分，我们才在昆区找到了他二姨家。

二姨家的人非常热情好客，听说我们一天没吃饭便赶紧给我们准备饭菜。再听说我们在钢铁大街上丢了汽车急得焦头烂额，二姨便笑着安慰我们说："你们别着急，我让你表哥给打听打听。"原来，他二姨家的儿子正在包头市交警队上班。很快，那边就有了消息。原来因为我们上午违章乱停车，吉普车被公安交警拖回了交警大队。

谢天谢地！我们的车总算找到了。当时，我们几个真有说不出的高兴。尽管二姨再三挽留，我们还是连夜开着车返回了呼市。

真是有惊无险，这就是我们第一次"游"包头的经历。

两年的师大校园生活是短暂的，可它给予我的教益是无尽的。它不仅使

大学同学 左起王慧超、苏芝英、丁维 （2008年摄于清水河）

我这个山乡里走出来的年轻人受到了一次系统的马克思主义理论教育，提高了我的政治鉴别能力，坚定了我的人生理想信念和牢记使命，而且它也进一步培养了我终身的读书兴趣和爱好，使我在阅读的过程中不断地调整自己的感觉，对书中所呈现的生活的丰富性做出恰当的反应和判断，也使我的读书成为一种享受。

今天，岁月的刻刀已在我的额角刻下道道细纹，一切都在变，也许唯一没有变的，就是发自心灵深处的那种对内师大素朴而深沉的情感。先生们为人为学的点点滴滴已经浸濡在我的血液里，母校严谨的学风和教风时刻提醒我为人为政的责任。

三十年过去了。那时的同学们大都在政界商界成了大器，但我也经常会听到这个或那个同学已经作古的不幸消息。如今，我们在呼市能够经常相聚的只有丁维、王慧超、鄂朝克、叶丽新、海波、李桂梅、包兴华、梁丽萍等这些同学了。大家没有互相托付办什么事，没有准备以后要办什么事的暗示，没有劝酒，没有谦让，没有为了座次而不舒服地勉强装出的笑脸，我们的调侃，你一句我一句；我们的笑声，与草丛里的虫鸣一起成为天籁。

现在回想起来，当年我们这些拖家带口的人撂下现成的工作出来读书确是比较单纯的。如果像今天这般官场、职场、商场、情场场场实惠诱人，还会有多少人能安安静静地坐在书桌前呢？所以，我越来越觉得，我们那时的上学读书实在是一种勇气，是一种幸运啊！

不测风云

1986年7月,我从内蒙古师范大学毕业后,又回到了清水河县委办公室工作。

当时,全区上下正掀起了"念草木经、兴畜牧业"的热潮。清水河县积极贯彻自治区党委的决策部署,开始了轰轰烈烈的大念草木经活动,并紧锣密鼓地开始"三北"防护林二期工程建设。

一天下午,县委韩佃清书记突然找我说:"我明天想去盆地青乡搞搞调研。你是那儿的人,对那儿的情况也熟悉,你准备一下,明天和我一起去吧。"

我当时就说:"那好呀!咱们是不是要先给乡里打个电话说一声?"

韩书记说:"别打电话了。咱们这次不去乡里了,直接去菜蔬贝村去看看那里的畜牧业发展情况。你给带路就行了。"

第二天上午,我和县委组织部副部长武守谦跟着韩书记驱车一路向盆地青乡菜蔬贝村进发。

菜蔬贝村坐落在东部的崇山峻岭之中,山路羊肠小道,汽车根本开不进去,我们只得将吉普车停放在几里外的石峡口,徒步进山。

夏末秋初,这里的山区依然十分闷热。我们几个人攀爬在弯弯曲曲的羊肠小道上,个个走得满头大汗,上身的衣服早已提在了手里。大约行走了两个小时才进了村。

在村口,大家拾级放眼,顿觉心旷神怡。这里山高、草绿、水清。那老榆树虬枝盘曲,树皮皴裂,偃卧在石阶旁;道旁的白杨粗大,挺如壮士托天;门前石涧细流脉脉,如锦似缎,游鱼碎石,历历可见。韩书记一边擦着脸上的汗水,一边赞叹地说:"原来这地方还真不错哩!"

听说县委韩书记来了,村长侯秃小打着赤脚从山坡上跑了下来,一双描绘清水河蓝图的大手与一双长满厚茧的大手紧紧地握在了一起。在崎岖的小路上,侯村长边走边向我们介绍这里的情况。菜蔬贝全村连光棍、寡妇算在内十六户人家六十九口人,村子被三座大山封闭起来,只有一条羊肠小道通往村外。过去这里的人们没明没夜刨闹一年,还得照样吃返销粮,啃那"铜铃铛"(当地人把玉米面窝头称为"铜铃铛")。

辛酸的日子坑人也逼人。面对生活的贫困,侯秃小躺在无席的土炕上辗转反侧,翻腾着这些年走过的路,忽然灵机一动,计上眉梢。第二天,他就召开社员大会。虽说参加会议的七老八少才二十几个人,但侯秃小的声音却掷地有声:"天无绝人之路,咱们水路不通走旱路,种地不行养牲畜……"老队长一席话,说得人们抬起了耷拉的头。

听到这里,韩书记脸上露出了笑容,他赞许地说:"对!种草种树,发展畜牧,这是个致富的好主意。"

就在这一年,菜蔬贝村经过群众讨论,制定出了由农转牧的规划,当年就退耕种草四百多亩。公社书记高万华给他们送来了些沙打旺草籽,兽医站长武汉鼎还给调来些改良羊。打那以后,他们认准了这条路,一直走了下来。到现在,菜蔬贝的羊已发展到四百二十只,户均小畜二十六只,而且全部实现了改良。每只羊的体重由原来的二十多斤变成了五十多斤,产毛由原来的一斤半增加到七斤,大畜也发展到近百头,上年全村的牧业收入占总收入的百分之七十二。

听着侯村长热情兴奋的介绍,望着对面山坡上一块块嫩绿的牧草,一群群雪白的羊群,韩书记坚定地说:"你们走出了一条由农转牧的好路子,你们

的做法顺应了自然规律，顺应了经济规律，完全符合我们县的实际情况。种草种树，发展畜牧，农牧结合，以牧促农，这是山老区人民脱贫致富的根本途径，无论遇到任何情况也不动摇，一定要脚踏实地地走下去！"

在侯秀小家的热炕上，韩书记一边喝着热气腾腾的大碗山茶，一边认真地为他们算着收入账。他对在座的几名干部群众说："你们要顺应自然规律，要把畜牧业摆上正席。你们今后要做好三件事：第一，把不宜种粮的地坚决退耕种草，逐步减少人们对自然牧草的依赖，把种草、改良、繁殖结合起来，这是关系到畜牧业发展有无后劲的大计；第二，要把贮草当作一件大事来抓，要搞饲草加工，改变传统畜牧业粗饲整喂的习惯，这样牲畜才不会秋肥、冬瘦、春死；第三，农闲时集中劳力把路好好修一修，不能光靠驴驮人背啦。"

西天边泛出了红云，霞光映红了菜蔬贝的山山岭岭。夜幕就要降临了，我们才跟着韩书记又踏上崎岖的山路，渐渐消失在晚霞之中。

这一天的工作调研，我们的收获很大，感受也很深。我们既看到了农村正在发生的深刻变化，也被韩书记这种朴实的工作作风所感染。

第二天，我就提笔写下了一篇2000字的纪实通讯《书记步行进山里 帮助农民定大计》。当时，我只是想把这篇文章刊发在县委办的《工作通讯》上。可有人提出了不同意见，说发了这个稿子怕别的领导有想法。

我就不信这个邪！干脆，我将这个稿子直接寄往新闻单位。很快，我这篇通讯就刊登在了9月8日的《乌兰察布日报》和《党的教育》第十期上。

当时，按照上面的要求，每个县级以上的主要领导干部都要认真撰写一篇有关念草木经的体会文章，以提高对念草木经、兴牧畜业的思想认识。很自然，为韩佃清书记撰写体会文章的任务又落到了我的头上。

为了写好这篇文章，我认真分析研究清水河县的经济特点、社会特点和生产力发展的客观实际。从清水河县的地理、自然条件来看，这里属黄土高原丘陵沟壑地区，水土流失相当严重，种植业受着很大制约。从经济特点上来看，畜牧业经济有史以来就是清水河的主体，三百多年前这里曾为天然的清代五旗马场。现在全县畜牧业总产值虽然只占农牧业总产值的百分之二十三，但全县有一百二十多万亩天然草牧场，人工牧草三十八万亩，每年还可提供七千万斤农作物秸秆，这为畜牧业的发展提供了良好的条件和广阔的前景。当时，"林牧为主、多种经营"的经济建设方针已经深入人心，特别是"畜草双承包"责任制的落实，为畜牧业经济的发展注入了新的活力；单一农业经济的弊端为越来越多的人所认识，以农养牧、以牧促农、农牧结合，各业协调发展已成为人们的共同愿望；清水河县已经提出了绿化与转化同步发展的构想，而且涌现出了一大批有说服力的典型村和示范户。总结他们所走过的路，不难看出，念草木经、兴畜牧业从根本上代表了清水河农村经济发展的方向，给人们的启示是深刻的。

当时清水河县委、县政府的指导思想已经十分明确，那就是要大力发展以畜牧业为主的商品经济，建立种养加相结合、产供销一体化、牧工商一条龙的主体结构的大牧业。从全县整体来看，属农牧林经济类型区，从局部又按三种经济类型区进行了划分：一是一些坡度大、土层薄、水土流失和沙化严重，失去农业生产条件、宜牧不宜农的地方将过渡到以牧为主、多种经营的牧业经济型；二是全县大部分地区在恢复植被的同时，以牧为主，走以农养牧，以牧促农，农牧林结合，全面发展的路子；三是发展以加工林畜产品及为农林牧生产服务的城镇工业和第三产业，成为沟通城乡经济的连接点。全县要按三大片、三条线规划，东部高寒山区和中西部严重水土流失区实行草、灌、乔；北部风沙灾害区实行灌、草、乔；沿黄河、浑河、清水河三条线实行乔、灌、草，逐步形成上乔、中灌、下草的立体式牧场，走出一条林（草）茂—畜旺—粮丰的路子。

当我将上述这些写作构想向韩佃清书记汇报后，他立马高兴地说："看来你是把念书新学到的东西也用上了，你这个构想充满了辩证法。好！我的这篇文章就按你这个构想来写。"于是，我在几天内就完成了这篇题为《顺应客观规律是振兴清水河经济的根本》的文章。

这篇六千九百多字的学习体会文章，韩佃清书记是比较满意的。他在通篇审阅修改过程中，只增加了"一是地上千家万户念草木经，反弹琵琶；二是地下千方百计水泥陶瓷大搞开发"这三十二个字，便上报了自治区党委和乌盟盟委。

1986年12月23至25日，中共清水河县委将召开第八届党员代表大会。这是继1980年2月召开的第七届党代会后的又一次重要会议。

那段时间，我们县委办公室的同志全力以赴、紧锣密鼓地做着党代会召开的各项准备工作。韩佃清书记代表第七届委员会将向大会所做的工作报告，早已由办公室其他同志起草完毕。

一天上午，韩书记突然打电话把我叫到他的办公室。我进去一看，韩书记

与清水河县部分老领导合影
前排左起董志成、雍五抱、刘振华、张学义、王世明
后排左起乔志明、高忠、苏芝英、王勇

正在皱着眉头，翻看着已经为他准备好的党代会工作报告。

见我进来，他便挥手示意我坐下。随即，他将手里的材料晃了晃问我："这个材料你看过没有？"

我说："没有。"因为按照当时的分工，我被抽到了会务组。这个材料的起草工作是由其他同志负责的。

韩书记对我说："你要看。你现在就拿去赶紧看一看，最好是能提出一些具体的修改意见来。"

既然是领导交代的工作，我是不敢有丝毫怠慢的。况且，韩书记现在让我再看这个材料，这也是对我的一种信任和期待。

回到办公室，我静下心来，将韩书记的这个工作报告从头至尾反复看了几遍，并做了一些关于如何进一步修改的思考。

下午，我拿着材料再次走进了韩书记的办公室。

我对韩书记说："这个材料我认真地看过了。总的感觉很不错，说明起草的同志是下了很大功夫的。但我觉得这么重要的工作报告，光有过去六年来的工作回顾和提出今后的工作任务恐怕是不够的，是不是还应该总结归纳出一些基本经验和体会来？报告的内容也有必要做进一步的充实和完善，今后几年的目标任务更要切合实际，要有一定的鼓动性和可操作性。"

听我这么一说，韩书记的脸上马上就现出了笑容。他高兴地说："好！就照你说的办！给你三天时间，你给我把这个材料好好重新改写一遍。"

我一听就犯了难。党代会即将要召开了，这么重要的大型材料现在要我三天重新进行改写实在是太紧张了；再说，这两年我又离职在外上学，县里的好多情况已不大清楚，手头占有的资料也不是很多，要在这么短的时间内完成这个报告的改写谈何容易！

韩书记见我面带苦色，便再次鼓励我说："养兵千日，用兵一时。这回我就看你的啦。"

这下可惨了！我知道，这个工作任务我肯定是无法再推辞了。回到办公室，我又反复翻看着这个材料，认真回顾着这些年来清水河县不断发展进步取得

的巨大成就，渐渐厘清了材料改写的头绪。

就这样，我边思考边归纳，三天内将韩佃清书记在党代会上所做的题为"高举团结建设的旗帜 为振兴清水河而努力奋斗"的工作报告认真改写了一遍。

党代会召开在即。这个报告材料还来不及打印，便立即提交县委常委会进行讨论。

洋洋万言的报告，我要从头至尾认真地给大家念上一遍。当我刚把第一部分"六年来工作的回顾"念完，韩书记就说："我看你就不要念了，你给大家说说大概意思吧！"

于是，我就把这个报告材料起草的指导思想、报告的前后结构及基本内容大体给领导们讲了一遍，希望大家提出进一步修改的意见。

没想到，在座的领导们听了我的讲述后，一致认为这个材料写得不错，并未提出多少具体的修改意见。最后，韩书记一板拍定："那就将这个材料赶快送印刷厂印吧！可不能再等了。"

至此，我像卸下了千斤重担，顿时感觉一身轻松。

清水河县第八次党代会如期胜利召开。新的一届委员会顺利选举产生，韩佃清同志当选为县委书记，李秀、张学义、董志成、王世明同志当选为副书记，郝世秀、徐越、李茂贵同志同时当选为县委常委。

一切皆大欢喜！

党代会一结束，我们办公室的工作人员个个显得轻松愉快了许多。记得那是个星期天，我一大早就带着妻子和女儿回到了乡下村里，去看望几个月没有见面的老父亲。

星期一上班，我像往常一样来到了办公室。走廊里碰到几个同事，他们都有点不大自然地对我微笑着点点头就很快走开了。冥冥之中，我感觉好像有些不大对劲。心想：这是怎么了？

不一会儿，一个平时与我关系较为密切的同事来到了我的办公室。他笑着对我说："苏主任，你听说了没有，昨天领导们又调整干部了。"

我不以为然地说："我不知道。昨天我回村里去了。"

接着，他又对我说："这次动的干部还不少，听说让你去物价工商局了。"

这回我是一听就大怔眼。这是我连做梦也没想到的啊！这怎么可能呢？

"让我去工商局干什么？是当局长？"我问他。

"不是局长，是当教导员。"

顿时，我的脑子一下就蒙了。天哪！这究竟是怎么回事啊！我不是在办公室干得好好的嘛？让我去那里干啥？因为在我的印象里，工商局的工作不是整顿市场就是打击投机倒把，红起黑倒，像我这种性格柔弱的人根本不适合那里的工作。

这真是天有不测风云啊！这个事情来得也实在是太突然了，让我毫无任何思想准备。

怎么办？思来想去，我还是决定去找找韩书记，向他说明我的想法。因为我觉得这些年来我跟着韩书记鞍前马后地服务，尽心竭力地工作，他是比较了解我的。

于是，我便鼓起勇气敲开了韩佃清书记办公室的门。此时的韩书记，正紧抱着双臂，一个人坐在办公桌前沉思着什么。

我轻轻地走近前去，对他说："韩书记，听说你们昨天调整人啦？我不想去工商局，我不适合那儿的工作。如果办公室不需要我，我还想再回宣传部去。"

听我这么一说，没想到一向性格优柔的韩书记竟是满脸的不高兴，一反常态立马就和我翻了脸。

他随手从桌上的抽屉里抽出一本稿纸，"啪"地一下就摔在桌面上，厉声地呵斥道："说！你这是听谁说的？咋说的？都给我写下！我昨天刚刚开了个会，你今天就知道了啊！我要追查这件事！"

当时，我完全没有料到这位一向备受我尊崇的领导会摆出如此吓人的架势，我的心里立马打了个寒战，但还是很不理智地大声对他说："听谁说的你不要管，我也不会给你写。但工商局我是不去！"

韩书记又说："给你副职变成正职了，你还想怎么样？工商局有什么不好？

那里还有一身衣裳哩（指工商人员刚刚统一着装）！"

我马上回敬他说："那些东西我不稀罕，反正我不去工商局！"

他当即拍着桌子叫道："这就叫工作需要。你去也得去，不去也得去！再不去我就把你永远搁起来！"

至此，我们双方已不再冷静理智，再无上下级之尊严，一个老羞成怒，一个怒气冲天。

"你这是在卸磨杀驴！"

"我今天就要杀杀给你看！"

没想到，本来是一场心平气和的谈话，顷刻之间变成了一场失去理智的争吵。

我踉跄着冲出了韩书记的办公室。就像是受了天大的委屈，屈辱的泪水顺着我的脸颊哗哗地往下淌。这是我自从母亲死后，二十年来从未有过的一次伤感与流泪。

我连自己办公室的门也没有再进，感觉这里已不再属于我，好像这里就是个魔窟。我一口气逃离般地跑回了家，进门便痛哭失声。

妻子见我如此伤心难过，以为我遇了多大的灾难。当她问清原委后，立马将我臭骂一通："我还以为是怎么啦！你还是个大男人哩，咋一点出息也没有啊！你当你是谁？你是人家手里的一颗棋子，人家叫你干啥你就干啥吧，还用生这么大的气？气死你活该，正好还能给别人腾个位子！你记住，有我们这把苦水，咱们就是回村里种地，也是那好庄户人！"

不知过了多长时间，我的心情才慢慢地平静下来。我多次认真地反思，到底是自己在哪里做得不好或得罪了领导。这些年来，自己老老实实做人，兢兢业业做事，先后伺候过多少领导啊！再说，我自认为对韩书记思想感情很深，我处处维护他，全力支持他，他交给我那么多棘手的工作我都尽心竭力地完成了，可到头来我咋落得如此结局呢？至此，我才见识了什么叫翻脸不认人，真正体味到了官场伴君如伴虎、如履走薄冰的滋味。

后来我也想，由于我当时涉世肤浅，确是把自己看得太重了些，以为工作好一切都会好,没有能够看清自己的身份与所处的地位。作为一个部属,没有真正理解"工作需要"这四个字,没有控制好自己的情绪,当面针锋相对地顶撞领导确是有些大不敬啊!

  世事纷扰,人生不易。在人生旅途中,谁都难免有失意沮丧、心情抑郁的时候。如果遭遇失意后,一味地陷入其中,除了眷恋美好的过去外,剩下的只有哀伤与叹息了。其实,对于人的成长来说,失意也并非是绝对的坏事。只要你善于从挫折和教训中学习,失意还会成为你的一位老师,它教会你忍耐与承受,教会你顽强与奋起。

  应当相信,当一个人失意的时候,一句恰当的鼓励,一声关爱的责备,一个小小的帮助,都可能重新燃起失意者自信的勇气和追求的热望。不是吗?当时,我就是被妻子的一盆劈头盖脸的冷水浇得清醒过来的。

  后来,我也曾试图搞清楚当时为什么突然要把我调离办公室的原委,可说法种种。其中有一种说法是,因为我跟韩书记走得过近,有人要借机排挤他的势力。对这种说法,我是半信半疑,不敢深信。

迟到的教导员

调我到物价工商局当教导员的任命通知下达已经四个月了,我还顶着没有去上班。

这几个月里,我看上去是赋闲在家,其实并没有真正闲着。我静下心来认真读了不少书,其中包括湖南人民出版社出版的《中共党史研究论文选》全套、人民文学出版社出版的《中国现代文学史》全套、内蒙古文史资料全套等。

在那些日子里,除了看书学习外,我还实现了自己多年来想创作一部中篇小说的梦想。我以我们村里传说中的一对有情人历经种种磨难终成眷属的动人故事为原型,创作出了一部近六万字的中篇小说《人生环行道》。县文化馆的刘建国看了以后大加赞赏,他还下了很大功夫对我这个中篇进行了修改润色。

一天,住在我家巷口对面的县妇联主任张来英找我说:"乌盟妇联要组织全盟首届妇女理论研讨会,咱们县也得出几篇文章,你在家闲得没事快给我们写上一篇吧。"于是,我动手为县妇联写了一篇论文《试论彩礼的由来、危害及治除》。后来,这篇论文获得了乌盟首届妇女理论研讨会二等奖,并被推荐参加自治区第二次妇女理论研讨会。

1987年4月12日,县委副书记张学义突然来家找我。老领导语重心长地对我说:"你看让你到工商局工作的通知已经发了这么长时间了,你还没有去。再不去恐怕就有些说不过去啦。你还很年轻,遇事要往前看,不能钻了牛角尖。你要赶快去上班,明天我就送你过去!"

第二天,张学义副书记就真的领着我去了工商局。局里召开大会,张书记亲自宣布了我的教导员任命决定,并希望大家都能支持配合好我的工作。

面对这么一位体恤下情、恩重如山的领导,我还能再说什么呢,我的内心里只有感激。我想,决不能辜负了这位老领导对我的一片苦心,我要尽快振作起来投入新的工作。

工商行政管理部门,是代表国家对社会主义经济活动进行监督和管理的行政执法机关。它既不同于司法机关,也不同于一般的行政行业管理部门,而是兼有二者特点和功能的综合性经济监督和行政执法部门。因此,工商系统把行政管理人员的职业道德概括为"文明管理、秉公执法"八个字。

说起来我和工商管理部门还算有点缘。1981年春天我在县委办当秘书时,县工商局局长石青山找我说,他们最近查处走私案件很有戏剧性也很有成效,想让我给写篇新闻报道。于是,我在认真采访后便写出了新闻通讯《这里也是"海关"——清水河县工商局查获走私案纪实》。这篇稿子很快刊登在1981年3月15日的《内蒙古日报》、3月26日的《乌兰察布日报》和1982年《内蒙古青年》第六期上。

这次我到工商局工作的时候,正是自治区人民政府刚刚批转了自治区工商行政管理局关于进一步加强工商行政管理机关经济监督和行政执法职能的报告,自治区工商局确立了"支持改革、保护改革、加强管理、改善管理"的指导思想,《内蒙古自治区市场管理办法》也刚刚颁布实施,自治区工商部门全系统开展的职业道德教育活动开始启动。

按理说,这正是工商部门重整旗鼓、开创新局面的大好契机。但清水河县工商局当时的情况并不容乐观。

局里的办公条件非常紧张,四五十号人挤在县委党政大楼的几间办公室里。单位的干部职工大多数为近年来加入这支队伍的"新兵",业务素质较低;

加之受当时社会上不正之风的影响，粗暴执法及白吃、白喝、白拿的问题时有发生，单位矛盾重重，告状信经常从盟里、县里批转回来。

我来局里上班，办公桌只能是凑合着和人秘股挤在一起。人秘股股长田增寿性格耿直爽快，他见我的头一句话就说："教导员，咱们这个地方水深王八多，你是来这儿做甚哩？"

我一脸苦笑，无言作答。至此，我便感到在这样一个单位要当好一个政工干部是实属不易呀！

果然没几天，一封《工商所长酗酒行凶闹事谁人问？》的告状信便由清水河县委转来，县委领导在上面明确批示要严肃查处。

再过几天，局里又发生了一件令人难堪的事情。那天我一上班就见老局长正和一个股长在办公室里厮打成一团，我赶紧和几个同志上前将他们劝解拉开，可他们还像斗破了冠子的公鸡互相叫骂着。原来他们是因局里的车辆管理问题发生了争执。

第二天，老局长生气在家，托人给我捎来个条子，上面写着："教导员：我从今天请假了。局里的事情你看着办吧！"

我能看着办吗？于是，我赶紧来到老局长家，给他说了许多宽慰的话，总算又把他请出了山。

俗话说，在其位，谋其政。从那个时候起，我便开始认真研究思想政治工作要为工商行政管理铺平道路这个问题了。当时我认真分析了我们面对的形势任务和工商行政管理的地位、作用和性质，根据调研情况撰写了一篇《思想政治工作要为工商行政管理铺平道路》的体会文章，刊发在县委 7 月 15 日的《调查研究》上。后来，在自治区工商局召开的全区理论研讨会上，我作为大会发言宣读了这篇文章，受到一致好评。会后，主持自治区工商局工作的常务副局长扎木苏同志还专门找我进行了工作座谈，我还跟着他去了一趟呼伦贝尔大草原。

有一天，我在《中国工商报》上看到赤峰市翁牛特旗工商局局长张秀英狠抓思想政治工作的先进事迹，便立即给千里之外的张秀英局长写信求教。我还亲自到邻近的托克托县、和林格尔县工商局进行学习取经。当时我就想，要彻底改变我们局的后进局面，必须充分发挥思想政治工作的优势，调动每个人的工作积极性。

那时，工商局纪律松弛，上班迟到早退的现象十分普遍。9月24日早上，我早早来到单位想抽查一下单位的考勤。结果按县委大楼早上8点钟打铃上班计算，局内当时应到二十五人，实际只到了五人。当时我就想，我们这支队伍必须进行认真整顿，像这样松松垮垮实在是难当重任。

在我的积极倡导和老局长赵越的支持下，局里立即开展了组织纪律整顿工作。我们充分发动群众揭摆存在的问题，进行自我检查、自我改正、自我提高，整顿政治纪律、组织纪律、工作纪律和着装纪律；坚持整顿与建制相结合，建立健全了各项规章制度，及时堵塞了管理上的漏洞。我们以民主讨论的方法，着手制定和落实一些工作方案，广开言路，为群众提供尽可能多的场合和机会，让大家积极参与自身利益相关问题的讨论，有效地消除了不少疑虑，缓解了内部矛盾；并结合单位集体新着装，适时开展了"我为国徽添光彩"活动，使许多同志受到了深刻教育。

针对单位新手多、业务不熟的实际，我们及时翻印有关政策规定文件，购置相关业务书籍，大力开展政策法规学习培训。我们还将企业登记管理、经济合同、商标广告、市场管理、行政诉讼法等相关法规分类列成十个内容，由局领导和业务素质较好的同志进行专题准备，对全县企业法人和局内全员进行集中培训，以提高大家的业务素质。

当时，我在抓思想政治工作的过程中，逐步总结出一套思想政治工作"三结合"的方法，即正面灌输与耐心诱导相结合、严格要求与热情关心相结合、争先创优与整纪刹风相结合，坚持带着感情、带着人情味去做思想政治工作。

在积极学习钻研业务的基础上，我和边功、徐耀、张瑞生先生合作，以国内现行法规为依据，结合经济活动的实际，编写了工商行政管理、税务、金融现行法规问答题，比较通俗地介绍了工商行政管理、税务、金融方面的基本

业务知识及有关方面的法规。我们这本三十五万字的《工商行政管理、税务、金融现行法规问答》一书由中国食品出版社出版，成为工商企业、个体工商户和广大经济工作者较有实用价值的畅销工具书。

1988年5月8日，清水河县委召开全县思想政治工作会议。县委副书记王世明在会上做了别开生面的工作报告，他明确提出要不断强化思想政治工作，增强各级领导班子的凝聚力、战斗力。王书记的这次讲话对我的思想触动很大，使我看到思想政治工作也面临着改革的问题，面临着重新学习的任务。

回到局里后，我们局领导班子坐下来认真分析研究思想政治工作要适应新形势、建立新格局的问题，落实县委关于增强领导班子凝聚力、战斗力的要求。大家敞开思想、交换意见，特别是对一些具体问题进行了认真分析。

就是在那次会议上，我们领导班子做出了约法三章：一是不随意听信闲言碎语。找领导谈心、出主意、反映问题欢迎；但要讲真话，出好主意，不能利用领导、糊弄领导、挑拨领导之间的关系。二是做领导的要学会宽容他人，不能计较人。这是一种气度，一种才能，也是一个领导必备的素质。三是领导成员之间要经常交心，沟通思想，消除隔阂，做到气要平心要诚。同时，要充分发挥党内监督、群众监督和舆论监督的作用。

我们将领导班子集体学习讨论的情况和局领导的约法三章在全局大会上一公布，干部职工齐声叫好！

当时，我们还针对市场管理中存在的粗暴执法问题、白吃白喝白拿等问题，召开了个体户代表座谈会，广泛听取他们的意见；并组织各股所长到武川县工商局进行参观学习，对工商管理模式进行了改革，对重点管理所配备了指导员，适时开展了"文明工商所""文明市管员"创建活动，制定了工商管理人员"十不准"的工作守则，全面推行了"以岗定责、以责定分、以分定奖"的目标管理责任制，单位很快出现了团结向上的新气象。最明显的变化是，想工作、干事业、关心集体的人多了，背后拆台、说闲话、消极怠工的人少了。特别是像胡义、田增寿、高建新、陈清文这些老同志都能积极地站出来，自觉地维护工作大局，带头抵制和批评那些不良风气。

至此，我也开始改变了自己过去对工商管理部门片面偏激的看法，开始热爱工商管理这份事业了，喜欢工商干部这支队伍了。我觉得，尽管我们这支队伍的人员来自不同岗位，思想觉悟、政策水平、文化程度参差不齐，但他们性格直爽，说话办事不拐弯抹角，人人都有进取心，干起工作来大都敢抓敢管敢碰硬，个个都是好样的。只要我们正确引导，千锤百炼，这支队伍一定会成为一支拉得出、叫得响、特别能战斗的队伍。

6月3日，清水河县委的《工作通讯》全面介绍了我们物价工商局积极贯彻全县思想政治工作会议精神的情况。7月10日，县委书记董志成、县长高富贵等领导同志专门听取了我们工商管理局关于加强思想政治工作的情况汇报，讨论通过了《关于进一步加强物价工商行政管理工作的决定》，明确表示县委、县政府将大力支持物价工商管理部门理直气壮地正确履行自己的职能，工商管理部门要按照治理整顿和深化改革的要求，提高执法能力，坚持依法

清水河县工商局部分干部合影

管理，进一步加强队伍的自身建设，实现工作的制度化、规范化和科学化。

1988年11月10日，清水河县委、县政府召开治理经济环境、整顿经济秩序动员大会。高富贵县长在会上进行了动员部署，并对工商管理部门的工作提出了新的更高要求。在这次会上，我代表工商局做了重点发言。根据国家治理整顿的要求，结合当时的一些实际情况我重点讲了四个问题：一是严格物价纪律，坚决控制物价上涨；二是认真清理整顿各类公司；三是加强市场管理，坚决查处经济违法案件；四是切实加强工商队伍的自身建设。

我在会上的表态发言，旗帜鲜明，义正词严，受到了主持大会的县委书记董志成的充分肯定。散会后，我刚走出会场的门口，县团委书记李凤卿就塞给我一张纸条子。我打开一看，只见他在上面写着："你的讲话言辞恳切，语气激昂，分析严密，中心突出，是一次成功的演讲！"真没想到，我的发言还会有这般效果。

就在这一年，我被中共清水河县委评为优秀共产党员，被乌盟盟委评为优秀党务工作者，受到了表彰。

当时，按照县委、县政府的要求，县直单位要开展包乡帮扶工作，我们县工商局和粮食局负责包扶桦树也乡。我和粮食局的赵德厚书记经常要到桦树也乡住上一段时间。其实当时我们的包乡帮扶并不是去帮助指导生产，而是配合乡里搞计划生育工作。

那个时候，我虽然穿上了工商行政管理部门的统一着装，堂而皇之地成了一名政工干部，其实是个说了不算算了不说的角色。当时全乌盟十五个旗县只有少数几个旗县工商局配备了教导员，我的工作自然会受到多种因素的制约，根本不可能（其实也无须）大刀阔斧。说实在的，那时候也没有多少人能真正瞧得起我这个角色。

那年初春，单位的吉普车又把我送到桦树也乡帮助搞计划生育。正在这个时候，我姐姐突然给我打来电话说：县里的征兵工作已经开始，我外甥文胜正在参加验兵，家里担心他走不了，要我赶快回县到武装部给找找人。

当时，我一听就很着急，这确实是我姐姐家的大事，我必须得赶回去。于是，我当即找到我们单位的司机，要他把我送回县里去。可他一听说我要回县，马上就露出了满脸的不高兴："你这是在戏耍人命哩！早上刚下了雪，路这么难走，谁敢走？反正我是不敢走！"

我一看单位这个车是指望不上啦，就立即准备步行回县，反正五六十里山路赶天黑也就到了。

正在这时，乡党委书记郝世华也要回县开会。他说："咱们俩走恐怕是走不动。干脆雇老乡的骡子车吧！"

于是，我俩花了三十块钱雇了辆老乡的骡子车将我们带上了路。可当我们刚走出约十几公里时，突然听得后面汽车喇叭鸣响，再一看，我们单位的吉普车从我们身边呼啸而过，车轮抛起的雪花溅了我们满身，原来这个司机开着车也奔县里去了。

当时，我顿时感到非常尴尬，也感到非常惊讶：没想到我身边还有这样狗眼看人低的势利小人！

那时，桦树也乡的计划生育任务很重，计划外怀孕和超生的村民不少。但许多村民对实行计划生育政策还不甚理解，对实施男女结扎手术有很大的抵触情绪，每当听说乡里计划生育工作队要来，他们就赶紧关门闭窗跑得无影无踪了，有时我们进村连手术对象的人影也见不着。有一次，我到大山旮旯里的打尔架村，给村里一个叫任二马驹的多胎户做了一天说服动员工作，直到天快黑的时候他家的四川籍媳妇才答应跟我回乡里去做结扎手术。当时，动员一个手术对象真难。我一听她说愿意做手术了，便立即带着她摸黑翻山越岭往乡里赶。那时山沟里的积雪还没有融化，羊肠山路很陡也很滑，我是一路上既担心她跑了，又担心她有什么意外闪失，直到半夜我才将她送回了乡里。可第二天上午，她还是趁人不注意偷偷地跑掉了，气得看护人员直跺脚。

还有一次，我们一帮县乡干部来到桦树塔村手术对象刘五小家。他家穷得叮当响，地上只摆着一溜高低不一的瓷瓮，刘五小闻声早跑了，只有媳妇和三个孩子在家。我们一帮人从上午一直磨蹭到下午，还是不见刘五小回来。

最后带队的乡领导气愤地下令:"把他家的羊赶上走!想要羊让他到乡里来!"就这样,我们一气之下将刘五小家的十几只羊赶回了乡里。三天后,我们又集合了十几个干部在半夜时分悄悄来到桦树塔村,再次包围了刘五小家。为了防止刘五小再次逃脱,我们在他家的窑前窑后点燃了秸草,顿时浓烟滚滚,火光冲天,大有当年"鬼子"进村之状。可刘五小还是不在家,我们又白折腾了一趟。

现在回想起来,当时我们搞计划生育工作确是有些简单粗暴,尽管那时有些群众不甚理解支持,但当时那种随意罚款处理、扣留东西、没收财物的做法确是严重地伤害了许多群众的感情和利益。

那时,桦树也乡的经济条件不好,乡政府食堂里的伙食搞得很差,有时下乡回来吃不上饭,我们只得到供销社买包饼干充饥。乡党委书记郝世华是个热心人,每当看到食堂里没饭时,就热情地招呼我去他家里吃饭。我的东山老乡薛如珍在乡兽医站当站长,他热情好客爱喝酒,一有喝酒的摊子他总要把我也喊上。

工作之余,我就让乡里的年轻干部蒙占成带着我四处走走转转。有时我们也会到学校去看看,或到附近的村民家里去做些社会调查。我还步行十几里山路,专门到土城圪洞村看望了好友董茂芸的老父亲,到后阳塔村拜访曾在盆地青公社工作的退休老干部牛占猛,到大阳塔村看望了我高中同学李世明的家人。

一天上午,我和蒙占成从外面转悠回来。一进乡政府大院,就见攒了好多人。再一细看,乡政府秘书办公室门外蹲着一个老实巴交的年轻人,他的棉袄已被人撕破,肩头上露出了白花花的棉絮,他的嘴角还淌着鲜血。办公室里有一个气势汹汹的年轻后生正在指手画脚地和乡里的书记、乡长争吵着什么。再一细问,他们是来乡里告状的。原来屋里这个蛮不讲理的年轻后生将门外那个人刚过门的新媳妇拐骗走了半年多,如今那个媳妇是回来了,但这个年轻后生非逼着门外的那个年轻人要饭钱不可,说什么你媳妇跟着我走了半年,我给她供吃供喝,你要给我赔付她的生活费。俩人就此发生了口角,并厮打到了乡里。

　　我是个火性子，一听此事的原委便立马火冒三丈，当即指着那个年轻后生的脑袋大骂道："没想到天底下还有你这样蛮不讲理的人！你拐走了人家的新媳妇不说，还要来个倒打一耙？！"

　　这小子刚要与我争辩，我猛地跨步上前一拳便将他重重地击倒在地。随之，我又将他一把拎起，再出一拳，便将他远远地打出了门外。当我来到门外时，只见那个无理取闹的小子连滚带爬头也不敢回，顺着乡政府的门坡箭也似的跑了。从此，他再也没敢来乡政府闹事。

　　当时，我的这些举动把在场的人都惊呆了。他们说什么也没有想到，我这个看似少言寡语的书生竟会如此路见不平大打出手。我也没有想到，我这愤怒的几拳竟将乡领导们面前的棘手问题化为了乌有。

　　吕霸乡长赞叹地说："老苏你真是勇啊！"

我获征文三连冠

那时,我虽然在工作上难有建树,但我还有自己的拿手好戏,那就是自娱自乐写文章。

1987年,我们将迎来内蒙古自治区成立四十周年庆典。这年春天,《内蒙古日报》在全区开展"热爱内蒙古、献身内蒙古、振兴内蒙古"的征文活动。

当时,我一看到报纸上的征文启事,马上就有了应征的冲动。写什么呢?一时还拿不定主意。但我知道,要写就必须抓取新题材、选好新角度、写出新特点,要一炮打响,向自治区四十周年大庆献礼。

我认真回顾着清水河县这些年来的种种发展变化,全县实现了粮食自给有余、乡镇企业异军突起、生态环境得到有效改善,县里还被国务院"三北"防护林建设领导小组和国家林业部评为"三北"防护林体系建设一期工程先进单位,县长还从北京捧回了金灿灿的奖杯。更为突出的是,通过全县人民连续几年的苦战,修扬水站、建水窖、打旱井,基本解决了山老区人民祖祖辈辈的人畜饮水困难,结束了"穷山乱石沟,滴水贵如油,十年逢九旱,天天为水愁"的世代辛酸。

突然,我的眼前为之一亮。清水河县解决人畜饮水困难这一突出成就不就是一大新闻亮点吗?况且,我过去长期在县委机关工作,对这方面的情况也是比较了解的。

于是，我一气呵成写出了一篇反映清水河县人民积极解决人畜饮水困难的新闻通讯，直接寄给了内蒙古日报社。

没过几天，内蒙古日报社著名记者李希晓从首府专程来到清水河找我商谈修改稿子的事情。那天晚上，我们坐在一起边喝边聊，他高兴地说："你这篇稿子是个触及现实生活的好题材，能拨动人们的心弦，我从中闻到了清水河山乡的气息，听到了山泉流淌的声音。但稿子缺乏最生动的场面和细腻情节，特别是新闻事例选用不够丰满、典型，还需要反复地修改。"

记得他当时认真地给我讲，新闻中选用的事例必须能完成作者所要表达的思想。选例要有代表性，读后犹如身临其境；要有针对性，读后解渴管用；更要有典型性，读后印象深刻。这样才能使人感到很有味道，看不厌看，学不胜学。

这位老兄的一席话，让我茅塞顿开。于是，我重新布局谋篇，本着新、实、精的原则，写出了《清水甜水幸福水》这篇通讯。稿子很快发表在5月11日的《内蒙古日报》上。

10月10日，《内蒙古日报》头版显著位置刊登出全区"热爱内蒙古、献身内蒙古、振兴内蒙古"征文获奖名单：此次征文活动共评出一等奖三名、二等奖五名、三等奖七名，我写的《清水甜水幸福水》荣获一等奖。

1988年4月，内蒙古自治区精神文明建设委员会和内蒙古日报社联合举办社会主义精神文明"百花"征文。

看到这个征文启事后，我决定再写一篇。那几天围绕精神文明建设这个题材思来想去，最终目标落在了我的大哥身上。

我大哥是清水河县新华书店的农村流供员。十三年来，他不辞辛苦，任劳任怨，赶着小毛驴常年奔走山乡为读者送书，为书找读者，行程9万余里，送书12万余册。牲口饿了自己喂，鞍架坏了自己修，还为书店节省经费几千元。他把辛勤的汗水一滴滴洒在希望的田野上，也把科学的甘露一滴滴地注入农

送书下乡的农村流供员苏芝茂　（1979年摄）

民的心田。他从来没有炫耀过自己，可我们的党和人民却没有忘记这个山乡卖书郎。他多次被评为盟、县级先进工作者，还被自治区出版事业局树为全区图书发行标兵。

这些年来，我对大哥的工作情况自然是了如指掌。我也曾被大哥那种吃苦耐劳、默默奉献的精神一次次感动。

于是，我用很短的时间就写出了新闻通讯《驴蹄声声播春光——记清水河县新华书店流供员苏芝茂》。稿子寄出后，很快发表在4月21日的《内蒙古日报》上。

10月30日，《内蒙古日报》刊登出了全区精神文明"百花"征文获奖名单：此次征文活动共评出一等奖五名、二等奖十名、三等奖十五名。我的通讯《驴蹄声声播春光》又获得了一等奖。在隆重的颁奖仪式上，自治区党委副书记千奋勇同志为我们颁发了奖状。

遗憾的是，我的大哥后来不幸英年早逝，给家人留下了永久的悲哀与无尽的思念。当时，我的心里像怒涛涌来似的凄悲，只能扑倒在他的棺缘，双膝跪在他的坟前任由泪水洒满襟头！

1989年7月，自治区精神文明建设委员会、自治区公安厅、内蒙古日报社联合举办人民群众见义勇为同犯罪分子做斗争征文活动。

看到报上的征文启事后，我心血来潮决定再写一篇，而且一定要争取再次获奖，实现自己征文"三连冠"的梦想。可当时我的手头并没有捕捉到有关这方面的新闻线索。

一天，我在街上遇到了县司法局的高林吉局长，便主动上前向他打听这方面的情况。高局长当时就告诉我说，前些时还真有一个农民在呼运公司的班车上因为抓小偷摔断了腿住进县医院，但后来的情况怎样了他也不知道。

我一听此事便高兴起来，立马赶往医院去了解情况。可此时这位见义勇为的农民已经回到了村里，原来他是五良太乡沙湾村的村长张占为。

第二天上午，我就让工商局的武建清骑着摩托车带我直奔沙湾村。在这个偏远小山村的破窑洞里，我们见到了还躺在炕上不能下地干活儿的张占为。他向我们讲述了当时的情景。

那天，张占为乘坐由呼和浩特开往山西阳方口的157次客车回县水利局联系给村里修河工的事情。颠簸的客车一路盘旋在山区弯曲的公路上，车厢里一个满脸横肉的"小胡子"扫视了一下疲倦乏困的乘客，将罪恶的手悄悄伸向了回县城购货的五良太乡31号分销店售货员张四的衣兜。

客车的颠簸突然把张四惊醒："不好，我的钱被人掏了！"旅客们一个个警觉起来。那个"小胡子"见事已败露，惶惶不安地溜到车门口，连声叫道："快停车，我要下车！"

"就是他！"人群里不知是谁喊了一声。"小胡子"见势不妙，慌忙跳车窗夺路而逃。

眼前发生的这一切，激怒了坐在后面的张占为，他丢开手里的东西，立即跳下车向"小胡子"追去。

眼看就要追上了。"小胡子"扭身晃了晃拳头，气急败坏地说："这不关你的事，再追没你的好！"张占为步步紧逼，义正词严："你跑不了，老实跟我走！""小胡子"见恐吓不成，一转身窜下了沟里。张占为毫不迟疑，也一跃跳了下去，顿时只觉左腿疼痛难忍，不能站立。但他还是使劲把"小胡子"摔倒在地，死死抓住不放。这时，后面赶来的旅客一起将这个从包头东河区来的流窜犯制服了。

当张占为被人们抬进县医院时，已面色苍白，头上冒着豆大的汗珠。X光片的结论是无情的：左腿骨折。

张占为见义勇为的事迹，受到了当地群众的普遍赞扬。他受伤住院后，得到了县民政部门和公安部门的热情关怀。

听着看着眼前这一切，我也被张占为这个普通农民的见义勇为深深地感动。

于是，我很快就赶写了一篇新闻通讯《奋不顾身的村长》直接寄了出去。稿子很快就刊登在9月7日的《内蒙古日报》上。

11月22日，《内蒙古日报》刊登出了全区人民群众见义勇为同犯罪分子做斗争征文获奖名单：此次征文活动共评出一等奖五名、二等奖十名、三等奖十四名。我的《奋不顾身的村长》再次获得一等奖。

至此，我真的实现了征文"三连冠"的梦想！

作为一个土生土长的清水河人，我为那里的贫苦、为那里的勤劳、为那里的执着、为那里的奉献、也为那里的变迁，曾多少次从心底发出了纯情的呐喊。

那年，我在单位闲得无聊，突发奇想，便与已调到新华通讯社内蒙古分社工作的县委原宣传部同事张永平联系，想编辑出版一本以反映清水河县风土人情为主要内容的散文集，让更多的人了解我们的家乡，热爱我们的家乡，建设我们的家乡。

我俩一拍即合。征稿启示发出不久，我们很快就收到了区内外许多在清水河这片故土生活、工作及采访过的作家、作者寄来的散文作品。如时任自治区文化厅副厅长白朝蓉的《黄土变奏曲》、内蒙古出版社周彦文的《清水河之春》、内蒙古日报社石富生的《甜蜜的岁月 醉了的山村》、乌兰察布日报社于彦北的《悠悠清河情》、乌海市文联主席乔澍声的《曲柳依依》、张钧的《雕刻的山城》、李世春的《谈古论今话清河》、刘遇厚的《鹰落山上爬山歌》、刘琮的《香甜的酸粥》、董茂芸的《香茅草》、潘瑞祥的《故乡的酒海红》、李凤卿的《山乡庙会》、李巨的《呵，大石碾》、王秀华的《瓷乡的路 彩色的路》、陈联的《细细的泉流》等作品。当然，这里也包括了我和张永平近年来创作的一些作品。

  从文章的字里行间不难看出，这一篇篇散文是大家用心血、汗水和情感浇灌出来的，不熟悉清水河、不关心清水河、不热爱清水河的人是难以为之的。这些作品，大都以敏锐的时代感应，鲜浓的生活气息，独到的思想力度，新丽的艺术表现，展现了我们的美好生活，再现了黄土高原的风土人情，讴歌了山区人民热爱生活、追求未来的精神风貌，给人以力量，赋人以智慧，引导着人们向前向上。

  书稿送到内蒙古人民出版社，当即受到了文艺编辑室主任宁昶英的肯定。

  1989年10月，我们这本散文集《彩色的乡情》由内蒙古人民出版社出版。当时，自治区党委常委、秘书长刘云山同志在百忙中为本书作了序。

  他在序言中深情地写道："苏芝英和张永平同志是有心人，他们把这些散发的文章收集起来，汇编成册，用这些散发着泥土味的散文进行爱家乡、爱山区、爱祖国的教育，必将唤起更多的人热爱清水河、建设清水河、献身清水河。我认为，《彩色的乡情》对清水河人来说，是一本特点突出、意义深远、作用重大的自爱、自勉、自立的乡土教材。我相信，清水河的人们会喜欢她的，土默川的人们会喜欢她的。我敢说，每个读者读完这本小册子，绝不会觉得乏味无获，白费时光。"

盾牌闪闪亮

1989年10月3日,清水河县委决定我由物价工商局教导员改任为局长。

这一新的任命决定对我思想压力很大。因为多年来我一直在机关工作,缺乏主持全盘、独当一面的工作经验;再说工商局单位内部矛盾重重、人心不齐、自由散漫等问题仍然较为突出,我感到要真正挑起一局之长这副担子确实需要一股勇气。

当时,乌盟工商处布置的系统内部执法检查工作还没有展开;全县粮油征购工作已经开始,粮食市场管理急需加强;县监察局下达我局的整改意见书还没有落实;局内二三季度的票据检查还没有结果;几个物价大检查的专案需要定性,诸如此类一大堆事情摆在我的面前。更为严重的是,当时局里的经费非常紧张,我上任的当月干部职工的工资、烤火费、蔬菜补贴就无法兑现。

10月9日,局里召开全员大会,我开始着手安排部署第四季度的工作。我对大家说:我没当过什么官,也不会当官。但我认为,权力应该是放在光天化日之下的护民之剑,而不是装在个人衣兜里的谋私之宝。假如浑浑噩噩,则人同于兽;倘仅巧取豪夺,则人不如兽。作为一个共产党人,如果利用手中的权力给老百姓带来福祉,这个权力就会成为施展才华、为社会贡献力量的依托;如果把权力和私欲结合起来,就会使一个人走向病态,走向疯狂,权力就会成为邪恶的根源。我决心做到守身如玉，秉公执法，希望大家帮助我、支持我、监督我。我看干部主要是看他的政治态度、思想深度、工作实绩，我决不以自我喜好看干部，决不以离我远近看干部。今后谁也不用在我面前嘀咕，背后拆台，搞不团结。对那些维护团结、努力工作的人我们要给予表彰奖励，对那些消极怠工、影响团结并给单位带来损害的人要严肃地批评处理。我们要敢于为正气撑腰，同歪风邪气斗争。今后局领导要带头，股所长要带头，党团员要带头，形成一种爱岗敬业、讲求实效、开拓进取的良好风气。要让那些勤勤恳恳、甘做奉献的人上来，让那些消极怠工、碌碌无为的人下去！我们的口号是：学习张秀英，做一等工作，创一流业绩！

我的讲话，赢得了大家的阵阵掌声！

1990年，是我们国家通过整顿治理使经济工作由被动转为主动的一年，也是我们清水河县物价工商管理局团结奋进、大干快上的一年。

1月10日至12日，局里召开年度工作会议，深入学习中央《关于进一步治理整顿和深化改革的决定》，总结1989年度的工作，安排部署1990年的工作任务。县委副书记张学义、县长高富贵、分管副县长姜鸣晓到会做了重要讲话。在这次会上，赵越、田增寿、白满成、贺国华、崔爱国、姜秀芳六位同志被评为1989年度县局先进工作者，受到了表彰和奖励。

在这次会上，我们以整顿思想、纪律、作风为主要内容，进行了大刀阔斧的改革，单位率先实行公开竞争、择优上岗的用人制度。当时，我明确提出：能者上，庸者让！各股所将点兵，兵选将，实行全员双向选择、优化组合的聘任制。

我们通过竞争演讲、民主测评和实绩考核，任命陈清文为物价股股长、杨凤岐为物价检查所所长、田增寿为人秘股股长、吴成英为企业管理股股长、白忠民为市场管理股股长、贺国华为经济检查股股长、武建清为物资检查站站长、崔爱国为城关工商管理所所长、高建新为城关工商所政治指导员、白满成为喇嘛湾工商管理所所长、李广荣为韭菜庄工商管理所所长、王二蛮为王桂窑工商管理所所长、白忠元为窑沟工商管理所所长、马亮为个体协会负责人。

　　这次干部的调整任用，彻底打破了多年来形成的用人小圈子，做到了公开公正，避人所短，用人所长。这些事业心责任心强、群众信赖的同志纷纷走上新的工作岗位，他们很快就迸发出极大的工作热情。为了进一步适应治理整顿和深化改革新形势的要求，我们全面推行了"以人定岗、以岗定责、以责定分、以分定奖"为主要内容的目标管理责任制。当时，工商局双向选择、公开竞争上岗的用人改革，成为县里一件具有轰动效应的新鲜事儿。县委、县政府领导同志多次在会上充分肯定我们的做法，有许多单位来我们局学习取经。

　　这年的3月份，县委又及时调整充实了工商局的领导班子，将郭建国、耿勇这两位年轻有为、充满激情的同志调到工商局任副局长。至此，我们物价工商局领导班子得到了进一步加强，干部队伍素质得到了进一步提高，各股所工作的积极性、主动性和创造性得到了充分的发挥，单位很快出现了从未有过的心齐气顺、风正劲足的工作局面。

　　那时候，工商局的工作任务十分繁重，我们不仅要负责企业的登记管理，而且还要对个体私营经济给予扶持；不仅要整顿规范市场，有效进行各类市场的管理，而且还要加强对商标广告的管理，维护消费者的合法权益；不仅要查处经济违法案件，对经济合同纠纷进行调解与仲裁，而且还要控制物价总水平的上涨。面对日渐繁重的工作，大家迎难而上，勇挑重担，敢于担当，特别是一些共产党员，在紧要关头表现出了共产党人的高贵品质。副局长耿勇处处以身作则冲锋在前，带领市管员从早到晚整顿市场秩序，他还经常骑着摩托车下乡，直接到基层管理所去了解情况，现场发现和解决问题。城关工商管理所所长崔爱国干工作雷厉风行，敢抓敢管敢碰硬，他大胆整顿市场，坚持依法管理，工作受到了社会各界的好评，很快就被提拔为北堡乡党委副书记。物资检查站站长武建清不畏艰难勇挑重担，带领站里的同志克服种种困难，坚持24小时轮流值班值岗检查过往车辆，每月都能提前超额完成预定任务。他们还建立了执法监督卡制度，有效地增强了工作人员的自我约束意识，受到了人们的欢迎。李广荣是个老工商，担任韭菜庄工商管理所所长后，他肩负重任，信心百倍，带着市管员坚持步行下乡，一连几十天不回家，有时一天只能吃一顿饭，但他从不叫苦喊累，所里的各项工作都走在前头。老李辛勤的工作赢得了人们的一片赞扬，村里的老乡们说："像老李这样的干部这会儿真是少见。"

当时，局里还有一个明显的变化是，大家都敢于理直气壮地执法，敢于碰硬的、动真的。我们责令某些部门单位将多收的化肥、农膜、农药等生产资料价格款限期退还群众；对商品和收费明码标价执行情况进行全面大检查；严肃查处了县一中的乱收费问题，责令其向学生退款三万多元。我们及时将这一处理结果公布于众，社会舆论大哗，学生家长齐声叫好！我们还对县土畜产公司违反国家规定综合销价的问题、对县糖业烟酒公司自行扩大食糖紧俏商品差率的问题、对城关镇振兴塑料金属制品厂汽车喷漆案进行了处罚。同时，我们还严肃处理了一些重大走私贩私等经济违法案件，较好地维护了市场经济秩序。当时有的不法分子给我们的市管员寄来了匿名恫吓信多次进行威胁，但我们的同志并没有被吓倒，依然一心扑在工作上。

当时，我们局里还办了《物价与工商》的红头简报，请著名书法家董茂芸题写了刊头。办公室秘书石雪峰为办好这份简报耗费了许多心血。这份简报特点鲜明，形式活泼，既是局内各项工作的情况反映，也是干部职工学习探索的理论园地，同时也是沟通我们与各部门关系的纽带。我们及时将局内的工作动态、政策咨询、调研成果通过简报的形式向上向外进行传达交流，让社会更加了解我们，理解和支持我们。

当时，随着改革开放的不断扩大，清水河县城乡集市贸易得到了迅速发展，在搞活商品流通、丰富城乡人民生活中起到了积极作用。但集贸市场的建设远远赶不上集市贸易发展的客观需要，赶不上人民群众日益增长的生活消费需求。主要表现是县城现有的集贸市场场地严重不足，因此形成十分混乱的沿街摆摊设点的马路市场，既有碍市容又经常堵塞交通。

那时，县里每次开会给工商局的首要任务就是整顿市场。而整顿市场对我们来说又是一件非常头疼的事情。面对沿街几百家随意摆摊设点叫卖的坐商、摊贩、卖肉的、卖菜的、卖豆腐的、宰猪的、杀羊的，我们真不知该把他们驱赶到哪里,往往是东边检查他们跑到了西边,西边检查他们又跑到了东边。与公安、城管联合突击行动、扣留商品、蹀断秤杆、罚款处理,凡是我们能想到能用上的法子都使过了,但每次整顿都不会奏效。每次整顿,我们工商管理人员都要和那些个体工商户发生争吵,有的女市管员甚至被气得痛哭流涕,尽管这样我们还是要留下粗暴执法的骂名。

当时,自治区人民政府下发了《关于加快全区集贸市场建设的决定》,要求各级政府把集贸市场建设列入各地区城镇建设和改造的整体规划中,在一万至一万五千人的城镇住宅区,应规划建设一个集贸市场,工商管理部门收取的市场管理费应主要用在集贸市场建设上。自治区工商局也下发了《关于开展创建文明集贸市场活动的通知》,全区各地立即掀起了集贸市场建设的热潮。我们觉得,这是一个很好的发展契机,一定要借此东风加快全县集贸市场建设的步伐,尽快改变沿街摆摊设点造成的混乱和工商管理部门市场管理的被动局面。

保定冉庄之行
左起耿勇、郭建国、苏芝英、张文智、李和平

为了解放思想,我带着有关人员先后到集宁虎山市场、托县的云中市场、和林的盛乐市场、武川的青山市场进行参观学习。我和副局长耿勇还带着白满成、王斌、张文智等市管员专程到京津保三角腹地的白沟市场进行了考察学习。通过这

些积极的学习考察,我们看到了自己市场建设上的差距,同时也坚定了抓好市场建设的决心。

在充分调查研究和外出学习考察的基础上,我们立即向县人民政府提出了改造完善现有的永安市场、新建太平庄大型综合性集贸市场、加快乡镇集贸市场建设的规划报告。县政府综合考虑各方面因素后,决定由工商局负责,先行改造完善城关镇街中心的永安市场。

永安市场改造建设工程于6月5日正式动工,得到了县财政局和上级有关部门的大力支持。在紧张的施工期间,我们工商局全力以赴,分管副局长郭建国忍着病痛夜以继日地坚守在施工现场,抓进度抓质量。经过一百一十天的紧张施工,市场改建全部竣工并投入使用。场内三千平方米的场地全部水泥硬化,内设七排双向半封闭式大棚和几百个水磨石固定摊位,逐一安排了从事布料、服装、百货、肉食、蔬菜等经营的个体工商户。此外,我们还建起了局机关行政办公楼,附设为市场服务的取暖设备、饮水锅炉、浴室、货物库房、自行车棚等。中国书法家协会会员、内蒙古书法家协会副主席杨鲁安先生亲笔为永安市场门楼题字,市场正面竖起了工商管理人员廉洁奉公、依法管

农贸市场一角

理的巨幅画像。

9月25日,我们举行隆重的市场竣工剪彩仪式。这一天,是举世瞩目的亚运会开幕第四天,秋高气爽,风和日丽。上午十时,永安市场彩旗飘舞,鼓乐爆竹齐鸣,场内场外人群熙熙攘攘,第一中学的鼓乐队、花束队载歌载舞,为剪彩仪式增添了热烈气氛。自治区工商局副局长冯义、办公室主任赵俊山等专程前来参加剪彩仪式。

永安市场建设投资少、工期短、见效快,设计合理,环境美观,它的投入使用迅速改变了我县多年来形成的以街为市、以路为集的零散型集市贸易方式,对发展城乡经济、方便群众生活、保持市容整洁起到了积极的作用。

至此,我们工商局也迁入新的办公场所,第一次堂堂正正地挂出了县局的大牌子,结束了多年来拥挤不堪的办公局面。

由于多年来的历史欠账,当时工商局干部职工的住房非常困难,有的三代同堂,有不少干部职工寻房住院寄人篱下,还有一些职工辛辛苦苦工作几十年仍拖家带口住着破烂的土窑洞。

面对这种情况,我的心情非常沉重。深感作为一个单位领导,如果对干部职工的实际生活困难漠不关心,只是一味地要求他们埋头工作,绝对不是一个称职的领导。

在调查摸底的基础上,我及时将妥善解决职工住房困难的问题提上局务会进行讨论。大家很快形成共识,解决干部职工住房困难刻不容缓,不管有多大阻力,必须在年内一次性全部解决。

经过多方努力,在县财政局郭时清局长的大力支持下,我们终于在西河滩廉价购置了一块宅基地。经过紧张施工,我们很快就在西河滩盖起了两栋家属房,一次性解决职工住房十五户。做到这一步,在当时来说是非常的不容易啊!

研究分房时,有的同志提出给我也分一套,我当场回绝。我说:"我们解决的是干部职工的住房困难,我现在已有住房。如果我有房再要新房,或如果我们的领导干部都要分房,那些困难户还能有什么指望?"

多年来一直在外寻房居住的职工付世杰听说给他分配了新住房,激动不已,提笔写下如下诗句直接送到我的办公室:"房租五年三千整,寻房住院苦难忍;儿媳无房不结婚,公媳同堂也不成。女儿本是亲骨肉,怎能未婚推出门;解决住房得民心,干好工作报党恩。"

过去工商局曾一度人员思想消极,相互不团结,你告我,我攻你,严重地影响了工作。为了增强团结,改善人与人之间的关系,我们注意发挥党组织、团支部、妇女组织的作用。局里积极组织开展一些健康向上、团结热烈的集体活动,如工商知识竞赛、大唱革命歌曲、学跳中老年健身操、举办联谊舞会、扑克象棋比赛等,以陶冶人们的情操,增强单位的凝聚力。团支部书记张利娟带头刻苦钻研业务,积极活跃团的工作,她带领两名团员参加县里举办的百科知识竞赛,在参赛的二十八个队中一举夺得了第二名的好成绩;局里的健身操比赛获得全县三十个队中的第三名。这些活动的开展,有效地调整了人际关系,增强了单位的凝聚力,进一步激发了人们团结向上的开拓进取精神,也正是这种大好局面激励和推动着局里的工作不断向前。

我们还积极筹措资金,对喇嘛湾、王桂窑等基层工商管理所的办公条件进行改善。同时,我们还给基层工商所的市管员统一配备了摩托车、对讲机、电警棍等设备,使我们的工商队伍很快成为一支拉得出、过得硬、叫得响的执法队伍。

那个时候,只要我们局里开大会,大家都要统一着装,精神抖擞地唱响《工商战士之歌》:"国徽闪闪亮,盾牌放金光,工商战士威武雄壮。我们是光荣的经济卫士,肩负着人民的希望。"

就是这首歌,激发了我们积极向上的工作热情;就是这首歌,振奋了我们不断进取的拼搏精神。

这一年,是清水河县物价工商局改革创新、开拓奋进的一年。我们在治

理经济环境、整顿经济秩序中,不断拓宽监督管理的广度,增强监督管理的深度,加强监督管理的力度,为全县经济的繁荣发展做出了积极贡献。局里有十名同志先后受到了盟、县、局的表彰。

县人大常委会徐越主任一行七人视察我局的工作后,对我们的工作给予了充分的肯定。他说:"听了工商局的工作汇报,看了你们的目标责任制考核,看了你们管理的市场,就像参加了一次训练班,学了不少东西,很受启发教育。工商工作范围广、任务重、难度大,你们的工作能走在前头,实在是不容易啊!"

当时,《内蒙古工商报》记者张宝肖和《乌兰察布日报》记者郭巨平还专程来清水河采访,集中报道了清水河县物价工商局强化管理创新工作的事迹。

在12月29日召开的年度总结评比大会上,城关工商管理所、喇嘛湾工商管理所、物资检查站三个单位被评为先进集体;吴成英、张伟、武建清、白满成、王二蛮、李广荣、潘文贵、白忠元、王猛九名同志被评为先进工作者。

当时,我们决定重奖先进,奖品是三千元钱的幸福牌250摩托车。颁奖大会上,我们将受表彰者的家属请到了现场,缀着红绸子的新摩托车也推到了现场。

消息传到了县政府,一位县领导口气非常生硬地给我打来了电话:"你这简直就是在瞎闹!哪有这样奖励先进的?你们哪来的钱?为什么这么大的事情不向政府报告?"

我当时就向这位领导讲:"重奖先进有什么不好?这是为了激励工作。我们是没钱,有钱还应该再隆重些。"

撂下电话,我装着若无其事一样大步走进会场,走上讲台,在一片热烈的掌声中,给获奖者颁了奖。

当即,我也发表了热情洋溢的讲话。我说:"我们的先进工作者,就是我们单位的先进力量,就是我们单位的工作骨干,也是我们大家学习的榜样。县局号召全体干部职工要向这些先进同志看齐,要学习他们忠于职守、勇于创新、廉洁奉公、依法管理的好思想、好作风,在新的一年里争先创优当模范,把我们的工作做得更好!"

那一年，我也在自治区税务局、团委、工商局组织的全区个体工商户税法宣传普及教育活动中被评为先进工作者。

1991年2月，在自治区工商局召开的全区工作会议上，清水河县物价工商管理局被评为先进集体，我们《抓思想政治工作 促队伍自身建设》的典型材料在大会上印发。

随着管理职能的不断扩大，物价工商队伍也不断壮大，到1991年下半年工商局的人员就增加到了七十五人。但当时县里的财政还很困难，局里有三十八名同志财政不给核拨工资和经费，局机关正常运转和业务的拓展要靠我们收取管理费来保障。

这时，自治区人民政府出台了《关于适当放宽企业经营活动范围的暂行规定》，自治区工商局也下发了对个体工商户收费名录和标准的通知。这就是我们的"尚方宝剑"。我们及时将这些政策规定印发各股所，要求每个市管员必须烂记于心，并将这些政策规定向管理对象讲清楚，以取得他们的理解与配合。

当时全区的城乡个体工商户已有较快发展，而清水河县的工商企业及个体工商户的发展还较为缓慢。我们当时对个体工商户的管理也仅限于检查登记项目，检查生产、经营活动情况，检查变更、停业歇业变化等，而真正对个体工商户的服务还没有及时跟上。

为了真正了解个体工商户的经营情况，我曾多次亲自到农村基层去进行调查研究。一次，我和杨凤岐、王斌等市管员来到庄窝坪村，看到呼清公路边上摆着一些售货的小铁棚，进去一看，里面货架上灰尘薄土，只摆放着一些饼干、罐头、啤酒之类商品，顾客寥寥无几。这就是我们的个体户啊！本来我们是想收取管理费的，但面对他们如此惨淡的经营我们只好作罢。

当时，我在心里就萌发这样一个念头，必须要解放思想，放宽政策，放手发展个体经济，积极培育市场。

为了尽快促进全县个体私营经济的发展，我们及时向县政府提出了《关

于积极鼓励发展个体私营经济和加强监督管理的报告》，决定进一步放宽个体工商户和私营企业的经营范围，放宽经营方式和经营地点，放宽个体工商户、私营企业的组织形式，扩大登记范围，简化办照手续，并建议政府部门切实解决个体工商户和私营企业的经营场地、原材料、货源、信贷等实际问题，严禁乱收费、乱摊派、乱罚款。

同时，我们局里设立了个体工商管理股，选调工作热情高、业务能力强的张利娟担任股长。果然，个体股的同志们不负重望，他们与个体协会相互配合，积极宣传政策，引导个体工商户和私营企业合法经营；开展技术培训，开展经营作风检查评比和文明经营竞赛活动；建立健全个体工商户、私营企业档案登记管理制度，有效地促进了全县个体工商户健康而迅速的发展。

1991年12月的一天，清水河县委召开常委会议，会上决定学习乌盟察右前旗转变职能、改变作风、精简人员、充实基层的经验，县工商管理局和土地管理局作为试点单位要先行一步，要求我们这两个局必须要在春节前将百分之三十的人员精简充实到基层去。

当时，我和教导员牛国英参加了这次会议。会上，领导们对这次改革信心十足，决心很大。高富贵县长点名问我："你们工商局能不能完成？"我大声说："能！"他又问土地局李局长："你们土地局能不能完成？"李局长也回答说："能！"于是，高县长一拍桌子高兴地说："那好！你们回去立即动手，春节前一定要完成！"

散会后，我和牛教导员一走出县委大门口，我就低声对他说："老牛啊！今天这个事非同小可，我们一定要慎重。回去以后咱们谁也不能说，连副局长们也不告诉，看看再说。"

老牛一拍我的肩头笑着说："咱俩算是又想到一块啦！"

其实，当时我们也并非是有意要与县委对着干，只是觉得这么大的人员机构改革要在很短的时间内完成实在是有些操之过急。因为改革就要涉及利益的调整，要考虑到人们的心理承受。百分之三十的人员要下放到基层去，下到基层就意味着要到更为艰苦的地方，这是需要认真做好各方面的思想工作的，绝不是一个命令就能办到的事情，弄不好会把单位搞成一锅粥。再说，春节即将来临，我们应让大家好好过个春节，一切等过了年再说。

就这样，我们工商局没有动手，但土地管理局当了真。他们立即召开会议，进行动员，设计了几套下放干部的方案都没有进行下去，结果引起了单位干部职工的思想波动，不少人到县委、县政府找领导告状反映问题，搅得领导们心烦意乱。正月一过，县委就立即对土地管理局的领导班子进行了调整。

没过几天，自治区工商局召开全区工作会议。会议期间，我向巴图苏和局长汇报了清水河县准备下放工商干部的事。巴局长一听就说："回去告诉你们书记、县长，咱们工商部门只能加强不能精简，干部一个也不能下放！"

开会回来后，我向县委书记董志成、县长高富贵汇报了区局开会的情况，并向他们转达了巴局长的意见。他们说："如果上面不让下放，那咱们也就不放了。"

就这样，因为我们镇定自若的谨慎态度，避免了一次人为的乱局。这件事也启示我，面对复杂的局面或重大事件的转折关头，一定要头脑清醒、冷静对待，不可操之过急。因为，一切都在变化之中，谁也难以预料。特别是在探索的道路上，要学会瞻前顾后，摸着石头过河；如果只凭热情办事，很可能会大踏步前进，又大踏步地后退。

1992年，是我们工商局继续开拓创新、大干快上、大见成效的一年。县里确定工商局为依法治局试点单位，也是县纪检委、监察局、审计局的联系单位。因此，摆在我们面前的任务十分繁重。

当时，我把全年工作的指导思想概括为六句话：坚持改革开放、强化监督职能、抓好岗位培训、提高整体素质、开展以法治局、促进廉政建设。我们积极探索工商行政管理的新途径，实行挂牌收费，严格执行收费标准，坚决克服工作上的主观随意性和以权代法、以罚代法的现象，经常敲响廉洁自律的警钟。我们颁发了违反保持廉洁十不准的处罚办法（六章五十条），要求局领导带头、股所长带头、党团员带头、先进工作者带头，认真遵守局里的各项规

章制度，广泛开展互相监督，切实纠正行业不正之风。

　　那个时候，局里各项工作规程已经建立健全，大家都能自觉遵守；特别是那些股所长们个个都是精兵强将，干起工作来雷厉风行，这让我很欣慰，工作起来感到很轻松很愉快。局领导班子真诚团结，在一起说话办事直截了当，谁也不用去猜心思，谁也不用担心背后有人拆你的台，大家心情舒畅各司其职，使我们这个班子成为当时县里科局中少有的能够真心团结共事的好班子。

　　正因为这样，便使我能够腾出身来有时间去潜心阅读一些书籍，像《中国现代散文欣赏》《中国当代散文精华》《中外散文选萃》《中国当代青年散文家》等书籍都是在这个时期阅读的。同时，我也有时间创作一些自己所热衷的散文作品。像我较有影响的散文作品《扬一扬手吧，母亲》《轮回的太阳》《遥远的思念》《故乡的榆钱》《种山药》《村后那座坟茔》等，都是在这个时期完成的。

　　1992年10月，我的散文集《扬一扬手吧，母亲》由内蒙古人民出版社出版。集子分高原风情、苦涩人生、风雨故人、爱的呓语、生活随笔、彩色乡情、山外世界、人事世态八个部分。内蒙古人民出版社副总编辑刘志刚亲自做我的责任编辑，并为这本书精心绘制了一些小插图。

　　值得提及的是，时任自治区党委副书记刘云山同志在百忙中应邀再次为我的散文集作序，对我的散文作品给予了高度评价。他说："苏芝英的散文作品，无论是对大自然风光的描写，还是对人生世态的咏叹；无论是对童年的回忆，还是对亲人的哀思；无论是对生活的追求，还是对未来的向往，都使人能够感觉到质朴自然的乡土气息扑面而来，纯洁真挚的感情充盈流溢。他的散文像一幅山水画，为我们勾勒出了清水河的乡情水色，民俗民风；他的散文又像一首小诗，热情奔放，充满了对家乡故土的眷恋和对在那里世代繁衍生息的百姓的真挚情爱。他的文笔如同清水河溪水一样汩汩地流淌。"

　　1993年底，我被借调到内蒙古商报社工作。走前，我到自治区工商局向曾给予我许多关爱的巴图苏和局长辞别。巴局长一听说我要离开工商战线，当即一个电话将人事处毕力格处长叫到办公室来，对他说："这个人不能让他走，咱们要用！"

无奈，我已决意去参与这张全面反映都市经济生活的综合性报纸的创办。最终，我还是走了。

我走的时候，许多人哭了，哭得是那么真诚、那么伤心。

回顾在清水河县物价工商局工作的这七年里，我有过成功，也有过失败；有过喜悦，也有过伤悲，甚至还有过流泪。

我虽然经历了一个从不愿意来到逐渐热爱的过程，虽然意气风发地带领大家不断开拓进取，做了一些卓有成效的工作，但毕竟受种种原因的局限，我的思想还不够解放，创新能力还不强；时常会表现出一些急于求成的急躁情绪，有时也会因感情用事迁就了个别人的不良；我也没有能完全顶得住来自各方面的说情，并未能真正做到执法如山。同时，对干部职工的工作和生活关心得还不够及时、到位。

所有这些，都在后来的日子里给了我许多的反思和启示。

多少年过去了，至今我仍然会常常想起在工商局工作时的一切，想起我那些情同手足的弟兄们，想起他们曾给予我的那些支持和帮助。同时，我也会想起赵越、牛国英、田增寿、董进才、吴成英、张伟、白双山、潘文贵、付世杰、王斌等这些不该早逝的同事们。

编辑部的故事

　　1994年4月，我被正式调入内蒙古自治区财政科研所工作。这对我来说，又是一次人生的重大转折。

　　报到上班那天，我来到科研所李文进所长的办公室，只见李所长的办公室四壁全是满满的书架，不亚于一个规模不小的图书馆。办公桌上更是书刊报纸堆积如山，李所长完全被淹没在书报资料之中。早听说李所长是著名的财政专家，没想到他会如此地爱书藏书，顿时我对他产生了许多敬重。

　　李所长和蔼谦逊，关切地询问了我过去的一些情况，热情地勉励我要努力学习财政知识，尽快熟悉工作，生活中有什么困难就提出来，所里一定会想办法帮助解决等等。

　　这一番肺腑之言，着实让我感到了许多温暖，给了我一片心动的阳光，抹去了初来乍到的心头阴影。

　　当时，科研所办公借住在一个信托投资公司的楼上，办公条件很紧张。自治区财政科研所的工作分为两大块，一块是承担着自治区财政经济改革发展的政策性研究，发挥着财政改革的先锋号角作用；另一块是承办着面向社会公开发行的《内蒙古财会》刊物。

　　我被分配到财会刊物编辑部工作。编辑部设在阴面的一个大屋里，原有的六个女同志挤在一起办公，现在又添了我显得更加拥挤。

《内蒙古财会》是1988年创办的大型财政经济类刊物，一直坚持"为中心、为现实服务"的办刊宗旨，以宣传党的财经方针政策为己任，是我区财税、财会战线的重要舆论宣传工具，直接为自治区的财政税务、财务会计工作服务。编辑部的同事们全是清一色的大学本科生，并且都有了几年的办刊实践经验。而我则是个学历不高又来自基层的新手。

编辑部主任林秀群给我的主要任务是选编自由来稿、校对刊物清样。期刊编辑工作，其实是一种再创作的枯燥劳动。我们对收集到的稿件进行审读、修改、压缩、组合，使稿件中蕴藏的有价值的内容成为有思想性、指导性、知识性的作品发表在刊物上，奉献给广大读者，从而实现作者的创作价值。

当时，我对自己从事的编辑工作非常珍重，所以干起来也感觉轻松愉快。我认真审慎地阅读作者的来稿，对稿件进行鉴别和评价，力求发现符合刊物要求的佳作精品；对基本确定可以使用的稿件，逐段逐句地从推敲内容、删节冗杂、增补词意、修改文字、勘正差误、统一体例、斟酌标题等多方面进行认真审核把关，去瑕存玉，琢磨成器，完成稿件的定型工作。

那个时候，我每天早早就来上班，给大家打水扫地抹桌子，有时也帮她们编校一些稿件。更多的时间，我是泡在科研所的资料室里，认真翻阅研究那些兄弟省区的财税刊物，学习借鉴人家的办刊长处。时间长了，我与大家之间的距离自然就缩短了许多，生疏感没有了，大家经常在一起热烈地讨论问题、议论时政、针砭时弊。我是个老党员了，大家都把我当成了洪常青式的"党代表"，遇到问题都愿意先听听我的意见。

记得一次，分管领导林所长给我们编辑部开会，提出提高编辑水平、开展群众评刊活动、进一步做好通联工作等要求，并让大家各抒己见，献计献策。

我原本不准备发言，因为我一生都不善于口头表达。但林所长突然点到了我，要我说说自己的看法。我一看这架势不说是不行的，于是就结合工作实际，大胆地提出了自己的几点想法：一是刊物的稿件要增强针对性，每期力求有几篇有分量、对解决当前财税财会战线热点难点疑点问题有见解的文章，这对

提高刊物的质量、增强指导性很重要;二是要开门办刊,编辑不能只坐在办公室里等稿件,要经常深入基层调查研究,积极进行组稿,尽可能多地去倾听读者、作者对期刊的意见,这样才可贴近群众;三是要注意做好刊物的广告宣传工作,在直接为企业生产和流通服务的同时,可以给刊物增加创收。

我的这几点工作建议当即受到了林所长的肯定。他笑着说:"老苏原先是搞工商行政管理的,看来对办刊也挺内行啊!"

林所长当即便决定,派我和林秀群、萨仁高娃三个人到赤峰市去一边抓刊物的发行,一边组织采写稿件。于是,我们三个人很快便深入到赤峰市的宁城县、林西县、翁牛特旗和喀喇沁旗进行采访,听到了关于分税制对旗县经济发展的影响、加大财政转移支付力度、积极培植地方财源等多方面的积极建议,组织了一大批有针对性的稿件。我还执笔撰写了一篇题为《赤峰纪行》的散记,发表在了《内蒙古财会》上。这篇散记以独特的视角、自由表达的方式具体地反映了赤峰市财政经济的发展变化,给人耳目一新的感觉。

当时,我们编辑部虽说人多事杂,报刊资料到处堆积,但这里却是个和谐相处的世外桃源。大家都没有把我当外人,更没有把我当成与她们有什么利益相争的对手。女同事们喜欢吃些瓜子、糖果之类的零食,只要是她们吃便会给我分享一些。麦力斯虽然从事的是文字工作,但她聪慧敏捷又具有高超的绘画艺术天赋,特别是她用一笔就能勾勒出一个漂亮时尚的美女头像,常常引得大家拍手叫好。韩图雅虽说身材瘦小,但她的蒙古舞印度舞跳得特别棒。有时,我一边低头看东西,一边听她们絮絮叨叨地讲些家长里短的事情,感觉她们的生活很有趣、很美好,尽管有时多少也能听出一些其中的苦涩。

我们的刊物是自办发行,一到发刊的时候,大家便一齐动手,有的往大信封上粘贴邮寄地址的条子,有的分装刊物,有的钉封口,直到邮局的车来将刊物拉走了大家似乎才能喘一口气,有时忙得一天顾不上吃饭。那时,编辑部里最令人高兴的是给大家发刊物的编校费和刊物发行误餐补助。虽然钱不多,但大家还是喜形于色,会琢磨着这点钱该怎么花才好。

一天，一个清水河农村老乡突然来找我。原来他家九岁的女儿晚上在煤油灯下做作业，他给灯添油时突然煤油发生爆炸起火，女儿被重度烧伤，面目全非，后经有关部门检测鉴定他是购买使用了劣质煤油。他曾多次找销售煤油的乡村供销社讨要说法，但终无结果。这次来找我是想让我帮着解决点女儿的治疗费。

编辑部的同事们一听此事，便对这个农民的不幸遭遇产生了极大的同情怜悯，异口同声地咒骂那个卖劣质煤油的黑心人。还没等我说话，大家就主动给我那个老乡现场凑了些钱，这个叫天不应、呼地无门的老乡顿时感动得热泪盈眶。

那时，财政科研所还有一位高人，就是副所长陈弘志先生。这位老兄插过队下过乡，当过工人烧过锅炉，唯其经历坎坷，积累丰厚。他除了博识弘富、个性率真看问题独特犀利外，还在工作之余喜欢伺弄文学，小说散文多见报刊，后来出版的散文集《绿浮春野》《欧美鳞爪》《方言咀英》更是文采斐然、厚重典雅，处处闪烁其思想的光芒，读后让人有一种欲放不忍的感觉。

闲暇之时，我便会去向这位老兄讨教文学创作方面的真谛。有时也会不知深浅地将自己的一些散文之类拿来请他指点，并与他探讨一些诸如以什么样的视角认识文学、以什么样的态度对待文学、以什么样的思维创作文学等问题。记得他讲到，不论是对过去风云笑谈的从容描绘，还是对生活沧桑的抒发感慨，艺术个性与作家本人的气质禀赋和审美趣味是有着直接关联的。文学就要在历史叙述中寻找对当代生活的提示，敢于出真知灼见，弘扬担当精神。当时听了陈所长的精辟高论，真有相识恨晚的感觉。

那时，机关单位的计算机还没有普及，科研所仅有的两台计算机只有陈世杰、渠志宏、戴红、吴冰等这些年轻人会操作应用。我想写点东西还得摇动手里的笔杆子。于是，我就试探着去找调研室的陈世杰、戴红，向他们学习请教使用计算机的方法。

俗话说，隔行如隔山。一个新生事物对一个目光短浅的门外汉来说，相隔

的何止是一座山啊！记得一次陈世杰耐心地给我讲解演示了半天，我竟然还是擀面杖吹火———一窍不通。他便给我找来一张五笔字型的字根表对我说："苏老，咱先不忙键盘操作，你还是先背汉字的字根吧。只要把它背熟了，就学会了拆字，这样五笔王码的运用就自如了。"当时，他还认真地教了我一些背诵的口诀和记忆一级简码的要领。

按照陈世杰的指点，我从背诵五笔字型字根开始，逐步进入电脑的键盘操作应用。那段时间里，下班后人们都走了，我还一个人留在单位琢磨和演练计算机的操作使用，渐渐地熟能生巧，我学会了计算机的使用，并获得了内蒙古科技培训学院颁发的计算机操作合格证书，适应了后来的办公自动化运用。直至今天，我还是在使用极品五笔打字，而且实现了盲打，令许多人感到有些吃惊。

我过去很长时间从事的是基层宣传工作、政务工作，到财政科研所工作实属改变了行当。财政科研工作研究得更多的是财政管理这门学问，而这财政管理则是政府为实现其职能，运用一定的手段，对财政分配及相关经济活动过程进行的决策、计划、组织、协调和监督活动，它是整个国民经济管理活动的重要组成部分。

当时，财政管理体制正在从过去的"划分税种、核定收支、分级包干"向分税制财政管理体制转变，中央与地方的事权和支出重新划分，中央财政对地方税收返还重新确定，新的预算编制和资金调度规则正在逐步建立完善，这对我来说都是一些全新的课题。

刊物编辑部较为轻松的工作并不能使我感到满足，我便暗下决心，向新形势新环境面前的这些新课题冲击。我首先从认真研究《内蒙古财政志》入手，对我区财政发展的历史沿革进行了系统的了解，然后又从财政学的角度对财政职能、财政支出、财政收入、税收制度、国家预算、财政监督等各个方面的财政理论进行了系统的学习。同时，认真学习了一些财政厅领导的讲话及自治区财政部门同志们撰写的调研报告及论文等。

通过认真的学习研究，使我对社会主义市场经济条件下的财政职能、财政收入支出格局的构成及未来财政政策走向有了一个比较清醒的认识和把握，懂得了一个财政人的工作职责与肩负的重任。在不断学习的同时，我还结合实际撰写了一些学习体会论文，其中《依据基本国情 实现社保五化》获自治区财税改革与发展三等奖，《社会主义市场经济中的宏观调控》获自治区财政科研优秀理论成果二等奖；我撰写的《加快旗县经济发展》的论文还被自治区党委政研室印发分送自治区党委、政府领导参阅。

寂寞写文章

俗话说，人挪活，树挪死。其实，人一旦选择了改变，就意味着你将要面对许多的不适与巨大的困难，要承受许多新的压力和挑战。

我刚到首府工作的时候，那真是困难重重，步履艰难。当时正逢国家粮食系统全面改制放开，单位大量裁减人员，妻子已在县粮食部门下岗，自己承包经营的单位食堂也不景气，手里攥着一大把食客们打下的白头条子要不回钱来，资金周转十分困难，最后没办法只得随我而来。

单位一时没有房子，妻子便骑着自行车东奔西跑总算在大学路黄河娱乐城附近租了一间。当我第一次被她领去看房子时，竟不敢相信这就是我们要租住的地方。实在是太小了，只有十多平方米吧。顶棚上钉着灰白色的塑料蛇皮袋，上面满是黑麻麻的苍蝇屎。墙壁是新粉刷过的，进门还能闻到一股扑鼻的白泥味儿。两张木床往里头一放，锅碗瓢盆往柜子上一搁，女儿的书本往桌子上一摆，地上几乎就没有了行走的空间。

虽说这屋子算正房，但淹没在林立的楼群之间，一天到晚几乎见不到阳光。房东是位退了休的老工人，人倒也和善；唯有那老婆婆有些另类，院外的巷道里有的是公厕，可她却仍旧习惯使用马桶，拉屎撒尿全在屋里，搞得整日臭气熏天，惹得满院子的苍蝇就像北约组织的飞机到处嗡嗡乱飞乱炸，令人十分讨厌。

　　此外，这老婆婆还多少有些刻薄。我妻子洗衣服用的水多了些，她要在院子里唠叨；女儿打开了收录机，她便赶紧跑过来看个究竟，生怕我们耗了她的电。冬冷寒天，屋里冻得人筛糠，可床上的电褥子只能等那老两口夜里安歇了我们才能偷偷地插上一阵子。

　　夜深人静，当你正要入眠时，可恨的老鼠开始与你作对了。顶棚上面就是老鼠们的乐园。每当深更半夜，老鼠们便纷纷行动起来，可能是走东访西，可能是家族聚会，也可能是婚丧嫁娶，总之，它们走起路来总是一溜小跑。偶尔发生战斗，仿佛"造反派"夺权，互相攻击得吱吱呐喊。因为那是另一个魑魅的世界，我们实在对它们没有办法，只能在无奈中轻轻叹息。

　　小屋子冬天特别冷，西北风呼呼地直往里吹，孩子的脸常常被冻得通红。我家小弟芝荣专程从遥远的县城给我们拉来了小火炉。那卖炭的马车倒也不时将炭送到你的门上来。

　　一天，好友侯补堂来了。他原来是县石油公司的经理，现在已经卸任，一个人凭着那种永不言败的精神在首府开始从头打拼。

　　原来今天是我的生日，我们是真的忘了，可他却还记得。他对我说："贵祥，别在家里窝着了，我带你上街玩去。在呼市没有我找不到的地方，想去哪儿？"

　　于是，侯哥骑着自行车驮着我直奔旧城。我们在一家小莜面馆高兴地饱餐一顿，算是给我过了个愉快的生日。我来呼市上班近一年了，这是第一次有人请我在外面吃饭。饭后他又带着我飞快地过大街穿小巷，什么五塔寺街、县府街、梁山街……一下午我们几乎把旧城转了个遍，我也第一次深切地受到了敕勒川文化民族性、地域性、艺术性的熏陶。

　　屋里没有电视，晚上便显得很无聊。大女儿苏芳正在城里读大学不常回来。小女儿苏莉只顾埋头在小桌子上做她的作业，或戴着耳机学英语。妻子盘腿坐在床上，双手飞快地编织着毛衣，同时也在默默地编织自己心灵憧憬的梦幻。

　　我也暗自高兴，这寂寞倒是远离了许多嘈杂和纷争，给了我许多思考与

散文创作的时间，只是我无法与女儿相争，只得蹲在地下的小板凳上，腿上垫着女儿的画夹板，铺开纸张，开始随情畅想随心所欲，尽情地与心灵对白，倾吐自己的心声。

这时，我的心中似乎排除了一切干扰，完全沉浸在自己人生的经历与生活的感悟之中，写起东西来快如流水，一晚上就是一篇散文，写下就拿出去发表，根本就没有回头修改润色一说。此刻你会感到十分轻松，眼前出现一片湛蓝的天空。这个时候我才对曹雪芹举家食粥写作《红楼梦》有了深切的感知。至于外面别人当多大的官挣了多少钱，我是听也不想听，那些都与己无关。

那时，二女儿苏莉刚转到市里上初中。为了她的转学，我和妻子真是伤透了脑筋跑断了腿，又说好话又送礼，转学的事情才算有了着落。新学期开学的时候，苏莉没有课本可用。我骑着自行车在街上整整跑了一个上午，总算买到一部分。还有几本练习册听说在呼钢附近的小书店可以买到。我便又掉转车头向那里奔去。一路上，我心里只想着为女儿买书的事儿，谁知迎面过来一辆摩托车我还没有注意，竟被一下子撞出老远。等我忍痛爬起来一看，自行车前轮扭成麻花状，可那骑摩托的年轻人早已跑得无影无踪，满身泥土的我惹得匆匆过往的行人投来惊异鄙视的目光。

一次，二女儿苏莉因患甲状腺囊肿，住院做手术需要交七百元押金，可当时全家只搜刮出四百元钱，其余三百元没有一点着落。无奈之下，我便硬着头皮去找在某银行供职的一个老同学求助。可这个当年和我还算要好的同学一见我，便极不高兴地说："你咋不打电话就进来啦？我们这儿有规矩，未经预约是不允许生人进来的。"当听说我是来借钱的，便双手一摊极其难为地说："我哪有钱啊！我的钱完全是由夫人管控着，你这不是给我出难题嘛！"

当时，我是既尴尬又羞愧，心里就像是打碎了五味瓶，真不知是个啥滋味。就在我迷迷瞪瞪走出银行大厦门口时，迎面马路上过来一个蹬三轮车的拾荒者。再一看，他还在向我招手并大声地呼喊着我的名字。原来这个人不是别人，正是当年我在清水河县王桂窑公社一间房村蹲点下乡时的政治队长韩二根。只见他满头大汗吃力地拉着一车烂铁片废纸箱向我走来,原来这些年他已离开故土,带着一家人到城里来谋生了。当他听说我正为筹钱的事儿犯愁,当即从衣兜里掏出一沓子零零碎碎的纸币塞到了我的手上,说:"我这儿正好有三四百块钱,你先拿着,给娃娃看病当紧。"

真没想到,这位当年轰轰烈烈的政治队长如今生活得这么艰难;更没想到,恰恰是这位朴实憨厚的农民朋友救了我的急。令我更为遗憾的是,后来当我要给他还钱时,怎么也找不到他了。后经多方打听,才知道他已经因病去世了。未能给他以及时的回报,对我来说是多么大的遗恨啊!

时来运转。一天,身为自治区新闻出版局局长的石玉平偕夫人锡呼尔一同来家看望我们。见我们住的房子如此窄小可怜,当即就说:"这哪像你们住的地方,赶快搬!赶快搬!我家在桥靠有一处平房院子闲着,你们搬过去住就行了,权当给我们看门,房钱也不要你们的。"

没承想天底下竟有这般好事,天底下竟有这等好人,我们全家都被感动得不知该说什么才好。没几天,我们就真的搬到了玉平哥桥靠的房子里,而且一住就是两年。院落十分宽敞,而且还有几棵正在开花结果的果树,整个夏日绿树成荫,鸟语花香,院子里还能种些菜蔬之类。

现在我家的住房条件早已改善,但我们时常会想起桥靠那个幽静的院子,想起在我们最困难的时候,玉平哥一家的真诚相助。说真的,这是我家一辈子应该铭记的恩德啊!

1995年4月中旬的一天,自治区财政厅机关党委副书记蔡金莲突然来科研所找我。她说:"财政厅詹瑛副厅长5月份要出席在北京召开的联合国第四届世界妇女大会。她的个人代表材料早已报到了北京,可前几天被打回来了,要求赶快重新整理上报,否则詹厅长将会被取消代表资格。厅里挑来选去没找下个合适人,有人推荐由你来给詹厅长重写典型材料。厅里要求你一周内必须完成这个紧急任务。"

当时,我感到十分为难。因为我来的时间不长,对厅里的情况不了解,对

詹厅长更不熟悉，完成这个任务确实难度很大。

蔡书记见我有些犯难，就不容商量地说："你就别犹豫了，这个任务非你完成不可！"

我想了想，认真地对蔡书记说："要完成这个任务我有一个要求，那就是蔡书记您要亲自带着我去进行一些采访。"

蔡书记自然是高兴允诺。她是个对工作极端负责的人，在紧接的几天里，她亲自带着我到有关处室单位了解情况，找相关同志座谈，到档案室查找有关资料。我逐渐对詹瑛副厅长从繁华的大上海来到边远的内蒙古工作四十年的经历有了一个比较全面的了解，同时我也被詹厅长那种执着追求、勤政于民、无私奉献的事迹所感动。我觉得她支边四十年，为内蒙古的繁荣与发展献出了青春和大半个人生，她谱写的是一曲感人肺腑的巾帼奉献之歌，展示了新时代知识女性的特有风采。

于是，我仅用两天的时间，就一气呵成写出了一万多字的报告文学《情系草原》。打印稿由蔡书记转呈詹副厅长亲自审阅。

第二天一上班，詹副厅长就打电话要我到她的办公室来。詹副厅长笑容可掬，见到我第一句话便说："没想到你写得这么快又这么好啊！一看就知道你是个写过大材料的人。咱们过去那些材料总是第一情况、第二问题、第三意见，你写的这个材料完全不是那个套路。"

顿时，我便感到如释重负，看来这个艰巨的任务应该说是完成了。

我刚要起身离去，詹副厅长却笑着招招手说："你别走，我们再说会儿话。"

于是，詹副厅长又十分关切地问起我什么时候调来的、过去干什么工作、家属在哪里工作等等。我如实地告诉她说，我调来的时间不长，家属的工作关系现在还在清水河县粮食局。

"那你怎么不把她也一起调过来呀？"

我说："我刚来呼市，人生地不熟，现在还给她找不下接收单位。"

詹副厅长听我说到这里，就说："你等等。"说着，她随手拿起桌子上的电话，直接给内蒙古糖酒总公司的老总打电话说："申总啊，我们厅里有一个同志现在是两地生活,他爱人是清水河县粮食局的工会干部,我看你就把她要上吧,怎么样啊?"

詹副厅长就这么一句话,我在一周之内就真的将妻子调进了内蒙古糖酒总公司。这完全是我们做梦也没有想到的事情啊!我们一辈子也忘不了詹瑛副厅长的恩情啊!

詹瑛副厅长如期出席了联合国第四次世界妇女大会,而且在"非政府组织论坛"会议上做了大会发言。

我的报告文学《情系草原》,不仅刊登在1995年第十期《中国财政》杂志上,后来还被收入民族出版社出版的《草原风流——内蒙古名人纪事》一书,在自治区财政系统引起了较好的反响。

1995年秋天,我开始着手整理出版自己新的散文作品集《苏芝英散文》。四十万字的打印文稿送达内蒙古人民出版社文艺编辑部李承业先生的案头,没几天他便打电话来说:"书稿内容不错,社里已同意正式出版,建议再增加一个序言。"原打算这本散文集是不再请人作序的,所以只是自己有感而发写了个后记,对那些热情鼓励出版、帮助誊写文稿的朋友们表示真切的谢意。

找谁作序呢?我一时有些犯难。最后还是想到了刘云山同志,因为他先前已两次为我的散文集作序,对我的散文作品已经有了一些了解。此时,他已调往中宣部工作,政务之繁忙是可想而知的。但我还是冒昧地将书稿送到了北京。没承想,刘云山部长竟第三次欣然为我的书作序,并再次对我的作品集给予了充分的肯定。

他在序言中深情地写道:"读完案头这《苏芝英散文》的清样,心里久久不能平静,使我又一次真切地闻到了塞外泥土的气息,想起了家乡,想起了亲友,又重新回味起那一幕幕激动人心的往事。读苏芝英的散文,像咀嚼塞北的莜面,香喷喷且百吃不腻。他的散文字里行间都饱含着对大自然的赞美,对家乡的眷恋和对父老乡亲们的真挚情感。不管是写景还是抒情,不管是议论还是感叹,都有陶冶与升华,再把握生活时又有一种宏大的视野与哲学的思考。

这不仅仅是散文人的自身感受,无疑对我们每个人也是深刻的启迪。"

1995年12月,《苏芝英散文》出版后,在区内外文学界和朋友圈内引起了较好的反响。内蒙古作家协会主办的《内蒙古作家报》以整版全面介绍了我的散文作品,著名作家田彬、陈广斌、乔澍声、刘俊华、陈弘志、李明等纷纷撰写评论文章,对我的散文作品给予了高度评价。内蒙古人民广播电台农家乐节目主持人冬雨还特邀我到电台演播室制作了专题节目。

忙碌的日子

1997年7月,内蒙古自治区财政厅进行新一轮的机构改革。随之,一大批德才兼备、年轻有为的干部走上了处级领导干部的岗位。

在这次干部的调整任用中,我和谷占升同时被厅党组任命为财政厅办公室副主任。

当我离开财政科研所的时候,老所长李文进语重心长地与我屈膝相谈。他说:"老弟,你能迈出今天这一步实属不易,这说明你人缘好、有潜力。到了办公室整天在那么多领导的眼皮子底下工作,你可得拿心拿心再拿心,努力努力再努力啊……"

我非常感激这位老领导在我离别时对我这番肺腑之言和真诚鼓励,他虽然学富五车,早已是大名鼎鼎的财政专家,却始终没有把我当外人看啊!

办公室是机关工作的重要窗口,工作头绪繁多,无论办文办会还是办事,每一项工作都很具体,每一项工作都牵动着全局,关系着机关的形象。崔更发主任性格耿直豪爽,具有丰富的工作经验,办事稳健且敢于负责,在厅机关享有盛名。我想自己能在这样一位领导的麾下工作岂不是幸事!当时,我主要分管办公室的政务文秘和信息宣传工作。

那时,党的十五大明确提出了建立稳固、平衡、强大的国家财政的新号

召。自治区财政在深化财政体制改革、扩大财源建设、加强收支管理、支持自治区经济建设等方面走在前头。当时,自治区财政改革发展如火如荼,涉及的面都是全区性的、跨部门的,需要各地区、各部门、各处室相互配合、协同推进。上级机关、相关部门和盟市来文都要通过办公室来运转,外单位来办事、下面的来信来访要通过办公室来接待,因此办公室整天人来人往应接不暇,就是大家桌子上的电话也经常响个不停,我们常常被搞得焦头烂额。由于办公室人手少,厅机关的重要文件、领导讲话、调研材料等多由我和谷占升副主任亲自起草。面对这种紧张的工作局面,就更需要我们以积极主动的态度和敬业爱岗的精神把各项服务性的工作做细、做实、做周全,尤其是要处理好为领导服务与为群众服务、为机关服务与为基层服务之间的关系,力求做到事务多而不乱、工作忙而不慌、节奏快而不粗。

公文处理是办公室政务工作的重要组成部分,几位厅领导对认真做好公文处理工作都有具体明确的要求,当时厅机关的公文处理工作正在逐步走向规范化。但也存在着许多问题,主要是公文格式不够规范,行文规则执行得不够好,"横传""直送""倒签"屡见不鲜,还有如审核把关不严,公文中语法不通、错别字太多及久拖不办等问题经常发生。如某处一个对外答复的函件六行字竟出现七个错别字,范厅长非常严肃地在这份文件上批示:"这样的文件怎么能发出去?我们的公文水平该是什么样的标准,办公室及各业务处室都应从最基本的标准来要求自己。"

当时,还有一个问题就是厅机关公文太多。我和谷占升副主任几乎每天都埋头在大量文件材料的阅读与审修之中,生怕有一丝疏漏。有一天一上班,文秘康佳便给我抱来一大堆文件夹。我当时一看就有些犯怵,心想先别急着看,我倒要测算一下我今天究竟要看多少文字。一算,共19个文件,8万多字。我想,照这个标准,一年我要看2920万字,相当于68万字的《三国演义》读43次;24万字的《领导干部财政知识读本》读120次。这还不说每天还要看其他大量的信息简报材料等。天天这样大量阅读审修公文材料要耗费我们多少心血啊，有时我真的感到身心疲惫不堪。

为了规范公文处理工作，我们反复研读国务院发布的《国家行政机关公文处理办法》和自治区政府办公厅编印的《政务工作制度汇编》，多次到政府办公厅、发改委去学习请教。我们还适时修订了厅机关《公文处理办法》《信息工作考核评比暂行办法》《督办检查工作制度》《机关文书档案管理办法》等，并将厅机关涉及党务党建、政务管理、人事管理、事务管理等三十四个工作制度汇编成册印发各处室，这对提升厅机关的政务管理工作水平起到了积极的作用。我还利用两个半天的时间在大会议室给干部职工们专题做了公文处理知识讲座。我们下决心规范行文，从严把关，切实解决厅机关公文处理中存在的问题。

那时，厅办公室还兼办着《内蒙古财政》《财政信息专报》《内蒙古财政督办专报》等信息刊物。尤其是《内蒙古财政》多是编发一些领导讲话、处室的调研报告、盟市财政动态等。刊物的发送范围也很广，除了各盟市旗县财政部门外，还要报送自治区党委、政府、人大、政协等领导机关。

1997年，自治区财政厅圆满完成了各项工作任务，财政收入突破了百亿元大关，财政管理迈上了一个新台阶，工作中涌现出许多先进事迹和先进人物，如办公室副主任谷占升荣立自治区八届人大代表建议、七届政协委员提案办理工作二等功，副厅长詹瑛被评为全国城镇集体企业清产核资工作先进个人，大检办副主任袁峰被评为全国税收财务物价大检查先进个人，机关事务服务中心副主任王进智被自治区党委、政府评为包扶乌盟贫困行政村脱贫先进个人，办公室富秀荣被自治区党委办公厅评为信息调研工作先进个人等等。

当时，我详细地统计了一下，这一年财政厅机关各处室及事业单位集体受到各类表彰共四十九项，个人受表彰奖励的有六十人次。这是一个服务大局、团结奋进的战斗集体，这是一支素质优良、作风过硬的干部队伍啊！于是，我就将厅机关及所属事业单位1997年度受表彰奖励情况编发成"光荣榜"刊登在《内蒙古财政》上以资鼓励，也希望广大干部职工在新的一年里，学先进、赶先进，奋发努力，在各自的岗位上做出新的成绩。"光荣榜"一出来，立即

在厅机关上下产生了非常好的反响，不知有多少人从中看到了自己辛勤工作的荣光啊！

后来，我们办的《内蒙古财政》质量越来越好，影响也越来越大。时任自治区副主席牛玉儒同志撰写的《通辽市奈曼旗财政管理制度改革调查报告》竟也送到了财政厅，让我们在《内蒙古财政》上刊发。

一天，办公室收到厅行政政法处张华处长从厦门寄回来的三篇学习考察报告，他是自治区党委组织部选派到厦门市进行挂职锻炼的。当时，我看了这些材料后甚为欣喜。这些考察报告分析透彻、见解独到，确是较为难得少见，尤其是对我们经济社会还较为落后的内蒙古来说将会产生多么深刻的启示啊！于是，我当即决定将这三篇考察报告分三期在《内蒙古财政》上连续刊发。但当时我又考虑这样连续三期刊发一个人的考察报告过去没有先例，是不是有些唐突？领导们看了会不会感到有些意外？会不会给他个人带来什么不必要的麻烦？

为了慎重起见，我将这三篇考察报告及建议刊发的意见一并呈送厅领导审示。几天后，几位厅领导都先后签批了同意刊发的意见。于是，张华处长的《走在改革前沿的厦门财政——赴厦门考察报告之一》《强化机关效能建设 改善政府投资环境——赴厦门考察报告之二》《一项开拓性的人才引进政策——赴厦门考察报告之三》三篇考察报告很快在《内蒙古财政》上连续刊发出来了。当时，在机关内外产生了很好的宣传效应。

信息工作是财政工作的重要组成部分，它既是为上级领导提供决策参考的重要渠道，也是为各盟市各处室提供工作宣传的重要阵地。当时厅领导们对这项工作十分重视，经常给办公室交任务、出题目、提要求、压担子，有时还亲自推荐好的信息。在厅机关的大型机构改革中，范厅长明确表示，财政信息工作人员可以在全厅范围内择优挑选。后来，被财政部评为全国优秀信息员的张立欣、刘先兰都是我们从几百号人中精心挑选到办公室工作的。

当时，我们紧紧围绕正在推进的以构建公共财政框架为目标的各项财政改革为基点，努力把握社会经济中的热点、紧扣领导关心的焦点、抓住财政工作的重点，不断优化信息结构，力求挖掘具有较高参考价值、适用对路的信息，力求全面、快速、准确地反映财政工作。我们及时将《财政信息专报》进行改版，由原来的速印改为激光照排胶印，不仅提高了印刷质量，而且还扩大了信息的容量，改版后的信息容量是以前的三倍。我们不仅制定了《自治区财政信息工作考核评比办法》，而且还建立了重大紧急信息及时报送、定期通报等制度，实现了全区财政信息联网，形成了大家一齐动手抓信息的局面。我们上报的信息经常被财政部、自治区党委和政府采用，有的还被上报国务院办公厅。

可以说，那个时候我们财政部门的声音是越来越大，财政工作也引起了自治区党政领导的高度重视和支持，给我们的工作创造了许多有利的条件。

办公室的工作人员经常加班加点，晚上不能按时回家吃饭是常有的事儿。因为厅领导只要有一个没走，我们就谁也不敢走。尤其是先后负责厅机关政务文秘和公文运转的富秀荣、李东丽、康佳、刘先兰等女同志，她们的工作更为辛苦，整天楼上楼下跑个不停，接听电话百般谦和小心。因为她们都知道，办公室工作无小事，有的事看似小事，但耽搁了或办砸了就会影响大局。

一天晚上，我刚要下班回家，突然范游恺厅长进来了，他是刚从自治区党委开会回来。他说："下午参加第六届党委第106次书记办公会议，刘明祖书记要求财政厅明天就提交请求中央财政向我区倾斜优惠政策的建议，并要求材料要写得详细具体。"

像这类应急的材料上报是经常会有的，但我知道这个材料更是事关内蒙古的发展大计。于是，我立即便与相关处室的负责人联系征询他们的意见。这头是有的处长联系不上，那头是范厅长还在办公室等着看材料，急得我头上直冒热汗。一直干到晚上12点，我才将汇总材料写出来。材料讲事实、摆道理，从要求中央加大对内蒙古的财政转移支付力度、设立支援少数民族地区经济文化事业发展基金、增加草原畜牧业资金和生态建设资金投入、降低农业综合开发地方配套资金比例、加大对我区扶助安置下岗再就业的资金投入、帮助内蒙古解决粮食经营方面的实际困难和问题等多方面客观地提出了我们的意见。

一直守在办公室的范厅长看完这个材料后面带笑容地说:"我看这就行了,明天讨论后上报。走,坐我的车送你回家!"至此,我的心才算是落到了实处。

还有一次,全区财政工作会议在锡林浩特召开。按照事前分工,范厅长开始的会议讲话由我来写,会议总结讲话由其他同志完成。可会议就要结束了,晚上范厅长突然来房间找我说:"明天上午会议的总结讲话材料现在还没有着落,你要赶快连夜完成。"

当时我可是毫无思想准备啊!因为我对如何进行会议总结几乎没有做过任何思考,再说我们住的宾馆亦无打印设备,在这么短的时间内要完成这个全区财政工作会议总结的起草实在是难度不小啊!

可任务再难也得完成,所谓"养兵千日,用兵一时"。我思来想去怎么办呢?突然我想到了参会的张世仑处长,他是厅里写字最为工整漂亮的,便立马将他电话召来,讲清情况。我说:"时间紧迫,任务艰巨,我口授、你执笔,这个总结材料咱们必须一次成功,中间不许修改一句,也不许出现一个错别字。否则,咱俩今晚谁也别想睡觉。"

于是,我俩立即动手。我一边在地上踱来踱去思考着,一边根据会议的精神和分组讨论情况编词造句口授,我说一句张世仑写一句。我们紧张地干了几个钟头,终于圆满地完成了任务,第二天全区财政工作会议如期结束。

1999年5月开始,财政厅深入开展以"讲学习、讲政治、讲正气"为主要内容的党性党风教育活动。厅领导班子、领导成员和每个党员干部都要写出自我剖析材料,认真联系实际查摆问题。按照巡视组的要求,厅领导班子及领导成员的个人剖析材料6月23日下午要在全厅干部职工大会上与群众见面,并接受群众的民主评议。

6月21日上午,我刚修改完厅领导班子集体的剖析材料,就到范厅长的办公室问询他个人自我剖析材料的准备情况。谁知他竟对我说:"我哪有时间准备啊,你赶快帮我准备吧!"

听范厅长这么一说,我立马就冒出一头冷汗。我原以为他个人的自我剖析材料自己早做了准备，谁知他还没顾得上写。可马上就要在群众大会上见分晓，到时群众评议不过关可怎么得了？

当时，我就意识到此事决不能再有半点推诿。我赶紧回到办公室关起门来找材料列提纲，下午连单位也没敢去，躲在家里开始着手起草范厅长的个人自我剖析材料。

虽说我刚写完厅领导班子的剖析材料，对财政整体工作较为了解，但这毕竟是一把手的个人自我剖析，涉及工作虽然有联系、有衔接，但剖析检查的角度却不同。个人自我剖析，主要是从自身思想、政治、作风、廉洁等方面来认真查找问题，既要从党性原则出发，不回避矛盾，不强调客观原因，又要敢于亮丑揭短，勇于承担责任，从灵魂深处挖掘自己的思想根源。从材料本身来说，说得深了怕影响领导的形象和威信，说得浅了怕群众有敷衍塞责之感。这个度确是很难把握的。

当时，我家的居住条件十分简陋，没有书桌写字台之类，也没有电脑可用，我只能是趴在厨房里一张长条小餐桌上写作。知道我有紧急任务要完成，妻子和孩子们进进出出都蹑手蹑脚，生怕弄出什么响动惊扰了我。

从下午开始，我一直埋头写到半夜两点多钟，也仅仅完成了一多半的任务。当时我感到浑身直冒虚汗，特别是脑袋炸裂似的疼痛。我想，不能再干下去了，必须马上休息，否则累死在这里也没人知道。我赶紧吞下一粒舒乐安定，和衣躺在了床上。睡到六点多的时候，我又赶紧爬起来再写。等到人们上班的时候，我也拿着写好的稿子呈送范厅长去审修。

第二天，厅领导班子及各成员的自我剖析如期在全体干部职工参加的民主评议大会上进行，并接受群众的公开评议打分。在对班子成员剖析材料真实性的测评中，认为真实和比较真实的占94%，对范厅长个人的群众测评满意度为96%。评议结果表明，绝大多数干部群众对领导班子集体及成员的剖析材料是满意和比较满意的。这次"三讲"活动，使广大干部职工普遍受到了一次深刻的马克思主义教育，基本达到了思想上有明显提高、政治上有明显进步、作风上有明显转变、纪律上有明显增强的目的。

走进马克思的故乡

1998年10月,我有幸参加了国家财政部在德国举办的中级财政管理培训班。

在一个月的学习考察中,我们拜会了联邦财政部、汉堡财政部、劳工局、储备银行、汉堡大学政治研究所、德国亚洲经济研究所,参观考察了尼奥普兰客车公司、空中客车公司、宝马汽车公司、毕马威会计公司等大型企业的生产和财务管理情况。

所到之处,除听取有关情况介绍外,还同有关专家、学者和官员就市场经济条件下的财政管理问题进行了广泛的探讨,大家普遍感到德国在财政管理方面有一些做法值得我们研究和借鉴。

德国首都柏林无愧是世界闻名的大都会,这里有宽阔的大街、巍峨的教堂、华丽的宫殿、恢宏的大厦,公园绿地遍布,处处显示出古城名都的雄伟气派。柏林的建筑除了造型与色彩的特立独行,各种建筑外表装饰上的精巧与匠心也令人赞叹。在柏林逛街,那感觉有点像在画廊或美术馆里欣赏绘画和雕塑,出自不同文化和历史背景的艺术家之手,带给你的是新鲜的感觉。人文主义、宗教精神、慈善情怀,在这里组合成一种可触可摸的暖流。

你看吧，街道两侧但凡是石头建筑，上面都布满了云纹、回纹、连环纹、圆雕、高浮雕、浅浮雕，一块石头的身上至少刻有上万刀，普通的石头变得一身华衣。许多建筑的门厅承受重荷的梁柱竟是一些石头雕的年轻女人身，她们个个头上仿佛泰山压顶，但神情却很端庄，不知她们在想些什么。

再看那些楼层上的装饰、门框窗框的钩镂、房檐廊柱的雕刻、屋顶瓦片的设计、铁门铁栏灯罩的花样……处处是精心设计。而那些精美的图案与精细的雕刻就像盛装女人肩头的绣花披肩、头上的花冠、颈上手上那些精巧玲珑的挂饰一样，使整幢建筑的美得到了圆满的呼应与烘托。

冒着绵绵细雨，我们一行来到市区的马恩广场。宽阔的广场四周草坪如茵，橡树环绕，空中不时飘落下一些枯黄的落叶。广场上游人很少，一群群白鸽在自由自在地觅食，给人一种人类和动物和谐相处的感觉。

马克思、恩格斯的铜像竖在广场的中央，庄严而肃穆。

此时，我有一种无法形容而又十分敬仰的心情。就是他们，将自己创导的理论与欧洲三大工人运动的斗争实践相结合，使共产主义由空想变成了科学，推动了国际的共产主义运动。"存在决定意识"这一著名的哲学命题，就是两位导师在研究德意志意识形态的基础上提出来的。一百多年过去了，马恩早已作古，但他们的哲学思想至今仍是人们行动的指南，他们的精神产品将永放光芒。

我和同伴们聚集在马恩铜像的周围，相互拍照留影，要让这历史的瞬间永远留在我们的心底。

马恩铜像的前面竖立着八块大铜板，上面刻着一些十分珍贵的照片，记载着世界人民的革命斗争历史。我惊喜地发现，其中有两块是反映我们中国革命斗争的照片：一幅是抗日战争时期三五九旅垦荒时的场景，一幅是我八路军妇女干部在向群众做抗日宣传的情景。由此看来，在我国曾经进行的伟大的抗日战争确为国际反法西斯战线的一部分。渴求和平是全人类的共同愿望，法西斯统治的悲剧决不能重演。

一个雨后的下午，我们来到卡尔·马克思的故乡——莱茵普州的特里尔。

穿过黑褐色的罗马古城门，我们便进入了特里尔城。城内的主要街道呈非对称的十字架状分布，名胜古迹也是星罗棋布。好在城市规模不大，即便是走马观花也可将主要景观尽收眼底。遥想当年，罗马帝国派兵在此构筑城堡石碉，修建了许多罗马风格的建筑，诸如露天剧场、公共浴场、马戏院、皇宫和教堂等等，特里尔当之无愧地成为当时欧洲的文化之都。但随着岁月的流逝和战争的创伤，特里尔城的铜墙铁壁终于未能抵御强悍的日耳曼人的进攻，这里也遭受无休止的破坏和抢劫。尽管如此，特里尔还是保存下了大量的历史遗迹，人们在沉积了上千年的废墟焦土之下，挖出了许多珍贵的文物。特里尔自然也成为今天德国的历史博物馆，被联合国教科文组织列入了《世界文化遗产名录》。

刚下过雨，城里的空气十分清新。街面上很干净，行人也并不很多，不像柏林、波恩等城里满大街尽是"宝马"、"奔驰"。穿过琳琅满目的步行街，我们便走进了布吕肯街。其实，这只是像我们国内常见的一条巷道。巷道口有一个男子正在如痴如醉地拉琴，阵阵秋风不时将他的衣襟掀起。他的琴声是那么悠扬，可他的面部却是那么忧伤。凄婉曲折的曲调，像一只鸟在黄昏中接受死亡的最后一击，在天空中张开受伤的翅膀忧郁地滑翔，向苍穹做最后的告别；又像一个虔诚的基督教徒，匍匐在上帝的脚下，倾诉自己全部生命所求。我不懂德语，自然无法上前与他交流，只是顺手将10马克投入了他脚下的盘子里。

布吕肯街10号便是共产主义理想的奠基人卡尔·马克思的故居。这是特里尔城的典型市民阶层的巴洛克式白色建筑，紧挨着它的便是一家化妆品专卖店，一幅美人头广告几乎遮盖了大半个门脸。这里并没有什么明显的文字说明，只是门顶的墙壁上嵌着的马克思头像十分显眼。

我们是不远万里来此朝拜的，我是怀着十分崇敬的心情踏入这一门槛的。这曾经是我几十年人生的一个梦幻。

马克思就是在这里生活了17个年头，度过了自己的童年和少年时代。如今故居成了马克思纪念馆，向人们全面介绍卡尔·马克思（1818—1883）生平事业及其对世界历史的贡献。一楼是马克思的父亲当年从事律师职业的办公室，还有当时的厨房、客厅，室内还有一口水井。二楼是全面介绍马克思和恩格斯的生平与事业以及19世纪国际工人运动及棉纺织品生产情况的文献资料。三楼则展示着《共产党宣言》《资本论》的最早版本、早期译本及19世纪的政治经济学书籍。在这里还可以看到马克思和恩格斯签名赠给友人的书籍、照片、手稿、书信及马克思手抄的诗集与民谣歌集等。各种展品反映了马克思的一生及其革命活动，这些展品均是世界劳动人民不朽的遗产，是国际共产主义永远珍视的宝藏。

　　短暂的参观给了我无尽的遐想和思考。一百多年前，是卡尔·马克思将共产主义由空想变成了科学，他在那些贫困交加的日子里，一心想的是"饥寒交迫的奴隶"，他给人类指出了一个无比正确的方向——"共产主义是不可战胜的"，他发出了震撼全球的伟大号召："全世界无产者联合起来！"

　　一位面带笑容的金发女郎向我走来，她把一本精美的留言簿捧在了我的面前。我怔了一下，明白了她的意思，当即在厚厚的留言簿上挥笔写下一行大字："马克思主义永放光芒！"

　　出得门来，猛一抬头，但见雨过天晴，天空正放射出一道迷人的彩虹，它划过了特里尔这座古城，让人顿时感觉无比的温馨。

　　在整个德国的旅程中，汉堡留给我的印象是深刻的。我们不仅在这里进行了集中的专业培训，而且还较为详细地考察了德国的财政、税收、银行、社会保障等方面的情况，与汉堡大学的教授、政府官员、工厂的工人进行了座谈，参观了当地的一些大型企业，德国人民对中国人民的友好情谊是令人感动的。

　　那天，领队突然通知我们，汉堡市政厅的官员要接见我们，要我们立即前往市政厅。一出市中心的地铁车站，眼前凸现出一座宏伟的建筑，中间矗起一座钟塔，直插云天——这就是汉堡的市政厅，据说这座德意志文艺复兴时期的建筑，比英国女王的白金汉宫还要庞大。

当我们来到市政厅门口时,汉堡市政厅的接待人员早已等候在那里了。步入市政大厅,但见两排粗壮的圆石柱支撑着底层大厅。一数,共有十六根,每根石柱要三人才能合抱得过来。再一细看,每根柱子上都有一些人像浮雕,纪念汉堡的历史名人。二楼则是市政厅主层,大厅的地面铺有精致的红色地毯,异常华贵。

我们一行被彬彬有礼的前导领入皇帝厅,但见这里金碧辉煌,雍容华贵,原来这里曾是皇帝驾幸时召见臣属的地方。我细心地观察着这里的一切,但见穹形天花板上绘有巨幅天顶画《德意志航海凯旋图》。在画家的笔下,象征德意志的女神日耳曼尼娅手擎黑白红帝国三色旗,立于贝壳船中,周围飞绕着活泼的小天使,海象牵着轻舟乘风破浪,各路海神护航前进。画面以浪漫的笔法反映了德国航海业的兴旺,含蓄地表现了汉堡世界大港的地位,看了叫人遐想不已。

接见我们的是汉堡市政厅的秘书长,这是位充满青春活力的中年人,会见是在十分友好的气氛中进行的。他在热烈的掌声中发表演讲,他说:我们非常高兴能在这里接待来自东方大国的中国朋友。德国人民高兴地看到,这些年中国推行改革开放的政策,经济得到快速发展,说明邓小平提出的建设中国特色社会主义的路线是成功的。德国人民相信,改革开放的中国,社会经济一定会有更大的发展。

我们考察团的王军团长仪表堂堂,思维十分敏捷,他也当即发表了热情洋溢的讲话。他说:中国和德国虽然相距遥远,但两国人民的友谊源远流长。中德建交以来,两国在各个领域的友好合作关系经受住了时间和国际风云变幻的考验。中国一直把德国视为自己在欧洲最重要的合作伙伴之一,德国也把中国置于其亚洲政策的核心地位。让我们两国人民携起手来,为推进世界和平与发展的崇高事业而共同努力!

在一片热烈的掌声中,我们向对方赠送了远道带来的小礼品《中国黄山风景邮册》。德国朋友非常高兴地接受了我们的馈赠。会见是短暂的,但它留给我们的印象是非常深刻的。特别值得我们骄傲的是,中国改革开放的政策在世界上已经产生了积极的影响，中国经济建设取得的巨大成就令外国友人刮目相看。当然，我们更应该将他们的良好祝愿变成现实。

步出市政厅，我们随意地在广场上散步，一群群吉祥的白鸽在自由自在地觅食。在广场西侧，我们见到了德国大诗人海涅托腮沉思的塑像。他的身材是那么的瘦弱，他的神情是那么的忧伤，不难看出他是被病魔缠身，但也可从中看到他那呼号战斗的坚强。他出色的政治抒情诗表现了对祖国前途和人民命运的关注，洋溢着炽热的战斗激情。海涅曾在汉堡生活数年，汉堡人民非常喜欢这位诗人，特意在市政广场上为他竖起了纪念铜像。

对一个旅行者来说，到德国必到科隆，到科隆必看大教堂。来到科隆，一出火车站转身向南，眼前凸现一个峭拔尖耸的深灰色庞然大物，一对峻峭的尖塔如双峰插云，气势十分雄伟——这就是闻名遐迩的科隆大教堂。据说这座中世纪欧洲哥特式宗教建筑艺术的代表作，是世界上最大和最高的教堂之一。

像任何天才的创造一样，这座教堂含有一种激动人心又令人无法释怀的东西，将深刻、独有、多面性、和谐与美汇合在一起。我绕着教堂从不同角度观赏这一奇特的建筑，它忽而组合——变成奇异复杂的整体，忽而分开——尽现各自美妙的轮廓。教堂的顶端被无数座小尖塔包围着，尤其是正面那两座高达一百六十米的尖塔，犹如两把巨剑直刺青天，给人一种至高无上不可侵犯的感觉，使教堂显得更加雄秀，愈发突出了整个建筑群雄伟壮阔的气势。

沉闷的钟声在耳际响起，随着众多善男信女，我们缓缓步入教堂。墙壁四周，要么描绘着古老的宗教故事，要么叙述一些家喻户晓的神话传说，在阳光的反射下，金光闪耀，绚丽多彩。供信徒们坐的长凳全部是用极厚的巨木做成，经过几百年的使用，露出发光的木纹，越发显得古朴凝重。据说这个教堂里的圣彼得钟重达二十四吨，每逢祈祷时，钟声洪亮，响遏行云。

坐在教堂里的长凳上，聆听教主的讲演，虽听不懂，却能体会到他的音韵和激情，可以感受上帝的恩典，可以感受信徒的虔诚，可以净化你的灵魂。

雷雨过后，乘车离去。刺目的阳光穿透云团，在科隆教堂上洒下万点碎银。

回望渐渐远去的科隆教堂，重重叠叠的大小尖塔仿佛是一架古老硕大的管风琴，奏响着巴赫的《弥撒曲》，将银色的旋律无穷无尽地弥散向永恒的宇宙天空。

一到慕尼黑，便可眺望壮观的阿尔卑斯山的雪顶冰峰。导游向我们介绍说，慕尼黑是德国高度发达、功能齐全的现代化都市，这里的电机电子、汽车制造、航空航天等技术密集型制造业尤为突出。慕尼黑还是德国的啤酒之都，这里不论男女老幼喝啤酒如同喝凉水一样，据说刚会走路的孩子吵闹时，大人们往往会给一点啤酒，用以代替玩具和糖果。由于人们爱喝啤酒，所以啤酒店在这里应运而生，成为当地居民日常逍遥谈天的场所。

果然，一天晚餐后，团队领导召集大家说："咱们到啤酒馆喝啤酒去！"冒着绵绵细雨，穿过市政广场，我们便钻进了一家貌不惊人的啤酒馆。

从外表看，这里极平常，可里面却另有一番热闹情趣。啤酒馆很大，整个大厅连同我们都被笼罩在一团并不格外明亮，但浓得化不开的橘黄色灯光里。大厅里熙熙攘攘，座位上早已坐满了男女宾客，大约已容纳了几百人。服务小姐单手托着盛满啤酒杯的盘子，在人群中穿来穿去。见我们进来，便笑盈盈地上前问好，把我们领引至一些空座位上。这时只听见脚踩在柚木地板上发出的闷响，吧台内玻璃和瓷器皿轻轻碰撞发出的短促清脆的叮咚声。反正这种热闹场面我在国内是很少见到的。

我们刚坐稳，就听台上突然音乐大作，再一细听，原来乐队是在奏响《中国人民解放军进行曲》，顿时引得满堂喝彩，竟使我们有些一时弄不明白。原来是酒馆主人见来了中国客人，便极为友好地为我们演奏起了中国歌曲。

是向我们问好？是向我们致礼？反正使我们顿觉宾至如归，一股德国人民对中国人民的友好热情，顿时在酒馆里升腾起来。

眨眼工夫，一杯杯啤酒就摆放在了我们的面前。我端起酒杯呷了一口，顿觉凉爽清肺，香味沁脾。环顾四周，围在排排小桌旁的喝啤酒者个个情绪亢奋，他们一边大口大口地喝着啤酒，一边用手掌击打着桌子，一边随着音乐的节拍唱着德国古老的歌谣，有时还三三两两地互相用肩头撞挤着。这里既无卡拉 OK 的声嘶力竭，也无高级餐馆里的正襟危坐，让人感到一切都是那么随意而高雅，舒适而温馨。在这里，你无需考虑各自的生存状态如何，好似生活中的一切烦恼和重负都可以放下，如同他们一样，融入音乐，享受生活。

我对面坐着一对年迈的老夫妇，他们一边品尝着啤酒，一边用一口流利的英语试探着和我交谈。当他们听说我们是来自中国时，竟高兴地举起手说："北京真好，我们去过那里！"

酒馆的主人十分好客，也十分活跃。他彬彬有礼地向我们走来，邀请我们上台指挥他的乐队，再为我们演奏一首中国歌曲。我们当然是首推王军团长了。风度翩翩的王团长自然也不推诿，他随手戴上了德国人那种插有凤翎的礼帽，健步上台。在他的指挥下，乐队又演奏了一首中国的《我擦好了三八枪》，顿时又引得满堂喝彩，把整个大厅的气氛推向了高潮。

就在我高兴之时，一位摄影师敏捷地来到我的面前，镁光灯一闪，便为我拍了一张照片。约莫过了十分钟，他便给我送来了一个小小的钥匙链，原来我那充满笑容的照片已经被镶嵌在了里面。不知他和我比画着说些什么，我忙把翻译喊了过来。原来给我拍照要付 10 马克。噢，原来这是一种有偿服务。我故意拿出一张人民币给他，只见他笑着直摇头，我只得将 10 马克付给了他。他点头笑了笑，就匆匆地走开了。

经过三个小时的旅行，我们来到了比利时王国的首都布鲁塞尔。正如我们想象的一样，布鲁塞尔确是一座现代化的美丽城市，街心花园随处可见，色彩纷呈；散落在绿树中间的红瓦民宅，幽静典雅，匠心独具；拔地而起的现代化高楼大厦栉比鳞次……怪不得布鲁塞尔又有"小巴黎"之称。

下榻酒店不久，我们便急着来到具有中世纪风貌的布鲁塞尔大广场。如同欧洲其他城市的广场一样，这个广场地面也同样由小块小块的花岗岩按照一定的图案孔雀开屏般地铺展开来。

环广场而立的建筑多为中世纪所建，其建筑风格各异，有哥特式的、文艺复兴式的、路易十四式的。踏踩着脚下坚硬而光滑的石头，使人恍如置身中

世纪,心绪也颇为纷杂奇特起来。这些建筑也许当年平凡而普通,经过千百年历史风尘的洗礼现已具有了一份不凡的价值,成了当地历史和文化的化身。而在我们中国的城市建筑中,除了那些旧城墙具有抵抗时间磨损的强度、那些皇宫豪宅的地基能够在岁月流逝中支撑着不朽的概念外,其他所有的建筑结构,所有的雕梁画栋,终究还是不能保持它们永久的精巧及耀人眼目的金碧辉煌。就是秦始皇的万里长城,在多次的兵燹和重建之后,留存下来的也不过是明代的翻版。原来的滕王阁在王勃之后早已荡然无存,现在我们所见的黄鹤楼也已换上了钢筋水泥的骨头与肌肉。我们那些无数曾经闻名遐迩的建筑,现在只能从文字的记忆和诗文的想象中来找寻了。

布鲁塞尔广场是比利时历史上许多重大事件的见证者。广场周围的建筑颇有来历,对面的天鹅酒家就是伟大的革命导师马克思和恩格斯当年共同起草《共产党宣言》的地方。酒店门口上方至今挂着一块纪念铜牌,上面写着"卡尔·马克思 1846—1848 曾经在此居住"。

站在这座不起眼的白色小楼下面,肃穆之情油然而生。当年马克思和恩格斯在这里毗邻相居,共同研究辩证唯物主义与历史唯物主义哲学,使他们建立了肝胆相照、志同道合的战斗情谊。很难想象当年马克思是怎样在这样简陋的条件下,吃着果酱黑面包,写出了人类不朽的篇章。他深入了解欧洲工人运动的情况,他为全世界无产阶级呐喊,他发出震撼全世界的伟大号召:全世界无产者联合起来!

从布鲁塞尔到巴黎,一路平坦,道旁有大片大片翻耕过的农田,也有一望无际的青绿,偶尔看到的农舍也精美别致。透过车窗,我激情满怀地观赏着法国乡村宁静而秀丽的景色。

踏入法兰西共和国的国土,便自然地引发了我对这个美丽国家的一些思考。法国 2000 多年的历史充满了传奇色彩,多少轰轰烈烈的壮举为人类发展史做出了重要的贡献。法兰西民族热爱自由和民族独立的特有气质,法国人在近代世界史上表现出的首创精神,赢得了世界各国人民的敬佩。法国还是一个对人类艺术和文化有着突出贡献的国家，它的历史造就了一代又一代举世闻名的哲学家、思想家、文学家、艺术家、诗人，他们留下了不朽的著作和艺术，创造了光辉灿烂的法兰西文化。

在巴黎市区的游览中，我见到了欧洲许多著名的雕塑作品，各种建筑物上几乎都是由充满艺术的雕塑组成的，十分精巧，这在我们国内是见不到的。这个城市对女人的颂赞是如此的堂而皇之，美术馆中的作品、剧院门前的雕像、路边建筑物上的浮雕、穿堂而过的三角楣的头像，裸体的、半裸的、长袍飘飘的、头戴花环的、展天使之翼的、弯着美人鱼尾的……巴黎的大街小巷美丽的女人雕塑处处盈眼。

巴黎的人们是文明的，也是潇洒的，巴黎的时装是法兰西人对美追求的集中表现。巴黎的香水、鲜花也表现出法兰西人心理意识中美的主旋律。

巴黎人是浪漫的，走在街上，你随处可见一对对情侣在毫无顾忌地热烈狂吻，而且是长时间地狂吻——这已经成为巴黎的一道风景线。巴黎女郎或许不是世界上最漂亮的女人，但至少是穿着最有风度的女人。你看街上那翩翩行走的金发女郎吧，大都是飘逸松散的秀发，披一件大衣，身着款款短裙，一年四季都露着她们那修长的美腿。据说法国女人不愿意被婚姻束缚，她们追求悠闲的生活。在这个国度里单身女人领养孩子、同居不结婚或婚外有恋人是司空见惯的社会现象。

凯旋门是巴黎最著名的胜景之一，在香榭丽舍大街漫步，我们远远地就望见了它的巍峨与壮观，各种名车像流水一样地从凯旋门驶过。凯旋门也是法国的骄傲，法国人的爱国主义热情和誓死捍卫祖国的气概都倾注在了这座纪念碑上。上面刻着曾经跟随拿破仑东征西讨的数百名将军的名字和宣扬拿破仑赫赫战功的上百个胜利战役的浮雕。所有雕像各具特色，栩栩如生，同门楣上花纹浮雕构成了一个有机的整体。

迈着沉沉的步伐，我在凯旋门周围徘徊。在斜阳光辉的照射下，凯旋门上的浮雕更显得饱满生动，活灵活现。此刻，耳畔仿佛又听到了激烈的枪炮声和那些英勇的义勇军战士们的呼喊声，亦似乎融入法国大革命的浪潮之中了。

凯旋门下的无名烈士墓边，有几个二战时期的老兵在那里专为烈士守陵。他们穿着整齐的军装，笔直地站在那里，胸前挂着许多勋章，在众多游人面前显得特别有精神。只要有人来到他们的面前，他们就会立即向你敬礼。完全可以想象得出，这些忠于职守的老兵当年是怎样地出生入死，他们是从死神堆里走出来的英雄。一种崇敬的心情不禁油然而生，我和几个同行者争先恐后上前与那几个老兵合影，并致以中国人民的深情问候！

作者在巴黎埃菲尔铁塔前　（1998年摄）

卢浮宫是世界上最著名的艺术博物馆，整个宫廷壮观的柱廊、华丽的塔楼、精美的雕塑、富丽堂皇的内部装饰，无不显示着建筑艺术的精湛。宫内古埃及艺术、古代东方艺术、古希腊罗马艺术、中世纪文艺复兴和现代雕塑艺术、绘画艺术和装饰艺术等各显风采，每一部分都是一个独立的博物馆。从埃及、古希腊、古罗马以及波斯帝国等东方文明古国的艺术品，到中世纪文艺复兴时期的代表作，特别是法国古典浪漫主义、印象主义和现代派所有著名大师的作品，几乎全部收藏于此，这里实在是一部活化的艺术史，使你除了品味其收藏品的艺术魅力外，还可获得丰富的百科知识。

巴黎圣母院是驰名世界的天主教堂,坐落在塞纳河中的两岱岛上。整个建筑全部是由最纯净、最温润、最美丽光灿的大理石砌成。在猛烈无情、令人目眩的阳光下,教堂塔顶的十字架勾勒出背后深蓝色的天空轮廓,它近乎冷酷的简洁和朴素象征了这片土地严酷的美,它所代表的宗教信仰更是为这座神秘的教堂带来了一种超拔的灵性。

步入圣母院的正殿,你会觉得室内异常空旷。巨大的穹隆式建筑里光线并不十分透明,越往前走越有一种凉意袭人,恍如一个光线魔手主宰的剧场,柱子的排列弥漫出一种神秘的纵深感觉,弯转的柱子花纹显出很难想象的柔软质感,彰显着一种石头语汇的世界之美。实在该感激这大理石给这庞大建筑带来的高雅和气派。

作者在法国巴黎卢浮宫前 (1998年摄)

望着高大的穹顶，我在惊叹，惊叹先人在没有起重机、没有脚手架的情况下，是怎样建起如此巨大的工程。神秘是造化的，更是人为的！

唱诗台前有一尊美丽圣母怀抱圣婴的雕像。站在这精雕细琢、闪闪发亮的木制唱诗台前，你会觉得这个故事似曾相识，在中国佛教里，不也有一位同圣母一样的人物吗？那就是大慈大悲的观世音菩萨。我们的观音庙里，不也总有众多香客为感激观音送子而奉献"世俗之物"吗？宗教，是一种寄托，是一种抚慰，也是一种对冥冥大千世界的敬畏和崇拜。我虽不是一个虔诚的教徒，但在这里却被那天使般的嗓音唱出来的赞美歌声引出了泪花，特别是那音域宏大宽厚的管风琴声，将歌声衬托得更加庄严而奇妙。

面对着高大的十字架，成群的游客在顶礼膜拜，他们虔诚地画着十字，热烈地真诚地祈祷着，企盼"在圣母的指引下，你的心灵将从黑暗的地狱走出来，带着圣母赋予的这朝霞般的爱，走向世界每个被黑暗和寒冷包裹着的角落"。

欧洲之行给我的启示是多方面的，不仅使我开阔了眼界，增长了见识，而且通过对欧洲人文历史等多方面的了解和接触，使我对西方资本主义国家的社会制度有了一个比较大概的了解，既看到了西方资本主义国家的发达和先进，又看到了资本主义国家存在的问题，同时也看到了我们自己在发展上的差距，进而对做好我们自己的事情有了一个比较清醒的认识。我想，今天开放的中国已经起锚扬帆，实现我们民族复兴的强国之梦不会太遥远了。

欧洲归来之后，我抽暇写出了散记《走近欧洲》，较为详细地向读者介绍了此次欧洲之行的所见所闻所思所想。我的好友、内蒙古实践杂志副总编辑杨慎和为本书选配了大量的照片。我们的《走近欧洲》于2002年10月由远方出版社出版。

值得一提的是，本书在出版过程中得到了许多领导和朋友的支持和帮助。中宣部部长刘云山同志为本书题写了书名；时任自治区党委副书记陈光林同志为本书作了序。他说："苏芝英和杨慎和同志过去都曾在基层工作过，而且又都长时间地从事过党的新闻和宣传工作。他们勤奋好学，刻苦努力，对事业有一种执着的追求。从这本旅欧散记中不难看出,他们善于观察和思考,善于捕捉社会实际生活中有意义的题材,不为浮光掠影的表面现象所惑,不搞言过其实、夸大其词的渲染,而是实事求是,褒贬有致,言出由衷,情真意切。我想,这是来自多年从事党的宣传工作的一种强烈的责任意识使然,也是我们出国考察访问归来的同志所应共同采取的正确态度。"

我不识相

那些年,自治区各级财政部门实施积极的财政政策,不断深化财税体制改革,努力增加财政收入,大力调整支出结构,着力保证重点支出需要。但刚性支出的增长远远高于财政经常性收入的增长速度,当时较为突出的问题是,工业经济低速低效运行税源不足;财政供养人员增加过快,部分旗县拖欠干部职工工资问题日趋严重,自治区财政只能坚持"一是吃饭、二要建设"的原则来保工资、保运转。

穷家难当。那时候领导们每天不知要给那些登门拜访要钱的人做多少费尽口舌的解释工作,尽管有许多事情财政厅已经做到了"急事急办、特事特办",但财政"保障不力"的问题仍会时不时被直接捅到自治区党委、政府去,惹得上面的领导不高兴。

一天下午,自治区党委常委会秘书石生俊来到我的办公室。他是我的清水河老乡,原来他也是来财政厅要钱的。他说,党委常委会议室的扩音设备已多年老化,严重影响到开会的质量,秘书长让他过来找找范厅长,想协调点经费更换一下扩音设备,可范厅长没有答应。他想让我再给范厅长做做工作,否则他回去不大好交代。

下班后,我来到范厅长的办公室。我就问他:"下午石生俊来要钱你咋没给？"

范厅长为难地说："基层那么多干部职工连工资都按时发不了，我们哪还能顾得上给会议室更换扩音设备。让他们再凑合着用吧！"

当时，我就毫不客气地说："范厅长，你该是个明白人，今天是不是有些犯愣了？你知道我们财政是谁的财政？这是自治区党委和政府的财政，党委政府需要花钱你就得想办法保障。再说，你也经常去党委开会，会议室扩音设备不行你又不是不知道。按说这不用人家说，你早就应该主动给换新的了，还要等到人家上门来找你呀！石生俊是咱们的老乡，有想法自然也不会去说，要是换别人也许回去早把你告下了，说你不支持自治区党委的工作。你别再犹豫了，赶快给解决吧！"

至今，我说不清当时怎会有那么一股初生牛犊不怕虎的勇气，竟敢大不敬地对范厅长那样谏言，这恐怕在当今的官场上也是少见的。当时我确实理解他僧多粥少捉襟见肘的苦衷，但我也认为自己讲的都是肺腑之言，我是再不忍心看他因得罪上面屡屡挨批啊！

这一次，也许范厅长真是被我说动了，他没有反感我的不恭与不敬。沉思片刻之后，便认真地对我说："你给生俊打个电话，让他明天过来吧！"

2000年3月，自治区财政厅再次进行大规模机构改革。

根据自治区党委政府的决定，这次机构改革国有资产管理局、预算外资金管理局的职能和人员全部合并到财政厅，但人员编制要大幅度缩减。鼓励干部带职分流、退休离岗和定向培训。当时厅里的机构改革实施方案规定，处级干部全部实行竞争上岗，统一通过业务考试、民主测评、双向选择、领导投票等办法来确定新的任职岗位。

面对如此庞大的人员分流和激烈的竞争上岗，人人忧心忡忡，谁也难料自己下一步的真正去向。

6月21日，财政厅31个正处岗位尘埃落定，61个副处级岗位仍在酝酿之中。当时，我也有换换工作岗位的想法，况且在双向选择过程中已有几个处室

的主要负责同志选择了我。

6月26日，记得那是个星期天，我知道厅党组上午要开会研究副处级干部的任免调配，就早早来到单位想听点消息。不到11点，领导们就先后离开了厅机关。看来今天的会开得很顺利。

但结果令我大失所望。许多副处级干部都进行了交流轮岗，可我还留在办公室任副主任。

听到这个消息我一天沉默无语。我也反复琢磨，问题究竟出在了哪里？为什么没有参加竞争上岗业务考试的干部也得到了重用，为什么成天说嘴的人也能调到理想的岗位，而我这个埋头干活儿的人就动不了？难道我真是"榆木疙瘩不开窍"？

过了许久，我对这件事情看淡了，看开了。我觉得，人心如江河，窄处水花四溅，宽时水波不兴。心小了，所有的事就大了；心大了，所有的事就小了。人生不会完全称心，生活不会处处如意。任何事情都不可能皆如你心你意，不强求、不硬攻，才会神清气爽。什么都想占尽先机，会输了起码的幸福。

这次厅机关的机构改革和人员调整，给财政事业的改革发展带来了新的生机和活力。我们办公室的人员结构、知识结构、素质提升也发生了很大变化。像潘国俊、高迎光、刘先兰这些工作激情高、创新意识强的年轻人都分别挑起了工作重任，给办公室增添了许多新的活力。特别是眼疾手快、熟悉政务工作的潘国俊，这次调到办公室具体分管材料起草、信息保密、督查信访等工作，给我减轻了不少工作压力。在他的积极推动下，厅机关的办公自动化建设和政务信息化网络系统建设步伐也不断加快。

其实，我真正不识相的还不止那一次。有一天，财政厅教育中心副主任史生荣突然给我打电话说："财政部干部教育中心副主任苏晓明来呼市已经几天了。她准备今晚走，临走前看在家领导能否过去陪着吃顿饭，见见面。"

当时，我就过去将此事告诉了范厅长。范厅长说，他今晚的活动已有安排，怕是过不去了，让我转告史生荣，要他们好好接待并热情送送行。

我当即将范厅长的指示转达给了史生荣。谁知过了一会儿，史生荣又打来电话说："苏晓明是财政部原副部长李延龄同志的爱人，李部长过去对咱们内蒙古财政的支持可是不小啊！现在他刚去世不久，我们不要让人家有人走茶凉的感觉啊！"

我也觉得史生荣讲得颇有道理，如不见苏晓明怕是多少有些失礼。于是，我再次过去给范厅长汇报此事。

没想到范厅长一拍桌子非常恼火地对我说："你今儿这是咋啦？说的我有事有事过不去，你怎么连个话也听不懂啊？！"

我哑然。

我无语。

走出范厅长的办公室，我顿时觉得大脑一片空白。我恨自己，恨自己不识相，恨自己过迂腐，恨自己太认真，也恨史生荣这个臭小子，要不是他三番五次地给我打电话，我能惹领导生气嘛？

过了许久，我的心情总算平静下来了。我想，办公室工作整天忙忙碌碌，事无巨细，受领导批评是难免的。领导有时要求严一点，说话重一点，也无非是对近者悯、亲者严，我们是应该理解和体谅的。

但这件事也告诫我，在办公室工作就要学会把握与上级领导沟通协调的宏观原则和微观艺术；既要坚持以大局为重，又要维护上级的威信；既要主动为上级分忧，又要不得"越位"；既要主动当好参谋，又要慎防粗心；建立和维护相互间健康、正常、密切的关系，对于每一个办公室工作人员来说，具有切实而重要的意义。

进入世纪之交的内蒙古，万木争荣，生机盎然。自治区财政大刀阔斧积极推行的预算管理制度、国库制度、收支两条线、政府采购等重大改革很快取得显著成效。

2001年4月10日至13日，自治区财政厅厅长范游恺带领各盟市财政局局长、预算科长及厅机关业务处室的负责人，亲赴陕西省就省级机关行政事

业单位财政统发工资、实行会计委派制和会计集中核算等支出管理改革进行学习考察。

考察团一行一路风尘仆仆来到西安，先后听取了陕西省财政厅的有关情况介绍，与西安市财政局进行了座谈，观摩了陕西省级机关会计核算中心等。陕西省改革预算管理制度和会计集中核算、专项经费设立中心管理等一系列做法和实践，对我们的启示很大。当时，参加考察的同志们一致认为，缓解我区财政收支矛盾，提高财政保障和调控能力，就要像陕西省那样，深化财政体制改革，从改革中找出路，用改革的办法解决矛盾。

这次考察，我们自然也受到了陕西省财政厅热情而隆重的接待。考察结束后，我们也举行了较为隆重的答谢宴会。

答谢宴会由我主持；范游恺厅长做了热情洋溢的讲话，代表内蒙古自治区财政厅向陕西省财政厅表示了真诚的谢意！来自鄂尔多斯市的草原歌手们纷纷登台一展美妙的歌喉，顿时高亢悠扬的草原歌曲便飘荡在宴会的金色大厅里。特别是陕西省财政厅一个小伙子唱的信天游《羊肚肚手巾三道道蓝》，那自由、高亢、舒展的曲调，真叫"爱怨自由衷，浑然自天成"。

第二天一大早，我们就要踏上返程。我连早点都没顾得上吃，忙着和鄂尔多斯市财政局的张占霖、黄建民、苗继光等给陕西省财政厅负责接待工作的同志们分送我们带来的内蒙古特色纪念礼品。

考察团马上就要出发了。陕西省财政厅丁全德厅长带领领导班子全体成员在宾馆门前为我们送行，大家热烈握手依依话别。

就在这个时候，我突然想起我的手提包可能是落下了。在考察出发前，范厅长曾叮嘱我要带点钱，以备考察团使用。当时我就在厅机关财务室借了五万元现金装在包里一直带在身边。由于这次考察鄂尔多斯市财政局抽调了专人负责旅途相关事务，我带的这些钱一直还未动用。

于是，我赶紧上车去查看我的包在不在。当时，我们大家的行李箱、手提包都叠垛在大轿车的前面，我着急慌忙地一个个地翻了个遍，就是找不见我的包。丢在所住房间了吗？我立马跑回宾馆找到总台服务员说明情况，服务员打开房门仔细察看,房间里根本没有我留下的东西。服务员打开监控录像一看,早上我是提着包从房间里出来的呀。

当时,我急得满头大汗,心想这下可坏了,手提包丢了,里面可是有五万块钱哪。我赶紧跑去向范厅长悄悄说了此事。范厅长却笑着说:"不可能丢,咱们再好好找找。"

这时范厅长等一行人都上了车。他站在前头,亲自将面前的大小包箱一个个提起来问我:"这个是不是?"我说:"不是。"他又提起那个问我:"这个是不是?"我仍然说:"不是。"很快,车上的大小包箱翻遍了,还是不见我的包。

我们的车不走,陕西省财政厅的领导们围着车就不走。可我丢东西的事儿又不好给人家说。最后,还是范厅长果断地下令:"咱们走!"

离开西安市,我们的大轿车一路向北开进。这个时候,陕北高原已是满目苍翠,到处鲜花盛开,起起伏伏的黄土高原上,不时传来几声牧羊人唱的信天游。

可这一路,我是心烦意乱到了极点。因为我一向是个小心谨慎的人,没想到今天会弄出这么大的娄子,给单位造成这么大的经济损失,回去我该如何交代啊?!

中午时分,我们一行来到了陕北宜川。这是一个坐落在群山沟壑里的山区小县。虽然当时宜川县还很贫困,财政也十分困难,但财政局吴顺祥局长还是领着班子成员尽最大努力热情地款待我们。

就在大家吃饭的时候,我想再上车看看我的包究竟在不在。其实上车还没用怎翻腾,我的手提包就出现在了我的面前。当时,我真是不敢相信自己的眼睛,这是我的包吗?打开一看,包里的现金一分不少,我这才确认这就是我的包——我的包根本就没有丢啊!

顿时,我恍然大悟。原来我的手提包是蓝色的尼龙货,我们乘坐的大轿车两侧安装的是茶色玻璃,早上太阳一照射,茶色玻璃的反光将我的提包映衬成了深红色,再加上我当时的着急慌忙,只想着自己的包是蓝色的,对"红"色是视而不见的,当范厅长几次提起我的"红"包来,我都说不是自己的。真

是有惊无险虚惊一场啊!

事后反思,这件事也给了我一些启示。事物是随着客观条件的变化而变化的,我们不能被一时的假象蒙骗了自己;遇事一定要沉着冷静,切不可慌里慌张,否则就会忙中出错,闹出大笑话。

我在感恩

2001年9月，自治区财政厅领导班子顺利实现了新老交替。任期届满的老领导悄无声息地退了下来，充满生机和活力的年轻人走上了领导岗位。以符太增同志为厅长的新一届领导班子锐意改革，不断进取，带领广大财政干部以更加饱满的激情和昂扬的斗志投入了轰轰烈烈的改革发展之中，一个崭新的局面即将开启。

闲暇之余，我在脑海中反复琢磨着这样一个问题：范游恺厅长退下来了，我还能为他再做些什么呢？

我知道，范厅长1966年毕业于河北财经学院，1986年从基层调到自治区财政厅任副厅长，1993年至2001年9月任财政厅厅长。他在财政厅工作的十六年，正是自治区财政改革大踏步前进的时期，是财政政策被高度重视、有效运用的时期，也是积极研究财政战略、实现财政可持续发展的重要时期。在这十几年里，自治区财政体制改革取得了重大进展，理财思路和手段有了明显转变；建立了财政收入稳定增长机制和财政支出规范运行机制；财税体制改革不断深化，财政支出管理迈出了新的步伐；财政收入快速增长，财政实力明显增强，有力地支持了自治区经济建设和社会事业的发展。当然，这是自治区党委、政府正确领导的结果，也是各级财政部门和广大财政干部不畏艰难、

不惧阻力、奋力开拓进取的结果。用范厅长自己的话来说，这十六年的财政工作他是体会颇多、感慨颇多。

回顾我与范游恺厅长相识相处的三十多年，他确实是给了我许多悉心的栽培和倾心的关怀。1972年，我参加工作时还是个年仅十八岁的小青年，他就经常给我认真地讲解和辅导马列主义基本理论，教育我坚定共产主义的理想信念；当我在农村基层处于人生转折的时候，他又义无反顾地把我拉扯到了首府；当我一家人蜗居不足十平方米的小屋艰难度日的时候，他又第一个来家里看望我们，给我们带来了自家小院种植的豆角、黄瓜等；当我的孩子大学毕业居无定所四处飘荡的时候，又是他为其找到了合适的工作。这些年，我在他的身边工作，自然是受益匪浅。在他的身边工作，我也感到身心轻松愉快。因为在他的面前，我不必装腔作势，不用虚情假意，也不会装聋作哑。

这些年来，我经常跟着他进北京参加全国财政工作会议，多次聆听了李鹏、朱镕基、李岚清等国家领导人的讲话，对我教益很深。特别是2000年1月14日，我们参加全国财政工作会议的代表在人民大会堂聆听了朱镕基总理作的《关于当前经济形势和财税工作》的专场报告。当时，朱总理没有讲稿，但他口若悬河，精辟地分析了1999年的经济财税形势，认真地解读了正在实施的积极财政政策，提出了加强财政管理、深化财税体制改革的发展目标，使我们认清了国内外的新形势，看到了党中央、国务院推进改革开放的坚定信心。

这些年来，我也经常跟着范厅长深入盟市旗县、厂矿企业进行调查研究，让我更多地了解了自治区的区情民情。这些年来，他不知给我讲了多少财政政策和财税知识理论，使我受到了教育和党组织的培养，得到了锻炼。尽管他自身也有某种客观的局限和不足，但他确是我的启蒙者和引路人。

我是个常怀感恩之心的人。我觉得感恩是每个人都应具备的品德，我们从小孝敬父母，这是对生命来源的尊敬和感恩；我们走向社会，一生中都会或多或少得到别人的帮助，就应该以感恩之心，回报恩人，回报社会，延续传递这种关爱。我想，不论任何时候，对别人给予自己的关爱都值得永远尊敬和铭记。

那些日子里，我认真收集和翻阅着范厅长十几年来的部分财政论文、会

左起潘国俊、范游恺、苏芝英、皇甫俊　（2011年摄于清水河）

议讲话和随感随笔，想到他的这些精神产品，基本反映出了改革开放以来内蒙古财政不断发展壮大所走过的历程，他的这些文稿就是我们内蒙古财政改革发展的一个缩影。

于是，我便加班加点地为他整理这些文稿，并建议他认真校订后正式出版，为他从事财政工作画上一个圆满的句号。

我的建议得到了他的采纳。

自治区财政科研所李文进所长积极为之联系出版事宜。不久，范游恺厅长近五十万字的财政文集《当家理财之我见》，便由中国财政经济出版社出版了。

当时，范厅长虽然卸下了厅里的职务，但他仍担任着自治区人大常委会委员。

他的工作再也不用那样忙碌，他的身边再也没有了从前的前呼后拥。偶

尔来办公室也只是为了看看报、练练字或浇浇花而已。

突然有一天上午，机关某主任来到我的办公室对我说："老苏，你给范厅长打电话，让他赶快腾办公室。"

我说："往哪儿腾？"

他说："二楼阴面，农研会那个小屋。"

我一听就感觉有些不大对劲。当时，厅机关的办公用房确实紧张，但按自治区有关规定人大常委会委员还算在职，原单位应保留办公室。如果真的要他腾办公室，也应该是和他本人当面协商啊！

于是，我就对某主任说："这几天范厅长不在，他到北京查病去了。就是同意腾，恐怕也得等他回来。那么多东西我们给他怎么倒腾？"

见我的态度不积极，某主任便说："你不给打我打。"说着便扭头走了出去。

不大一会儿工夫，某主任又来到我的办公室。一见我就满脸沮丧地说："哎，不慊，不慊，我给范厅长打电话让人家在电话里臭骂了一顿，说我相煎何太急。你看这事办得多难堪。"

直到今天，我对此事仍难做出正确与否的评判。

但我想，一个多年的老领导退位之后，难免会有一些心理的落差，难免会产生一些人情冷暖、鹤去楼空的惆怅失落之感，这个时候最需要的恐怕就是别人的体谅和尊重。特别是过去的旧部下属，更是不可冷眼相待，虽然在公务上不能"感恩图报"，但遇事也应好言协商。因为他们的今天，就是我们的明天啊！

这年国庆期间，河北省人大常委会副主任、原财政厅厅长王加林来到了内蒙古。这是一位颇有建树的行政官员，又是一个摄影、书法、诗作底蕴非常深厚的文化名人。他的那份潇洒浪漫、那份感悟生活的激情、那份垂询生命的天真，曾深深打动过我。因为我手头有一本《王加林诗百首》和王加林摄影作品集《秋色赋》。他这次来内蒙古，主要是想专程去阿拉善拍摄胡杨。

在厅里的安排下，我和税政处陈弘志处长跟着老厅长范游恺陪同王加林主任千里奔波一路西行。在那紧张的几天里，我们一行领略了浩瀚戈壁的孤烟雄风，徜徉于巴丹吉林起伏的沙漠看长河落日，信步居延海畔读怪树林诗文。当时，我就在脑海里构思好了一篇题为"遥远的额济纳"的散文。

从阿拉善返回的当晚，客人们就要离开呼和浩特了，我们便一同到机场送行。

我正要去给客人办理登机手续，只见某机关一位女领导也驱车匆匆赶来送行。她一下车就直冲我问道："客人是走普通安检还是走贵宾通道？"

我愣了一下说："我不知道。"因为我也是刚刚来到机场，机票是在家的其他同志给预定的。

听我这么一说，她便十分轻蔑地说："你怎么连这都不知道啊？人家是省级领导，咋能不走贵宾通道啊！你是个文人，啥都不懂，我不跟你说。"说罢，便扬长而去。顿时，我好像受到了莫大的羞辱。

至此，我才恍然大悟，原来这写东西的文人在某些领导眼里真是狗屁不是啊！过去自己曾多少年起早贪黑、熬夜把火，写了那么多有用或无用的东西，而且经常还在自我欣赏，自我陶醉，原来在别人的眼里却是一文不值啊！

从那以后，我再不愿以文人自居，再不愿对人说自己又写了什么东西，甚至连一些报刊的约稿都推掉了。我在心里咒骂自己：臭小子，别再自作多情了！

多少年过去了，每当想起这些陈芝麻烂谷子的事儿，我总会有所感叹，心里总是在说，有些小节你不必计较，计较会烦；有些烦事你无需在意，在意会累。我们曾如此渴望命运的波澜，到最后才发现，人生最曼妙的风景，竟是内心的淡定与从容；我们曾如此期盼别人的认可，到最后才知道，世界是自己的，与他人毫无关系；我们曾如此计较付出的回报，到最后才懂得，一切得到终将会失去，只能空留一抹浮名。走好自己选择的路，别选择好走的路，才能拥有真正的自己。

忠孝难两全

　　2002年7月15日，我的父亲因病去世。他在平凡的乡村岁月中，走完了七十八年的生命历程。父亲的死，是我人生中经历的又一次巨大悲痛。没有能给生我养我的父亲送终，是我一生中最大的不孝与遗憾。

　　父亲是个普普通通的农民，他的普通就像黄土高原上随处可见的一棵树木，任凭雨打风吹日晒，仍顽强地生长着。他像众多农民一样，始终把土地看作是自己的命根子，始终恪守着自己的本分，不管风吹日晒，不畏艰难困苦，甚至不问收获的多少，日复一日年复一年地辛勤劳作，精心务艺那属于他生命的黄土地。

　　父亲虽然不识几个字，但他热爱共产党，热爱集体，热爱社会主义的新生活。他具有中国农民那种勤劳朴实忍辱负重的品质，不管自己有多大的难处，他从来不会给政府添麻烦。他爱土地，爱劳动，爱家庭，甚至也爱石头。每天劳动收工回家，不管有用还是没用，他总要在河滩里扛一块石头回来。天长日久，父亲扛回来的石头在我家窑后垛得一堆又一堆。

　　父亲生性耿直，好打抱不平，看不惯的事儿他总是要多嘴去管，有时跟人开口没说上几句话，就与人家一丈五尺地干起仗来。他本来不是队干部，但看见别人家的牲畜跑到队里的庄稼地里，总是连打带骂地给撵出来。这样还不算，还要当面把人家主人给数落一顿。因而，他在村里经常得罪人。那个时候，村里多为灾荒年，家家吞糠咽菜。有的社员实在饿急了，就半夜跑出野外去偷背队里的庄禾或偷掏队里的山药蛋，这种事父亲却一次也没干过。他说，做人要有点骨气，就是明天饿死我也不能去干那损害公家的事情。他容不得家里的任何浪费和任何闲人，他总是把自己的营生安排得有条不紊，没有尽头的生活像没有尽头的路，他只是不停地走，从来不看远方。

父亲没有文化，自然不会讲出许多道理来教育他的儿女，他就是用那种家长的威严和刚直的秉性来培育着他的后代。正因为这样，他在家里确是一个唯我独尊者，我们兄妹六个全都畏惧他几分，全都得看他的脸色行事，从来不敢有半点的疏忽与不尊。当年为了要一点彩礼给儿子娶媳妇，父亲甚至扭曲人性，强迫包办，将两个女儿含恨嫁到了更加贫困而偏远的地方。直到我们各自成家立业、分门另户，父亲对整个苏氏家族的威慑仍不减当年，我们中的任何一个人都不敢公开当面顶撞父亲，哪怕是他错了。

这就是我的那位一生眷恋黄土地的父亲。除了对黄土地倾注了他的许多心血和厚爱以外，他也许更爱他的儿女，父亲对我们的爱都是实实在在的、毫无私求的。他既是一位严父，又是一位慈母。这是在我年轻的母亲早早过世以后，我们才真切地体味到的。

我知道，父亲这么做，并不是为了让我们日后报答他什么，他只是心甘情愿地盼望着我们一天比一天长大，只要看着我们羽翼丰满，能够从他的身边飞走了，他才能够将自己的目光更加执着、更加专注地投入那黄土地。因为他知道，儿大另，女大聘，孩子们是不可能永远守在他身边的。他的寄托和归宿归根到底并不是由他抚养大的儿女，而是眼前那片贫瘠的土地。

正如父亲所料想的一样，他含辛茹苦地将我们兄妹六个一个个抚养成人，我和大哥、小弟各自都有了称心如意的工作，姐姐和两个小妹也相继远嫁他乡。原本热热闹闹的一大家子，渐渐变得冷冷清清，唯有父亲一个人还在那几间破旧的窑洞留守着，他仍始终如一地守望着儿时的梦境，守望着母亲的魂灵

与父亲合影　（1982年摄）

和那粗糙的日子。

晚年的父亲仍然极勤劳，极节俭。按理说他一个人有吃有喝，完全可以坐下来享享清福、安度自己的晚年了，可他却还是一天也不歇息，仍然饲养着牛、驴、羊、鸡等大小畜禽，年年还要耕种十几亩土地。村里谁家的营生忙了，父亲都肯去帮忙。有好几次，我从城里赶回去看他，他都不在家，是从别人家的庄禾地里将他寻回来的。给别人家帮忙干活儿，他从来都是挣饭没工钱。一年夏天，父亲在给邻居老刘家帮工时，不慎被骡子踢伤了腿，是被人家抬回家的。直到一个多月以后，我们才得知了这一消息。当我们赶回家看他时，他已好多了，但还是行走很困难，手里拄着一根木棍。他受伤后，腿痛得下不了炕，本应及时给我们打个电话，我们也好回来照料他。但父亲却没有这样做，他说："我受些疼痛没啥，你们都那么忙，我咋能惊动你们哩。"

那年秋天，我专程从首府回去看他，见家门紧锁着。一问邻家，才知道父亲在南山上砍柴。当时我心里真是又恨又气，家里那么多的大炭放着不烧，何苦跑到大山里去打柴呢？当我翻山越岭跑了好几里路在南山找到父亲时，他正背着很大一背树枝往回走。他的步履是那么艰难，头上冒着豆大的汗珠，干裂的嘴角已是血迹斑斑。当时，我真是心痛欲裂，赶紧上前接过父亲的柴背，眼泪止不住地淌了下来。

父亲的心肠特别好，他一个人住的窑洞宽宽大大，村里雇来了放羊的，别人家不想要，他留下了，每天还把炕烧得热乎乎的。那年从陕北来了个十五六岁的放羊娃，在父亲家一住就是一年多。父亲很关心这个外地来的孩子，天阴下雨还把自己的雨衣给他带上。村里的年轻人见这个放羊娃挣下些工钱，便来找他去押宝，父亲却坚决反对他跟着他们去瞎混。父亲还把我和弟弟当年上学时用过的课本给他找来许多，让他有空儿就去学习。在父亲的管教下，那个放羊娃真的学得很乖，年底下工时他带着几千元钱高高兴兴地返回家乡去了。回去不久，还给父亲写来一封表达感谢的信。

那些年夏天，村里年年要搞一次物资交流会，每当这个时候，外地来做买卖的人很多，晚上住宿很困难。每年父亲总要主动往家里留几个客人住宿，可他从未向人家收过一文钱。他说："你们出门在外也不容易哩，我还能向你们收钱？莫非还怕你们压塌我家的炕板？"

一年村里开交流会，父亲晚上看戏去了。等他回家一看，炕上的几床被褥全被人偷走了。真有不开眼的贼，竟然偷到了一个光棍老汉的家里。当时，许多人让他到乡派出所报案，可父亲说："算了，谁要是好意思来偷我，就说明他穷得连我也不如，就让他背走吧！"

有一次，我和妻子从省城回来看望父亲，乡政府的几个领导知道我回来了非要在乡里的食堂招待我们。我们没有去，他们又将一些羊肉啤酒之类送到了我们家里。等我们走后，父亲又将这些东西原封未动送回了乡里。他说："咱们可不能随随便便白吃人家公家的东西，给外人留下话把子。"

这就是我那正直不阿的父亲，他严格地守护着自己的本分和品性。这些年来，我们时常看到有些为官者因为贪污受贿坐了禁闭或掉了脑袋。我就想，不要说别的，如果他们有我父亲这样的思想和品行，恐怕也就不会出问题了。

那年我将父亲接到省城来住了些日子，看到我们的工作进步和家庭变化他自然十分高兴。但我和妻子整日上班忙得不可开交，只能把父亲一个人留

在家里看电视。可对他来说，电视好像是对现实生活的一种干扰，只是虚拟了一个幸福的世界，而这个世界与他没有任何关系。

我们将家门钥匙给他拿着，让他白天到外面转转看看散散心。可父亲来到这个城市人地两生，生活极不适应。街上尽管车水马龙人流匆匆，但没有一个人可以和他聊天唠家常，他几天听不到村里的信息就显得有些烦躁不安了。再加父亲拿着钥匙开不了我家的防盗门，出来就回不去，只得一个人蹲在院子里等我们下班回来。

他怎么也没有想到，城里生活会有那么多的内容要他去学：回到家里需要换穿拖鞋，过马路要看红绿灯走斑马线，大小便使用抽水马桶，电视机需用遥控开启，空调的热风冷气需要视情切换，就是在外面的公厕撒泡尿也得掏上五毛钱等等。一切的一切，都让他觉得如此陌生，如此忐忑，又如此尴尬。这对在乡村里自由自在生活惯了的父亲来说是一种怎样的孤寂和煎熬啊！

很多年之后，我才明白过来，我们接父亲进城安身，其实并没有安置好他的内心。包括我们自己，在城里摸爬滚打这么多年，终于安下了身，但是，我们安心了吗？

看看我们周围的人群，他们有的虽功成名就，却变成了唯唯诺诺之人，失去了自我；有的今天已是大腹便便、一掷千金，却变成了每天吃饭都要注射胰岛素的人；有的已是位高权重、腰缠万贯，但他们却双眼布满血丝，手提包里无时不带着提神药、救心丸。我无限好奇与感叹的是，这个庞大的叫社会的体系，是如何将有些人变成了这样，又将有些人变成了那样！

那年春上，父亲突然患病住进了医院。接到大哥打来的电话，我还不敢相信这是真的。因为父亲虽说一生风里来雨里去粗茶淡饭，可他从来不曾生过病，有时见我们吃药打针他还会责怪我们。

可这回父亲却是真的病了，他的肠胃出血不止，县医院诊断为胃溃疡。后经首府医院再次检查确诊是胃癌晚期。大夫明确告诉我们，已无做手术的必要，大约还能维持个三五个月。

当时，我的脑袋"轰"地一下就懵了，好像很快就要天塌地陷一般。一家人几乎都傻了，不知背着父亲偷偷地流了多少痛心的泪水。人生短暂几十年，父亲为我们付出了那么多心血和汗水，他只知道吃苦耐劳、不停歇地干活儿，只知道替别人着想，唯独最终把疾病留给了自己。我们实在是太对不住父亲了。

　　我们兄妹几个一致决定，决不能让父亲再回村里去了，我们要让他和我们生活在一起，我们要以最大的努力去尽我们的孝心，要为他老人家送终。

　　可父亲坚持再三要回村里去，甚至还给我们发了脾气。无奈，我们只得将父亲再次送回了村里。我们只是说"你的胃溃疡很严重，必须坚持吃药"，这是我们对父亲的一种无奈和善意的欺骗。不识字的父亲认真地将一些抗癌的药品服用了一段时间，竟然奇迹般地好了起来。

　　他又开始闲不住了。家里有的是吃的，他还要耕种几亩土地；本来是不缺烧的，他仍要上山去打柴，我们怎么相劝也无济于事。六年过去了，我们年年要带着父亲到首府的医院进行复查，大夫们说从检查结果看，胃部的肿瘤几年没有明显变化，这简直就是奇迹。我们也为此大为惊喜。

　　可2002年春上，父亲再次到省城来复查时发现，他的病情发生了急剧变化。我们问大夫还有什么好办法？大夫只是无奈地摇了摇头。父亲在我家居住的这段日子里，我的妻子和女儿更为百般孝顺，非常周到地伺候着他老人家，千方百计地给他调剂着生活。我们还多次带着他去公园、草原、商店游玩散心，他也一次次地露出了笑容。

　　回到家里，没过多少日子，父亲先是吃不下饭，再后来是喝不进水。眼睁睁地看着父亲一天天地消瘦，一步步地走近死神，我们心如刀绞，又苦于无奈，只能偷偷地伤心流泪，只能悄悄地为他准备着后事。

　　记得那是个星期天，我和妻子女儿专程从首府赶回来看他，此时的父亲已是骨瘦如柴。听小弟芝荣讲，父亲已一个星期水米未进了。饭菜做好给他端来了，他只是轻轻地摆摆手，连看也不看一眼；有时见家人吃饭，他竟会用双手捂着头似睡非睡地闭上眼睛。

　　此时的父亲，几乎不再说什么话了，显得那样有气无力。我真不知道在

死神即将降临的时候他会在心里想些什么。他对死亡感到恐惧吗？他对这个世界还留恋吗？他能回忆起自己早逝的妻子吗？他对自己的子女还有什么交代和叮嘱吗？

晚上，我紧挨着父亲躺下，我想好好陪陪父亲。但我的心在滴血，眼睛里不住地淌着泪水。我真的是害怕父亲撒手而去，但我们又无法从死神手里将他夺回。我极力地安慰父亲，要他不用担心，好好安心养病，相信这病总会慢慢好起来的。

此时的父亲，虽说有气无力，但头脑十分清醒。只听他轻声对我说："你们不用这样安慰我。我这病自己早有约莫，不是啥好病。要是那能看的病你们早就给我看好啦，还能等到今天？看来我也就是十天八日的样子了，你们该给我准备后事就准备哇，但千万不可铺张。唉，我这有吃有喝老天爷爷不让你活，有啥办法哩。我也是七八十岁的人了，死了也不屈啦。"

这就是父亲临终前的忠告，这就是父亲对不公苍天的控诉。现在，一个孤独的老人就要上路了。他从来没有相信过存在另一个世界，从来也没有人真正走进过他的内心，从来也没有人真正理解过他的人生，他这辈子真的就这样完结了吗？

此时此刻，我痛心到了极点，只有伤感流泪，再也找不到能够安慰父亲的任何有效话语了。

生我养我的父亲很快就要走到生命的尽头，我本来应该留下来陪他老人家走完这人生最后的一段路程。可按照单位领导的安排，我要到哈尔滨去参加一个全国性的会议，机票已经买好。在父亲和家人的一再催促下，我只得依依不舍地含泪上了路。

临走时，我再三安慰父亲，再三安顿弟妹们，并答应会议一结束我就立即赶回来。我知道我和父亲相聚的时间已经不多，但也决不相信我们会就此永诀。

在外面的几天里，我无时无刻不在挂念着父亲。天天几次打电话询问父亲的病情，反复叮嘱弟妹们要照顾好父亲，要给他继续输液用药，一定要等着我回来。

可就在我散会后从哈尔滨返回呼和浩特的当天傍晚,父亲便无声无息地远去了,那时我乘坐的飞机还在茫茫云层上空穿行。

后来听大哥他们说,当时一家人都紧紧地围在父亲的身边,恳求父亲坚持着等我回来。可弥留之际的父亲断断续续地说:"他是公家的人,忙的哩,我等不上他啦。"我那勤劳慈善的父亲,就这样在无奈的期盼中永远闭上了眼睛。

当我第二天急着赶回家里的时候,父亲已经到了另一个冰冷的世界。

未踏进家门,我就已痛哭失声。受苦受罪的父亲啊,您咋就走得这么急、这么快,我们为什么就不能再见上一面呢?难道说我这个公家的人就该舍去亲情吗?难道说自古真是忠孝不能两全吗?难道说我真的就那么忙吗?多少年来,我整天在不停地忙忙忙,究竟忙了些什么?这里面有价值的东西能有多少啊?难道说我不去忙天就会塌下来?

父亲啊,这是儿子天大的不孝啊!

父亲啊,我还配是您的儿子吗?

父亲的死,惊动了全村人,也波及了周围的村庄。有许多人来为他吊唁,有许多人来给他烧香,也有许多人前来帮忙。

洁白肃穆的挽联、幡帐在我家院落里飘悬,乡邻们送来的近百个花圈摆设在院里院外,奇异艳丽的各种纸货吸引着众人的目光,来自山西的两班晋剧鼓匠更是使出全身解数掀起了吹吹打打的竞赛。

在一阵又一阵凄惨悲哀的唢呐声中,我们为父亲的亡灵做着虔诚的超度。

感谢自治区财政厅郝文清、王二明、刘先兰、汪美桂、刘维斌、赵晋雄等同事,专程从首府前来吊唁;

感谢郝世秀、曹煜、任应、侯补堂、侯国华、高华、张宝山、贺明、耿勇、崔爱国、赵福达、韩生明、刘禄祥、陈荣、胡建功、冯金海、闫永军等众多呼市及县乡里的好友前来为我父亲送行;

感谢刘芝贤、高先占、于胜利、杨生亮、张维国、郭君、蔡林、王富等一

大帮好兄弟前来帮忙。

当年的老队长吕占宽一声号令,村里八九辆小四轮拖拉机浩浩荡荡,将我父亲的灵柩及花圈纸扎运送到村外的山岗。

父亲下葬时,我特意下到母亲的墓穴里,想再亲眼看看我那日思夜想的母亲。三十六年过去了,装殓母亲的薄木棺材依然完好无损地陈列在那里,棺材上描绘的那些花纹图案至今还看得清清楚楚。当时,跪伏在母亲的棺木前,我泪如泉涌,心如刀绞。我想起了母亲在世时的情景,想起了母亲对我的教诲,似乎耳边又响起了母亲呼唤我的声音,眼前又晃动着母亲那瘦弱的身影。

我含泪久久地抚摸着母亲的棺木,轻轻地为她拂去了岁月的尘埃,为她头前的长明灯添满了油,临别时我甚至用一把新笤帚将自己留下的脚印轻轻地打扫干净,生怕惊动了正在熟睡的母亲。

我想,此时此刻,正在酣睡的母亲在天之灵大概也会知道她心爱的儿子已经来到了她的身边,在她的身边哭泣,在她的身边为她祈祷。这是我与母亲三十六年后的重逢,这是我与母亲阴阳两隔的倾诉。这种诀别实在是叫人肝肠寸断、永世难忘啊!

父亲去世后,我们在整理他的遗物时,竟在柜底深处发现了一个小布包,打开一看,原来里面包裹着我母亲1953年5月的一张选民证。时过境迁,这张选民证已经变得发黄。母亲去世已经三十六年了,但她在父亲心里并没有离去,她仍在天天陪伴着他。母亲在世时的所有东西几乎都不存在了,唯有这张当年的选民证父亲一直珍藏着,这也是父亲为我们保留下来的母亲的唯一遗物。看着这张小小的选民证,我们再次热泪盈眶,原来父亲一直在深深地思念着母亲,深深地守护着他们几十年相依相伴的真情啊!他只是一个人把自己的爱和痛深深地埋藏在心底,我们这些做子女的过去却一点儿也没有感觉到啊!

父亲一撒手就走了。他是清贫地来,清苦地走,给我们留下的唯有他那勤劳朴实不畏艰辛的品质和精神。我想,有父亲的品质和精神在,任何困难和挫折都难不倒我们，任何时候我们都会像父亲那样，去勇于面对一切艰难困苦，在平平淡淡的日子里创造自己的美好生活。

　　过去常守在父亲的身边，并未真正体味到多深的情、多浓的意，而今天失去了父亲才另有一番感受——沧桑背后是永远无法填平的内疚。于是，我的心中油然生出一种酸楚，一份无法挽回的伤感。我只感到，生命中有多少本应珍惜的东西被我们轻易地丢掉了，而想真正挽回来的时候已错过了机缘。

生不逢时

2002年9月,自治区财政厅党组决定我到内蒙古财会杂志社担任社长职务。

对我来说,从行政机关工作到事业单位自主经营这是一个很大的转变,不仅是工作的性质变了,工作的环境和方法也要随之改变。

当时,正值党的十六大召开之际,厅党组要求各部门各单位发展要有新思路,改革要有新突破,开放要有新局面,各项工作都要有新举措。

我对做好杂志社的工作很坚定,也很自信。这其中一个重要的因素就是,九年前我从基层旗县调到自治区财政系统工作,就是先在这个刊物的编辑部工作了几年,我对这里的人员结构并不陌生,对办刊也积累了一些工作经验。

尽管这样,我还是如履薄冰。在那段时间里,我做了大量的调查研究工作,广泛听取了同志们的意见,和大家一起认真总结过去的工作经验,查找存在的问题,积极探讨努力开拓创新的思路和办法。我感到,财会杂志社能够发展到今天已经很不容易,他们过去积累了许多好的工作经验值得我学习借鉴;杂志社虽然人手少,但大家团结互助,工作热情都很高;厅党组特别是符太增厅长亲自分管我们,对我们的工作很支持,更使我们增强了争创一流的信心。

但当时杂志社也面临许多困难,面对日趋激烈的报刊市场竞争,我们的刊物信息量小,在区内外的影响还不大;杂志社属差额事业单位,这些年国家出台的个人增资因素又多，保工资保运转也有很大困难；刊物创收渠道有限，收效甚微；还有不少盟市旗县财政部门发行费拖欠太多难以清收。因此，此时的杂志社可以说是步履维艰。

当时，我对新形势下我区期刊业的发展也做了一些认真的研究和思考，在充分调查研究、集思广益、厘清思路的基础上，我们杂志社形成了面向新世纪的办刊思路：立足财政、面向社会、服务经济、走向市场。就是要首先立足于大力宣传党和国家、自治区的财经政策，宣传自治区财政部门的工作成就，全力支持推进自治区财政改革发展，充分体现厅党组的工作意图，反映财政战线的精神风貌，披露经济领域不良现象，触及经济社会热点、难点，反映财经战线广大读者心声和愿望。

在这一办刊思想的指导下，我们决定从2003年第一期起，对刊物进行全新改版。对刊物的栏目做了积极调整，由原来的一揽子责任编辑制改为栏目主持制，调整后的22个栏目分别落实到具体的编辑人员，各负其责。我们将《改革透视》《局长论坛》《考务热线》《法规公告》《百草园》等栏目作为刊物的品牌栏目进行精心打造。同时，我们的刊物还同自治区的会计师考务、注册师考务结合起来，用一定的版面刊登有关考试的辅导、考题以及年度考录人员名单的公示等，不断关注焦点、抓住重点、发现亮点，以增强刊物的可读性和指导性。

12月4日，自治区财政厅党组书记、厅长符太增同志专门听取了我和杂志社副社长夏建民关于杂志社今后工作思路的汇报。符厅长非常高兴地说："财会杂志社领导调整后，你们做了不少工作，有许多新的思路、好的主意。看来厅党组选你到杂志社，确实是选对了人。你们的办刊思路我非常赞成。照这样办下去，一定会有新的突破。"

当时，符厅长还决定厅领导今后不再担任刊物的主编，谁当社长谁当主编，权利义务相统一。他还指出，今后刊物要减少一些不必要的理论文章；可以约一些财政部的专家、自治区有建树的权威写一些东西，重大主题可以约一些领导同志的文章；刊物法规公告费用厅里要给予考虑，杂志社业务费也要适

当安排一些；杂志社干部职工的待遇要搞得好一些，可明显高于厅里，要用事业留人，用感情留人，用适当的待遇留人。

几天后，我们又看到了符太增厅长关于杂志社工作的两件重要批示。一件是将我们上报的《关于内蒙古财会杂志社工作情况的报告》批给了厅长助理陈迈利："陈助理：苏、夏两位社长向我谈了他们的工作想法，总的思路我完全同意。他们提出的几个具体问题，请你抽时间召集有关方面具体落实一下。"另一件是，符太增厅长在杂志社《关于公告规范性文件所需业务经费的请示》上批示："这项工作非常必要，请办公室协调各部门给予支持，要形成制度。请预算处在经费上给予安排。"

没多久，杂志社的业务经费、交通工具均得到了及时解决；行政政法处还给我们增拨了购置采编设备的专款。至此，杂志社每人配备了一台新电脑，实现了编辑、设计现代信息手段的运用。厅党组对杂志社的热情关怀和大力支持，极大地鼓舞了我们的士气，更加坚定了我们办好刊物的信心。

为了实现刊物在2003年全新改版的目的，我们群策群力，集思广益。我对大家的要求是，精心搞好选题策划，注意寻找亮点；典型报道力求写照传神，可信可学；热点引导要敢于面对矛盾，又善于化解矛盾，服务大局；舆论监督要敢于针砭时弊，同时又有利于解决问题、维护稳定。为了提高刊物的层次，树立刊物的权威性，我还亲自赴北京约请我国著名财政专家、中国社会科学院研究员、博士生导师何振一先生为我们撰写了《积极财政政策实施方略创新的思考》，时任财政部办公厅主任王军撰写了《中国历史上的税费改革及对当前费改税的启示》等专稿。为了提升刊物的可读性和趣味性，我们还选编了自治区财政厅散文作家陈弘志的读书随笔三则、李虎平的游记散文《乌审撷英》、康佳的散文精品《我在美国当翻译》等。

美术编辑韩图雅当时虽然很年轻，但她的美学造诣很深。那年财政部举办全国财政系统书法、美术、摄影大赛，在三千件参赛作品中，韩图雅的版画作品竟一举夺得金奖。这回为了搞好2003年第一期财会刊物的封面设计，她反复推敲，大胆推出了以中国红为底色、以环球为映衬、以内蒙古地形图为背景，一架飞机腾空而起为标志的封面，给人一种奋力向上、耳目一新的感觉。

一切准备就绪。当时，为了体现我们的办刊思想和工作豪情，我还亲自动手为这期刊物撰写了卷首语《拥抱二〇〇三》："我知道，刊物在读者手中，读者在我们心中；读者的期望值有多高，编辑工作的压力就有多重；作为编辑的我们有多少感情投入，读者就会有多少感情的共鸣。我期望当读者捧起2003年第一期《内蒙古财会》时，定会顿时感悟到，这一刻，我们的事业飞了起来，我们期待着读者的加入，期待着读者的喝彩！"

正如我们所期待的那样，2003年第一期刊物发行后，立即在区内外引起了强烈的反响。

天津读者刘运峰来信说："今天上午在资料室查阅资料，见到今年第一期《内蒙古财会》，感到既亲切又新鲜。用我们这里频率最高的话来说，是'实现了跨越式发展'。贵刊设置的栏目新颖，文章标题简短精练，文章的水准很高，有很强的可读性，版式设计简洁明快、大方美观，令人赏心悦目。我相信，贵刊已成为一本有地方特色而又颇具品位的大型期刊。"

在以后的日子里，我们又主动与国家及自治区的理论权威、经济专家取得联系，约他们撰写特稿专稿重头稿，以提高刊物的层次。如我们约请中国社会科学院西部发展中心主任、经济学博士魏后凯先生撰写了《当前西部开发亟待解决"政府热民间冷"》，中央党校经济学部主任施虹撰写了《深化配套改革是农村税费改革成功进行的根本保证》，国家财政部科研所研究员吕旺实撰写了《实施义务教育"低保"——设定义务教育最低支出标准并保障其支出的政策设想》等特稿，在我们的刊物上刊出后产生了很大的影响，引起了许多读者的关注。

为了加强杂志社的内部管理，我们集中时间，几经讨论，制定和完善了社内的二十八个规章制度。这些制度办法不仅明确了社领导、各科室成员的岗位责任，而且对杂志社的行政管理、刊物编辑发行、奖罚制度等都做出了具体规定，这对推进杂志社的科学管理、规范行为、自觉约束、推动工作产生了积极的作用。这些制度办法上报厅机关后，得到了厅领导的充分肯定。符太增厅长在我们的报告上批示："杂志社这套制度很系统，可以在系统内宣传一下。现在我们有些单位，要么无章可循，要么有章不循。有的单位纪律松弛，人心涣散，缺乏凝聚力；有的则一把手独断专行，一个人说了算。这些问题不刹一刹不行。"

与此同时，我们还整顿和建立了刊物的通讯员队伍，对整顿后的一百名通讯员统一建档，并制定了通联工作考核奖励办法，对近年来为本刊编辑出版、通联发行工作做出突出成绩的优秀通讯员进行了表彰和奖励。建立了严格的编、审、校责任制，使刊物的编校质量、印刷质量都有了较大的改进和提高。

可就在我们的采编工作如火如荼进行时，意想不到的情况发生了，而且就此彻底改变了杂志社的命运和全体人员的人生轨迹。

2003年6月26日，我们接到了内蒙古新闻出版局、内蒙古党委宣传部、内蒙古邮政局关于报刊出版单位暂停征订活动的通知。

随之，一场声势浩大的全国治理党政部门报刊散滥和利用职权发行，减轻基层和农民负担的工作迅速展开。

《内蒙古财会》被列入必砍之列。

面对这突如其来的形势变化，当时我想到了四个字：生不逢时。

告别读者

2003年7月15日,中共中央办公厅、国务院办公厅向全国发出了《关于进一步治理党政部门报刊散滥和利用职权发行,减轻基层和农民负担的通知》。

这次国家治理工作的重点就是通过压缩党政部门报刊总量,用停办一批、分离一批、整合一批的办法,切实解决党政部门报刊散滥的问题,有效制止利用职权摊派发行,有效减轻基层和农民的负担。

7月16日,国家新闻出版总署下发了关于落实中办、国办有关通知的实施细则,明确规定省级和省级以下政法、公安、财政、税务、工商、计生、交通、检验检疫、环保、消防等部门所属行业性协会、学会、研究会等不办报刊,已办的一律停办。

8月1日,中央机构编制委员会也下发了《关于治理报刊散滥工作中机构编制调整问题的通知》。

突如其来的形势变化,使大家的思想情绪受到了很大冲击。对我们来说,这是一件非常无奈的事情。社内人人忧心忡忡,躁动不安,大家都对刊物的未来和各自的去向有所担忧。

当时,我首先想到的是思想上不能乱、工作上不能散。我们及时组织大家认真学习上面的文件,统一思想认识,表示对中央大力整顿报刊决定的积

极拥护。另一方面,耐心细致地做好稳定大家情绪的工作。

我们认为,此次中央大力治理整顿报刊散滥等问题很有必要,我们完全拥护。但自治区有关部门提出将我社划转财政科研所的意见有些不妥,因为此事涉及机构变化、人员重新安置,事关重大,需提请厅党组统筹考虑。杂志社虽不能再单独保留,但财政宣传的职能不能丢,是否可将此职能划转到厅办公室,杂志社的人员可由厅里统一另行调配安置。我们很快就此建议给厅党组写了一个签报。

当时,我的主导思想是,既然我们的刊物已无起死回生之可能,要砍就要砍得彻底一些。过去我们的刊物之所以能够生存,主要依靠的是财政部门这棵大树,包括稿件来源、人员工资、征订发行等等。如果我们与财政部门分离走向市场,一个没有独特内容、独特风格的刊物很可能在短时间内就会死掉。作为一个单位的主要负责人,我必须要对杂志社的十几名干部职工负责,要考虑干部职工下一步如何妥善安置的问题。因为当时中央明确要求地方要细致稳妥地做好停办报刊的人员安置工作,对符合公务员条件、确有需要又有编制的,可以到党政部门工作。我要积极给厅领导们做工作,争取大家都有个较好的工作着落,不能树倒猢狲散、撒手不管。不管杂志社什么时候撤销,我要坚守到最后,我要等到大家都有了新的合适岗位我才走。

后来的事实也正是如此,杂志社的同志们被陆续安置到了厅机关或全额事业单位,大家颇为满意。但我在三年以后才正式转到了其他岗位。

记得当时我的这种思想和理念也向我的同行朋友们进行过交流与灌输。内蒙古工商报社的张总编辑就是其中一个。他是我多年的至交好友,他的父亲是一个从猪倌、马倌、磨倌,成长为贺龙元帅麾下的传奇侦察兵、出色指挥员(高文华所著《传奇卒头张喜云》一书详尽地记述了这一切)。

那时,张总编主办的《内蒙古工商报》发行量与《内蒙古日报》不差上下,在区内外很有影响。但在这次报刊整顿中,《内蒙古工商报》亦属停办之列。当时,他对继续办好这份报纸充满信心,准备将报社整体划归到自治区报业集团。

我对此极力反对。我对他说:"你们的报纸固然办得好,发行量也大,但要看到你们过去报纸的发行主渠道是工商行政管理系统,靠的是工商部门层层加压征订,并非是自身市场好。如果与自治区工商行政管理部门整体脱钩,这张报纸的生命肯定不会长久。"

正如我所料想,《内蒙古工商报》实行整体划转的第二年,就出现了举步维艰的局面。报社实行社长(总编辑)竞争上岗,我的这位兄弟无奈卸任。后来,报纸因市场不景气,刊号卖给了北京一家公司,社内人员随之被迫自行分流不知去向。可惜,我这位兄弟苦心经营多年的报纸连同他自己的公务员身份一同化为乌有。他不得不历尽艰辛,再度创业,开始重铸辉煌。

尽管面临刊物停办并重新上岗的选择,当时我们还是尽心尽职完成了全年十二期正刊和三期增刊的按时出版发行。

这一年,我们还圆满地完成了《中国财政》《财务与会计》《中国财经报》的征订发行任务。

2003年12月19日,我们正式接到了内蒙古自治区治理党政部门报刊散滥和利用职权发行工作协调领导小组办公室的通知,我区8种报纸11种期刊停办,9种报刊划转,9种期刊进行变更登记,其中《内蒙古财会》停办,并限于12月31日前,到自治区新闻出版局办理注销登记。

得知我们刊物要停办的消息,呼和浩特市读者付磊先生满怀深情地给我们写来了《别了,内蒙古财会》的读者心声:"像隐去了一位饱识经纶的学界泰斗,像离开了一位循循善诱的师长,又像听罢一曲余音绕梁的乐典,《内蒙古财会》就要封尘于财会人美好的记忆中了。作为她的忠实读者,我不禁为失去这块美好的精神家园而心绪黯然,并感到十分眷恋和惋惜⋯⋯"

十五年风雨历程,十五度春华秋实。我们很快就要与广大读者说再见了。

为了向广大读者致谢,我们在第十二期增设彩页,采撷了十五年来的一些瞬间记忆,以示回顾并以期相约;

作者与弟弟苏芝荣（右）在成陵　（2003年摄）

为了向广大读者致谢，我们全社十二名同仁相约来到如意广场，聚焦在镜头前，大家整装携手并肩，集体向广大读者挥手再见！

手捧着散发着油墨清香的最后一期刊物，我沉默无语，久久不肯放下。

我懂了！

自以为的希望，其实是陷得更深的失望；而自认为无尽的绝望，在一拐弯处却是满眼希望。人生中最艰难的考验是，有耐心等待合适的时机，有勇气接受一无所获的等待。

我为财政鼓与呼

2004年4月,厅党组决定内蒙古财会杂志社撤销后设立财政宣传教育中心,挂靠财政厅办公室。主要任务是研究拟订自治区财政新闻宣传工作计划;管理和组织实施财政新闻宣传工作;负责编辑赠阅刊物;负责管理财政新闻网站和负责中国财经报记者站工作等。随即,我被任命为自治区财政厅办公室副主任兼财政宣传教育中心主任。

自治区财政厅符太增厅长亲自主持召开厅长办公会议,专门研究财政宣传教育中心的工作,明确要求宣教中心要把宣传工作的重点放在党和国家财经方针政策的宣传上,放在自治区党委、政府重大决策部署的宣传上,要把宣传工作的重心放在基层,放在财政工作的第一线。

厅党组的高度重视与支持,极大地鼓舞了我们做好财政宣传工作的信心。为了切实做好宣教中心的工作,我们及时对中心内部的科室进行了调整,设立了编辑部、新闻部、信息部,并根据工作职能的变化对人员进行了重新调配。

我们结合全面落实科学发展观的要求,及时制定自治区财政宣传工作计划和财政新闻宣传提纲,对各地财政宣传工作提出了指导性意见。组织大家学习财政新闻写作知识,宣讲财政新闻写作的基本常识和写作技巧,引导大家多动脑、多动手。同时,我们还集中进行政务信息化建设和局域网络管理技

左起作者、大女儿苏芳、小女儿苏莉、妻子张秀　（2007年摄）

术培训。经过紧张的学习，大家都取得了国家职业技能鉴定中心颁发的职业资格证书。

  在那一年里，我们围绕深化财政体制改革、完善非税收入收缴、切实支持"三农"、关注民生等重大宣传题材进行了大量卓有成效的宣传，在区内外报刊上发表了不少比较有影响的新闻稿件。如我们采写的《内蒙古非税收入管理扶上正席》，不仅在中国财经报显著位置刊登，而且还被中央电视台、中央人民广播电台转播，产生了很好的宣传效果。我们采写的新闻《内蒙古财政收入增长快效果好》12月4日在中央电视台新闻联播头条新闻播出，这是我区财政史上第一次在黄金时段的有效宣传。我们采写的《内蒙古130万贫困学生免费入学》在《内蒙古日报》《中国财经报》头版头条刊登后，在全国引起了很大的反响，中央电视台《焦点访谈》栏目还专门派出记者，来到我区进行实地采访，对自治区财政部门支持农村牧区义务教育，对贫困学生全面实行"两免一补"政策情况进行了专题报道，产生了非常好的宣传效应。

左起郝世秀、苏芝英、著名影视演员李玉峰　（2010年摄）

2004年11月，中国财经报西部新闻联络处主任宁新路带领记者罗晶来到内蒙古采访。宁新路主任过去曾在部队长期从事军事新闻工作，他不仅是国内知名记者，而且还是著名的散文作家。他的散文集《别把阳光浪费了》《近处的风景》《人在夕阳里》《相思树》《熟悉的陌生人》等在国内很畅销，他的散文《雨夜北戴河》《两只鸽子》《刻在深山的记忆》等均获军队和地方报刊大奖，他还荣获第26届中国新闻奖一等奖，第二届孙犁散文奖大赛一等奖，并获财政部"五一劳动奖章"。

在那些天里，我陪着他们先后到呼和浩特市、赤峰市和通辽市等地进行实地采访。我们共同采写的《一位财政局长眼中的牛玉儒》《财政厅：为农牧民铺就小康路》《不在一棵树上吊死——宁城县走出"酒财政"的困境》《赤峰一年少养7000村官》《赤峰非税收入"阳光操作"》等新闻报道先后在《中国财经报》《内蒙古日报》刊登，引起了积极的社会反响。

为了加大财政宣传工作的力度，我们在全区财政系统建立了十四个通讯组、一百一十名新闻通讯员的宣传队伍，制定了新闻通讯组织及通讯员管理办法，明确了财政宣传工作考核评比标准，不断强化对基层通讯员队伍的指导。我们在全区范围内开展2003—2004年度财政新闻宣传工作先进集体、先进个人和财政好新闻评选活动，厅里对内蒙古财政科研所等五个先进集体、高迎光等十八名先进个人以及三十篇财政好新闻，进行了大张旗鼓的通报表彰。

这一年，我被评为自治区和全国财政宣传先进个人。我与宁新路采写的新闻稿《一位财政局长眼中的牛玉儒》获全国财政好新闻二等奖，《内蒙古多项补贴投向农牧民》获全国财政好新闻三等奖。

我和我的散文

今天,梳理自己对散文个性化的阅读与创作心路,我觉得是一件很有趣的事情。

其实,我小时候是一直喜欢阅读长篇小说的。那时候尽管山村里很难搞到书,但像《三家巷》《红旗谱》《林海雪原》《青春之歌》等等这些能搞到手的当代优秀长篇小说我在十几岁时就读过了。当时,这些书籍就是我最美好的精神食粮,它使我从中看到了另一个广阔的世界。

当时,村里人把阅读小说叫作看闲书,家里大人其实是反对孩子们看闲书的。我看这些闲书多是在深更半夜,就着如豆的煤油灯,两个鼻孔被烟熏得像烟筒一样黢黑。为此,我也没少挨父亲的责骂,他一是怕我看闲书影响了学业,二是怕我熬了家里的灯油。后来上了高中,我在不知不觉中又喜欢上了散文。

我一直认为散文是中国文学的源头。孟子文字的雄健气势,养浩然之气;庄子文字的汪洋恣肆,富于想象力,被我视为古代散文的经典。史书其实也是极好的散文,司马迁就是一座高峰。《古文观止》经四百年的历史筛选至今长盛不衰。柳宗元的《捕蛇者说》《种树郭橐驼传》,写底层平民的遭际,对我的一生影响不小。"文化大革命"结束后,我陆续读到了巴金的《随想录》、杨绛的《干校六记》、季羡林的《牛棚杂忆》、新凤霞的回忆录等,感觉这些都是参透人生、率真平易、返璞归真的好散文。

年轻时更喜欢读鲁迅、朱自清、丰子恺、沈从文、丁玲、刘白羽、杨朔、秦牧、王蒙等作家的散文。总认为鲁迅幽愤深广，老辣犀利；朱自清文情并茂，缜密细致；徐志摩清莹流丽，奔放不羁；郁达夫跌宕多姿，行云流水；王蒙激情四射，皆为文章。再后来读到余秋雨的《文化苦旅》《山居笔记》等，使我感到震惊，其视野之阔大，行文之厚重，给人醍醐灌顶、茅塞顿开的感觉，不能不折服于他的文化视角与缜密行文。

当然，我也阅读过我们内蒙古不少作家的散文，如许淇、尚贵荣、周彦文、乔澍声、刘俊华、陈弘志、石富生等作家的作品，他们意境高旷、质文兼备的作品引领内蒙古的散文家拓出一片新的广阔天地，使文学这块原野呈现出万马奔腾的景观。

一套百花文艺出版社出版的《中外散文选萃》丛书令我爱不释手，几次搬家，现仍藏于书橱之中。百花文艺出版社的《散文》期刊，是我每年必订之物。

正因为我如此喜欢阅读，才让我得以了解到一个超越自己视野、超越自身常识、超越自己认知深度的另外一个世界，才使我的生活得到很多的参照，内心得到很多的鼓舞，精神上得到某种力量的鞭策。

散文读得多了，便产生了学写散文的念头。其实，我学写散文的年头并不算长。从工作履历看，我是先写新闻，再写公文，最后写散文的。

上世纪80年代初，我还整天埋头于县委机关的公文写作堆里。一天，突然发现我的下届同学董茂芸在乌盟文联办的《百鸟》杂志上发表了一篇叫《香茅草》的散文，他的这篇乡土散文，化平易为奇巧，给人一种愉悦轻松之美。

当下我就产生了这样一个念头：像这种反映农村生活情趣的散文我也能写。因为我从小就在农村生活，故乡的热炕是我生命的温床，难以忘怀；乡村的田园是我精神的乐园，悠悠思念。况且，我有浓重的恋土情结和怀旧情绪。

于是，我立马动手，写就了一篇思念母亲的文章《母亲的呼唤》，寄给了《百鸟》杂志。没过多少日子，我的这篇文章竟然也刊登了出来，责任编辑欧

作者与著名作家王蒙先生（左）

沛音还从集宁打来长途电话对我的文章大加赞赏。他在电话里哈哈大笑说，当他看到我的作品情感十分细腻真挚，原以为作者是个女青年，没想到竟是个三十而立的大男人。

从那以后，我便渐渐对散文有所偏爱，而且写起来有种一发不可收的感觉。

我从自己熟悉的山村出发，从朴素的生活中发现新奇，以别样的目光，审视我们的生活，审视我们的世界，审视我们身在其中的环境和自我。用个人的独特视角，记录着生活和生命的回声。

我觉得，乡村里的细枝末叶、所思所想，就是散文最好的素材，随意翻捡岁月的自然褶皱，化成文字就可展现出另外的妖娆。

我感觉，我的山村，我的父老乡亲，以及他们脚下的土地，都带着一种艺术真实力量所引发的震撼。因而，我的笔触里经常会带着家乡河流的潮润，我的文字间也蕴藏着泥土的馨香。

每个人都在寻找自己人生的轨迹,我是把业余写作作为自己的寻梦之旅,固执地在这条路上寻找、跋涉,一次次地拨开迷雾想找到一条自己的缝隙。无论遇到怎样的困窘我都没有放下心中的追求,或者说一直走在寻梦的路上,品味着寻梦过程中的甜酸苦辣。坚持用文字抒发着心情,抒发着苦闷,抒发着我对乡村的挣脱。

我作品中的许多文字,都是山乡里的一些声音;作品中的许多人物,仿佛都是他们让我非要那样写不可。我笔下的父亲、母亲、大爹、五爹、姨夫、岳母、里栓爷、根旺叔、占宽哥、荷花姐、拐子、侉子等等这些平凡得就像黄土高原上随处可见的一棵树木的人,他们是那样勤劳朴实、可敬可亲;乡村里看鼓匠、看村戏、看露天电影、赶交流、种山药、割莜麦、采榆钱、摘山杏、上坟等等或饶有风趣或悲慨辛酸的故土生活,又是那样令人回眸守望、伤感忧心。

我的写作有时会达到废寝忘食的程度。只要拿起手中的笔,我那贫瘠的故乡土地便会以无限的生机袒露在自己面前:崖畔的皱褶和村民的衣裳里有生物和微生物在欢快地繁衍,玉米的红缨子和女孩子的红头绳在风中难以分辨,母亲眼里的娃娃和庄稼一样长高,摇曳的山岚和袅袅炊烟结伴进入云端,小黄狗和田鼠在地埂下潜伏着一场你死我活的战役,屎壳郎为分解一泡牛粪卖弄起快乐的歌谣……在浓郁的民俗、民风、民情、民生中,土地在呼吸,在脉动,在转身,在岁月里歇息或奔跑。乡村里百年老房用东倒西歪的方式讲述着土地的历史,千年的老榆树用千疮百孔诠释着岁月的沧桑,丢弃在村口臃肿的大石碾仍然藏掖着村里的许多秘密,河湾里干涸的水井仍然像瞎子一样告诉你《二泉映月》里的故事……

就是这种凝重的乡土感情,使我写出了《彩色的乡情》《扬一扬手吧,母亲》《小树林的故事》《那块黄土地》《走在乡间的小路上》《看鼓匠》《故乡的榆钱》《饥饿的记忆》《种山药》《莜麦摇铃的时候》《告别田野》等几百篇土得掉渣的散文。

我只觉得,村里那些父老乡亲无时无刻不在我的身边。他们是普通的,但又是伟大的。他们一生也没有什么惊天动地之举,但正是他们养活了整个世界。

当初，我埋头写这些具有平民性、包容性的散文时，并没有想到谁会是我的读者，也许我的读者就是那些与我的父母亲一样的人，也许我的读者就是我自己。我没想过要引起多少人的关注，只是为了自己梳理心路，感悟生活，叩问灵魂，彰显性情。

这些年来，其实我屡屡调换的工作岗位并不轻松，不断变化的工作更需要我去努力熟悉政策、学习业务。但我始终没有停下写作的步伐，我虽然在城市里工作和生活，但我常常把自己的心放飞回乡村，回到我灵魂的故乡。我认为，故乡是人们的精神家园。现代人之所以整天失魂落魄似地不知为何忙碌，就在于精神的高度物化，追逐城市外在的荣华富贵，而忘记了精神家园的所在。

每次回到故乡，我都要到村里村外走一走，和村边的小溪聊天，在小树林

回到故乡 左起苏芝英、王来栓、王世元、苏二旦 （2007年摄）

里聆听天籁,保持着和乡土的亲近,和乡亲们的亲近,力求去获得新鲜的生活信息和写作素材。每次回去,我都会长久地跪拜在父母的坟前,向他们表示自己心灵深处的思念和忏悔。我知道,自己跪拜的是一种生命的来源,是一种浓得化不开的亲情;跪拜的是一种人生的觉醒,是一份永不褪色的回忆。今天的生活节奏、生活关系使我们再也无法回到当年纯真的年代。我们常常有一种心灵漂泊的躁动焦虑,有一种精神的无助孤独,有一种情感失落的恐慌不安,这显然是我们内心的人性理想与现实之间的冲突和表现。复活失去的乡村是我们找到心灵驿站的捷径。那种生活节奏,那种浓浓乡情,真的是我们疗治心灵创伤的良药。

可以说,我的散文是我对以往乡村生活体验的提炼和倾诉,是通过刻画人物和演绎他们之间的各种关系来展现生活,也是我对农村、农业、农民等"三

作者与农民朋友聊天　　(2010年郝世秀摄)

农"问题，甚至可以说是对中国这个农业大国前途命运的深情忧虑、独立思考和殷切希望。正因为这种社会责任和对家乡的热爱，促使我在自己的散文里以小博大探究混沌暧昧的时代症候，对熟悉的本土经验做出重新思考和整合，展现了纷繁复杂的农村社会现实和人生景观，从而想给人们带来一种文化觉醒。

我的散文自然也引起了众多读者的关注，来信与我谈论读后感受或讨书者甚多，其中有专业的文学评论家，更多的则是普通的百姓。他们通过各种方式反馈信息，对我的散文给予关注，同时也给了我写作的力量和信心。

甘肃省漳县几个刨土种地的农民办起了一个文学社，自己油印了文学刊物《金钟》，中央电视台的节目里曾经介绍过他们的活动情况。有一天，我突然收到了金钟文学社社长杨引丛的来信，他要我寄书给他的那些农民朋友们。

山西省著名作家靳春先生偶见我的散文便产生了共鸣，他专程从山西跑到内蒙古来看我。要知道，这位老兄曾出版了长篇小说《水灯》、诗集《塞上风》等许多作品，他的散文、诗歌散见于全国三十多种报刊，记得我曾在《中国文艺报》上读过阿尔巴尼亚作家与艺术家协会唯一的外籍荣誉会员、中国刘绍棠乡土文学研究会会长郑恩波先生对他的评论文章。

2004年4月27日，单位同事李宗迪告诉我说，中央电视台《子午书简》节目预告要播出我的散文作品。

当时，我很吃惊。我知道，《子午书简》这个节目收视率很高。它是以演播室诵读形式为主，撷取古今中外经典优秀美文，并配以与文章情绪相关的简洁精美的画面、音乐，再加上演播室现场的灯光效果处理，给观众以较高精神层次上的美的启迪与享受。我在这个节目里就欣赏过泰戈尔的《人生旅途》、王蒙的《在声音的世界》、刘醒龙的《走向胡杨》、席慕蓉的《一棵开花的树》等精美散文。

当时我赶紧上网查询，果然本周《子午书简》节目预告要播出鲁迅的散文《从百草园到三味书屋》、我的散文《品味孤独》和美国海伦·凯勒的《假如给我三天光明》。

当晚，我准时打开电视，只见中央电视台著名主持人任志宏老师用他那雄厚清晰充满情感张力的声音说道："快乐的脚步是轻盈而肤浅的，只有忧伤的脚印沉重而深刻。通常人们向往热闹繁华，渴望快乐，却很少有人喜欢孤独，甚至渴望孤独。因为孤独会使大多数人的心情黯然失色。那么，你想过品味一下孤独吗？请欣赏苏芝英的散文《品味孤独》……"

真没想到，我的散文竟然也登上大雅之堂，混入中外精美散文之列。

后来，我收到了中央电视台寄来的一套《子午书简》VCD72光盘。自2001年开播以来，截至2004年，《子午书简》节目播出的几百篇中外名家散文作品中，有我的三篇：人生篇《我看人生》、处世篇《品味孤独》、气象篇《夏》。

自治区文联和作家协会对我这个业余作家给予了极大的关注和栽培，不仅推荐我加入了中国作家协会，选我担任自治区第八、九届文学创作"索龙嘎"奖散文组评委，而且还破例将我聘为内蒙古作家协会副秘书长。因而我也参加了诸多作品研讨、外出采风等活动，有幸结识了像扎拉嘎胡、李魁、阿云嘎、阿尔泰、邓九刚、田彬、布仁巴雅尔、奥奇、安心、苏布道等更多文学界的领导和朋友们，并且得到了他们的许多关心和帮助。

内蒙古电视台的《北国风》节目还派出记者韩秀云和摄像师苑宝才专程前往清水河我的家乡采访取景，《北国风》栏目主持人宋国英主任亲自为我做了现场访谈节目。

走近澳洲

2006年11月，我随同内蒙古自治区财政考察团，对澳大利亚进行了为期二十天的学习考察。

我们出行的第一站是澳大利亚的第二大城市墨尔本。一到墨尔本，我就仿佛身不由己地坠入了温软的粉色梦乡。在这棋盘一般规整的城市中心，树木参天，绿草茵茵，维多利亚式风格凝重的古典建筑与间或闪现的浅绿色教堂尖顶交相辉映。这里的街道不算宽，城里的人也显得不是很多，据说真正的城里人大都喜欢住在郊外。但常有一些踏着滑板的小伙子从你身边疾速地闪过。这里的年轻姑娘长得非常漂亮，白净的面容，高挑的身材，走起路来几乎是目不斜视，勇往直前。唯有那些上了年纪的中老年妇女，个个粗壮肥胖，真正成了丰乳肥臀。

漫步墨尔本的街头，我感觉到这里的人们是恋旧的，到处可以见到他们对城市的回忆。市中心东侧的菲茨罗伊公园内有被尊称为澳大利亚"国父"的詹姆斯·库克船长当年居住过的小屋；150年前的火车站至今还在使用，粉红色墙壁在阳光的照射下，依然显得是那么耀眼；十字路口电线纵横交织成网状，你可以看到城市老式有轨电车随着"铃铃铃"的叮当声，慢悠悠地从窄窄的路口穿过；街道中心的马路旁，100多年前的公共厕所至今仍在使用。这些夹杂着许多庄重、历史悠久的建筑物，都是当年淘金热时期集中到墨尔本的财富印证。

　　与我国五千年的华夏文明史相比，澳大利亚确是一个年轻的国度。说真的，它的历史，还比不上我们家族祖坟上的一棵老坟树。但他们非常珍惜自己的历史，今天虽然已经是最发达的资本主义国家之一，经济实力已相当富足，但100多年前的火车站、老式电车、公共厕所还在使用，难道说他们不懂得推倒重来、更新换代吗？由此，我自然想到了我们的城市，年年都在拼力举债大拆大建，幢幢高楼不断被推倒，街道不断被任意挖开，中央三令五申要珍惜的土地渐渐被蚕食，地方胡乱上马的各种形象工程屡禁不止。殊不知，不断地拆旧建新会造成多么大的经济浪费啊！相形之下，我们的国人还不该对建设现代化城市和追求社会和谐做些理性的思考吗？

澳大利亚之行　左起赵强、苏芝英、张世仑、于邦慧

顶着初夏的绵绵细雨，踏着鲜花映衬的道路，我们走进了市内的菲茨罗伊公园。园内遍是粗大的桉树、棕榈树，以及叫不上名字的雨林树木和奇花异草，迷人的小径延伸在绿绿的草坪之中。

高大的树木间掩映着一幢二层英式建筑，这就是英国著名的航海家詹姆斯·库克船长当年居住过的小屋。古老的砖墙已在风雨中发暗，屋顶的瓦板上长出绿蒙蒙的苔藓。小屋的右侧，有一尊库克船长身佩腰刀的铜像，铜像正凝目远方。院门口有座小小的门房，我进去看了看，原来早已变成了旅游纪念品的销售店。一位年轻的售货女郎面带微笑用英语和我打招呼，似乎在问我想要点什么。我不懂英语，自然无法与她交流，只得向她笑着摆了摆手。

我在库克船长的小屋前来回踱步，突发奇想地思考起一个问题来，这库克船长究竟是澳大利亚历史的开创者，还是一个打家劫舍的盗贼？他给澳洲大陆带来的是文明，还是他亲手毁坏了一方原始的净土？要知道在库克船长发现澳洲大陆之前，土著人已经在这块土地上生活了上万年，作为半游牧民族，他们采果猎食，逐水迁徙，过着部落生活，有着相同的传统、法律和文化，千百年来在这片南方大陆上休养生息、自得其乐。自库克船长一帮人踏上这片大陆后，这里原始土著人的噩梦便开始了。为了侵占土地，贪婪的英国人极端残忍地开始了野蛮的屠杀。当时土著人手里只有狩猎用的原始工具，怎抵得住英国人的坚船利炮！英国人的登陆，使澳大利亚就此开始沦为英国的殖民地，但是这一天也打破了澳大利亚千百年来与世隔绝的封闭状态，成为欧洲文明传入澳大利亚的开端。

历史的车轮走到今天，昔日对土著人实行的种族灭绝政策早已荡然无存。随着社会的发展进步，澳大利亚政府从各方面展开对土著人的扶助和劝导工作，用改善环境、推行教育、辅导就业等一系列积极办法，引导土著人走向文明。

对今天的澳大利亚白人来说，如果土著人生活中有哪些东西能够引起他们的赞赏和共鸣，那么，首当其冲的应该是土著艺术。在澳洲几乎所有的成年土著人都能绘画、雕刻，他们的石窟画、岩画、树皮画、文身画和雕刻等文化艺术相当发达，土著艺术现在已成为澳大利亚引以骄傲的多元文化中的一块

瑰宝。

我们在参观库兰达热带雨林后,被导游带进了土著居民的舞蹈村。人还没到近前,就听得丛林中传来阵阵木棒敲击声和人们的呐喊声。听着这原始的呼喊声,就像在故乡听到了那"咚咚咚"的锣鼓声,我感到异常兴奋。

爬上一个漫坡,只见在蔽日遮天的树木中,搭有一个简陋的舞台,观众席也是一个简易的草棚。此时风急雨骤,一群土著人个个身体健壮黝黑,身上画满了红白相间的各种图案,赤裸的身子下处裹着几根布带和几片树叶之类,浑身充满着原始的律动。几个乐师在一边吹奏着响亮的"滴迪瑞杜"乐器,一边击打着敲敲木,组合成古朴粗犷的动听乐曲。他们还以拍手、拍腿或拍屁股的方式伴奏,或者发出各种各样的叫声。我问坐在身边的导游,土著人表演的是什么意思。导游说,他们除了跳起欢迎舞外,又跳起了驱蚊舞、鸵鸟舞、袋鼠舞、捍卫舞等。土著人的舞蹈使我们见识了澳洲古老的土著文化,这种浓郁神秘的原始文化气息,让我们赞叹和神往。

导游吴小姐说,到澳大利亚不去昆士兰州著名的大堡礁如同到中国没看到万里长城一样。

大堡礁其实是珊瑚礁,由珊瑚虫分泌的石灰质死后的遗体钙化而成,经过一代代的沉积,再经过千百万年的钙化过程,从而形成了大堡礁的千姿百态。据说大堡礁彩色活珊瑚孕育了400多种海洋生物、4000多种软体动物和1000余种鱼类及珍奇的鸭嘴兽和蝴蝶鱼等,因此大堡礁的海底世界可以说是色彩缤纷的。

经过两个小时的船程,我们踏上了碧如翡翠的绿岛。岛上树木郁郁葱葱,林间木板铺道,环岛外侧有一圈细白的沙滩,在阳光的照射下熠熠生辉。所有身临其境者,自然是要乘坐玻璃底船去游弋观赏美丽奇妙的海底世界。透过船底,你可以看到洁净的海水中千姿百态的珊瑚、五彩缤纷的热带鱼、美丽的海螺、硕大的海参……这里简直是个光怪陆离的奇妙世界。你瞧,这构成珊瑚礁的石灰质骨架形状各异,有的像梅花鹿角,有的像孔雀开屏,有的像雪后冰挂，有的像雨中霓霞。无数艳丽旖旎的鱼类和水族类动物活跃其间，畅游不已。其景色之美，形状之奇，意境之妙，意味之浓，都是我们难以用笔墨形容和描写的，也绝非照片和影视所能表达的，你会感到海洋中蕴藏着无数的秘密，那是只属于大海的故事。

黄金海岸位于布里斯班市东南80公里处，驱车只需要一个小时。一离开市区，我们乘坐的大巴车在高速公路上便飞奔起来，透过车窗可见大片大片的甘蔗田和墨绿浓郁的桉树林，树木的间隙处可见到海岸边一座座别墅和许多停泊在岸边的私人游艇。高速路上来来往往的大小车辆穿梭不绝，许多车子后面还拖着小游艇。

导游告诉我们说，这些老外都是去黄金海岸玩水的。澳大利亚人天性就是快乐的，这同植根于中国传统文化观念的我们在思维方式及生活方式上大相径庭。澳大利亚人只重今生，不想来世，他们平时拼命工作，而一到周末、假日或工作淡季，便到城镇的茶楼酒楼娱乐场所，倾其所有地寻欢作乐。这里的人们没有往银行存钱的习惯，没什么太远大的理想，也不会想到要创千秋家业，挣了钱就玩，玩完了再挣；有钱玩，没有钱借钱也要玩。

黄金海岸，它的名字来源于宽广绵长的黄金般的海滩。然而，它真正诱人的地方还因为它是冲浪者的天堂。迎着沁脏入腑的阵阵湿润海风，我们到了延绵四十多里的美丽海滩，远远就看见了浩瀚无边的海面，碧波荡漾的海水，蔚蓝无瑕的海空，搏击长空的海鸥，迎风摇曳的海边树木，还有盛开怒放的红玫瑰，好一幅海天一色、海陆交融的壮美画图！

环视连绵不断的海岸沙滩，但见波涛汹涌，波光似雪，银珠翻滚，涛声似鼓，海浪犹如万马奔腾，一浪高过一浪，似要冲决一切，淹没一切。这里游人如潮，个个似"浪里白条"，踏着冲浪板，一会儿跃上浪尖，一会儿跌入谷底，个个都是英勇无畏的弄潮儿。更多人则是在大海中畅游，他们好不容易游出几十米，就被迎面袭来的浪打了回来，再游出几十米，又被浪打回来，不停地与海浪进行着顽强的搏斗。有的则是躺在松软的沙滩上，沐浴着海风的抚拂和阳光的热吻。在这明媚的阳光下确有一种透明感，尽管冲浪胜地是澳大利亚富人的

别墅地,可在这里分不出谁是富人谁是穷人,大家都裸露着身体,若说有什么可比的,那只有年龄。

我们的同行者海风云、汪美桂、于邦慧等早已按捺不住心中的激奋,在一阵嬉闹声中肩并肩手挽手勇敢地扑向了大海。我是个旱鸭子,从不敢有游泳戏水的奢望。但此时,我也受到了环境的感染,挽起裤腿踩着绵绵细沙,向大海里走去。可刚进水边,一个海浪便劈头盖脸地打将过来,衣服弄湿了不说,只觉得脚底的细沙瞬间就被海水掏空,我竟有些站不稳而头晕目眩起来……海浪退下去的片刻中,我的头脑猛然醒悟,赶紧转身逃出了海面。虽然仅仅是短短的几分钟时间,我却在这里第一次真切地感受到了大海的宽广、海浪的凶猛、搏浪的惊险,感受到了冲浪天堂带给人们的刺激和享受。回头再看我的那些同事们,只见他们早已如鱼入海,而且还在不停在呼喊着什么。

顶着午间的骄阳,我们的车子向黄金海岸郊外的天堂农庄开去。听说澳大利亚的观光牧场发展很快,其收入已占全国旅游收入的三分之一。公路像铺在绿毯上的带子,连接着一个个被牧场和燕麦地包围的村庄。风吹草低,偶见缓缓移动的畜群。丛林间随处可见木造农舍,爬满绿苔的石砌院墙,随风徐徐转动的高大风车,潺潺流水之侧的磨坊……这一切令人恍若回到田园牧歌时代。

天堂农庄坐落在一个半山腰的绿色漩涡里。我们的汽车盘旋而上,道路两边的森林里,挺立着许多需要几人才能合抱的大树,气度非凡。我们来到天堂农庄时,这里已有许多观光的游人。网围栏里牧草绿中泛黄,据说是由于当地今年干旱少雨的缘故。一群美利奴细毛羊在围栏里安静地吃草,个个壮实的牛儿耳朵上挂着号码牌,唯有那些吃草的马匹身上却裹有各色布单。导游说,这是澳人怕太阳把马儿晒坏了,用布单来给马儿遮阳吸汗。前面不远处澳人正在表演猎犬牧羊,引得众多游客阵阵喝彩。这里还有土著人的剪羊毛表演,他们一把拽过一只绵羊,然后操起电动剪刀,扳住羊头先从颈部,再到腹部,然后绕到背部,再转向头部,3分钟之内就可以把整只羊的羊毛剪下来,就好像掀下了一张羊皮一样。据说一个剪毛工人一天能剪 200 只羊,最快的剪一只羊只需 47 秒钟。这里的牛也是放养的,牧场主给牛的身上装上芯片,只要按动电钮,奶牛就会乖乖地排队进场自动让机器给它们挤奶。

在天堂农庄,我们第一次见到了澳大利亚的国宝——袋鼠。袋鼠不会行走,只会跳跃。袋鼠喜欢白天休息,黄昏活动。袋鼠的繁殖能力极强,在澳洲有泛滥成灾之势,与其他家畜争夺草场和水源不说,每年因在公路上往来跳跃造成的交通事故也非常多。

在农庄里,我们一群人围着袋鼠,大家争着把握有草粉和谷物的手伸过去。袋鼠们便温顺地近得前来,嗅嗅我们的手指,接着便贪婪地吃了起来,不少人乘机抢着和袋鼠照相。就在这时,不知谁的大动静惊吓了周围的袋鼠,只见它们猛地跳跃着奔跑起来,转眼间便消失在山坡上的林子里了。

袋鼠刚刚离去,在这里我们又见到了澳大利亚的另一种非常讨人喜欢的动物——考拉。据说,土著语中"考拉"是不饮水的意思。当地土著人在漫长的岁月里观察到这种动物从不饮水之后,故取此名。

我们的面前有一丛茂密的桉树,只见一只只灰白色的考拉正趴伏在树杈上懒睡。它们个个长着一张胖胖的孩子脸,一只黑油油的大鼻子,两只毛茸茸的短耳朵,加上一身又厚又密的灰色皮毛,显得是那样憨态可掬,滑稽可爱。作为夜行动物,考拉每天要睡上 18 个小时。它们极度温驯,昏昏欲睡之中带着一点儿婴儿般的天真无邪。它们独自生活,喜欢栖身于高大的桉树上,从不下树觅食,又无需饮水,因为它们以桉树叶为食,从中可以获取足够的水分。在澳大利亚考拉可与我国的大熊猫相媲美,它总是给人一种欢乐、祥和与安定的感觉,因此澳大利亚人喜欢用考拉玩具馈赠朋友。

考拉虽然也是澳大利亚的象征,但现在澳大利亚的人们却在为如何处置数量越来越多的考拉而犯愁。因为不断繁殖的考拉食量惊人,消耗掉了大量的桉树,这让很多以桉树叶为食的鸟类和昆虫的生存受到了严重威胁,人们不得不捕获多余的考拉,阻止它们过度发展而影响其他物种的生存。但澳大利亚的法律规定:随意杀死考拉最高要判两年徒刑,所以现在只能暂且用飞

机把抓到的考拉送往澳大利亚西部大陆。

大家边听边看,纷纷上前和考拉熊照相留影。别看这个小家伙有些懒洋洋的样子,可它机灵得很。工作人员将它一递给我,它的四只爪子便死死地抓住了我的衣襟,一动也不动。难怪它能在树上一睡十几个钟头却不掉下来。

触摸生态自然文化变迁所带来的震撼,我不得不惊叹澳大利亚人这种强烈的生态保护意识,他们为了动物、植物等生态的协调发展,不惜投入大量的智力成本,投入巨大的物质成本,引进世界最先进的科学技术,才建设起了今天人与自然的高度和谐。正是他们这种对自然生态小心翼翼地呵护的态度,让历史文脉不断延续,才成就了今天澳洲的壮美景观。

悉尼虽为国际知名的大都市,却不是澳大利亚的首都。然而悉尼处处洋溢着生机,不论是沿着港湾林立的摩天大楼,还是金黄耀眼的海滩和阳光充沛的地中海气候,无不展示着她景色绝佳的魅力。

悉尼最迷人的地方是悉尼港湾。来到这里,你会感到一支宏大而美妙的交响乐像阵阵春风在天地间和我们的心中回荡。那座连接海港两端的钢架大桥,雄伟壮丽,气势如虹。桥旁环城的高架火车,像一条会飞的银鱼从你的身边呼啸而过。闻名遐迩的悉尼歌剧院就坐落在这海面碧绿的港湾,它像花蕾一般含苞待放,层层散开又层层覆盖;远远望去,既像耸立着的贝壳,又像两艘巨型白色帆船,漂移在蔚蓝色的海面上。周围的广场,是街头艺人施展才华的舞台,伴着悠扬的欧洲风琴、奔放的非洲铜鼓和时隐时现的土著长号,来自世界各地的游人沉醉在这彩旗、音乐和大海的浪漫风情之中。

走进歌剧院,就像走进了一座迷宫。里面游客人头攒动。大厅里有许多出售展示歌剧院形象的画册、明信片、澳宝及纪念品的地方。工作人员告诉我们,歌剧院每天上午9点到下午4点开放,全世界的歌舞演出都可以在这里看到。1988年曾在此上演反映澳洲华人史的大型歌舞剧《龙腾澳洲》,以欢迎到访的中国总理。1993年,中国留学生在此以《中华魂》为主题举办展览,弘扬中华文化,中国著名歌手宋祖英还在这里举办过个人演唱会。

歌剧院外围沿海有一条环形码头小径,我和那炜清、孔令勋、关洪涛、张世仑等几个人疾步环绕了一圈。只见小径的两边有许多唱歌的、弹琴的、做杂耍的和搞人体雕塑的艺人,路人或站或坐在他们周围欣赏着他们的表演,他们用阳光一样开朗的神情和路人交流着。崇尚和运筹文化的伟力,去铸就国家和民族的灵魂。悉尼的先行者们给了我们穿越时空的精神价值,使我们从中领悟到很多道理。

作者在澳大利亚悉尼　（2006年摄）

澳大利亚素有"骑在羊背上的国家"之誉。由于其境内地势低平,草场辽阔,以养羊养牛为主的畜牧业非常发达,在农业经济和整个国民经济中的地位十分重要。因此,澳大利亚成为全世界最大的羊毛出口国。

澳大利亚从殖民时期就引进了黄牛,开始发展养牛业。由于这里具有辽阔的天然牧场、丰富的地下水、温暖的气候,再加上无虎、豹、狼等凶猛野兽,很适宜养牛业的发展,国际市场上牛肉价格的上涨也进一步刺激了养牛业的发展。

伴随着牛的数量的增长，新的生态问题出现了。牛在草原上排出大量粪便，再加上其他牲畜的粪便，草原上平均每天要留下1亿公斤左右的粪便。这些粪便盖住了牧草，影响了植物的光合作用，使草原牧草成片成片地枯死，同时粪便还大量滋生蚊蝇，严重影响环境卫生。这一情况使澳大利亚的科学家们忧心忡忡。他们注意到中国的牧区从来没有牲畜粪便堆积的问题，经过调查得知中国有一种不起眼的昆虫叫屎壳郎，能够把牛羊粪便化解并搞到地下去。于是，他们决定不论花多大代价也要从中国大量引进屎壳郎，投放到草原上去充当"清洁工"。于是，几经谈判，我国接受澳大利亚政府的请求，一批我国产的化粪能力强、繁殖能力高的屎壳郎便远涉重洋，到澳大利亚安家落户，帮助清除那里的粪便，保护澳大利亚的草牧场。果然，我们这些"珍稀国宝"不负众望，几年以后使澳大利亚的广袤草原渐渐恢复了勃勃生机。区区屎壳郎光荣地出国了，在中澳交往和友谊中留下了新异的一页。如今，澳大利亚的中国屎壳郎迅猛繁殖，数量已远远超过原产国了。

看到澳大利亚袋鼠出没、牛羊遍野的美丽富饶草原，我首先想到的是这里面有我们中国屎壳郎很大的功劳，我真的好想找到我们中国的屎壳郎（我小时候在农村里经常捉来玩耍的小昆虫）看看，向它们表达来自祖国的深情问候与祝福。但是，这又是不可能的。我只能在自己的心里想，我们中国的屎壳郎正在这里发扬国际主义精神，正在辛勤地为澳大利亚打扫牧场哩！

半个多月的澳大利亚之行，从墨尔本到凯恩斯，从布里斯班到悉尼，我们马不停蹄地学习、考察、观光，每天都会有多姿异样的景观、鲜活生动的趣闻闯入我的眼帘与耳际，更不用说博物馆琳琅满目的艺术珍品。

由于诸多的客观局限，我们虽然未能有足够的时间真正深入到澳大利亚的实际社会中去，未能有机会与澳大利亚民众有更多的接触，但我们毕竟还是对澳大利亚的历史、现状、经济、文化、环境等做了一些有益的探访，获得了难得的眼见为实的机会。虽然是来去匆匆、身心疲惫，但也觉得不虚此行，澳大利亚确实有许多东西值得我们去研究和借鉴。

澳大利亚是一个年轻的移民国家，是由具有不同文化背景的民族构成，多元文化是澳大利亚文化的显著特征，因此这个国家虽然是个后起的资本主义国家，但也是一个容忍、互让、兼容的国家。中澳两国社会制度不同，这是两国人民根据各自国家的具体条件做出的选择，也是两国不同历史发展进程的结果。澳大利亚是最早与中国建交的西方国家之一，这些年中澳在各领域的合作不断深化和扩大，两国经贸发展较快，特别是近些年随着两国友好关系的进一步加强，人员来往急剧增加，澳中关系得到进一步的改善。

当然，我们也看到，澳大利亚作为一个发达的资本主义国家，它也有许多社会问题。作为美国外交政策的坚定支持者，它曾加入反对共产主义的"冷战"行列，成为美国在南太平洋地区的一大支柱。从其国内自身来看，兵源匮乏、居民肥胖、贩毒吸毒等问题日趋严重，近些年来抢劫、贩毒、凶杀、盗窃等犯罪案件不断出现，还有公开的赌博、卖淫等问题。甚至还有如澳大利亚红灯区发行股票，一年一度的博览会上澳洲艺术家用自己的生殖器作画等，都是我们难以认同和理解的。

半个多月的所见所闻，或深或浅。感慨之余，也有许多不解、不识，如风过耳，摇落几片心叶。

澳大利亚之行后，我匆匆草就出版了继《走近欧洲》后的又一本域外随笔散文集《走近澳洲》。我只能以一个散文爱好者的视角，去向读者敞开自己的心扉，表达一些自己的肤浅感受。至于怎样看待澳大利亚，只能等待您亲自去那里触摸和感知。

再逢无奈

财政宣传教育中心成立以来,大家的工作热情很高,希望能开拓出一片新的天地。但好景不长。虽然财政厅与自治区编办多次汇报、沟通、磋商,但宣教中心的机构编制却一直批不下来。于是,厅党组决定对原杂志社的人员进行系统分流。为了使大家都能有个较好的归宿,我也多次找厅领导和人事处,向他们反映情况,推荐干部。当时,我心里只有一个想法,一定要让大家有个较好的去处。后来的事实证明,财政厅党组对原杂志社的同志们是认真负责的,大家都被陆续安排到了厅属较好的全额事业单位。

2005年12月,财政宣传教育中心的全部工作正式移交到了财政科研所,固定资产移交手续也随之办理完毕。至此,内蒙古财会杂志社的撤销工作画上一个较为完满的句号。

当时,周围的同志们都走上了新的工作岗位,可我的工作去向一时还不明朗。那时候原机构撤了,我连自己的编制在哪里都不知道,有一段时间我每月领工资也只能到厅办公室财务去临时打借条。

那时,厅机关不少人对我表示了极大的同情。许多外界的领导和朋友们对我的工作安排也表示了极大的关心。如自治区政府主席助理冯士亮还亲自到我们厅里来找我们的厅领导,给他们做说服工作。

左起张宝山、关云、郝世秀、苏芝英 （2011年摄于老牛湾）

期盼已久的时刻终于到来了！

2006年5月8日，自治区财政厅厅长王玉明同志在厅务会议上宣布：经厅党组研究决定，苏芝英到新成立的债务管理中心任主任，并立即着手中心的筹建工作。

得知这一消息，我异常高兴，十分感激厅党组对我的关心。

当时，我对厅里成立债务管理中心的背景还是比较了解的。党的十六大以来，我国在深入贯彻落实科学发展观、构建社会主义和谐社会方面迈出了坚实的步伐。自治区的经济建设和社会事业也步入了科学、持续、快速发展的轨道。2005年9月28日，自治区人民政府与国家开发银行签署了《加快西部

大开发开发性金融合作协议》。协议约定，国家开发银行将在"十一五"期间向我区提供一定规模的政策性贷款，其中的部分政府信用贷款是以自治区政府信用为担保，财政兜底偿还为保证，由国家开发银行统贷给自治区政府指定的融资平台，再由融资平台转贷给需要支持的产业和项目，重点支持基础设施、能源等产业升级、矿产资源开发等对自治区经济社会发展有重大影响的建设项目。

根据这个合作协议的有关要求，2005年12月15日，自治区编制委员会批复财政厅，同意成立内蒙古自治区债务管理中心，为自治区财政厅所属处级事业单位。其主要职责是：会同有关部门负责对平台贷款单位编制的项目建议书及可行性报告进行筛选、评估和申报；根据开发银行核准的项目，编制年度使用平台贷款计划；负责贷款项目的签约；负责项目资金的管理、监督、风险防范等。

其实，与地方政府的金融合作，是国家开发银行那些年着力推动的开发性金融创新实践。它是以政府信用为基础，以准政府的金融机构参与运行，使开发性金融拥有弥补体制和市场缺损的组织优势，从而有效地支持对国民经济有重大影响和产业政策鼓励的产业和项目建设。政府可以通过目标导向、策略安排、战略引导等多种手段实现其政策意图。开行已先后与辽宁、吉林、四川等省搞了许多类似的打捆贷款，在这方面我区还是比较滞后的。

谁承想，生不逢时成为我的再次遭遇。

就在我刚刚走马上任，积极着手筹建债务管理中心的时候，我们所面临的形势再次发生了新的重大变化，令我再次茫然，一头雾水。

2006年4月25日，国家发改委、财政部、建设部、人民银行和银监会联合下发了《关于加强宏观调控、整顿和规范各类打捆贷款的通知》，通知的核心内容：一是禁止各级地方政府和政府部门在《担保法》规定之外，使用政府信用提供任何形式的担保或变相担保；二是要求各级金融机构立即停止与各级地方政府和政府部门签订新的各类打捆贷款协议或授信合作协议。

国家五部委的联合通知，对于加快政府宏观调控，维护金融稳定，防范金融风险，特别是防范金融风险转化为政府财政风险，具有十分重要的意义。而启动开发银行的政府信用贷款，是我们债务管理中心的主要职责，也是自治区财政厅设立债务管理中心的初衷。现在国家五部委出台了不准搞打捆贷款、不准政府提供贷款担保的新规定，债务管理中心作为政府原来确定的统借统还的综合融资平台的职能随之便被彻底打破。

面对国家政策的调整、形势的突然变化，我们的工作再度陷入窘境，单位前途更显得暗淡无光。当时我就想，看来生不逢时是我命中注定的事情。2002年9月调我到内蒙古财会杂志社当社长，没想到半年后杂志社就在全国报刊整顿中被砍掉；这回让我到债务管理中心当主任，上任不到一个月，既定的工作职能便化为了泡影。

刚刚调到中心工作的几个年轻人你看看我，我看看你，谁也不愿多说一句话，其实大家心里都明白，这个单位原来是个"短命鬼"。

峰回路转

　　就在我们债务管理中心的工作一度陷入困境、单位前景很不乐观的情况下，财政厅党组对我们表示了极大的关心。特别是党组书记、厅长王玉明和分管副厅长张华给了我们许多热情的鼓励和支持。他们认真分析国家的财经形势，研究我们的工作方向，给大家鼓劲打气，鼓励我们以极大的工作热情、毫不气馁的决心继续做好债务管理中心的工作。张华副厅长还亲自带着我到自治区政府给余德辉副主席进行工作汇报，探求政府信用贷款使用的新途径。

　　为了积极推动债务管理中心工作的启动，财政厅地方金融与债务管理处给了我们强有力的支持与配合。王凤岐处长、刘艳杰副处长曾几次带着我们主动到开发银行内蒙古分行进行磋商沟通，及时了解国家开发银行金融政策的变化，研究新形势下利用开行贷款的新途径、新模式。

　　那个时候，我手头常放着三本书：戴相龙主编的《领导干部金融知识读本》、邓超主编的《金融理论与实务》、郑可达主编的《银行词典》，经常翻来翻去，力求自己学在前、用在先，尽可能充实一些金融信贷方面的基本知识。我也亲自带着债务管理中心的同志们，到内蒙古农业发展银行、呼和浩特商业银行等金融机构向他们的专家请教，了解金融信贷方面的有关政策，咨询项目评估、贷款发放、贷后管理的有关程序和做法，使我们在较短的时间内基本掌握了金融信贷的一般规律和规则，坚定了我们做好工作的信心。

当时，开发银行的态度也是极为认真的。他们认为，开发性金融合作是银政共推市场建设的合作，合作中签订的开发性金融合作协议是双方的合作意向，不是贷款合同，也不是开行给地方政府的授信。政府给予借款人补贴承诺后形成的"补贴受益权"，借款人将其质押给银行，是借款人以自身权益质押融资的方式，符合国家投资体制改革决定精神。开行要继续坚持与地方政府合作的方向，加强融资平台建设和管理，贷款项目可以统一评审、分项承诺、单项签约的方式来运作，将融资平台的借款额度控制在政府信用的风险限额之内。

在借鉴其他省区做法的基础上，开行内蒙古分行提出了借鉴沈阳市建立城市发展专项资金质押贷款模式与BT项目（建设—移交）贷款模式两种使用开行政府信用贷款的新模式，为重新启动自治区与开发银行的政府信用贷款合作提供了契机。我们经过研究认为，采用BT模式具有简便易行的优点，比

左起宝日特木尔、张宏生、苏芝英、皇甫俊　（2008年摄）

建立城市专项发展资金模式更可取。从其他兄弟省市的经验看，当时有许多地方政府已经使用过这种融资模式，如北京地铁奥运支线、南京九华山隧道、吉林江湾大桥等建设项目都采用了 BT 模式来融资，运作也比较顺利。

2006 年 11 月 4 日，自治区财政厅就使用开发银行政府信用贷款的新模式问题给自治区政府打了签报。很快，政府领导同志就做出了明确批示：原则同意自治区财政厅全面负责与开发银行的贷款业务，金融等部门做好配合工作，可以采用 BT 方式贷款。

随之，自治区启动开发银行政府信用贷款的工作就此展开。

我们接受的第一个政府信用贷款项目是自治区高职园区建设项目。当时，自治区政府决定集中选址建设内蒙古化工职业学院、内蒙古商贸职业学院、内蒙古机电职业学院、内蒙古电子职业学院和呼和浩特职业学院等五所自治区高职院校新校区。建设项目所需资金，通过置换旧校园和向开发银行贷款解决。

我们就此项目与开发银行内蒙古分行进行了多次磋商谈判，最终达成了一致意见。开发银行同意使用融资代建（BT）方式启动高职园区项目贷款，贷款期限为 10~12 年，宽限期为 2 年，贷款利率为央行现行基准利率 7.11%。

按照厅领导的要求，我们债务管理中心组织力量对此项目进行了前期评审。我们认为，五所高职院校集中重新选址建设，是自治区政府实施科教兴国战略的一个重要举措。新园区总体布局较为合理，基础设施适度超前，突出教学功能的主体地位和现代高等院校新的时代特征，不仅可为学校今后发展创造更大的空间，而且对于完善首府功能，提升城市形象，推进城市化进程具有重要意义。新校区建成后，随着生源的不断扩大，院校的收入也将会逐年增加；再加上级财政部门逐年加大对高校的生均拨款，实施对高校基本建设减免费用、贷款贴息补助、调整学费标准、提高职业学校贫困学生的助学补助标准等政策，这对高校今后的发展极为有利。这也说明，院校本身具有相应的偿债能力，用十年期限来偿还银行贷款是没有问题的。同时，自治区财政部门对贷款院校也有相应的制约管理手段。这些院校的行政事业性收费现在都实行收支两条线管理，所有收入都要存入财政专户管理，如贷款到期不及时归还，财政可以直接划转代为清偿。因此，为高职园区建设项目提供贷款担保承诺，是在院校偿债能力较为可靠的基础上实施的，使用融资代建模式启动该项目开行贷款是可行的。

2007年4月24日，债务管理中心根据对五所贷款院校的评审结果，向财政厅提出了关于使用融资代建（BT）模式启动自治区高职园区建设开发银行贷款的请示，并明确了园区建设项目贷款的具体操作程序和相关贷款资金的监管意见。

6月13日，自治区财政厅就此给自治区政府打了签报，建议尽快启动自治区高职园区建设开发银行贷款项目，同时也可以考虑对盟市的基础性、公益性项目予以适时启动。

很快，财政厅的报告得到了自治区政府的批复。按照自治区政府领导的批示精神，8月7日，财政厅张华副厅长亲自主持召开自治区发改委、教育厅、审计厅、国土资源厅、开发银行内蒙古分行等部门参加的联席审核会议，听取了自治区教育厅关于高职园区项目建设基本情况的介绍和债务管理中心关于高职园区建设贷款项目的评审情况汇报，集中对高职园区建设项目的可行性、使用开发银行贷款的模式及具体操作程序、院校偿债能力与偿还计划及园区项目各项审批手续的办理情况进行了认真的讨论和审核，一致通过对此项目的联合审核，建议自治区人民政府授权五所院校对该项目进行投融资建设。

8月15日，自治区财政厅正式向自治区人民政府上报了《关于自治区高等职业教育园区建设项目筹资建设方案的请示》，建议政府如同意该筹资建设方案，即对此进行书面批复，并授权财政厅代表政府与项目单位签订融资代建协议，并出具项目回购资金的承诺。

可以说，债务管理中心成立一年来，虽然历经艰险，但大家没有退缩，没有气馁，而是坚定地积极贯彻执行厅党组的工作部署，自觉维护厅党组的工作大局，单位体现出了一种团结奋进的良好局面。

当时，面对全新的工作任务，我们坚持把岗前业务培训作为头等大事来抓，积极开展"业务大学习、岗位大练兵、素质大提升"活动。我们整理编印了五大本120多万字的《岗前培训学习教材》，主要围绕国家宏观经济政策、积极财政政策、金融信贷政策以及工程项目建设管理等内容，针对性、实用性非常强，从法律上、政策上、操作程序上为我们工作的开展提供了可靠保障。我们列出专题，请开发银行、商业银行及内蒙古信托投资公司的专家来给我们讲课，组织大家对所研究的每一个专题进行集中讨论，以加深认识和理解。特别是对《担保法》《合同法》《贷款通则》《建设工程项目管理办法》《工程项目施工招投标办法》等重要法律法规进行反复学习研究，做到学在前、用在先，使大家基本掌握了金融信贷的一般规律，掌握了与金融机构合作的政策界线，

作者与妻子张秀、女儿苏莉在平遥古城　（2009年摄）

取得了社会融资的基本经验。特别是通过对五所院校的集中评审，使我们不仅全面地了解了他们的财务状况，摸清了他们的实际偿债能力，而且加强了与项目单位的沟通联系，真正起到了岗位练兵的作用，为我们工作的展开积累了宝贵的经验。

我们还专门赴辽宁、吉林等省进行了专项考察。对北京地铁和奥运支线项目、吉林江湾大桥建设项目、辽宁棚户区改造项目、包头市医院门诊楼建设项目等利用开发银行贷款的情况进行了调查研究。在此基础上，与开行成功地进行了多次磋商谈判。在充分学习调研的基础上，中心的同志们撰写了一批有价值的学习调研文章，有效地提升了大家的业务素质。像副主任张宏生撰写的《吉林、辽宁省政府债务管理和政府利用国家开发银行软贷款工作对我们的启示》《关于我区高等院校基本建设贷款管理工作的思考》，业务部主任皇甫俊撰写的《浅谈融资平台政府信用贷款工作》《如何加强政府性债务管理的一些思考》，办公室主任宝日特木尔撰写的《浅谈高校债务管理与财务风险管理》，评审部主任王小燕撰写的《委托贷款项目评审特点》等论文，当时对推动我们的工作都起到了很好的促进作用。

与此同时，我们还及时制定了《综合融资平台信用贷款申请程序》《综合融资平台资金管理办法》等一系列规章制度，并将这些制度公开公示，既体现了政务公开的要求，也方便了前来咨询的客户。经过我们的不懈努力，债务管理中心的面貌出现了新的变化，开创了政府信用贷款使用管理的新路径，实践了开发性金融合作的新理论，积累了政府债务管理的新经验。单位内部形成了一种团结干事、和谐共事、按章办事的良好风尚，我们的工作在困境中奋起，在困境中拓展。

2007年9月，财政厅领导班子成员分工做了新的调整。债务管理中心改由刘义胜副厅长分管。他分管我们后抓的第一件事就是隆重举行自治区高职园区建设项目融资代建协议的签字仪式。

当时，在自治区政府的高度重视下，经过各方面的积极努力，高职园区建设项目的各类审批手续已经办理完毕，贷款前期评审工作已经结束，自治区政府对高职园区建设项目筹资建设方案已经批复,并授权财政厅代表政府与五所院校签订融资代建协议。

11月20日,我们隆重举行了自治区高职园区建设项目融资代建协议签字仪式。刘义胜副厅长代表自治区财政厅发表了热情洋溢的讲话。他说:"高职园区建设项目是自治区人民政府与国家开发银行开发性金融合作的崭新模式,也是我区利用国家开发银行政府信用贷款,促进自治区教育事业发展的一次具体实践。它标志着我们的政府信用贷款使用实现了新的突破。"

就此,我们的债务管理工作真正迈出了实质性的一步。那时,我从心底深深地松了一口气。我们走出的是一条多么艰辛的路啊!如果这条路走不通的话,我真不知会将债务管理中心的同志们带到哪里去。

为了总结工作经验,我动手撰写了一篇题为《对融资代建(BT)模式的再认识——兼论自治区高职园区建设贷款项目管理》的论文,不仅获得了自治区财政年度调研成果二等奖,而且受到了开发银行内蒙古分行的高度赞誉。

那时,我们债务管理中心本着"积极争取职能、大力拓展业务、不断谋求发展"的工作思路,着力在服务大局上做文章,在提升素质上下功夫,在创新方式上花气力,积极协调各方面的关系,认真落实高职园区建设项目五所院校的贷款协议、与项目单位签订的贷款资金使用监管协议,有效实施对项目资金使用的监管。我们认真总结高职园区建设项目运作的成功做法与经验,建立了一套完整规范的政府信用贷款管理的操作程序和工作留存档案,为利用开行政府信用贷款管理积累了新的经验。

在此基础上,我们依据《内蒙古自治区直属高等院校债务管理暂行办法》,按照厅里的部署和要求,积极组织力量,相继认真完成了对内蒙古大学、内蒙古师范大学、内蒙古工业大学、内蒙古医学院、内蒙古财经大学、内蒙古科技大学等十五所自治区直属高校基本建设项目和教学仪器设备银行贷款的贷前评审工作,适时组织自治区有关部门参加的联席评审会议,并将审核结果及时上报自治区人民政府。截至2009年底,经自治区人民政府批准的十五所直属高校基本建设项目和教学仪器设备购置银行贷款规模达到三十一亿元。这对改善高校办学条件，提升首府形象，促进自治区高等教育事业的发展起到了非常重要的作用。

我们高兴地看到，几年来通过自治区高校的扩建和新校区的建设，各学校占地面积、建筑面积、固定资产总值均有了大幅度的提高，有效地解决了高校扩招带来的一系列矛盾；教育结构布局更加合理，学校办学规模、专任教师人数、本科专业数、硕士点数、博士授权单位的增加都有较大的突破，教育教学管理水平和科研创新能力都有很大提升。

组建鼎新担保公司

我们债务管理中心的工作出现如此轰轰烈烈的局面之后,继而又有了新的开拓。

为了落实自治区人民政府关于创新科技投入管理体制,充分发挥财政资金对激励企业自主创新引导作用的有关精神,自治区财政厅、科技厅制定了《内蒙古自治区科技创新引导奖励资金管理办法实施细则》,决定引导奖励资金融资平台设在财政厅债务管理中心,并依法注册运营机构。

2008年4月27日,自治区财政厅对设立信用担保公司做出具体批复,决定由债务管理中心负责筹建成立担保公司,债务管理中心负责人为法人代表,实行一套人马、两块牌子的运行机制。当时,常军政厅长还亲自听取了我们关于设立担保公司的情况汇报,帮助我们分析中小企业信用担保行业面临的风险和发展前景,要求我们积极探索把握担保业务规律,加强贷款担保项目评审,科学设置反担保措施,有效防范化解担保风险。

厅里还决定,该担保公司以贯彻落实国家及自治区产业政策和区域经济发展政策、扶持科技型中小企业自主创新为目标,属具有独立法人资格的非营利性运营机构。公司要按照"政策性资金、法人化管理、市场化运作"的原则,坚持政府扶持与市场运作相结合、支持发展与防范风险相结合,主要对自治区财政厅、科技厅推荐的科技型中小企业施行资本金注入和提供贷款担保服务。

设立信用担保机构是财政工作中的一件大事，对我们债务管理中心来说又是一项富有挑战性的工作。信用担保是一个高风险行业。中小企业这个复杂而特殊的客户群体和来自各种外部环境因素的影响，决定了担保机构在运作过程中必然要面临许多风险。特别是当时面对美国次代危机引发的全球金融危机对我国金融市场的冲击和担保业的影响，如何在新形势、新挑战下调整担保机构的经营思路、制定相应的对策，是担保公司面临的紧迫而现实的问题。

面对这项全新的工作，当时我们还缺乏这方面的业务知识和工作经验。我们没有别的选择，只有学，赶紧学，以尽快适应新的工作要求。我们一方面积极实施着担保公司启动的各项准备工作，一方面抓紧开始人员的再次集中学习培训。我们及时整理编印了四十多万字的学习培训材料《信用担保工作研究》，从中小企业信用担保的国际经验与借鉴，到我国信用担保的发展现状与难题破解；从担保业务管理规程、项目评审的相关事项，到担保行业法律法规解析与运用指导；从担保合同与反担保合同范本、动产抵押与让与担保之对比分析，到担保业务法务管理与债务追偿管理；从担保机构会计核算与财务管理实务，到信用再担保制度研究等方面，进行了集中强化培训。我们请浦发银行、开发银行、商业银行的专家和内蒙古农业大学会计系王小兵教授来给我们讲课，特别是突出对《公司法》《担保法》《物权法》的重点学习研究。我们也多次到内蒙古元盛担保公司进行学习请教，认真研究了山西担保公司、山东正信担保公司、深圳鼎诚担保公司的基本做法，使我们很快掌握了信用担保机构运作的一般规律和操作流程，从理论上、政策上、操作规程上做了许多必要的准备。

俗话说：临阵磨枪，不快也光。当时，我对大家的要求是边学习、边实践、边总结、边提高。大家都对单位的未来充满了新的希望，学习的热情非常高。像张宏生、皇甫俊、宝日特木尔、王小燕、叔庆铎、姬晓清、郝秀莲、郭春芳、

刁月莲、魏杰、王淑英等都表现出了极大的求知欲。皇甫俊还根据自己平时业务学习和工作实践中遇到的一些与业务相关的基本知识，编写了《业务基础知识学习问题解答》，供大家在学习中参考。

其实，当时我也是暗下决心要带头学习。我除了带头认真学习信用担保的相关政策法规和研究区内外担保公司的相关信息资料外，还特别认真学习了戴欣苗编著的《财务报表分析》和李玉周主编的《财务管理速成》这两本书，企图在最短的时间内能够抓住企业财务管理的精要，掌握企业内部财务管理的中心，使自己成为一个合格的经营管理者。

那时，我们公司正缺乏具有担保工作实践经验的业务骨干。一天，我突然接到一个叫董今飞的年轻人打来的电话，他毛遂自荐想到我们公司来工作。当天，我便接待了他。原来他大学毕业后在呼市一家担保公司从事具体担保业务，后因公司解散而下岗。通过简单的沟通交流，我觉得这个年轻人忠厚精明，业务素质不错，很有发展潜力，便当即决定聘用他，并让他很快参与到了担保业务操作规程的研究制定之中。后来这个小董果然在我们公司的业务拓展中发挥了积极的作用。

公司的注册资金很快到位，工商登记注册手续也很快依法办理。公司的名称是：内蒙古鼎新担保有限责任公司。寓意为：立足稳固、旷日持久、不断创新、开拓进取。由我担任公司执行董事和总经理，张宏生为副总经理。

7月18日，内蒙古鼎新担保公司正式挂牌成立，并举行了隆重的揭牌庆典仪式。自治区党委常委、政府常务副主席任亚平同志亲自为公司揭牌剪彩。我们还与开发银行内蒙古分行、上海浦东发展银行呼和浩特分行签订了金融合作协议。鼎新担保公司的成立，为我区担保事业注入了新的生机和活力，为科技创新型中小企业融资开辟了更为广阔的空间。

那时，分管厅领导对我们鼎新担保公司给予了很大的支持，对我们的工作要求很多，也很高，归纳起来可概括为：服务大局、稳健起步、择优扶持、严格管理。这也是我们公司运作的基本原则。厅内教科文处、地方金融处等相关处室对我们的工作给予了有力的配合。

作者在鼎新担保公司成立大会上　　（2008年摄）

如何正确地识别风险，有效地防范和控制风险，是我们担保公司需要认真面对又要认真加以解决的大问题。我们在公司内部制定了完整的管理制度和业务操作流程，从项目的受理初审到担保项目的审批，从担保措施的落实到债务的追偿等诸方面制定了科学规范的管理办法。

为了切实规范公司的担保行为，做到民主决策、科学决策，我们设立了由财政厅、科技厅相关负责人共同组成的审保委员会，自治区财政厅分管领导担任审保委员会主任，对所有审保项目进行会议记名表决，实行集体决策审批，避免人为的决策风险。公司还专门开发了担保业务管理软件，以信用担保信息管理系统为基础，形成以担保资金活动监控为重点，以动态监控系统为平台，全过程监控担保资金的支付活动，充分发挥动态监控的威慑、纠偏、规范作用。

2008年11月28日，经自治区科技厅筛选推荐的第一批18个科技创新引导奖励资金贷款担保项目送达我们公司。

分管厅领导在上面明确批示:"请鼎新担保公司在认真研读相关管理办法的情况下,抓紧对担保项目进行评审,一是看这些项目是否符合文件的规定,二是看是否符合放大的原则。"

按照分管厅领导的批示精神,我们立即与项目单位进行对接,并对他们提交的相关材料开始初审。

12月9日傍晚,我正走在回家的路上,突然接到了科技厅某处长打来的电话。

她在电话里异常激愤地对我说:"你们财政厅为什么对我们科技厅组织推荐的项目还要再评审?这太过分了!科技厅现在提出抗议!告诉你们刘厅长,这不是我的个人意见!"

我还没来得及解释,对方的电话就挂断了。

当时,我被对方这一顿毫不客气的指责搞得一头雾水,心里非常恼火。

我们担保公司按照相关规定,对所有担保申请项目进行保前审查是我们的工作职责,我们必须对所有申保项目资料的合法性、真实性、完整性,从法律和行业的角度加以审核,对项目的风险度进行评估,对企业的财务状况、偿债能力进行评价,对其反担保措施提出意见。难道我们仅凭主管部门的几句推荐意见就可以对一个企业提供几百万甚至上千万元的贷款担保吗?但这又涉及工作的大局,难道我们依法依规行事,就会真的损害两个厅局的协作关系吗?

第二天一上班,我便急着去找分管厅领导汇报此事。领导一听便哈哈大笑说:"是不是感到有些怵头啦?你们之间的磨合才刚刚开始,这没什么。按照规定执行,继续审核!"

当时,看着分管厅领导举重若轻的样子,我就在心里想:这领导就是领导啊,审时度势,遇事不慌,真乃大将风度啊!

为了切实做好这批担保项目的调查评审,我们由评审部和担保部负责人牵头,选派了业务能力强、具有一定法务知识的工作人员,并聘请了中介机构的财务专家，组成了调查评审组。同时，我们还邀请浦发银行、开发银行的业务人员共同参与项目的调查评审工作。在整个调查评审过程中，我们本着高度负责的精神，深入项目涉及的7个盟市和部分旗县，了解项目承担单位的生产经营是否正常，分析项目单位财务管理是否规范有序，察看项目单位产品市场前景，分析项目单位的实际偿还能力，核查抵押物的合法性、有效性，了解项目单位法定代表人的还款意愿。通过对这些项目的评审，我们确实感到担保公司责任重大，担保业务面临的较大风险，也深感中小企业确实存在融资难的问题。

那次，我和浦发银行呼市某支行的田利生行长亲自到托县对内蒙古健隆生化有限公司承担的黄原胶研发及产业化项目，到乌兰察布市对内蒙古马志

作者与浦发银行呼和浩特分行行长李光明（右）在签约仪式上

全清真食品有限公司承担的牛羊肉熟制品及副产品研发利用项目，进行了实地调查。

2009年4月16日，分管厅领导亲自主持召开审保会，认真听取了担保公司关于2008年度科技创新贷款担保项目调查评审意见和抵押物核查情况汇报，对通过评审的担保项目逐一进行了集体讨论。会议审议决定，鼎新担保公司对通辽市开鲁县昶辉生物技术有限责任公司等9个具备贷款担保条件的项目提供贷款担保，对暂不具备贷款担保条件的申报项目，列入公司项目库管理，待其担保条件成熟后再行审议。

6月12日，我们隆重地举行了科技创新型中小企业担保贷款合同签约仪式。在这次签约仪式上，交通银行内蒙古分行、上海浦东发展银行呼和浩特分行与9家贷款企业签订了《借款合同》，企业与担保公司签订了《委托保证合同》《反担保抵押合同》，担保公司与银行签订了《保证合同》。同时，我们还与招商银行呼和浩特分行签订了授信担保业务合作协议。

这次担保贷款合同的签订，是我们与相关金融机构长期合作的开始。我们与多家银行携手合作，为中小企业融资开辟了一条绿色通道，为我区科技创新中小企业融资开辟了更加广阔的融资空间。

2009年9月23日，审保委员会又对担保公司关于2009年度科技创新贷款担保项目调查评审意见和抵押物核查情况进行了集体审议决策，决定对包头市红卫日用化工有限公司年产2万吨皂粒生产线扩建项目、赤峰市凌志食品有限公司10万亩马铃薯产业化开发技术集成示范与产业化开发项目、内蒙古健元鹿业有限公司马鹿养殖及鹿产品精深加工项目、内蒙古天润蓖麻开发有限公司尼龙1010生产技术开发与产业化项目等项目提供贷款担保。

10月27日，我们再次召开审保会，决定对内蒙古洪源糖业有限公司年产1万吨结晶木糖生产建设项目、赤峰市帅旗农药有限责任公司高技术产业化示范工程项目、内蒙古天皓水泥有限公司日产2500吨新型干法熟料生产线改扩建项目提供贷款担保。

就在鼎新担保公司积极稳健起步、业务如火如荼进行时，风向突然发生了改变。

一天，我突然听说为了做大鼎新担保公司的盘子，公司准备增资扩股，要与北京的某联合信用担保公司合作，引入一个更好的管理团队，将鼎新担保公司变为股份制公司。

听到这个消息，我当时的第一反应是，鼎新担保公司要增资扩股这么大的事情，我这个执行董事兼总经理咋事先一点也不知道？岂不咄咄怪事。

我立即上网搜索了一下这家联合信用担保公司的信息。原来这家公司于2005年5月成立，企业性质为私营股份有限公司，员工近50人，主营行业风险投资，是以基础设施、交通能源、环保产业行业性融资为需求，并提供衍生的资产管理服务、投资银行服务的担保公司。

没过几天，这家担保公司的两位副总便真的带着他们草拟的《内蒙古鼎新担保有限责任公司增资扩股方案》来到呼和浩特与我们直接进行相关合作的磋商谈判。

当时，这家公司的意见是：他们要做鼎新担保公司的股东，并另选三家企业入股，鼎新担保公司要借助他们的管理团队主导公司业务。鼎新担保公司注册资本要扩充到5亿元人民币，公司设立董事会，董事长由内蒙古财政厅委派，总经理面向市场招聘。

在双方的谈判会上，我认真介绍了鼎新担保公司的经营理念和公司成立一年来的运作情况，同时也结合实际谈了自己的看法。

我说："这次厅里考虑鼎新担保公司与北京的担保公司合作，我认为是个好事。这有利于增强我们的担保实力，提升我们的管理水平。但由于两个公司的职能定位不一样，如何合作是需要认真研究的。因为，我们的公司是政策性的，目的是要破解中小企业的融资难题，而且目前主要是针对科技创新型中小企业的，使用的是科技创新引导奖励资金，不是找大项目的融资。为了体现对中小企业的支持，我们不收取担保费用，不以营利为目的。而你们公司战略规划及定位是将目标锁定为基础设施、交通能源、环保产业、城市建设债券

等融资量大、融资周期长的行业领域,而且是商业化运作,追求的是利润最大化,最终实现的是资产管理项下的资本项目的增值收益。这是两个公司的最大区别。鉴于这种情况,我觉得在合作的前期、合作过程中,需要认真洽商,认真解决两个公司职能定位不同、政策取向不同、资金使用方向不同以及支持项目不同的问题,有必要也同自治区科技厅通通气,以便将各方面的关系理顺,形成共同的合力。"

记得当时,分管厅领导的态度也是非常明朗的。他说:"我们的担保公司既要体现政策性,但又不能没有持续性,更要侧重社会效益,直接为自治区的中小企业服务。搞基本建设项目的我们不能扶持,同时也不搞跨省区担保经营。鼎新担保公司我们一定要控股,要达到51%以上,这是不能谈判的。我们要有公司的话语权。"

由于双方在具体合作问题上存在诸多分歧,这次谈判没有达成实质性的协议。后来,我们双方虽然在电话里又进行过一些沟通,但合作事宜最终还是不了了之。

与北京某担保公司虽然合作未果,但这件事已经告诉我,看来我不必再过多地为拓展鼎新担保公司的业务而劳神费心了。不管合作不合作,不管合作成不成,看来我这个公司总经理注定会很快下台的。

当时我就想,作为债务管理中心的主要负责人,我还是应该回到自己原有的岗位上来,尽可能地为大家做点好事、办点实事,这才是最重要的。我想到的第一件事,就是要大声疾呼,上下奔走,抓紧为债务管理中心全体人员解决参照公务员管理的问题。于是,我们立即向厅里上报了《关于内蒙古自治区债务管理中心参照公务员管理的请示》。我也亲自多次到上级相关管理部门去主动汇报情况,沟通关系,做"参公"管理的说服工作。

2009年很快就过去了。我的感觉是很快,也很累。

分管厅领导在我的个人年度考核鉴定表上写下了如下评语:"头脑清晰,工作扎实,业绩突出,建议评为优秀。"

够了!这真的就足够了!

难得分管厅领导对我的工作有如此的认可和鼓励。这已经远远胜过了那个"优秀"。

正如我所料想,新的变化很快便开始且势如破竹。

2010年1月8日,自治区财政厅决定内蒙古鼎新担保公司设立董事会,董事会由厅教科文处、地方金融与债务管理处及鼎新担保公司的负责同志等五人组成。苏芝英任公司董事长,张宏生任副董事长,总经理另选他人。

7月6日,财政厅决定成立鼎新担保公司监督管理委员会,负责履行出资人职责,对鼎新担保公司的运行进行宏观监督管理和政策指导。

8月2日,财政厅再次决定鼎新担保公司不再设立董事会,原任董事长、副董事长、董事职务自然免除。担保公司法人代表由新任执行董事兼总经理担任。

8月27日,内蒙古鼎新担保公司正式从债务管理中心剥离,另起炉灶。

一切来得如此迅猛,一切又都在预料之中。

当时,我静下心来认真想了想,鼎新担保公司成立两年来,在厅党组的高度重视下,在相关处室的积极支持下,历经艰辛,奋力拼搏,完善了法人治理结构,建立了动态制衡的内部控制系统;学习借鉴外地先进经验,制定了较为规范的担保业务操作流程;实行了以透明操作为支撑的审保决策制度;依法合规,强化了风险管理与控制;启动了信息管理系统,实施了科学规范管理;加强与协作银行的关系协调,走出了一条与金融机构合作的成功路子,开通了为中小企业融资的绿色通道。

尽管我们的工作还是刚刚起步,没有真正做到"大刀阔斧",工作中还有许多不足,但我们已经能够较好地把握信用担保业务的基本规律,并积累了一些担保业务运作的成功经验。我们所操作的几批担保贷款,都有效地防控了风险,实现了按期收回,没有出现任何代偿问题。更可贵的是,通过我们的全员强化培训和担保工作实践,干部职工的业务综合素质和技能得到了较大提升。鼎新担保公司已经步入了从广、从严、从优把好担保项目准入关,求实、

求稳、求好开展日常监管，用心、用力、用情扶持中小企业的良性发展轨道，未来发展战略充分显现。

从我个人来讲，匆匆登场，草草卸装，煞费苦心地扮演了一个大汗淋漓的角色。

不久，我便接到了调离自治区债务管理中心的通知。令我欣慰的一点是，虽然我在债务管理中心没能带领大家干出多少轰轰烈烈的名堂，但我们通过上下的积极努力，债务管理中心正式被自治区有关部门列入了参照公务员管理的序列，全体人员的身份得到了真正转换，从根本上解决了大家的后顾之忧。

做服务业发展的促进者

2011年6月，财政厅党组决定我到经济贸易处任调研员。

经贸处是厅里的一个职能处室，其主要职责是贯彻落实国家和自治区关于粮食流通、商贸流通等各项方针政策，负责粮食直补、农资综合补贴、家电下乡财政补贴等各类补贴资金的管理工作，负责支持服务业发展、新农村新牧区现代流通网络建设工程、产粮油大县奖励及口岸基础设施建设等专项资金的管理工作。

经贸处也是个奋发有为、充满活力的战斗集体。处领导胸怀大局，工作认真负责，积极主动。处里的其他同志也都年轻有为，积极向上，对我这个新来的老同志也很尊重和支持。

当时我的想法是，自己的年龄已接近退休，作为一个老同志已经别无所求，能够自觉地维护好处里的工作大局，配合好处长的工作，协调好同大家的关系，力所能及地做点工作就可以了。即使做不了什么工作，我也不会成为绊脚石。

不久，根据处里的工作安排，我具体负责处里服务业发展专项资金的管理工作。

几十年的工作使我养成了一种习惯，不论从事什么工作，只要一上手，我都要把学习放在首位，把学习的过程作为自我提高的过程，首先从理论入手，

从政策上搞清弄懂，决不敢不懂装懂充当南郭先生。让我负责服务业发展专项资金的具体管理工作，是处里给我提供一个再次学习的机会，我必须要认真学习国家和自治区促进服务业发展的相关政策，了解研究自治区服务业发展的基本情况，做到视野开阔，目标明确，心中有数。

在那段时间里，我认真学习研究自治区服务业"十二五"发展规划和自治区人民政府关于进一步加快服务业发展的若干政策。我还主动登门，向自治区发改委产业处、自治区发展研究中心的同志们请教。同时，我也积极查阅了区内外的许多相关资料信息，对我国服务业发展的现状有了初步的了解。

按照厅里的安排，我还参加了由自治区发改委牵头组织的赴浙江、上海、江苏等省区服务业发展情况的考察调研活动。对杭州市白马湖生态创意城、我国领先的互联网技术公司网易、阿里巴巴及南京国际服务外包产业示范园区等进行了现场参观考察。

通过对浙江、上海、江苏三省市服务业发展情况的考察调研，使我对发达省区推进服务业发展的总体情况有所了解，对现代服务业发展的特点和趋势有所认识，感受到了发达省区促进服务业快速发展的一些好的经验与做法，对财政支持和促进服务业的发展有了新的认识和启发。通过这次学习考察，使我也看到了我区服务业发展方面与发达地区的差距，增强了促进服务业发展的信心。当时，我撰写的《关于浙江、上海、江苏三省市服务业发展情况的考察报告》，经张华厅长亲自批示刊发在了《内蒙古财政》上。

那时，自治区财政厅正大兴调查研究之风，我们经贸处也不甘落后。处领导亲自带着我们深入盟市和旗县，到一些服务业企业进行现场实地调研，使我们对自治区服务业发展的现状及前景有了更深入的了解。

我们高兴地看到，这些年来，在自治区经济持续快速发展的带动下，我区第三产业得到了较快发展，服务业在优化调整产业结构、保持投资稳定增长、扩大社会就业、方便人民群众生活等方面发挥了重要作用。但也感觉到，我区服务业发展的总体水平仍然偏低，特别是信息、商务、科研服务为代表的现代服务业占比不高，旅游、家政等生活性服务业发展较为滞后。正因为这样，就更需要我们财政部门树立生产性服务业与生活性服务业并重、现代服务业与传统服务业并举的理念，进一步加大对服务业的政策扶持力度，加大资金引导和投入力度，大力推动自治区服务业发展提速、比重提高、竞争力增强。

经过认真的调查研究和现状分析，我对全区服务业发展的现状有了比较清晰的了解，对财政支持服务业发展的政策有了比较准确的把握，同时也坚定了做好服务业专项资金管理工作的信心。在此基础上，我撰写了近万字的调研报告《促进自治区服务业发展的政策研究》，提出了加快推进我区服务业发展的一些工作建议。我撰写的这个调研报告，当年获得自治区财政厅调研成果三等奖。

这几年，随着财政蛋糕的持续做大，自治区财政对服务业的投入也逐年增加。自治区财政相继设立了服务业发展引导资金和支持第三产业发展专项资金，重点扶持全区服务业发展的薄弱环节、关键领域和提高企业自主创新能力，支持范围包括第三方物流、连锁配送等商贸流通业、商务服务业、电子商务等面向生产的服务业和社区服务、副食品安全体系等面向居民生活的服务业。

为了确保财政资金安全运行，防范内部管理风险，经贸处制定了科学规范的工作运行规程，对各岗位的具体工作流程进行梳理，对风险点进行有效识别、控制和防范，对部门和岗位的责任进行确认，建立了合理、简捷、高效的财政资金管理体系。我们与自治区发改委密切配合，及时发布服务业项目申报指南，严格项目评审与审批，加强请示与报告制度。服务业专项资金管理是较为规范的，资金使用的效益也是显著的，尤其是盟市财政部门的同志在这个过程中做了大量艰苦细致的工作，特别是盟市财政局的经贸科长们在服务业资金管理工作中积累了许多好的经验与做法，对我的工作给予了大力支持。当时，我只有一个想法，那就是努力为处领导排忧解难，实实在在地为服务业企业做点实事，做个服务业发展的促进者。

农村调研 左起李俊林、王凤岐、苏芝英、张华、靳玉良、李六小　　（2013年摄）

  这两年，我们经贸处管理的自治区服务业发展专项资金和支持第三产业发展专项资金先后支持了300多个放心肉放心菜服务体系建设、定点屠宰冷链加工设备改造、农超对接和标准化市场建设、城乡现代物流园区网络系统建设、城市公共物流信息平台建设、服务业聚集功能区建设、家政服务网络中心建设等服务业项目。所有这些项目的实施，对推进自治区生产性服务业和生活性服务业的发展起到了积极的作用。

天伦有乐

2013年9月17日，我正式接到了自治区财政厅关于我退休回家的红头文件。

仅有几行文字的一纸公文，即向我宣告：从此以后，我再也不用一天到晚让文件与会议牵着，一天到晚让报刊网络上的新闻牵着，一天到晚如老牛一样被绳子牵着走来走去……我终于可以放缓自己匆匆的步履，保健身体、安度晚年将成为我今后生活的主题。

对这一切，其实我是早已做了充分的思想准备的。可一旦真正来临，又觉得心里好乱好空。

办公室里属于个人的东西早已收拾停当，手头的工作已经做了认真的移交，各类书籍资料分别做了整理打包。可惜的是，还有许多几十年积累下来的书籍报刊之类不得不送给了收破烂的老头。我知道，这些东西留着没用，扔掉又可惜。因为它曾是我的心爱，是我的经历，也曾是我的事业。

我要走了！

张华厅长主动约我谈话，征询我个人的意见和想法，勉励我保持平衡心态，保重好身体；机关里的一些好友纷纷前来看我，给了我许多真诚的祝福与安慰。

机关事务服务中心主任郭建勋亲自指挥保安人员帮我将几箱书籍搬上了

车。

出租车司机听说我是要退休回家时,十分轻松地说:"这才好哩!你以后省得像我们这样整天东跑西颠地受罪啦!"

坐在车上,我给心仪的老部长宋复泉打了个电话,告诉他我正式退休回家的消息。老领导大概从电话里听出了什么,他认真地对我说:"该回家就回吧,人人都得这样哩。你不要有任何别的想法,就是退了咱们也还可以干许多事啊!"

当我满头大汗地将几箱书籍搬进家门的时候,妻子已将热腾腾的饭菜端上了桌。我一边擦着汗水一边对她说:"无官一身轻,以后再也不用为工作的事操心啦。"

妻子却不屑一顾地说:"你本来就不是个官,谁让你整天瞎操心啊?赶紧吃饭吧。往后啊,咱们有的就是时间。我每天陪你出去锻炼身体,你也常帮我干些家务,这有多好呀!"

作者与妻子张秀　(2013年摄)

六十年过去了。

对我来说，一切就这么漫长，一切就这么短暂；一切就这么复杂，一切就这么简单；一切就这么有趣，一切就这么平淡。

应该说过去的六十年，是我由成长到成熟再到逐渐衰老的过程，也是我不断追寻、奋斗的过程。这六十年，也是我穿越历史的负重之行。

过去的六十年，我的人生大体可按三个阶段来划分。

从出生到二十岁，我是在贫穷落后的山村里长大的。在这个阶段，我经历了贫穷，经受了磨难，但也造就了纯朴憨实、吃苦耐劳的性格特征。现在回想起来，那个时候虽然天天吞糠咽菜，食不果腹，但家家都是这样，天天都是这样，我倒也没有觉得有多苦，至今给我难以忘却的仍是当年的上山搂柴拾粪，村里到处的人喊马嘶。后来几十年不管遇到多大的困难，我从来没有叫苦连天、畏缩不前过，因为我觉得这些苦比起我儿时的苦来根本算不了什么。正是因为我有这种勇于吃苦、不畏艰辛的进取精神，才能在后来几十年的人生风雨中顽强地走来。

从二十岁到四十岁，这二十年，是我在基层工作经受锻炼、积累经验的二十年。那时候年轻气盛，思想单纯，精力充沛，追求进步，尽管变换了许多工作岗位，但我总是全身心地投入到紧张的工作之中。那时政风清廉，人际关系也相对好处，干好本职工作觉得并不费劲。那时我根本没有想当这或当那的想法，更不懂得什么人情世故，一切发展与进步都是由组织来决定。在这个阶段，我既积累了许多工作经验，也结识了许多基层的朋友，同时我也目睹了国家改革开放带来的翻天覆地的变化，我的思想更加成熟起来。

从四十岁到六十岁，这二十年，我被调到省城工作。尽管我的工作岗位不断变换，但我仍坚持老实做人、尽心做事，为我们的祖国和人民默默地做着奉献。我也有多次机会走出国门学习考察，使我的眼界更为开阔，知识得以不断更新。这一时期，我的写作爱好也得以有效展现，我开始用文学擦亮心灵，用自己的文字帮助读者抚慰心灵，此刻留下的，也许正是令人欣喜和羡慕的青春。当然我也经历了国家改革大潮的迭起，迎接了改革开放新阶段的到来，积极投身于跨世纪改革发展与建设亮丽内蒙古、共圆中华民族伟大复兴中国梦、夺取新时代中国特色社会主义的伟大胜利、实现人民对美好生活向往的奋斗之中。

六十年眨眼间就过去了。我对光阴似箭、岁月如梭有了比较深切的感受和理解。人生,从自己的哭声开始,在别人的泪水里结束。这中间的时光,就叫经历,就叫生活,就叫幸福。六十年来,我拥有了生命,却失去了父母;我享受了生活,却失去了年轻。回想自己匆匆走过的人生之路,看着一个个不断仙逝的老领导、老朋友,我常常感慨万千,这人生真如戏,这人生真如梦啊!

幸福一家人　（2013年摄）

回顾我走过的这六十年,应该说我的一生是幸运的,也是幸福的。我生长在一个充满勃勃生机与改革开放的大时代,一生沐浴着共产党的阳光雨露;我从一个山村放牛娃,逐渐成长为一名国家公务员。我有一个勤劳贤惠、知冷知热的妻子,有两个勤奋努力、善良孝顺的女儿,还有几个聪明伶俐、活泼可爱的外孙女。当然,我还有自己业余文学创作的爱好,也有许多不离不弃的亲朋好友。这一切,对我来说非常重要;这一切,对我来说已足矣。

妻子张秀过门四十年,任劳任怨,勤俭持家,她孝敬公爹,关心弟妹,精心培育子女;特别是对我的关爱更是无微不至,她整日把家收拾得干干净净,有条不紊,所有家务几乎由她一人包揽,根本无需我来动手,就是我每天从头到脚的衣着穿戴她都要认真打理,从不懈怠。对一个男人来说,不能不说这是一种莫大的享受与福气啊!她完全称得上是一个好儿媳、好妻子、好母亲。因为,在她的身上具有中国传统女性的优秀品质,有一种吃苦耐劳、乐观向上的精神,有一种永不言败、永不气馁的进取精神,处处体现出了伟大女性的崇高。

多少年来,我感觉妻子才是那个与我最有默契的人,那个与我能同甘共苦的人。有了她,

作者与小外孙可心、果果、杨悦彤　　(2013年摄)

再艰难再单调的日子也充满了诗情画意。她为家庭、为亲人所做的一切都是心甘情愿的，是不需要任何回报的。

我的孩子们都很争气，大学毕业后相继有了稳定的工作。她们都很孝顺能干，有一颗纯真善良之心。

我的小外孙女可心、果果和杨悦彤三个孩子都是市里重点小学的优秀学生。她们个个聪明伶俐，品学兼优，成了学校的"学习星""模范虎"。学习之余，她们还学会了游泳、跳舞、滑冰、下围棋等。每逢星期天，孩子们便来到姥姥家，尽情地玩耍，一家人其乐融融。

看着孩子们个个天真烂漫，茁壮成长，我和妻子由衷地高兴，用妻子的话说："为了孩子们，我累死累活也心甘。"

回顾和总结人生，我觉得值得回味的东西很多。我经历了懵懂，经历了贫穷，

左起：郝世秀、苏芝英、董茂芸、樊三毛、白文宇、郭先兰　（2017年夏摄于老牛坡）

经历了激情，经历了幸运。我感觉，快乐不在繁华热闹中，而在内心的宁静里，只要拥有一颗从容淡然之心，粗茶淡饭照样活得幸福精彩。今天，荣辱成败、得失取舍，都已成为过眼烟云。年轮无法阻挡，往后走自然会更加踉跄、疏远与孤单。但我相信，只要大地还在脚下，我们依然是一棵不倒的树。

中秋节到了。一轮明月悬挂在半空，映照得家里家外清澈如洗。各种祝福的手机短信不断传来，妻子早已准备了丰盛的晚餐，供奉月亮的月饼水果摆上了阳台，女儿女婿外孙们兴高采烈地相聚而来。大女儿阿芳给我带来了《二十五史故事大全集》《大清王朝十二帝大全集》和成熟男士的读者文摘《特别关注》；二女婿贺飞扛回一架JIENE500高倍望远镜，孩子们争抢着欣赏明月，探究着嫦娥奔月的神话。

晚饭后，孩子们相约唱歌去了，妻子也被牌友们唤去，唯有七岁的小外孙杨悦彤留下来陪我。

突然，小悦彤诙谐地对我说："姥爷，按说诸葛亮不能和臭皮匠待在一个家里。"

"谁是臭皮匠？你竟敢说姥爷？"我装出生气的样子。

小悦彤立马笑着说："我不告诉你。"

中央电视台的中秋晚会早开了，但小悦彤却坚持要看少儿频道的《熊出没》。

晚10点钟，江苏卫视李好与晓敏主持的《一站到底》节目开始，这是我必看的节目。节目中一个年纪较大的挑战者答题屡屡失败，小悦彤竟轻蔑地说："一看就没文化。"

我说："那你说谁有文化？"

小悦彤立马骄傲地说："我爷爷最有文化，他琴棋书画啥都会。"

节目中又一轮PK开始了。我问她："悦宝，你说这回谁要胜出？"

谁知她不假思索地对我说："哎呀，我的姥爷，你把我当成算命先生了！"

当时，我真的在内心里感到她是那么的可亲可爱。但我还是装着生气的样子说："好啊，臭丫头，你也敢顶撞姥爷。我们现在就赶快睡觉！"

刚躺下,就见她又光着身子"噔噔噔"地跑了出去。转眼间她又跑了回来,多少带些失望地说:"姥爷,二姨骗人,她说月饼和水果供一会儿就被月亮给吃了。可我看见盘子里的月饼还在呀!"

看着天真烂漫的孩子,我只得哄着她说:"月亮吃月饼是不让我们看见的,咱们快睡吧!"

不一会儿,孩子便甜甜地进入了梦乡。

看着孩子,我心里想了许多许多。

我觉得,这就是天伦之乐啊!

我觉得,这真是天伦有乐啊!

后 记

2013年9月，我正式退休回家了。

回顾自己走过的六十年，感觉很短暂，很平庸，也很幸福。

近年来，我一直有一种冲动，就是想在退休以后回过头来系统地回顾总结一下自己的人生经历，给自己的后人留下点什么。可我知道，自己的一生非常普通平庸，没有做任何惊天动地的大事，也没有什么激荡风云的岁月。但我出生在黄土高坡，从大山里一路走来，不仅对同龄伙伴们共同经历的人生有过真切的体悟，而且也有过深沉的反思。因此，一直以来便想通过自己人生的经历，追索我们这一代人的信仰和憎爱，探索往事和过去的失误，回忆曾经有过的希冀和愿望，并且透过色彩斑斓的命运和各自的心灵重负，努力追寻逝去岁月中那一代人的至诚至愚、至真至悲，体味生命轨迹中的尴尬和无奈，表达那一代人对人生、对生活、对社会的诘问。我觉得这是一种对文化的自信、对艺术的自信，也是对我六十年人生的自信。

这本回忆性自传体散文，从2012年开始构思、查找资料，经过近三年断断续续的写作，到现在终于拉拉杂杂地完成了初稿。写作过程中，我曾兴奋地沉浸于自己快乐的童年，也曾伤感地走近自己早已逝去的亲人；

我敞开心扉，向人们倾诉自己苦涩的成长经历与平淡无奇的工作阅历，仿佛不时地与所有看到我文字的人共享这样一种感受：善待我们漫长而短暂的人生吧！

由于时间久远，手头占有的资料有限，再加自己认知能力、记忆能力、写作能力的局限，书稿中对历史的审视，对时代的把握，对过去的人和事、时间或地点、议论或褒贬难免有疏漏和偏颇之处，敬请诸君不吝赐教；特别是书中插配的老照片因年久时远，拍摄者未能准确标注，敬请海涵。

本书在撰写和出版过程中，得到许多领导、同事和朋友们的热情关怀和积极帮助。我的老领导范游恺、宋复泉，我的恩师杜子明、孙国栋，我的好友郝世秀、刘遇厚等都不辞辛苦，通览全稿，逐字逐句进行订正校改，并提出许多中肯的意见，好友张宝肖、远方出版社胡丽娟两位对书稿精心编校，付出甚多。在此，我一并鞠躬致谢！

2017 年 10 月 20 日